CARTAS DESDE DUBÁI

Asunta López

CARTAS DESDE DUBÁI

WITHDRAWN

Umbriel Editores

Argentina • Chile • Colombia • España
Estados Unidos • México • Perú • Uruguay

1.ª edición Abril 2018

Copyright © 2018 by Asunta López
All Rights Reserved
© 2018 *by* Ediciones Urano, S.A.U.
Plaza de los Reyes Magos 8, piso 1.º C y D – 28007 Madrid
www.umbrieleditores.com

ISBN: 978-84-16517-02-2
E-ISBN: 978-84-17180-77-5
Depósito legal: B-1.962-2018

Fotocomposición: Ediciones Urano, S.A.U.
Impreso por Romanyà Valls, S.A. – Verdaguer, 1 – 08786 Capellades (Barcelona)

Impreso en España – *Printed in Spain*

Para los tres hombres de mi vida: Alejandro, Miguel y Daniel.

Y para Marta Curbera Mateo-Sagasta, Eugenio Llamas Pombo y Miguel Ángel Rodríguez Bajón, por su amistad incondicional.

«Te amaba, por eso a mis manos traje aquellas oleadas de hombres y en los cielos tracé mi deseo con estrellas.

Para ganar tu libertad alcé una casa sobre siete pilares que tus ojos pudieran alumbrar por mí cuando llegáramos.»

(THOMAS EDWARD LAWRENCE, Lawrence de Arabia)

PRIMERA PARTE

Lo tenía todo, y lo perdí todo, hasta lo más preciado para un ser humano: su libertad.

Tenía un marido y dos hijos maravillosos, formábamos una familia feliz. También tenía un trabajo excelentemente pagado y una prometedora carrera profesional. Por no faltarme, no me faltaba ni el chalé con jardín y piscina, ni el coche de gama alta aparcado en la puerta. Era una mujer con una vida que la gran mayoría consideraría perfecta.

Y ahora no tengo absolutamente nada, ni siquiera me quedan la ilusión y las ganas de seguir viviendo, no me quedan fuerzas para volver a empezar.

Tal vez algún día ya no me despierte llorando y deseando no estar viva, no lo sé; pero sí sé que nunca podré olvidar la pesadilla que he vivido estos últimos años… E incluso puede que llegue el día en que recupere todo lo que he perdido; lo dudo mucho, pero podría ser. De lo que no me cabe la menor duda es de que el miedo y la angustia ya nunca dejarán de ser los compañeros inseparables de mis noches.

A pesar de ser economista de profesión, siempre he soñado con ser escritora, pero ni en mis peores sueños pensé que acabaría escribiendo el escalofriante relato de mi propia vida. Y, sin embargo, esto es lo único que os puedo ofrecer: la historia de lo que empezó como un cuento de hadas y acabó convirtiéndose, o acabé convirtiendo, en una novela de terror, que ojalá fuera pura ficción —no sabéis lo que daría por que fuera así—, pero que por desgracia es la cruda y desnuda realidad, sin ningún tipo de artificio.

No sabía cómo empezar a contaros cómo se han desarrollado estos dos últimos años y medio en los que mi existencia ha dado un espeluznante vuelco de ciento ochenta grados, así que he decidido, para ser lo más fiel a la realidad posible y no dejarme nada en el tintero, abriros mi corazón de par en par y compartir, tan solo modificando el estilo, las cartas, o más bien correos electrónicos, que durante todo este tiempo he estado escribiendo a Sara, mi amiga del alma, explicándole, entusiasmada al principio y aterrorizada después, lo que comenzó como una nueva etapa vital e ilusionante —cuando tomé la decisión de mudarme a Dubái con mi marido y mis hijos—, y acabó en una oscura y polvorienta cárcel en mitad del desierto de cuya estancia durante varios meses no se me permite por ley entrar en detalles; espero que lo entendáis.

Os ofrezco mi historia y os la voy a contar tal y como sucedió. No pretendo que me juzguéis, porque ya he sido juzgada y condenada, y yo misma me he declarado culpable. Tampoco quiero redimirme a través de este libro, porque ni yo misma he podido, y sé que nunca podré, perdonadme. Tan solo pretendo que leáis estas páginas y que cada uno extraiga sus propias conclusiones, para que una historia como esta no vuelva a repetirse jamás.

LOLA GOIZUETA, *Madrid, 14 de abril de 2016*

Dubái, 20 de octubre de 2014

Querida Sara,

En primer lugar, mil perdones por no haberte escrito antes, pero desde que aterricé en Dubái siento que estoy en una montaña rusa de extrañas y a la vez maravillosas sensaciones de la que aún no me he bajado… ¡Ni quiero bajarme!

Impactante, así definiría yo Dubái. De la nada y en tiempo récord (el país solo tiene 42 años) han construido una ciudad futurista de rascacielos imposibles que se iluminan con luces de neón de todos los colores cada atardecer. Y cuando después de un día agotador —porque hasta ahora todos los días están siendo así, extenuantes—, saboreo tranquilamente mi copa de vino y enciendo un cigarrillo mientras contemplo desde mi terraza la caída de ese inmenso sol anaranjado que acaba fundiéndose con la arena abrasadora del desierto —te aseguro que es un auténtico espectáculo—, no deseo estar en ningún otro sitio. Es como si hubiera encontrado por fin mi lugar en el mundo.

Pero, bueno, voy a intentar superar mi tendencia natural a ponerme cursi para contarte todo lo que he hecho hasta ahora, y te juro que no he parado. Necesitaba echar el freno unos momentos, tomar aire y contártelo todo: te he echado mucho de menos en esta nueva etapa y no sabes cuánto me gustaría poder disfrutar de todo esto contigo.

Lo más pesado ha sido el tema burocrático, porque en Emiratos Árabes el que trabaja (es decir, Alfredo, porque yo, por primera vez en mil años, voy a disfrutar de ser una «mantenida», como la gran mayoría de las que vivimos aquí) tiene que patrocinar a los que viven con él. Desde que me he mudado a Dubái siento que lo único que he hecho es guardar colas interminables, aunque las «solo para mujeres» normalmente van más rápido (sí, has leído bien: en los organismos oficiales hay colas solo para mujeres, igual que hay taxis de color rosa solo para nosotras… Increíble, pero cierto), cargada de fotocopias, y copias compulsadas y multilingües de las partidas de nacimiento, matrimonio, libro de familia, pasaportes, etc., y en cada ministerio te piden como veinte fotos para hacer cada gestión, y si te falta un papel tienes que volver al día siguiente, y aquí todo está lejísimos y el tráfico es horroroso a pesar de las carreteras de ocho carriles… Así que pierdes un día entero para hacer cualquier recado engorroso pero necesario, y sientes que el tiempo se está burlando de ti cada día que pasa sin poder exprimir esta ciudad, que es lo que te pide el cuerpo cuando ves los restaurantes, las discotecas, las palmeras, las tiendas, las playas… Todo desde la ventanilla del coche y cruzando los dedos para no perderte entre tanto cartel de calles y lugares que aún no conoces, Umm Suqueim, Al Barsha, Jebel Ali, pero que suenan tan exóticos… En fin, que ha sido una pesadilla, pero por fin tengo mi ID emiratí (como el DNI español), mi tarjeta rosa de residente en el pasaporte y el carné de conducir convalidado, para lo que, por cierto, Alfredo tuvo que firmar una carta en la que me autorizaba a conducir en UAE: manda cojo…

Lo de buscar colegio la verdad es que tampoco ha sido un camino de rosas, porque todos te cuestan un riñón y parte del otro, y hay que elegir entre diferentes currículos educativos (en este país conviven más de un centenar de nacionalidades diferentes en completa armonía), pero los niños ya han empezado a ir por las mañanas –porque el horario escolar empieza al alba y finaliza también muy pronto–, a uno internacional donde Alá perdió el mechero (hay listas de espera larguísimas para entrar en todos los colegios y este es el único en el que han admitido a los dos) en el que están muy contentos. Cada día los recojo emocionados con las nuevas experiencias que están viviendo: un día Alejandro me cuenta que ha jugado con una niña marrón; otro, Diego me pregunta que por qué él no tiene los ojos como su amigo Akim, que es chino… Da gusto con los niños, son como esponjas que todo lo absorben y de todo se empapan con absoluta naturalidad, y hasta les parece normal que algunas mujeres vayan completamente vestidas de negro o que los hombres «se pongan una sábana para salir a la calle, porque son de Dubái». El otro día en la gasolinera, porque aquí el petróleo será baratísimo, sí, pero las distancias son muy grandes, el redicho de Diego me dijo que no le tenía que decir al empleado indio *fill it*, sino *fill it up, please*: encima de bilingüe me va a salir educado el renacuajo este.

La casa está en una urbanización de chalés adosados blancos (aquí las llaman villas), todos iguales y todos muy amplios y luminosos, llena de familias de expatriados como nosotros que generalmente tienen mucha prole (al no trabajar…). Yo ya he empezado a conocer a algunas chicas gracias a mis tardes de parque con Diego y Alejandro sudando la gota gorda (lo del calorazo es un capítulo aparte). Hay una chica belga guapísima, Céline, con la que he congeniado un montón porque es muy normal (las demás no paran de decir que todo les va fenomenal y a mí me suena un poco falso) y está siempre quejándose de lo cansada que está de aguantar a los niños, que son pequeños y se portan fatal, como los míos y como cualquier niño de esta edad; y de que su marido, que es piloto, esté todo el día fuera de casa, como el mío, que aunque no lo es, casi como si lo fuera, porque esto de que te paguen la casa, el colegio, el seguro médico, etc., obviamente tiene sus contraprestaciones y la verdad es que a Alfredo casi no le veo el pelo: no había trabajado tanto en su vida, el pobre.

El otro día, hartas de tanto columpio y reventadas de tanto madrugón para hacer el *school run* (o sea, tratar de digerir con mucha paciencia una hora de atasco a las siete de la mañana para llevar a los enanos al colegio), me invitó a su casa para que se pegaran los cuatro niños entre ellos para variar, y nos bebimos una botella de Ribera del Duero que había traído yo de España (aquí el alcohol está a precio de Chanel nº 5), y otra de blanco francés: o sea, que nos bebimos una botella cada una sin pestañear mientras nos contábamos nuestras vidas. Acabamos como dos nécoras gallegas, pero muy contentas por haber tenido la suerte de conocer, en este rincón del planeta, tan lejos de nuestros respectivos países, a otro ser humano tan parecido con quien poder desahogarnos y ser nosotras mismas, que ya sabes lo selectiva que soy yo para estas cosas. Es que cuando la química funciona entre dos personas es como si se hiciera magia, pero sin trucos; aunque imagino que la botella de Pesquera también pudo influir.

También he conocido a un par de españolas que parecen muy simpáticas y hasta me han incluido en un chat de *whatsapp* de chicas (la mayoría de Madrid) que viven en mi misma urbanización. Mi móvil no para de sonar, creo que como soy nueva están haciendo una competición para ver quién puede ayudarme más, lo cual es muy de agradecer, aunque no por ello menos agobiante. Hasta ahora no he podido ir a ninguno de los múltiples desayunos, cumpleaños, paellas, barbacoas, etc., que organizan a todas horas, porque instalarte en un país nuevo es agotador y estresante. Supongo que ya tendré tiempo de ir conociéndolas, pero sinceramente no creo que yo me apunte a muchas de sus mañanas de compras en Karama (el megasitio de las falsificaciones de Dubái), porque entre que yo no he llevado un bolso de marca en mi vida (ni falso ni auténtico) y que hay tan buena literatura ahí fuera con tan poco tiempo libre para leerla…

Supongo que a estas alturas ya te estarás preguntando cómo llevo yo el bajarme de los tacones de aguja y pisar moqueta a las chanclas y la arena del desierto, sabiendo que probablemente no vuelva a sentarme sobre el cuero de mi despacho ni a tener una secretaria que me lleve la agenda nunca más. Pero te aseguro que la transición ha sido más suave que la española: en el fondo lo estaba deseando… La oferta laboral que le han hecho a Alfredo aquí, si bien se la he vendido como «si a ti esto te hace ilusión y va a beneficiar tu carrera, yo te apoyo y me voy contigo» (porque una se puede poner el disfraz de maruja sin volverse estúpida de repente), lo cierto es que todo este cambio ha supuesto un gran alivio para mí.

En los últimos años, aunque ya sabes que yo no soy de las que se quejan, ya casi no podía soportar la presión laboral de estar en la cima y, sin embargo, sintiéndome siempre como si una espada de Damocles fuera a caer sobre mi cabeza en cualquier momento por cualquier mínimo error, o simplemente por alguna conspiración palaciega injusta. Recuerdo las vacaciones de Navidad de mis hijos más preocupada por saber si finalmente me iban a dar la paga de objetivos que por elegir sus regalos de Papá Noel, los domingos en el RACE agobiada por la reunión de directivos de los lunes, anticipándome a alguna traición de alguno de los socios, presagios que normalmente se hacían realidad, en lugar de recoger a mis hijos en el tobogán y empujarlos en el columpio. Y lo de bañar a los niños, darles la cena y poder contarles un cuento juntos en la cama solo podía hacerlo los sábados y domingos, porque entre semana llegaba de la oficina cuando estaban dormidos y los viernes Alfredo y yo entrábamos por la puerta de casa tambaleándonos después de la sobremesa de nuestra comida semanal, donde la orgía de copas duraba lo que duraba, porque era la única manera, por lo menos para mí, de lograr atontarme, desconectar y desestresarme de mi semana en las trincheras, en un ambiente hostil que me daba mucho dinero, mucho prestigio y un gran poder, todo el que te puedas imaginar, pero que me estaba privando de lo más importante: de disfrutar de los besos y abrazos que Diego me da espontáneamente cada día, porque ni siquiera sabía que tuviera un hijo tan sensible y cariñoso, o de darme cuenta de que Alejandro no sabe pronunciar la erre fuerte y por eso no sabe decir que el perro de san Roque no tiene rabo…

He tenido que dejar un puesto de trabajo que me había costado sangre, sudor y lágrimas conseguir y que era la envidia de todos para aprender estas y muchas otras cosas de mis propios niños, que ya nunca más van a tener cuatro y cinco años. Ni siquiera me acuerdo de si tuve tiempo para organizar una fiesta el día que cumplieron tres y dos. Así que, cariño, quédate tranquila, que lo de que me tenga que autorizar Alfredo para conducir es una nimiedad comparado con saber, ahora sí, los nombres de los amiguitos de mis hijos, y ponerles su disfraz de *Spiderman* para ir a la fiesta de su compañero de clase: esa satisfacción te hincha el corazón hasta casi hacerlo explotar, mientras lo de antes solo te alimentaba la vanidad y te llenaba los bolsillos.

Bueno, guapísima, te tengo que dejar ya, que me quedan un par de muebles que comprar y precisamente en el chat ese de las españolas acaban de comentar que hay rebajas ahora en una tienda «ideal con un toque colonial» que se llama Marina, así que me voy a ver si compro un par de sofás y algún cuadro o elemento decorativo que estratégicamente colocados disimulen que mi casa es una copia exacta del catálogo de Ikea de esta temporada.

Te quiero, amiga; te llevo siempre en el corazón.

Un millón de besos

Lola

Dubái, 15 de noviembre de 2014

Querida Sara,

No me acabo de acostumbrar a tener que escribirte en lugar de llamarte por teléfono, o tomar un vuelo de Emirates a Madrid para poder hablar contigo, pero aquí estoy otra vez, tal y como te prometí, contándote todo lo que me pasa, explicándote cada detalle de mi nueva vida de expatriada, porque necesito hacerlo, porque nada es lo mismo si no lo puedo compartir contigo, como siempre ha sido y siempre será.

Me alegra contarte que aquí todo sigue igual, o incluso mejor, y hasta me da miedo y me siento culpable por ser tan feliz, por estar tan serena, por no tener que mirar el reloj cada cinco minutos agobiada por no llegar a tiempo al *dead line* de un informe; por poder disfrutar de la música de las olas rompiendo en la playa cada mañana mientras leo una buena novela sobre la arena con mi sudadera de GAP a primera hora y en biquini después (porque en esta época del año el clima en Dubái es maravilloso); por aplaudir a rabiar a Diego cuando mete un gol o animar a Alejandro en sus clases de natación; por esperar a mi maridito cada noche e interesarme de verdad por cómo ha ido su día en la oficina sin sacar a pasear la retahíla de quejas y frustraciones del mío... De verdad, Sara, no echo nada de menos de mi vida anterior (salvo a la familia y los amigos, por supuesto), y cuando pienso que tantos años de intenso trabajo solo me han servido para comprar media casa y un coche siento que he tirado a la basura 15 preciosos años que ya nunca voy a poder recuperar, en los que ni en vacaciones me permitía darme un respiro porque mi sentido de la responsabilidad me lo ha quitado todo y apenas me ha dado nada, o al menos nada que realmente merezca la pena.

La otra noche Alfredo me llevó a cenar a un restaurante indio increíble que está en el hotel Armani del Burj Khalifa (el edificio más alto del mundo) y no recuerdo una cena tan romántica en siglos. Nos sentamos en una mesa en la terraza y, tranquilamente y sin prisas, fuimos saboreando cada plato del exquisito menú degustación de cordero y especias acompañado por un Burdeos sublime mientras contemplábamos el espectáculo de las fuentes danzantes del Dubai Mall (el centro comercial buque insignia de aquí), que cada media hora emergen del lago artificial a alturas colosales, y bailan al son de la música y las luces escoltadas por los modernísimos rascacielos. Sin embargo, no fueron los deliciosos platos picantes ni el exotismo de la música árabe mezclada con el estruendo del agua de las fuentes, ni siquiera la amabilidad abrumadora de los camareros de piel aceituna de ese restaurante de auténtico lujo, ni todo eso junto... Lo que de verdad fue romántico fue hablar y hablar con Alfredo de este nuevo proyecto de vida juntos, comprobar que su éxito profesional lo consideraba un logro compartido, sentirnos los dos en uno solo, babear comentando anécdotas de nuestros hijos... y casi tener que pellizcarnos para comprobar que todo esto no es un sueño. Son los momentos de la vida en los que deseas que el reloj se pare para siempre, las fotografías que enmarcaría para llevarme a la tumba y poder decir que mereció la pena vivir.

No quiero ponerme empalagosa, pero jamás había estado tan unida a mi marido (o quizá sí, pero entre la vorágine laboral y la familiar con los niños tan bebés se me ha olvidado). Él sigue creyendo que yo he hecho un enorme sacrificio dando puerta a mi carrera y mi futuro laboral, y yo no lo desmiento del todo porque en el fondo soy una egoísta, pero a ti puedo confesarte que para nada es así, que después de tantos años de trabajar tan duro ya no tenía fuerzas para seguir, así que esta oportunidad profesional que le ha surgido en Dubái ha supuesto para mí, nunca mejor dicho, encontrar un oasis después de días y noches vagando en el desierto: ojalá no sea un espejismo...

También es cierto que apenas pasamos tiempo juntos, porque su profesión y sus viajes le absorben, y raro es el fin de semana (aquí son los viernes y los sábados) que nos puede dedicar enteramente a mí y a los niños. Pero no me siento en absoluto sola, todo lo contrario, me siento llena, plena, completa. Y esos viernes que podemos pasar los cuatro juntos en la playa, o en el *beach club* de alguno de los muchos hoteles de cinco estrellas, o en la Ciudad Vieja (mi parte favorita de Dubái, tan árabe, tan auténtica, con sus pequeñas tiendas artesanales, su Zoco del Oro y las Especias, o sus barquitos de madera cruzando la bahía del Creek) son insuperables, te lo aseguro.

Respecto al grupo de españolas de mi urbanización te diré que ya he ido a varias barbacoas y fiestas de cumpleaños con los niños (Alfredo aún no ha podido apuntarse a ningún plan porque siempre está liado en la oficina), y son todas muy educadas y amables conmigo, pero, no sé…, me aburren un poco (a decir verdad, soberanamente) cuando hablan de lo felices que son, de lo bien que cocinan, de lo guapos que van sus hijos con el conjunto nuevo que les han comprado en Gocco o de lo espabiladas que son para encontrar tiendas con rebajas (las veo a todas muy obsesionadas con hacer caja en Dubái y ahorrar lo máximo posible para irse cuanto antes de vuelta a España). Debería estarles muy agradecida por lo que se preocupan por mí, porque siempre se ofrecen a echarme una mano en lo que sea, y de verdad lo estoy, pero soy demasiado independiente para ir con ellas a todas partes, y tampoco me aporta nada hablar de recetas de cocina cuando apenas sé freír un huevo, que para eso está mi estupenda *maid* (interna) filipina, Joan, que además de llevar la casa (esta frase parece de mi madre, que en paz descanse) de maravilla, adora a mis hijos y siempre tiene una sonrisa dibujada en el rostro.

Por eso siempre que me llama Céline (la adquisición belga que ya te comenté) me apunto a lo que sea, porque con ella no tengo obligación de sonrisa Profident, ni de ir arreglada (las españolas siempre van con el vestido playero a juego con las chanclas para ir a la piscina), ni de jugar a las casitas: con Céline soy realmente yo, sin tapujos ni máscaras. Y además de Céline también he conocido a algunas madres encantadoras en el colegio de los niños. Con la que mejor me llevo es con Alice, una tejana divertidísima casada con un sudafricano que es un auténtico bombón, que es más sencilla que las margaritas del campo y sin embargo tiene un puestazo importantísimo en la mayor empresa de publicidad de UAE (United Arab Emirates, que aquí los acrónimos se llevan mucho). El sábado pasado me invitó a pasar el día en su casa con los niños y llevé una botella de Protos: ¡antes de saludarme ya estaba abriéndola y sirviéndose una copa a rebosar! Lo pasamos genial los niños y yo en la piscina, y luego haciendo una barbacoa en su jardín (sí, ya lo sé, otra barbacoa), y me encantó su grupo internacional de amigos que hablaban de trabajo (la mayoría de las amigas de Alice sí curran), o de viajes, o de política..., y con los *gin-tonics* de después (porque nos dieron las tantas) incluso se animaron a contar chistes verdes, racistas y hasta religiosos. Con ellos, a pesar de no conocerlos de nada, me sentí muy relajada, como si estuviera en España con mi grupo de amigos un viernes por la noche tomando copas en el jardín.

Pero que sepas que no todos mis amigos son expatriados como yo, porque a pesar del poco tiempo que llevo viviendo en Dubái y lo reacios que son los locales a mezclarse con el resto de nacionalidades que viven y trabajan en su país, a mí ¡ya me han invitado a tomar el té a casa de una emiratí! Te cuento, porque no tiene desperdicio... Resulta que Samira es la madre de Leila, la «novia» (esto lo digo yo, porque su madre ni en broma) de Diego en el colegio: me dice la profesora que son inseparables y yo ya había notado que el niño hablaba mucho de ella en casa. Leila es muy morenita y muy guapa, y su madre y yo habíamos coincidido ya muchas veces en la puerta de la clase esperando a nuestras respectivas criaturas mientras los veíamos jugar juntos a través del cristal. Así fue como empezamos a hablar, al principio sobre todo de cómo se llevaban de bien los niños, pero luego fuimos profundizando en otros temas y, poco a poco, nos fuimos haciendo amigas, hasta que hace un par de días me propuso que llevara a mis hijos a merendar a su casa y a bañarse en su piscina, porque le había hablado mucho de mí a sus amigas y querían conocerme, invitación que yo acepté encantada por la gran oportunidad que me ofrecía de entrar de lleno a conocer un mundo de costumbres religiosas y culturales completamente desconocido hasta ahora para mí.

Para ponerte en antecedentes y que comprendas la situación, te contaré que a Samira, hasta el día que fui a su casa, nunca le había visto la cara, únicamente los ojos, porque al colegio va siempre vestida con el traje tradicional para las mujeres locales, la *abaya* o túnica negra hasta los pies que se ponen sobre su ropa occidental para cumplir con el precepto de que las mujeres musulmanas deben cubrirse cada centímetro de piel en los lugares públicos. Además, en Emiratos Árabes, Arabia Saudita y la mayoría de los países de la península arábiga, algunas mujeres también optan por ponerse el *niqab*, un velo que cubre la cabeza completamente, tapando la nariz y la boca y dejando un hueco horizontal para los ojos, que en el caso de Samira son preciosos, profundamente negros, con unas pestañas larguísimas, aunque, para mi gusto, demasiado maquillados. Otra de las cosas que me impresionaron cuando la conocí es que cuando iba a recoger a su hija al colegio (aunque muchos días no iba ella personalmente, sino una de sus muchas *maids* filipinas o de Sri Lanka) la esperaba en el aparcamiento del centro escolar un chófer completamente uniformado (con gorra y todo) al volante unas veces de un flamante Bentley con matrícula de dos números y otras de un Mercedes G 63. Ya te estarás preguntando qué es eso de la matrícula de dos números, ¿verdad? Pues resulta que en este país todos los coches tienen cinco números en su matrícula, excepto los de la familia real, que solo tienen uno, y los que se lo puedan permitir pueden pagar desde 300 o 400 euros (en el caso de los que pidan una matrícula con cuatro números) hasta cantidades astronómicas (unos 300.000 euros como mínimo, pero pueden llegar hasta un millón o incluso más) para los que quieran pagar por una matrícula como la del Bentley de Samira, que únicamente tiene dos números. Y me dirás: ¿y para qué pagar 300.000 euros para conseguir una matrícula de solo dos números?, y la respuesta está en algo intrínsecamente relacionado con la idiosincrasia de esta cultura: a los árabes les gusta fardar. No se conforman con ser ricos, multimillonarios en muchos casos (aquí los Ferraris están a la orden del día) gracias al petróleo entre otros muchos negocios, sino que necesitan que los demás lo sepan: es la única explicación que encuentro para justificar gastarte lo que te costaría un piso en Madrid en comprar una matrícula que tenga tres números menos que las demás.

En cualquier caso, lo importante aquí es que te cuente cómo fue esa tarde en casa de Samira, y, la verdad, no sé cómo empezar, porque desde el principio me resultó una experiencia tan extraña, chocante y gratificante a la vez... Lo primero que hice fue elegir cuidadosamente mi atuendo para la cita y, aunque se trataba simplemente de tomar el té a primera hora de la tarde y de que los niños se divirtieran juntos en la piscina, traté de buscar en mi ropero las prendas que me situaran a la altura de las circunstancias. Así que después de darle muchas vueltas y probarme y quitarme casi todo el armario, acabé escogiendo un elegante vestido hasta los pies muy sobrio y recatado, conjuntándolo con una chaquetita de punto de manga larga para cubrir los brazos y el escote de la espalda. Y, así, vestida medio de monja medio de reina madre, y con los niños en bañador, camiseta y crocks, conduje mi humilde Mitsubishi Pajero hacia el impresionante distrito de Emirates Hills (imagino que no se te habrá pasado por alto la similitud del nombre con el famoso barrio de la ciudad de Los Ángeles), jalonado por las mansiones más grandiosas que te puedas imaginar, campos de golf (te recuerdo que aquí no llueve más de una decena de días al año) y personal y medidas de seguridad por doquier; un barrio, en definitiva, apabullante.

En cuanto llegamos a la calle y el número que mi amiga me había indicado, lo primero que Diego exclamó fue: «¡Leila es una princesa y vive en un palacio!», y es que, efectivamente, así podría considerarse esa inmensa casa de dos mil doscientos metros cuadrados con no sé cuántos más de superficie verde y arbolada, dos piscinas, tres cocinas, ascensor (tiene cuatro pisos), gimnasio al que no le faltaba de nada… e incluso una sala de cine que ya quisiera para sí el Alphaville de Martín de los Heros, aunque, eso sí, decorada de tal manera que más parecía un hotel que un hogar, con techos altísimos, suelos de mármol, sofás con tapizados imposibles, maravillosas alfombras persas, lámparas de araña descomunales y sobrecargados tapices colgados de las paredes sobre un empapelado que solo sabría calificar de profuso, porque no se me ocurre otro calificativo mejor… En fin, algo completamente alejado del gusto occidental, pero que no tengo duda de que a Samira le habrá costado una pasta gansa.

Me recibió ella misma en la puerta y casi me caigo del susto cuando la veo con unos *leggins* de ciclista ajustados y camiseta Nike de tirantes escotadísima, con unas hawaianas negras para completar el conjunto. Me quedé absolutamente de piedra y empecé a sudar bajo mi disfraz de «tú no eres muy normal que digamos». En cuanto llegué al fastuoso jardín de pérgolas y piscinas de agua cristalina con la temperatura del agua controlada sobre el verde infinito de los campos de golf, comprobé que todas sus amigas también parecía que venían directamente del gimnasio y me asombré ante el impresionante bufé que habían preparado los ocho empleados «fijos, porque para la limpieza gorda contrato eventuales» con el que comerían varias familias durante todo un mes, al tiempo que se me subían los colores al recordar que le había enviado hacía un par de horas a Samira un *whatsapp* para preguntarle si necesitaba algo «algún zumito» o si quería «que parara en la gasolinera para comprar unos dónuts para los niños». Dios mío, qué vergüenza la mía y qué educación tan exquisita la de ella, que inmediatamente me contestó que muchísimas gracias, pero que no hacía falta, aunque le parecía un detalle muy cariñoso por mi parte.

Pero ese fue únicamente el *shock* inicial, porque luego pasé una tarde deliciosa con unas mujeres exactamente iguales a cualquiera de nosotras a pesar de sus *abayas*, sus *niqabs* y sus Bentleys con matrícula de dos números. Unas personas que se desvivieron por hacerme sentir una más a pesar de mi atuendo fuera de lugar y mi «popular Pajero» (que así es como califican en este país a mi modelo de coche en los anuncios publicitarios de radio Dubai 92) aparcado en la puerta, haciendo gala de la legendaria hospitalidad árabe. Unas mujeres con unas vidas completamente distintas a las nuestras en casi todo, menos en lo esencial, porque tienen los mismos sentimientos, anhelos e inseguridades que tú y que yo, y disfrutan de las mismas cosas que cualquier mujer de cualquier país del mundo. Unas personas sumamente auténticas y coherentes con sus costumbres y su religión en su manera de comportarse en la vida a los que nunca podré estar lo suficientemente agradecida por todas las cosas que me enseñaron en aquella tarde inolvidable para mí.

Pero, como diría Michael Ende, esa es otra historia y debe ser contada en otra ocasión, así que la dejo para mi próxima carta, que llego tarde a mis clases de árabe y no me quiero perder ni un minuto: estoy entusiasmada aprendiéndolo, porque aunque aquí todos hablan inglés y el árabe no sea necesario ni para la vida cotidiana ni para el mundo laboral, me hace ilusión volver al colegio y tomar apuntes, y hacer preguntas, y deberes… Además, no sabes lo bonito (y complicado) que es este idioma en el que cada letra es una auténtica obra de arte.

Te quiero, amiga, y ni te imaginas cuánto te echo de menos.

Lola

Dubái, 17 de noviembre de 2014

Querida Sara,

Me estoy dando cuenta de que tener tanto tiempo libre puede ser algo muy pernicioso, porque no dejas de darle vueltas a la cabeza una y otra vez a las mismas cosas y al final no puedes evitar exagerar lo que en circunstancias normales podría ser una simple tontería.

Te cuento esto porque durante la cena con Alfredo en el hotel Armani él me soltó una frase: «Ha sido una idea estupenda venirnos a Dubái para arreglar lo nuestro», a la que apenas presté atención en ese momento. «Pero si nosotros no teníamos nada que arreglar, cariño: solo éramos dos personas muy ocupadas entre el trabajo y los niños, y teníamos poco tiempo para vernos, eso es todo». Y ahí quedó la conversación, enseguida cambié de tema. Sin embargo, llevo dos días dándole vueltas a esas tres palabras, «arreglar lo nuestro», preguntándome si se estaba refiriendo a algo más que a la falta de tiempo para pasarlo en pareja, si de verdad mi marido creía que nuestro matrimonio estaba estropeado. Pero no, sé que no, que Alfredo y yo estamos y hemos estado siempre muy enamorados y que, si bien es cierto que en los últimos años apenas hemos podido disfrutar de escapadas románticas de fin de semana o cenas íntimas a la luz de las velas, nuestra unión es de las que superan cualquier obstáculo y es para siempre, de eso no tengo ninguna duda, estoy completamente segura de su amor incondicional hacia mí. Obviamente, el problema es mío por haber interpretado mal lo que quería decirme, pero es probable que si no tuviera tantas horas libres ni siquiera habría vuelto a pensar en esa frase. En definitiva, que he decidido que voy a apuntarme a un gimnasio por las mañanas: las clases de árabe no bastan para mantener mi mente ocupada.

¿Ves cómo el aburrimiento es malo? Si estuvieras aquí conmigo nunca me aburriría y no me comería la cabeza con tonterías.

Te quiero mucho.

Lola

Dubái, 6 de diciembre de 2014

Querida Sara,

Sigo muy contenta, sigo muy feliz, pero me sigues faltando tú; sin ti mi felicidad nunca podrá ser completa.

La principal novedad desde mi última carta es que estos días se ha celebrado el cuarenta y tres aniversario de la fundación de la Federación de los Emiratos Árabes Unidos, que son siete, aunque a ti solo te sonarán Abu Dhabi, la capital y sede del Gobierno del presidente, su alteza el jeque Jalifa bin Zayed Al Nahayan, y Dubái, el Emirato más poblado y con mayor proyección internacional, gobernado por el jeque Mohammed bin Rashid Al Maktoum, que también es el vicepresidente de UAE. El 2 de diciembre de 1971 los siete emiratos firmaron su primera Constitución y desde ese día cada año se conmemora la fiesta nacional con muchísimo orgullo, ya que los emiratíes y la mayoría de los que vivimos aquí estamos impresionados por los objetivos tan ambiciosos que ha logrado este país en tan poco tiempo. La celebración es por todo lo alto, con banderas gigantes en todos los lugares públicos y en los coches de los locales, fotos de los emires en todas las tiendas, globos con los colores del país en cualquier rincón y, en definitiva, muchas ganas de fiesta por la calle y los centros comerciales a tope de gente. Por cierto, que mi amiga Samira me contó el otro día en el colegio el significado de los cuatro colores de la bandera de UAE (United Arab Emirates): el negro es el petróleo, el rojo la unidad, el blanco la neutralidad y el verde la fertilidad, aunque también simboliza el color del Islam (la tradición cuenta que Mahoma llevaba un manto verde y por eso la mayoría de los países de religión musulmana incluyen este color en sus banderas).

Nosotros, después de disfrutar con los niños de la fiesta nacional —hasta les puse una *kandora* a cada uno, que es el traje tradicional de los hombres aquí: una sábana blanca almidonada hasta los pies a juego con el turbante en la cabeza, ¡iban los dos monísimos!–, aprovechamos que Alfredo tenía un par de días libres en la empresa para hacer una escapada romántica solos (Diego y Alejandro se quedaron con su *nanny* Joan en casa) a uno de los hoteles más evocadores en los que he estado jamás: el Bab Al Shams, un auténtico oasis en mitad del desierto. Está a una hora y media en coche de nuestra casa y lo han construido imitando las antiguas fortalezas árabes; absolutamente precioso, con frondosos jardines, fuentes y caminos de piedra y una decoración de estilo rústico con un gusto exquisito (al contrario que los demás hoteles modernos y ostentosos de Dubái, que te dejan fría con tanto mármol). Tomarnos una copa al atardecer en su piscina de bordes infinitos contemplando las dunas, o disfrutar de la música árabe en vivo en el restaurante al anochecer ha sido un auténtico regalo de Dios, se llame Alá, Jesús o Buda, me da igual, pero te juro que esta maravilla de hotel hace que recuperes la fe. En cuanto a la noche que pasamos en ese pedazo de cama con dosel..., mejor no entro en detalles, porque se me ponen los pelos de punta...; fue como si los dos volviéramos a tener veinte años.

El resto del tiempo lo he pasado sin grandes cambios: mucha lectura, niños y playa. He empezado a hacer más planes con el grupo de españolas de mi zona, al que ya he dividido mentalmente en dos claramente diferenciados: el de las que consideran que su paso por Dubái es coyuntural y se pasan el día suspirando por volver a España, y el de las que no tienen un pie en cada lado, sino que asumen que su vida ahora está en este país y tratan de aprovecharla de la mejor manera. Dentro de este último hay muchas chicas que realmente merecen la pena, si las coges por separado, claro, y la verdad es que cada vez me gustan más. Hay una de Barcelona, Sonia, con la que me llevo especialmente bien. Acaba de montar un pequeño negocio de pulseras tipo Hipanema falsas, que su hermano, que vive en Shanghái, le envía todos los meses por Federal Express; ella las vende aquí a través de una página que se ha hecho en Facebook, y organizando desayunos y catas de vinos españoles en su casa. El problema es que, como apenas habla inglés, sus clientas se circunscriben únicamente a las comunidades española e hispanoamericana de Dubái. También me llevo fenomenal con una burgalesa, María, buenísima persona y una fanática del yoga en todas sus vertientes. Y hasta hay una médico en el grupo: se llama Valentina y es una tía muy válida y educada. Ahora está intentando que la autoricen a ejercer aquí su profesión y para ello tiene que convalidar su título español aprobando unas pruebas bastante complicadas en las que, además, necesita tener un buen nivel de inglés (del que por ahora carece), así que se ha apuntado todas las mañanas a un curso intensivo en la Escuela Eton, una de las que más fama tienen aquí. Su objetivo es presentarse al examen en seis meses: ojalá que consiga sacarlo, porque como en UAE no hay Seguridad Social (no sabemos la suerte que tenemos en España), la medicina es carísima y los profesionales sanitarios están supersolicitados.

En cuanto a Céline y Alice, sigo cultivando nuestra amistad, cada día más agradecida por haberlas encontrado en mi camino, especialmente ahora que no te tengo a ti... Con ellas es con quienes de verdad me relajo y disfruto, y con quienes me desahogo cuando Alfredo me llama para avisarme de que no le espere despierta porque se quedará trabajando en la oficina hasta tarde una noche más.

El viernes pasado Peter y Alice compraron un cerdo de quince kilos y lo cocinaron en su jardín con todos sus amigos. Lo pasamos genial y te juro que esa carne, cocinada a fuego lento toda la mañana, estaba más jugosa que la del cochinillo de Cándido. Con Alice te partes de risa: decía que el próximo cerdo que compren lo van a asar en Ramadán para que el olor penetre en las casas de sus vecinos, muchos de ellos musulmanes. Espero que sea una broma, que aquí puedes pasar de tener una vida de ensueño a convertirla en una auténtica pesadilla si traspasas unas determinadas líneas: te recuerdo que por muy abierto y tolerante que sea o pretenda ser este país, aquí rige la sharia, la ley sagrada del Islam, y aunque su aplicación es muchísimo más relajada que en nuestros países vecinos, Arabia Saudita, Yemen o Irán, y en muchos casos hacen la vista gorda para proteger al sector turístico, principal fuente de ingresos de Dubái, lo cierto es que en lo esencial se aplica y hay que tener mucho cuidado con determinadas actitudes, sobre todo si son públicas. Al final, de lo que se trata es de tener un poco de sensatez y respeto a las costumbres del país que te ha acogido si no quieres acabar viviendo un infierno, pero te aseguro que puedes llevar una vida tan normal como la que se lleva en España si tienes en cuenta tres o cuatro reglas fundamentales: no beber alcohol si conduces, no llamar la atención en tu manera de vestir o comportarte cuando no estás en tu casa o en casa de algún amigo, mantener la educación en todo momento y huir de cualquier tipo de confrontación, especialmente si se trata de locales, que no hay que olvidar en ningún momento (y ellos te aseguro que no lo hacen) que este es su país.

Pero como lo prometido es deuda, paso a contarte cómo fue aquella tarde en casa de Samira tomando el té con sus amigas, absolutamente encantadoras, en su jardín colosal con unas vistas impresionantes al campo de golf mientras los niños chapoteaban en una de sus piscinas (que tenía de todo, por cierto: tobogán, cascada, jacuzzi…).

Lo primero que me preguntó Samira después de presentarme a las demás chicas —que eran todas emiratíes menos una libanesa y una siria— como «mi amiga española Lola» (me hizo mucha ilusión el calificativo) fue cómo me imaginaba yo que iba a ser su aspecto sin la *abaya* y el *niqab*. Le contesté que me la imaginaba guapa pero no tanto, porque es verdad que tiene una belleza de esas morenas rotundas: pelo larguísimo negro, muy cuidado y brillante, boca de labios carnosos, nariz nada exagerada… Enseguida me di cuenta de que las mujeres musulmanas, por lo menos las de este país, en contra de lo que yo pensaba, se ocupan muchísimo de su aspecto, ya que, como la mayoría no trabaja y les salen los millones por las orejas, pasan gran parte de su tiempo en salones de belleza, spas, clínicas de adelgazamiento… (de hecho, yo creo que esa nariz tan mona de Samira, tan poco árabe, tiene la firma de algún buen cirujano plástico). Casi todas ellas eran realmente guapas, con los dientes blanco Nuclear, las pestañas interminables, las cejas perfectamente depiladas (aunque algunas se las depilan rectangularmente, lo que a mí no me gusta nada)…, y las que ya tenían hijos eran tirando a rellenitas, alguna directamente gorda, con mucho pecho y curvas en general muy generosas. Sin embargo, Samira, a pesar de tener cuatro hijos más que yo y solo un par de años menos, porque Emiratos es un país con una tasa de natalidad alta, sobre todo si la comparas con la española, donde los matrimonios se celebran a una edad temprana, tenía un tipazo que ya quisiera yo para mí.

Como me lo pusieron en bandeja, inmediatamente les pregunté que para qué cuidarse y arreglarse tanto si nadie las podía ver debajo de tanta tela opaca, a lo que unas me contestaron que se cuidaban para sí mismas, otras para sus maridos e incluso hubo una que me confesó (y a esta la intuí más sincera que las demás) que para lucirse ante sus amigas. En cuanto a mi manera de vestir (mucho pantalón corto y mucha camiseta aquí en Dubái, que durante la mitad del año hace un calor extremo), ellas me comentaron que les parecía bien que las occidentales vistiéramos como quisiéramos siempre que respetáramos el *dress code* de cada lugar (en los centros comerciales y demás lugares públicos los hombres deben ir tapados, y tampoco es aconsejable enseñar las rodillas), lo cual demuestra una vez más que los emiratíes son gente tolerante y muy educada que está acostumbrada a vivir rodeada de personas de otras nacionalidades, etnias, religiones y culturas (tan solo la quinta parte de la población de UAE es local; el resto es mano de obra, bien manual o bien altamente cualificada, que importan, como Alfredo). Y ya entrados en materia, me atreví a hacerles la pregunta del millón: cómo habían conocido y se habían enamorado de sus maridos tapadas hasta los pies.

Pues bien, aunque te parezca una práctica absolutamente medieval, lo cierto es que aquí siguen practicándose los matrimonios concertados, generalmente entre primos y demás familiares (hermanos, hijos y padres no, por supuesto). Samira se casó con un primo segundo suyo, y las demás, o bien con primos o tíos lejanos, o con hijos de las personas que componían el círculo de amistades de sus padres. Increíble, ¿verdad? Está claro que sin conocerme de nada y siendo extranjera todas me aseguraron que eran muy felices en sus respectivos matrimonios (los trapos sucios se lavan en casa y muchísimo más en esta cultura), a pesar de que Emiratos es de los pocos países árabes en los que el divorcio está permitido por ley incluso a petición de la mujer (en casi todos los demás países el cónyuge masculino es el único que puede solicitarlo, y muchas veces por las razones más absurdas). Pero para que comprendas perfectamente cómo funciona esto aquí, te voy a poner el ejemplo de Mohammed y Maira, los dos hijos mayores de Samira.

De Mohammed me contó muy orgullosa que es un chico muy cariñoso e inteligente que está estudiando no sé qué carrera de negocios en Londres (como este país estuvo bajo dominación británica muchos años, los emiratíes adoran todo lo anglosajón y viajar a Londres para ellos es lo más de lo más). Sin embargo, y voy al grano, lo sorprendente fue que me comentó que había estado «embobado» durante un tiempo con la hija de un primo de su marido, pero que, «con la ayuda de Alá», le había hecho ver que esa chica no era buena para él (al parecer porque no le gustaba asistir a las multitudinarias reuniones familiares que organizan los árabes cada dos por tres) y fue la propia Samira la que le buscó otra prima mucho más adecuada con la que se iba a casar dentro de un año y a la que su hijo conoció en la pedida de mano, momento en el que comprobó que se trataba de una chica muy guapa y que su madre había hecho una muy buena elección para él. Así como te lo cuento, Sara, completamente alucinante, pero cierto… Al parecer, ahora Mohammed está contentísimo deseando que llegue el día de su boda y mientras tanto le escribe poemas de amor (los árabes adoran la poesía, de hecho el jeque de Dubái actual está considerado un gran poeta) y le regala pulseras de Cartier llenas de brillantes que le entrega a través de su hermana Maira, que además de prima también es muy amiga de su prometida, porque a ella no la ha vuelto a ver ni la verá hasta el día de la boda: no estaría bien visto.

Y en cuanto a Maira, aunque aún está en el colegio, no está previsto que se marche a estudiar a Inglaterra, sino que lo hará en una de las universidades privadas de aquí y, según mi amiga, a ella los negocios no le interesan nada, lo que le gusta es el diseño de interiores. No hay boda a la vista en el caso de Maira, pero Samira está segura de que, al ser una chica bellísima (viendo a su madre no me cabe la menor duda), no le faltarán pretendientes entre los socios de su marido en sus múltiples y variados negocios (desde la construcción de urbanizaciones, puentes, carreteras y centros comerciales hasta temas, de los que Samira o no estaba muy enterada o no me supo explicar bien, relacionados con el gas y el aluminio).

Ellas también me preguntaron cómo había conocido yo a Alfredo, pero no me pareció bien contarles que en un bar de copas a las tantas de la madrugada y los dos borrachos como cubas, más que nada por si no me volvían a invitar a tomar el té, así que simplemente les dije que teníamos amigos en común, sin entrar en más detalles.

También aproveché para preguntarles sobre la religión, y, para que te hagas una idea, me parecieron todas lo que para el catolicismo serían los miembros del Opus Dei o de los Legionarios de Cristo: todas son muy piadosas y practican la oración cinco veces al día, respetan el ayuno y la caridad en Ramadán, y dicen mucho el *inshallah* o «si Dios quiere» musulmán. Pero es que además disfrutaban de verdad hablando de sus creencias conmigo, se las notaba apasionadas cuando me contestaban a la multitud de dudas que yo tenía acerca de la doctrina del Corán o del significado de las fiestas musulmanas en las que mis hijos no van al colegio: el EID o la fiesta del sacrificio, el nacimiento del Profeta, etc. Yo les hablé de la Navidad, que es mi fiesta religiosa preferida, e hice hincapié en que los tres Reyes Magos vinieron de Oriente cruzando el desierto montados en camellos, pero en este caso sí fui sincera y les confesé que en Dubái (lo mismo que en España) a pesar de existir un par de iglesias católicas e incluso una en la que dos días a la semana se celebra la misa en español, no practicaba ningún precepto más allá del de «amarás al prójimo como a ti mismo» (un poco según me convenga), y dudaba mucho de que algún día mis hijos fueran a hacer la Primera Comunión, aunque habían sido bautizados por aquello de quedar bien con la familia.

La tarde en casa de Samira se alargó casi cinco horas en las que disfruté muchísimo y me sentí muy a gusto, aunque cuando salí de aquella mansión de suelos y escaleras de mármol, lámparas de cristal y altísimos techos eché mucho de menos la roña y los adoquines gastados de las calles de La Latina, el suelo lleno de palillos y servilletas sucias del bar Los Caracoles o al camarero de El Brillante gritando ¡Dos bocadillos de calamareees!). En Dubái todo es tan nuevo y tan lujoso e impecable que se añora muchísimo la Vieja Europa.

Precisamente en mi próximo correo tenía pensado contarte qué es lo que más y lo que menos me gusta de Emiratos (del país en general), porque en ambos casos es lo mismo: las personas. Adoro la mezcla de población de este lugar, un poco al estilo de Nueva York, aunque con bastante más barniz tercermundista y con un tono bastante más oscuro; pero, por otra parte, no puedo soportar las diferencias sociales tan brutales que hay aquí, y me duele en el alma cuando veo cómo viven algunas personas (y ahí me incluyo) a costa de la gran mayoría. Pero como ese tema da para hablar largo y tendido, lo dejamos para otro día, que ahora me tengo que ir a buscar a los niños al colegio, porque acabo de escuchar en la radio que ha habido un accidente de tráfico monumental en la Sheikh Zayed Road (la principal arteria que recorre la ciudad de norte a sur, con ocho carriles en cada sentido, impresionante, con un tráfico espantoso en las horas punta y una conducción temeraria), así que seguro que tardo dos horas como mínimo en llegar a recoger a mis enanos.

Te quiero, amiga, vaya donde vaya siempre estarás conmigo.

¡Muuuack!

Lola

Dubái, 11 de diciembre de 2014

Querida Sara,

La vida es como una partida de parchís en la que Dios, o el azar, o como lo quieras llamar, a algunos nos ha puesto directamente en la casilla de salida y con todo a favor para comernos una y contar veinte mientras que a otros, por desgracia la gran mayoría, ni siquiera se les da la oportunidad de salir al tablero a jugar, porque les han tocado las fichas del color equivocado o porque a su dado a alguien se le ha olvidado pintarle el cinco.

Tú y yo hemos tenido muchas conversaciones sobre lo cruel que puede llegar a ser la realidad para las tres cuartas partes de la población y lo sencillo que resulta para el resto, sin que haya ningún mérito de por medio más que el de haber tenido la suerte de nacer en un determinado país, en una determinada época de la historia o con un determinado color de piel. Recuerdo nuestras lágrimas el Día del Domund en el colegio de monjas de Valladolid, donde desde el primer día nos sentamos juntas jurándonos no separarnos jamás (y así habría sido si de nosotras hubiera dependido, de eso estoy segura), cuando nos llevaban a la sala de cine y nos ponían esas películas de niños negros con las tripas hinchadas y los ojos llenos de moscas. Después nos daban una hucha a cada una con la pegatina de la cruz en la que inmediatamente echábamos nuestros pequeños ahorros de todo el año, y salíamos corriendo a la calle a pedir «un donativo para los niños de África, que se están muriendo de hambre». Cuando les devolvíamos a las monjas las huchas llenas a rebosar nos poníamos muy contentas creyendo realmente, o eso nos hacían creer, que los niños pobres ya no pasarían más hambre: entonces y solo entonces nos permitíamos secar nuestras lágrimas y olvidarnos del tema... hasta el Domund del año siguiente.

En Dubái he vuelto a pensar en aquellos días de camisas blancas y faldas plisadas azul marino cada vez que Joan me cuenta cómo viven muchas de sus amigas, o incluso ella misma antes de venirse a vivir con nosotros, trabajando a destajo seis días a la semana, muchas veces durmiendo apenas cuatro o cinco horas al día, limpiando, planchando, cocinando y criando a los hijos de otras mientras los suyos están a miles de kilómetros cuidados por familiares o amigos. Y todo eso a cambio de un sueldo mínimo en el que no hay sitio para la esperanza de un futuro mejor.

Ayer tuve mi primera gran bronca con Elvira, una de las españolas de mi grupo. Me había prometido a mí misma que en cuanto pusiera un pie en este país me iba a morder la lengua y contar hasta diez antes de hablar, que es lo que me aconsejaban las religiosas que hiciera tras levantarme los más que frecuentes castigos que me imponían por soberbia e impertinente, cada vez que cuestionaba todo lo que nos hacían aprender de memoria sin permitirnos un mínimo resquicio para la duda. Pero no me arrepiento de ello, Sara, porque hay momentos en esta injusta vida en los que hay que saber dar un puñetazo en la mesa, sobre todo ante los que no solo se conforman con comerse una y contar veinte, sino que además se permiten el lujo de pensar que de algún modo se lo merecen, que tienen todo el derecho de hacerlo.

Cuando sonó el timbre de mi puerta y al abrirla me encontré con Elvira y Paola, que es una amiga suya italiana, diciendo que querían hablar conmigo de algo importante, supe que viniendo de ellas no podía ser nada bueno, porque ya me había dado cuenta de que se habían autoproclamado las padrinas de la mafia española de mi urbanización con derecho a poner en tela de juicio constantemente el comportamiento del resto, por supuesto siempre a sus espaldas. Las invité a un café de mala gana y empezaron preguntándome si estaba contenta con mi empleada doméstica, si los niños la querían, si sabía cocinar, si limpiaba bien la casa…

—Estoy feliz con Joan, pero ¿esto a qué viene? —les pregunté instándolas a ir directamente al grano, porque estoy enganchadísima a la última novela que me estoy leyendo, *La sonata del silencio*, y no me apetecía seguir perdiendo el tiempo con estupideces.

—Pues mira, Lola, es que nos hemos enterado de que Joan va diciendo en los columpios a las demás chicas que gana tres mil dírhams al mes, que es el doble de lo que ganan las nuestras; y que además del viernes, que es el día libre que tienen todas las filipinas, le has dado también el sábado –contestó Elvira–. Imagino que será mentira, pero hemos preferido preguntártelo directamente.

–Pues mira por dónde es verdad, ¿tenéis algún problema con lo que pago yo a la persona que se ocupa de mis hijos? –inquirí indignada.

–Pues la verdad es que sí, porque estás rompiendo los precios del mercado de las *maids*, y si tú abres la veda pagando el doble, las nuestras nos van a pedir lo mismo tarde o temprano, así que te pedimos, y en esto creo que hablo en nombre de todo el grupo, que reconsideres el sueldo que le pagas y los días libres que le das, por el bien de todas.

Ya me conoces, Sara, y te puedes imaginar cómo me puse cuando escuché esas palabras y las barbaridades con las que las invité a salir por la puerta con cajas destempladas y diciéndoles que esa era la última vez que se atrevían a opinar sobre lo que ocurría en mi casa y en mi familia, porque yo a Joan la considero parte de mi familia, y eso se lo dejé meridianamente claro.

–Entonces no te quejes cuando le prohibamos a nuestras *maids* que traigan a nuestros hijos a jugar a tu casa, o cuando hagas una fiesta de cumpleaños y no vengamos ninguna –apuntilló Elvira cruzando ya el umbral.

–Por mí podéis hacer lo que os dé la gana. ¡Hala, hasta luego, que tengo muchas cosas que hacer! –les grité dando un portazo.

Cuando me senté en el sofá no pude evitar soltar una carcajada, porque la situación que acababa de vivir era absolutamente surrealista, por no decir dantesca si profundizaba un poco en ella. «Pero ¿de qué clase de gentuza estoy rodeada, Dios mío?», pensé mientras me abría una botella de Corona helada y le ponía una raja de limón.

Ay, Sara, mi niña, ¿por qué no estás conmigo? ¿Es que no ves cuánto te necesito?

Lola

Dubái, 3 de enero de 2015

Querida Sara,

Estoy de bajón…

Esta vez no voy a contarte lo bonitos que han sido los fuegos artificiales de Dubái, que han batido un año más el récord Guinness por su duración y espectacularidad, ni lo que me ha sorprendido el ambiente navideño que se ha respirado estos días aquí, a pesar de ser un país musulmán, con filipinos vestidos de Papá Noel ofreciendo caramelos a los niños en cada centro comercial, y en los restaurantes y hoteles magníficos árboles profusamente decorados (aquí todo es así, profuso). No, esta vez te escribo para desahogarme, porque a pesar de todo lo que me he esforzado por que los niños vivieran unas navidades mágicas y entrañables, sus primeras navidades en Dubái, lo cierto es que me he sentido muy sola, sin ti, porque no estás, y sin Alfredo, porque no ha hecho acto de presencia, e incluso conmigo misma, porque por primera vez he empezado a dudar de que haya sido una buena idea dejarlo todo en Madrid y venirme a este rincón del planeta.

La noche del veinticuatro fue dura, muy dura. Había preparado (bueno, más bien encargado en el restaurante del hotel Movenpick) un fantástico pavo relleno acompañado de diferentes salsas de ciruelas, arándanos, etc.; compré manteles rojos y piñas para decorar la mesa, puse espumillón y bolas por toda la casa y hasta colgué en cada ventana ristras de luces de colores para que los vecinos supieran que somos católicos y celebramos el Nacimiento de Jesús, por no hablar del árbol de Navidad y el belén que compré por Internet casi de tamaño real (bueno, eso es un poco exagerado, que viviendo aquí todo se pega…). A los niños les compré de parte de Papá Noel unos *quads* para el desierto y a Alfredo un Breitling, del que no te comento el precio porque luego veo a los indios trabajando de sol a sol en la construcción y me parece inmoral gastarme esa ingente cantidad de dinero cuando esas pobres personas viven en un régimen de casi esclavitud por un plato de arroz y unos pocos dírhams que mandar a sus familias.

Alfredo me había prometido que llegaría a las siete a cenar, pero a las ocho aún no estaba en casa, y como a las nueve el pavo ya estaba frío y los niños muertos de sueño les di la cena y los metí en la cama anunciándoles que Santa Claus, que es el nombre que oyen en el colegio, llegaría a la mañana siguiente cargado de regalos. Y en ese momento yo también debería haberme ido a dormir, y de hecho lo iba a hacer, te lo prometo, pero fue entonces cuando recibí un *whatsapp* suyo (no una llamada, no, ¡un *whatsapp*!), anunciándome que le había surgido una cena con unos clientes a la que no podía faltar y que no le esperara despierta. ¿Te lo puedes creer? Fue entonces cuando abrí el Vega Sicilia que tenía reservado para una ocasión muy especial y me lo fui bebiendo enterito, copa tras copa, mientras releía una y otra vez su mensaje y me preguntaba qué pintaba yo en este país, sin trabajo, sin una vida propia más que la de cuidar a mis hijos, sin apenas amigos… y la sensación de estar en un precipicio sin red se iba acrecentando a medida que el nivel del vino iba disminuyendo. Después vinieron los *gin-tonics*, que no sé ni cuántos fueron… En definitiva, y de esto ya no me acuerdo, que cuando Alfredo llegó a casa a las tantas de la madrugada me encontró tirada en el suelo, inconsciente y cubierta de vómito.

Así que ya te puedes imaginar el día de Navidad que pasé: agotada, completamente destruida física y psicológicamente, con un dolor que me estallaba la cabeza, fregando el suelo, limpiando sábanas y avergonzada por las miradas de reproche de mi marido y por no tener fuerzas para ir al desierto con los niños a estrenar los *quads*, porque ante mi lamentable estado a Alfredo no le quedó más remedio que llamar a la oficina y pedir el día libre por motivos familiares.

El resto de las navidades lo he pasado con el alma entumecida, todo el día sola con los niños, que tenían tres semanas de vacaciones y por mucho que los adore me han exprimido la poca energía que me quedaba después del lamentable episodio de Nochebuena, con una pareja a la que apenas he visto, y que en las pocas noches que no llegaba tan tarde a casa apenas me ha dirigido la palabra, ni siquiera cuando le he pedido perdón (lo he hecho muchas veces, créeme) y con una tristeza incrustada en un corazón al que le ha costado mucho latir a su ritmo habitual estos días, como si se hubiera oxidado.

Con quien sí he pasado mucho tiempo es con algunas de las españolas de mi zona, y la verdad es que me han hecho mucha compañía. Su cariño y su calor han logrado que me replantee completamente la imagen que tenía de ellas y que me arrepienta sinceramente del recelo que sentía hacia este grupo de compatriotas que me acogieron con los brazos abiertos cuando aterricé en Dubái. Todas están aquí para luchar por un futuro mejor para sus hijos, porque en una España paralizada por la crisis económica las oportunidades se iban terminando hasta prácticamente desaparecer, y cada una trata de buscar su felicidad de la manera que puede: una vendiendo pulseras, la otra esforzándose por ser la mejor ama de casa, la otra aprendiendo inglés con la idea de encontrar un trabajo algún día en este país… Pero todas al fin y al cabo son mujeres y madres como yo y estamos hechas de la misma pasta, aunque en algún momento llegara a pensar que yo estaba en un nivel superior: qué idiota fui al creerme que la gran Lola Goizueta, azote del consejo de administración, valía más que cualquiera de ellas…

Para una en concreto, Luz, tampoco han sido unos días fáciles, más bien han sido un auténtico infierno. Mientras en Nochebuena yo estaba emborrachándome sola en mi casa, ella estaba curioseando el móvil de su marido, que es piloto, y se había ido de línea a Nueva York olvidándose el teléfono en la mesilla de noche. Primero supongo que fue rabia, luego tristeza, después miedo… No quiero ni imaginarme cuánto debió de sufrir cuando se encontró en el móvil unas fotos de Borja, que así se llama el personaje, en situaciones mucho más que comprometidas con una azafata de Sri Lanka de apenas 20 años. Y todo esto mientras sus tres hijos (2, 4 y 6 años, respectivamente) soñaban con el trineo en el que llegaría Papá Noel desde el Polo Norte hasta el desierto. No te cuento cómo está mi amiga en estos momentos, porque te lo puedes imaginar, sobre todo cuando el tío por el que lo ha dejado todo (ella también era azafata, ella también tenía un trabajo y una familia en Madrid: una vida, en definitiva) primero niega la relación rotundamente acusándola de estar paranoica y, después, y ante la evidencia de las fotos desnudos abrazados y sonriendo a la cámara en un *selfie* en una habitación de hotel de cualquier país, le jura y perjura que solo fue una noche y que la relación ha terminado, cuando los mensajes que Luz había leído se alargaban seis meses en el tiempo y hasta le felicitaba la Navidad a su marido asegurándole que le tenía preparado un regalo muy especial a su vuelta de Nueva York.

Y ahora, la pobre Luz, aparte de estar sumida en una depresión (de la que estoy segura que saldrá, porque es una chica muy fuerte), se encuentra en un país extraño, con tres niños pequeños que dependen absolutamente de ella y sin posibilidades de volver a trabajar en España en su profesión por la edad que tiene, porque cuando apostó por Dubái y por la carrera profesional de su marido lo hizo con todo lo que tenía, sin llegar a imaginarse nunca que Borja podría algún día hacer trampas y jugar de farol.

Evidentemente todas nos hemos volcado en ella estos días y, sobre todo yo, le hemos aconsejado que busque un buen abogado matrimonialista y se vuelva a España cuanto antes con sus hijos, pero por el momento está en estado de *shock* y lo único que puede hacer es llorar y sentirse imbécil, e impotente, y seguir llorando. Así que nosotras hacemos lo único que podemos hacer por el momento: acompañarla, no dejarla sola ni un segundo, arroparla todas juntas como una piña…, y te aseguro que tarde o temprano la haremos despertar y retomar las riendas de su vida.

Lo que sí he aprendido viniéndome a vivir aquí es que el tiempo y la distancia ponen las cosas, a las personas y los acontecimientos en perspectiva. Y aquí, como ya te habrás imaginado, quería hablarte de mi padre, del que, a pesar de nuestras diferencias, estos días, quizá por mi tristeza, o porque era Navidad, me he sentido más cerca de lo que me había sentido en muchos años a través de largas conversaciones telefónicas en las que sin decirle nada ha percibido perfectamente mi nostalgia. Así que, con la excusa de darle los regalos de los Reyes Magos a Diego y Alejandro, ha comprado dos billetes (también viene su mujer) para venir a Dubái la próxima semana.

No es que me apetezca mucho que vengan, la verdad, porque, y eso lo sabes tú mejor que nadie, nunca hemos tenido una relación fácil; pero por otra parte me alegro de que mis hijos vean a su abuelito y en el fondo de mi corazón espero que, como solo van a estar aquí unos días, podamos simplemente pasarlo bien todos juntos, sin entrar en temas más ásperos o profundos. Por mi parte ya estoy organizando actividades para los cinco días que él y Luisa van a estar aquí: subida al Burj Khalifa, visita a la Ciudad Vieja, compras en el Dubai Mall, cena en el Zouk Madinat, safari por el desierto… Lo típico que hace cualquiera que vive aquí cuando vienen familiares o amigos de visita.

Así que en mi próxima carta prometo contarte con pelos y señales qué tal fue todo con mi padre, preciosa. Mientras tanto cruza los dedos y deséame suerte.

Y nunca olvides que te quiero. Y te he echado de menos estos días más que nunca. No sabes lo que habría dado por haber podido coger el teléfono y charlar contigo: seguro que no me habrías dejado ni deprimirme ni emborracharme; habrías cuidado de mí como lo has hecho siempre… Pero no te preocupes demasiado, que ya sabes que cuando me propongo algo lo consigo sea como sea; solo he tenido un pequeño bache sin importancia, pero como me he propuesto ser feliz en Dubái cueste lo que cueste lo voy a ser, y seguro que las próximas navidades son mucho mejores que estas, ¡ya verás cómo lo son!

Un beso muy grande,

Lola

PS. También he echado de menos unas navidades blancas, con nieve y mucho frío, ver el color verde de los árboles y el cielo encapotado, y aspirar el aroma de un prado después de la lluvia. En este país apenas llueve una docena de días al año, y cuando lo hace, como no está preparado para ello y ni siquiera tienen un sistema de alcantarillado, las carreteras se inundan y todo se llena de barro. Me gusta el desierto, sí me gusta, pero el paisaje es siempre igual, siempre plano y monocolor, sin ríos ni montañas, excepto las que forman las dunas. Las navidades tienen que ser blancas para ser unas verdaderas navidades.

PS2. En fin, supongo que me acabaré acostumbrando también a no poder comerme unos huevos fritos con una buena morcilla de Burgos en un mesón de alguna bocacalle estrecha y empedrada de las que circundan la Plaza Mayor, y a no poder ponerme bufanda y gorro en invierno, y a no ver la televisión en mi idioma, y a las cañas de los compañeros de la oficina los viernes por la tarde, y al pincho de morro y oreja a la hora del aperitivo, y a poder gritar cuando me apetezca y perder las formas de cuando en cuando… Porque vivo en Dubái, sí, pero soy española, y amo a mi país.

Dubái, 24 de enero de 2015

Querida Sara,

Estoy contenta, muy contenta. La visita de mi padre y Luisa ha sido un éxito rotundo: a ellos les ha encantado Dubái y nosotros hemos estado muy a gusto con ellos. Además, con Alfredo todo ha vuelto a la normalidad y volvemos a estar unidos y felices, los niños han disfrutado muchísimo con su abuelito y, sobre todo con su mujer, que ya sabes que los adora, y yo he pasado página al borrón de las pasadas navidades y vuelvo a estar ilusionada con mi vida de expatriada en Dubái lejos del agobio de la oficina. La vida, en definitiva, me ha vuelto a sonreír y estaba deseando tener unas horas libres para poder compartirlo todo contigo, como siempre ha sido y siempre será.

Mi padre y Luisa llegaron cargados de juguetes y regalos para todos, especialmente para Diego y Alejandro, que vivieron una noche de Reyes muy emocionante en la que pusimos turrón recién traído de España para Sus Majestades de Oriente, agua para los camellos y, por supuesto, carbón: no quería que se perdieran ni un detalle de la tradición y, al final, como mi padre insistió en que a los Reyes Magos también les gusta el vino dulce (habían traído de España una botella de Pedro Ximénez) y Luisa sugirió poner unas peladillas para que repusieran fuerzas, la noche del 5 de enero a los pies de nuestro árbol de Navidad más que un detallito para los viajeros había todo un *brunch* al estilo hotel de cinco estrellas dubaití.

Esa primera noche le supliqué a mi padre que en lugar de irse al hotel se quedaran en casa, para que pudieran contemplar a la mañana siguiente la cara de alegría de los niños cuando se despertaran y bajaran a ver sus regalos, así que, aunque a mi padre noté que no le apetecía nada, Luisa le convenció (es una pena que ella no haya sido madre, porque no sabes cómo disfruta de los niños y la mano que tiene con ellos) y pasamos una velada realmente agradable cenando los cuatro juntos y luego tomando una copa tranquila en la jaima de mi jardín. Obviamente tenían muchas preguntas que hacernos sobre nuestra nueva vida, ya que hacía más de cuatro meses que no nos veíamos. Mi padre sobre todo estaba interesado en el trabajo de Alfredo, por algo ambos son ingenieros, las posibilidades de promoción, su futuro profesional, etc., mientras que Luisa tenía más curiosidad por saber cómo se habían adaptado mis hijos a un nuevo colegio todo en inglés, si yo ya tenía amigas aquí (le hablé de Céline, Alice, Samira y el grupo de españolas) y en qué ocupaba mi tiempo libre. A ambos les sorprendió mucho que no echara para nada de menos mi vida laboral en España y que estuviera disfrutando tanto de mi papel de madre a tiempo completo. «Bueno, eso es ahora, porque es la novedad, pero ya veremos dentro de un año cómo estás, no vas a poder aguantar sin hacer nada, te vas a acabar subiendo por las paredes, y si no, tiempo al tiempo», apuntó el cenizo de mi padre, que siempre tiene que decir la última palabra y poner la guinda amarga encima del pastel.

El día de Reyes decidí no llevar a mis hijos al colegio (aquí los días no laborables son, obviamente, los de las fiestas musulmanas, así que Alfredo sí tuvo que ir a trabajar) para que pudieran disfrutar de sus juguetes nuevos toda la mañana. Por la tarde, como mi padre y Luisa aún estaban cansados del viaje del día anterior nos lo tomamos de relax, así que nos pusimos todos los bañadores (sí, bañador en pleno enero, es lo bueno del clima de Dubái en invierno) y nos fuimos al *beach club* del hotel Westin, que es una auténtica maravilla, con varias piscinas, barras de bar dentro del agua y un césped cuidado hasta el milímetro a diez pasos de una playa de arena fina y agua casi transparente bajo los impresionantes rascacielos de Dubai Marina: la definición exacta de lo que significa relajarse con glamur. Ese día pudieron ver a varias mujeres musulmanas bañándose con la *abaya* acuática (un traje de baño en tonos fucsias y negros que las cubre desde los tobillos hasta el pelo, con un círculo alrededor de la cara), y a Luisa le hizo mucha gracia, aunque le tuve que llamar la atención un par de veces, porque no paraba de señalarlas y reírse sin ningún disimulo, y en este país la gente es extremadamente educada y no se pueden montar numeritos en público jamás. Mis hijos se lo pasaron fenomenal con ella bañándose en todas las piscinas, y mi padre y yo tuvimos ese momento a solas en la hamaca en el que, aprovechando que Alfredo no estaba, volvió a repetirme que le parecía un error garrafal haber dejado mi trabajo y renunciado a una brillante carrera profesional por seguir a mi marido a este rincón del mundo, que, según él, por mucho rascacielo y mucha carretera de ocho carriles, no dejaba de formar parte del tercer mundo. En su línea, vamos…

Esa noche ya durmieron en el hotel Kempinski del Mall of The Emirates y como por la mañana yo tenía que llevar y traer a los niños al colegio, les aconsejé que aprovecharan el día para montarse en el Big Bus, el autobús turístico, para que se pudieran hacer una idea general de lo que es esta maravillosa ciudad futurista, comieran luego en el restaurante español Salero del hotel, si les apetecía una sopa de ajo y unas gambas al ajillo, o en el chino Dim Tai Fung, del centro comercial, si preferían optar por algo más exótico.

Por la tarde, ya con los niños, los recogí en su hotel y nos fuimos a la Ciudad Vieja, o Bur Dubai, que es la zona que más me gusta a mí, porque es la que tiene verdaderamente un sabor árabe genuino, como si estuvieras en Estambul, Fez o Túnez.

Fue una tarde inolvidable en la que lo hicimos todo: primero visitamos el Museo de Dubái, donde se recrea la vida de los camelleros nómadas, comerciantes artesanos y buscadores de perlas de principios del siglo xx hasta el boom del petróleo en los años sesenta, las primeras obras faraónicas y la construcción a velocidad de vértigo de esta flamante ciudad cuya moderna arquitectura no tiene nada que envidiar a Chicago o Nueva York. Después pagamos un dírham por cruzar en un barco tradicional de madera motorizado —a estos taxis de agua se les llama *abras*— la cala (aquí se conoce como Creek) que separa Bur Dubai de Deira, las dos zonas donde se gestó esta ciudad. Fue entonces cuando mi hijo mayor comentó: «Aquí empezó todo», y mi padre y Luisa se morían de risa, porque a pesar de tener cinco años a veces Diego habla como un adulto de cincuenta. Una vez allí visitamos el Zoco de las Especias, con sus callejuelas llenas de colores, olores y sabores, y el del Oro, donde, como era de esperar, Luisa se compró de todo («para regalar», dijo): pulseras y pendientes, una veintena de pashminas, bolsos de marca falsos y hasta una lámpara turca preciosa que no tengo ni idea de cómo planea llevar a España sin que se le rompa. Menos mal que por lo menos me dejó a mí hacer el regateo, que me encanta, y todo se lo saqué a bastante menos de la mitad del precio original... La noche terminó con un relajante crucero, porque los niños se quedaron dormidos después de cenar, en un *dhow*, que es una embarcación de madera con vela, convertido en restaurante flotante, donde mientras admirábamos la ciudad iluminada saboreamos un exquisito bufé árabe en el que no faltó el *hummus* o salsa de garbanzos, el tabulé, el cordero tierno y muy especiado... Todo regado, por desgracia, solo con agua, té o *lemon mint* (zumo de limón y menta), porque si uno apuesta por una cena árabe de verdad hay que llevarla hasta sus últimas consecuencias, aunque nos pese. Fue una tarde maravillosa, una tarde para el recuerdo que todos disfrutamos mucho, aunque a mí me dio mucha pena que Alfredo no pudiera venir.

Y para el día siguiente, y aquí viene lo mejor, como era viernes (los niños no tienen colegio los viernes ni los sábados y Alfredo tampoco trabaja), había contratado en una agencia de viajes el típico safari por el desierto que yo hasta ahora no había tenido la oportunidad de hacer. Fue maravilloso, Sara, una experiencia absolutamente inolvidable que me ha dejado huella, incluso siendo muy consciente de que todo se trataba de un espectáculo prefabricado para turistas. La pena fue que mi marido no pudiera acompañarnos, porque le llamaron por un problema importante que había surgido en la empresa y se tuvo que ir corriendo a la oficina a «apagar el fuego». Pero dio igual; nos transportamos con los ojos cerrados a las mil y una noches y nos dejamos imbuir de la magia del desierto de dunas, halcones, camellos y beduinos de profundos y misteriosos ojos negros bajo la luz blanca de una espectacular noche estrellada que logró hechizarnos a todos, o por lo menos a mí...

Poco antes de las tres de la tarde, superpuntual, llegó Mohammed, guapísimo, impecablemente vestido al estilo local (aunque es paquistaní), con su *kandora* almidonada y su turbante blanco sobre una tez muy morena, gruesos labios, ojos negros y cálidos, y mirada de persona afable, de buena persona. A todos nos saludó con la mano (aquí lo de los dos besos no se lleva nada) y con los niños chocó los cinco y se los ganó en el minuto uno. Una vez hechas las presentaciones, subimos al Toyota Landcruiser con la pegatina de la agencia de viajes (creo que se llama Arabian Adventures o algo así) que tenía siete plazas y había contratado solo para nosotros, para poder disfrutar de una excursión más privada.

En el camino yo me senté delante, al lado de Mohammed, porque no estoy acostumbrada a tener chófer y me parecía poco educado ir detrás, mientras mi padre, su mujer y mis hijos se sentaron en las dos filas posteriores. Y a lo largo de la hora u hora y media que duró el viaje al desierto, donde nos uniríamos al resto de los coches de la expedición de aquella tarde, Mohammed nos contó en qué iba a consistir la excursión y nos hizo las típicas preguntas que se hacen siempre cuando conoces a alguien en Dubái: de dónde eres, cuántos años llevas viviendo en este país, te gusta… La conversación fue muy fluida y natural; nos contó que llevaba trabajando en Dubái casi diez años, pero que durante el verano, como hace tanto calor y casi no hay turistas, se va siempre a Paquistán a ver a su familia (me imaginé que se referiría a sus padres y hermanos, porque es muy joven, no creo que llegue a los 30), que está muy contento aquí y que le encanta su trabajo. Me fijé en que cada dos por tres miraba a Alejandro y a Diego por el retrovisor y les hacía mucho caso a los dos, preguntándoles si les gustaba el desierto, si habían montado en camello alguna vez, y cosas así con las que captó completamente su atención. Ese es uno de los aspectos que más me gustaron del guía que nos había asignado la agencia: que adoraba a los niños. De hecho, hicimos una parada a mitad de camino para ir al baño y comprar *souvenirs* en unos puestos que había al lado de una gasolinera, y cuando volvimos al coche les había comprado a mis hijos unos zumos y unas chucherías, detalle que me enterneció muchísimo.

Cuando por fin llegamos al desierto, primero hicimos una parada junto a los demás todoterrenos de la excursión para hacernos fotos entre las dunas con la magnífica puesta de sol al fondo. Son unas imágenes preciosas que no dejo de mirar en mi móvil y en las que unas veces salen los niños, otras los niños y yo, mi padre conmigo, yo con Luisa y los peques… Mohammed no solo hacía de fotógrafo con los diferentes teléfonos, sino que en un momento dado me pidió que le hiciera a él una foto con mis hijos, lo cual me halagó mucho, así que le hice varias con su propio móvil (que no me dio tiempo a cotillear).

Después nos volvimos a meter todos en los coches e hicimos el safari por el desierto propiamente dicho: subimos y bajamos a toda velocidad las enormes dunas llenando las ventanas de arena en cada derrape. Los niños disfrutaron a tope, mi padre no paró de alabar las excelentes maniobras al volante de Mohammed, y Luisa apenas abrió la boca (luego me confesó que se había mareado bastante). Yo me hice la valiente en todo momento, aunque Mohammed debió de intuir que no lo estaba pasando en grande, porque hubo un momento en que me preguntó si estaba bien o necesitaba que bajara un poco la velocidad, a lo cual contesté en rotundo que no, que lo estaba pasando genial y que habíamos tenido mucha suerte de contar con el mejor conductor de toda la excursión.

Tras pasar al lado de una granja de camellos que a Alejandro y a Diego les encantó, sobre todo cuando vieron los «camellos bebé» caminando «con sus papás», el safari finalizó en una impresionante jaima en mitad del desierto en la que nos recibieron con un té muy dulzón y un *shawarma* (parecido al kebab) para merendar. Luego no nos perdimos ninguna de las actividades que habían preparado para nosotros: montamos en camello (tengo la foto que nos hicieron subidos en uno en un marco justo al lado del ordenador y me encanta verla y rememorar aquella excursión), sostuvimos al impresionante halcón con un protector en el brazo para que no nos clavara las garras, hicimos surf bajando dunas y los niños se montaron en unos *quads*: Alejandro con mi padre y Diego con Mohammed, porque no le dejaban montar solo y a Luisa y a mí nos daba un poco de miedo.

Alrededor de la jaima había un montón de tenderetes en los que vendían desde trajes típicos árabes hasta lámparas, jofainas de barro, botellas de cristal llenas de arena del desierto de diferentes colores dibujando figuras de camellos, etc. Así que, como era de esperar, mi madrastra (qué mal suena) arrasó con todo lo que había a su alcance y cada niño tiene ahora en su habitación una botella de cristal con su nombre escrito en español y en árabe de la que no se separan (Alejandro hasta quiere dormir con ella), en recuerdo de una aventura que ambos están deseando repetir; de hecho, me suplican cada día que llame a Mohammed «para que nos vuelva a llevar al desierto». También había una señora que hacía dibujos arabescos en las manos con henna, pero gracias a Dios mi padre no le permitió a Luisa que se lo hiciera.

Cuando el sol iba poco a poco ocultándose tras las dunas y la temperatura iba bajando (menos mal que a los niños les llevé un jersey), se abrió un magnífico bufé de comida árabe muy sabrosa y excelentemente condimentada servida por los propios chóferes (Mohammed nos sirvió a nosotros en el plato bastante más cantidad de muslos de pollo a la brasa y brochetas de cordero que al resto de turistas) y nos sentamos sobre colchonetas tapizadas en tonos rojos alrededor de mesas bajas de madera en torno a un enorme escenario iluminado. Mi padre sugirió comprar una botella de vino para cenar, y sorprendentemente (porque en Dubái solo tienen licencia para vender alcohol los restaurantes que están dentro de los hoteles), en el tenderete que hacía las veces de bar vendían cerveza y vino, además de ron, ginebra o *whisky*. Pregunté qué tipos de vino podrían venderme y me contestaron que rojo o blanco, así que opté por el tinto, que, por cierto, no estaba mal del todo, o a lo mejor yo estaba tan feliz en ese momento que todo me parecía bien.

El espectáculo que vino a continuación fue una maravilla: un cuarteto tocando melodías árabes evocadoras de tiempos lejanos, un bailarín marroquí dando vueltas sobre sí mismo con su falda de luces, otra chica guapísima (que me comentó Mohammed que era chechena) bailando sensualmente la danza del vientre…, ¡hasta Luisa subió al escenario cuando pidió voluntarios entre el público para aprender a bailarla! Entre actuación y actuación miraba por el rabillo del ojo, no podía evitarlo, a Mohammed, que charlaba con sus compañeros de trabajo, todos feísimos comparados con él, y tampoco nos quitaba ojo; de hecho, cuando Diego se subió al escenario a bailar (como siempre, queriendo ser el centro de atención), acudió corriendo a bajarle cariñosamente, y cuando notó que yo me abrazaba por el frío se acercó a darme una pashmina que había comprado para mí en uno de los puestos, gesto que la mujer de mi padre, que ya sabes que no se caracteriza por un sentido del humor sutil, se apresuró en calificar de «la pasión turca», mientras a mi padre se le dibujaba un extraño rictus.

En definitiva, que fue una excursión maravillosa y muy divertida: nunca nos lo habíamos pasado tan bien los niños y yo en Dubái. Y encima Mohammed me dio su número de móvil para que la próxima vez que tuviera visitas le llamara a él directamente, sin pasar por la agencia, prometiéndome una rebaja sustancial en el precio. Así que, como te imaginarás, he guardado su número como oro en paño y hasta lo he apuntado en un papelito que he metido en el cajón de la mesilla de noche para no perder nunca su contacto.

En el resto de los días de la visita fuimos a ver The Palm (una de las islas artificiales más grandes creadas por el hombre), que es una zona residencial de lujo que a mi padre le impresionó mucho, de compras por el Dubai Mall (Luisa dejó la Visa temblando), nos tomamos una copa en el bar Atmosphere del hotel Armani (en el piso 123 del Burj Khalifa, con unas vistas impresionantes) y la última noche reservé una mesa en uno de los restaurantes del Zouk Madinat, donde cenamos con el Burj Al Arab (el hotel de siete estrellas que simula una vela) completamente iluminado justo enfrente de nosotros.

Así que mi padre y su mujer volvieron a Madrid agotados pero muy contentos de haber podido compartir estos días con nosotros, y yo creo que mi padre se subió al avión mucho más tranquilo, habiendo comprobado que su hija y sus nietos estaban muy felices viviendo en Dubái, a pesar de su opinión en contra y sus malos augurios cuando le comuniqué la decisión de irme.

Bueno, Sara, pues te lo he contado todo, como te prometí, y ahora me voy a dormir ya, que aquí son las doce de la noche y mañana me tengo que levantar a las seis para dar el desayuno a los niños, vestirlos y llevarlos al colegio. Además, estoy muy cansada: aún no me he recuperado del todo de la visita, que ha sido un auténtico maratón para verlo todo en apenas una semana, y estoy deseando irme a la cama y soñar con aquella jaima en mitad del desierto bajo el cielo estrellado.

Te quiero, cielo.

Un abrazo muy fuerte,

Lola

Dubái, 15 de febrero de 2015

Querida Sara,

Por aquí mis días transcurren plácidamente, como si las manecillas del reloj se hubieran detenido y no fuera necesario saber qué hora es, ni qué día de la semana ni del mes... Mi única obligación sigue siendo llevar y traer a los niños del colegio y asistir a mis clases de árabe dos días por semana, así que muchas veces no sé qué hacer con tantas horas libres. Ya he leído mi lista de «Las treinta novelas que siempre quise leer y nunca tuve tiempo para ello», y no sabes cuánto me gustaría que me pudieras recomendar algún buen libro con el que llenar mis mañanas de brazos cruzados. La verdad es que, y a ti sí puedo serte sincera, empiezo a aburrirme un poco. No es que eche de menos tener un trabajo, no, pero te confieso que tanto tiempo libre me está empezando a poner un poco nerviosa, porque cuando quedo para desayunar con mis amigas españolas, o para ir de compras con Céline, a veces me siento culpable por ello, como si estuviera desperdiciando un tiempo precioso que podría emplear en algo más productivo. Pero bueno, supongo que solo se trata de la falta de costumbre de ser una ama de casa ociosa y espero que esta sensación de estar perdiendo el tiempo vaya desapareciendo poco a poco.

Y, hablando de mis amigas españolas, la que sigue pasándolo muy mal es Luz, la chica que descubrió en Nochebuena que su marido la engañaba con una azafata. Está sumida en una fuerte depresión y empiezo a pensar que no va a poder salir de ella. Su todavía marido, Borja, ya se ha alquilado un pisito en el centro de la ciudad, según él «para darse un tiempo y tratar de solucionar sus problemas con algo más de distancia» (valiente sinvergüenza), y para poder pagar el alquiler de lo que yo llamo su picadero le ha restringido los gastos domésticos, incluso echando a la interna que la ayudaba con los tres niños. Así que ahora la pobre, que apenas tiene fuerzas para levantarse cada mañana, tiene que cargar con la responsabilidad de ocuparse de sus hijos sola y no tiene ni un minuto libre (el pequeño todavía no va a la guardería), mientras Borja hace la vida que le da la gana y aparece en su casa cuando no tiene nada mejor que hacer y únicamente para cubrir el expediente de padre.

Las demás intentamos no dejarla sola y montamos planes con los niños a todas horas para que se sienta acompañada. Ella no quiere ni oír hablar de divorcio (que es lo que todas le aconsejamos), porque a pesar de todo sigue enamorada del cretino ese. Se me cae el alma a los pies cada vez que la veo: ha adelgazado como quince kilos en apenas dos meses, tiene la cara demacrada, la mirada perdida y no para de llorar y llorar. Yo creo que, aparte de que siga queriendo a Borja, lo que de verdad le da miedo es volver a España con tres niños y sin trabajo. Por desgracia, su familia no puede ayudarla económicamente y no tiene ahorros suficientes como para empezar una nueva vida hasta encontrar un puesto de trabajo y resolver su divorcio. La pobrecita se siente en un callejón sin salida, no ve la luz al final del túnel, y mientras tanto Borja se aprovecha de la situación y se dedica a pegarse la vida padre con su amante, porque todas estamos seguras de que no la ha dejado. Horrible, Sara, tremendo.

Con quien sigo estrechando lazos de amistad es con la emiratí Samira, de la que cada vez me siento más cerca a pesar de nuestras diferencias sociales, culturales y religiosas. Es una mujer increíble, muy cariñosa y sensible, y me admira lo educada que es, pero no educada en lo que se refiere a modales, sino educada en el sentido más profundo de la palabra: es una persona que sabe ponerse en tu lugar y se adelanta siempre a lo que puedas necesitar. El otro día, por ejemplo, Alejandro se puso malo y, en cuanto se enteró por la profesora, me llamó para saber cómo estaba el niño, o si quería dejar a Diego en su casa mientras yo le llevaba al médico. Siempre está pendiente de mí, cuidándome en todo lo que puede y yo disfruto mucho de su compañía haciendo cosas evidentemente diferentes a las que hago con Alice o con Céline, pero igual de gratificantes, a pesar de que no haya alcohol de por medio y todo sea mucho más tranquilo.

La semana pasada me propuso pasar la mañana con ella, las dos solas, en un *spa*, invitación que acepté contentísima. Después de dejar a los niños en el colegio condujimos hasta The Palm, que es como un remanso de paz lejos del bullicio de la ciudad, y tras desayunar unos huevos Benedictine, que me encantan, entramos en el exótico *spa* Talise del hotel Jumeirah, que está decorado como si se tratara de un antiguo *hamman* turco, con preciosos mosaicos en las paredes, gruesas vigas de madera de caoba en los techos, suelos con preciosas baldosas de mármol, tenues luces que varían de color según la habitación… En resumen, el exotismo y el lujo en su máxima expresión.

Después de hacernos en una cabina con olor a sándalo sendas limpiezas y tratamientos faciales, pasamos a tumbarnos en una piedra caliente hexagonal en el centro de una habitación privada donde nos hicieron una exfoliación corporal y un masaje un poco doloroso al principio, pero que a mí me dejó los músculos completamente relajados y el cuerpo levitando. Luego nos sumergimos en una de las piscinas calientes de talasoterapia decorada con velas aromáticas, y allí, las dos solas, lejos del estrés y los problemas, con el cuerpo y la mente distendidos, hablamos y hablamos con total confianza, las dos en bañador (el de Samira era occidental, como el mío), como si al despojarnos de nuestras ropas también nos hubiéramos despojado de todo lo que nos hace diferentes para quedarnos solo con lo que nos une, que es lo esencial, lo intrínsecamente nuestro: nuestras almas de mujer.

Como sé que Samira es una persona muy reservada, comencé abriéndome yo. Le confesé que Alfredo se pasa los días y las noches trabajando, que apenas paso tiempo con él y que me siento muy sola. Que ha llegado un momento en que siento que a mi marido lo único que le interesa es su carrera profesional, y a los niños y a mí solo nos ofrece las migajas del tiempo que le sobra fuera de la empresa, migajas que cada vez son más escasas y me llenan menos. Trasladé a mi amiga toda mi frustración e insistí en lo injusto que me parecía que nos hubiera traído hasta aquí, a miles de kilómetros de nuestras raíces, para tenernos luego arrinconados, guardados en un cajón que abre solo cuando no tiene nada mejor que hacer.

Las palabras de Samira fueron como un bálsamo a toda la rabia que últimamente estaba sintiendo hacia Alfredo por haberme dejado de lado en su vida. Su concepto de familia, el concepto de familia musulmana, es bastante diferente al nuestro, y después de compartir con ella sus creencias aquella mañana de vapores calientes y aromaterapia mi ira se fue aplacando poco a poco. Con su dulce tono de voz Samira me explicó que cuando, «por la voluntad de Alá», una mujer se casa, adquiere el compromiso de crear una familia junto al compañero en el camino de la vida, y que desde ese momento la mujer debe formar un equipo junto al marido para criar a los hijos, que son un tesoro, y asegurarles un buen futuro en un mundo mejor, para lo que la mujer debe desprenderse de todo egoísmo y fomentar un ambiente de cariño y respeto mutuo que los hijos tomen como ejemplo. Samira me aseguró que su marido también trabaja mucho, y que por sus negocios necesita hacer en ocasiones largos viajes al extranjero, pero que todo ese tiempo que pasa fuera de casa no es por propia voluntad, sino en aras de la prosperidad de su propia familia, para lograr mejores oportunidades para sus hijos el día de mañana. De ahí que como compañera de equipo que es ella no sería justo sumarle, a la pena por no poder disfrutar de ese tiempo en casa con los niños, el enfado y los reproches, sino que, al contrario, su deber como madre y esposa es cuidar de los hijos mientras él está ausente, y recibirle con afecto y cariño cuando llega a casa cansado del trabajo.

Ya sé que te puede sonar un poco medieval este concepto del matrimonio, pero hay que tener en cuenta que, en una sociedad como la musulmana, en la que la religión es invasiva y está presente en todos y cada uno de los momentos de la vida cotidiana, son precisamente las creencias religiosas, muy arraigadas, las que sustentan este estatus familiar. Según su Profeta, Mahoma, y tal y como Samira me expuso, «quien establezca una familia adecuadamente habrá cumplido con la mitad de los preceptos del Islam». Así que toda esa generosidad y comprensión de mi amiga a su marido le venía de la fe en su Dios, al que rezaba cinco veces al día, por lo que si alguna vez flaqueaba en el compromiso adquirido al casarse, Alá se lo recordaba cada pocas horas.

«Pero ¿qué pasa si por su comportamiento te acabas desenamorando de tu marido?», le pregunté a continuación, a lo que mi amiga contestó que «el enamoramiento no tiene nada que ver con el matrimonio», lo cual, obviamente, me dejó pasmada. «La atracción física o la perspectiva de un amor romántico al estilo occidental no es el objetivo que nosotros buscamos cuando nos casamos; el matrimonio es una empresa muy seria para un musulmán, y el respeto, el afecto y la confianza mutua son lazos mucho más duraderos», me explicó. Así que, aprovechando el ambiente íntimo del *spa* Talise y la sensación de paz que te da The Palm (La Palmera) de encontrarte muy lejos del tráfico ensordecedor, aproveché para preguntarle: «Pero ¿tú estás enamorada de Alí?», a lo que ella, con bastante rubor, me contestó que sí, pero que no lo estaba cuando sus padres le eligieron como su esposo, y que probablemente algún día esa pasión tan fuerte que ahora siente por él irá diluyéndose hasta desaparecer tal vez por completo, pero que su amor como marido, compañero en la vida y padre de sus hijos, no tiene ninguna duda de que no solo permanecerá para siempre, sino que se acrecentará con el paso de los años hasta envejecer juntos.

Mientras conducía de vuelta al colegio, le di muchas vueltas a las palabras de Samira, y aunque por mi educación y mi cultura no podía estar de acuerdo en todo con ella, lo cierto es que de alguna manera mi amiga local consiguió calmar un poco la frustración que llevaba sintiendo últimamente. Aquella noche, cuando Alfredo llegó a casa, a las tantas como casi siempre, se sorprendió de verme suave como la seda en lugar de enfadada y de morros como venía siendo habitual, y no me costó nada convencerle para ir el viernes siguiente a Global Village, un lugar de ocio para toda la familia que Samira me había aconsejado encarecidamente visitar en cuanto tuviera ocasión.

Global Village resultó ser un inmenso recinto ferial al aire libre (solo está abierto de noviembre hasta abril, los meses en los que el clima es benigno en Dubái) donde además de todo tipo de atracciones de feria para los niños, conciertos de música autóctona o restaurantes principalmente de comida árabe, cada país tiene un pabellón lleno de tiendas en las que adquirir los productos típicos de cada lugar: el de España, por ejemplo, simulaba una de las carabelas con las que Cristóbal Colón llegó a América, y allí aprovechamos para comprar una garrafa de aceite de oliva, un par de latas de banderillas (cómo las echo de menos con la caña del domingo…), y unas camisetas para los niños de una conocida marca de ropa artesanal española. Sin embargo, los pabellones más grandes eran los de los países vecinos: India, Irán, Yemen, Omán, Arabia Saudita…, y entre los miles de personas que paseaban por allí, porque estaba abarrotado de gente, apenas había occidentales, sino árabes, indios, africanos, etc.

En Global Village sentí por primera vez en cinco meses que realmente estaba viviendo en un país árabe. Hasta ahora, menos cuando visitaba la Ciudad Vieja (en la que, por otra parte, la verdad es que la gran mayoría eran turistas), todo eran hoteles y restaurantes de lujo, y excepto por las *abayas* y las *kandoras* de los locales, mucha ropa elegante y piel muy blanca, como si estuviera paseando por las calles de cualquier capital del norte de Europa. De hecho, siempre me preguntaba dónde pasarían su tiempo libre los filipinos que trabajan de dependientes en las tiendas de los centros comerciales, o las señoras de la limpieza etíopes o de Sri Lanka, o las personas sin formación académica de Paquistán, Irak, Afganistán, India o Bangladesh que emigran a Emiratos para trabajar catorce horas al día y seis días a la semana por un sueldo de doscientos o trescientos euros al mes como máximo (y, por supuesto, sin seguro médico ni jubilación ni indemnización por despido improcedente)... Pues por fin había encontrado la respuesta: ¡se van los viernes, que es su día libre, a Global Village!

Me encantó abrirme paso entre el desfile de piel oscura y rasgos marcados, en contraste con su ropa multicolor, de los africanos —porque las musulmanas de los países de África no llevaban *abayas* negras como en el Golfo Pérsico, sino trajes de colores chillones que, no obstante, respetan fielmente la tradición, *hadiz*, de cubrirse todo el cuerpo excepto la cara y las manos—, pantalones holgados tipo falda o *sarongs* de los musulmanes asiáticos, preciosos saris y *shalwar kameez* (la túnica larga que llega hasta el muslo) de los hindúes... Una maravillosa e insólita mezcla étnica que literalmente me transportó a otra época y a otro lugar, como si el Burj Khalifa y el resto de los rascacielos de Dubái se hubieran convertido de repente en un chiste de cartón piedra a cientos de kilómetros de allí.

Sin embargo, y a pesar de lo que me gustó el ambiente racial de Global Village (¿te acuerdas de que cuando hace años nos íbamos de vacaciones juntas siempre discutíamos porque tú preferías ir a Estocolmo o Boston y yo a Senegal o Estambul?), la tarde fue un desastre absoluto y llegué a casa llorando después de haber chillado e insultado a Alfredo delante de los niños, que se asustaron muchísimo, traspasando una línea que me había prometido a mí misma que jamás cruzaría desde el día que me quedé embarazada por primera vez.

Todo empezó cuando Alfredo les compró a los niños dos algodones dulces después de que se hubieran comido sendas manzanas de caramelo y no sé cuántas piruletas Fiesta rojas con forma de corazón que habíamos comprado en el pabellón de España. Le había advertido de que no podían comer más dulces porque les iban a acabar sentando mal, pero a él le dio igual: como ya casi nunca pasa tiempo con ellos cree que atiborrándolos a caramelos puede compensar su falta de atención, así que hizo oídos sordos a lo que yo le dije y cada vez que Diego o Alejandro pedían algo de la multitud de puestos de comida de Global Village, él acudía solícito a satisfacer sus caprichos a cambio de un «eres el mejor papá del mundo». Después vimos una plaza en la que habían colocado chorros de agua de diferentes colores que salían del suelo para que los niños más mayores jugaran a correr entre los surtidores sin mojarse. Mis hijos enseguida quisieron ir y yo se lo prohibí, les expliqué que eran muy pequeños para jugar a eso y que se iban a mojar. «Venga, chicos, intentadlo, que seguro que lo hacéis muy bien», les dijo su padre llevándome la contraria, algo que teníamos pactado no hacer nunca, y, como era de esperar, a los cinco minutos de correr entre las fuentes los dos estaban empapados de arriba abajo. «¿Lo ves?, ¡te lo dije: se van a poner malos!» «Pero qué exagerada eres, Lola, si no pasa nada, si hace mucho calor.» Y ya, para rematar, tuvo la feliz idea de colocar a Alejandro papel higiénico dentro del zapato, además de decirle que se pusiera de puntillas para parecer más alto y que le dejaran montarse en muchas de las atracciones en las que por su corta estatura le prohibían el paso. Total, que la tarde acabó con Alejandro vomitando, Diego temblando y diciendo que tenía mucho frío (estuvo una semana sin ir al colegio después de ese día por el resfriado que pilló) y yo completamente histérica: vamos, que fue todo menos una idílica tarde familiar.

Al día siguiente, a pesar de ser sábado, Alfredo, por no escucharme, se fue a la oficina con la excusa de no sé qué proyecto importantísimo, y yo me fui a casa de Céline a beberme ocho cervezas seguidas con ella para desahogarme y echar fuera toda mi rabia y toda mi frustración. Le dije que ya no aguantaba más, que estaba harta de ser una ama de casa mantenida cuyo marido no le hace ni caso y se cree con derecho a hacer lo que le dé la gana solo porque él es el que mantiene a la familia, que quién se había creído que es, cuando en España yo ganaba bastante más que él y nunca se lo había restregado como había empezado a hacer él últimamente. Por fortuna, por aquello de que las penas compartidas son menos amargas, mi amiga belga también estaba al límite de aguantar a Christian, su marido, que estaba o bien trabajando, o tirado en el sofá cuando llegaba de vuelo o bien poniéndose ciego a *whisky* en el jardín con su vecino australiano mientras ella no tenía una vida propia más allá de ocuparse de la casa y los niños a todas horas. Por primera vez me di cuenta de cuánto echaba de menos Céline a su familia, sus amigos y su trabajo en Bélgica, donde era azafata de Brussels Airlines, tenía su independencia económica para darse los caprichos que quisiera sin tener que pedirle dinero a su marido, la oportunidad de cambiar de ambiente visitando diferentes países cada mes, y, cuando no volaba, el tiempo que pasaba con sus hijos era tiempo de calidad del que verdaderamente disfrutaba sin estar cansada, triste y amargada como lo estaba ahora.

Por cierto, no he podido evitar reparar en que mi amiga ha empezado a beber muy rápido. Al principio nos tomábamos las dos el tema del alcohol con calma, saboreando y disfrutando cada copa sin prisa, pero esta vez me di cuenta de que Céline se bebía los vasos de su vino blanco francés casi de un trago, con rabia y desesperación. Me pareció muy violento comentárselo en ese momento, en el que precisamente yo también estaba bebiendo las botellas de cerveza a toda velocidad, pero me prometí a mí misma comentarle mi preocupación cuando encontrara un momento más propicio. Aunque sé que no le va a sentar nada bien mi comentario, también sé que tú habrías hecho lo mismo si todavía formaras parte de mi vida. Las amigas están para eso y yo a Céline la quiero y tengo la obligación de cuidar de ella.

Así que, Sarita, como ves, no es oro todo lo que reluce, y aunque quiero pensar que es normal que tenga momentos de bajón, parece que mi luna de miel con Dubái está llegando a su fin, y cada vez que me pregunto si ha sido una buena idea dejar mi trabajo y mi pedazo de sueldo en Madrid para venirme aquí a convertirme en una maruja dudo mucho qué contestar.

En fin, preciosa, que seguiré contándote todo lo que me vaya pasando, y ojalá lleguen tiempos mejores, pero ahora mismo no estoy muy animada que digamos. Mientras tanto no olvides nunca cuánto te quiero y cuánto te echo de menos: tanto que a veces duele, y mucho...

Un beso muy grande,

Lola

PS. Diego y Alejandro no paran de decirme que quieren volver al desierto: se lo pasaron tan bien cuando estuvimos allí el mes pasado que están deseando que llame a Mohammed «para que nos venga a buscar con su coche blanco y nos lleve a las dunas». El otro día la madre de Alfredo comentó que a lo mejor venía a Dubái en Semana Santa (aquí se llaman vacaciones de primavera) para pasar unos días con los niños, que hace ya muchos meses que no los ve: si al final decide venir lo primero que voy a hacer es llamar a Mohammed para que nos vuelva a llevar de safari, que seguro que a Trini le encanta hacer esa excursión.

Dubái, 2 de marzo de 2015

Querida Sara,

Desde muy pequeña me han enseñado en mi casa que cada vez que se presenta un problema hay que buscarle una solución. Y eso es lo que voy a hacer a partir de ahora. Llevo seis meses y un día (parece una condena…) viviendo en Dubái y ya no voy a mentirme más a mí misma: las cosas no se están desarrollando como yo creía en un principio, cada día me llevo peor con mi marido, al que por otra parte apenas veo, y no estoy satisfecha con una vida en la que, si bien tengo la suerte de poder pasar mucho más tiempo con mis hijos, la verdad es que me aburre, me deprime, me tiene triste y amargada. Tengo que asumir que ya se me ha pasado el síndrome de Stendhal de las puestas de sol sobre la arena del desierto y se me ha derrumbado por completo el decorado de cartón piedra que había construido en torno a mí para convencerme de que tenía una vida de cuento de hadas. Las cosas no son como yo pensaba que iban a ser, y, por desgracia, mi padre tenía parte de razón: no era buena idea abandonar una carrera profesional fulgurante para irme a un país del tercer mundo a miles de kilómetros de mis amigos, mi familia y mis costumbres. Por lo menos, tendría que haberlo pensado mejor, analizar los pros y los contras, haberme ido gradualmente, sin dejar del todo mi trabajo de un día para otro sin ni siquiera molestarme en pedir una excedencia… Vale, es verdad: tal vez actué precipitadamente, más guiada por el corazón que por la cabeza, como he hecho siempre, pero la realidad es que ahora esta es mi vida, y como ya no puedo dar marcha atrás, tengo que intentar luchar por mi felicidad con las pocas cartas que me quedan en la mano. Y eso es lo que voy a hacer.

Mi decisión se gestó el jueves por la noche en casa de Peter y Alice. Peter llevaba toda la semana en la India por motivos laborales y Alice había salido todas las noches muy tarde de la oficina preparando un nuevo

proyecto (en Dubái pagan mucho a los expatriados cualificados, pero
también se les exige mucho: hacen largas jornadas y trabajan como mínimo cuarenta y ocho horas semanales), así que, como solo tienen un
hijo, Andy, que está en la clase de Alejandro, y el pobre estaba muy aburrido de pasar tantos días solo con la *maid*, Alice me pidió que llevara a
mis hijos a su casa para que por lo menos tuviera con quien jugar. En
cuanto me llamó cogí el coche y me fui a Jumeirah Road, que es como la
calle Serrano de Madrid, a la preciosa casa en la que viven, con un jardín
maravilloso en el que hay tortugas, un pequeño estanque con peces de
colores y varias barbacoas, piscina privada llena de colchonetas, sillones
hinchables y hasta un pequeño tobogán; y una decoración caótica pero
muy hogareña y acogedora, con enormes sofás de cuero comodísimos,
pieles de animales en el suelo, enormes tambores africanos y una mezcla de dibujos hechos por su hijo de cuatro años, fotos familiares y cuadros muy buenos colgados en las paredes. Cada vez que pongo un pie
allí me siento como si estuviera en mi propia casa: los dos son personas
muy relajadas que siempre te hacen sentir muy a gusto, como si nos
conociéramos de siempre.

Al principio nos bañamos en la piscina con los niños, que se llevan
los tres fenomenal y disfrutan muchísimo juntos, y después, las mamás
nos bebimos una botella de Pinot Noir sudafricano exquisito. Pero cuando ya estaba atardeciendo, a eso de las seis, Alice recibió una llamada
por un problema de último momento que había surgido en la empresa
y no tuvo más remedio que marcharse corriendo, así que, como le había
dado a su interna etíope la tarde libre, me quedé en su casa para bañar
a los niños y darles la cena, después les leí un cuento y a eso de las nueve ya estaban los tres dormiditos en la cama de Andy, que es inmensa,
una *king size*, bajo un techo lleno de estrellas que Alice había comprado
en la tienda de regalos de la NASA (te recuerdo que es de Houston). A
eso de las nueve y media recibí una llamada suya diciéndome que ya
estaba en camino y que preparara dos *gin-tonics* y metiera la botella de
tequila en el congelador, que estaba muy estresada y necesitaba relajarse, así que después de preparar las copas llamé a Alfredo, que a esas
horas aún estaba trabajando, para preguntarle si podía venir a recoger-
nos cuando saliera de la oficina, porque en este país hay tolerancia cero
con el alcohol y puedes acabar en la cárcel si tienes un accidente y la

policía te pilla conduciendo borracho. Pero me dijo que imposible, que habían venido unos clientes chinos muy importantes y tenía que sacarlos a cenar en beneficio de la firma de un contrato muy sustancioso. De modo que, como era evidente que a esas alturas ya iba a dar positivo en cualquier prueba de alcoholemia, llamé a un *safety driver* (un señor que viene a buscarte a la dirección que le indiques y conduce tu coche hasta tu propia casa), para que nos recogiera a los tres a las doce en punto de la noche. Alice me sugirió que nos quedáramos a dormir, pero yo soy de las que les gusta dormir en su cama y levantarse con su cepillo de dientes al día siguiente, así que aunque tuviera que despertar a los niños en mitad de la noche prefería esta opción.

Alice llegó a casa poco antes de las diez superarreglada, con un vestido muy elegante que a la pobre le quedaba fatal y que parecía que le iba a estallar, porque aunque tiene una cara preciosa con unos increíbles ojos azules del color del mar, la verdad es que está muy gorda y se pasa la vida haciendo diferentes dietas que abandona al poco tiempo: es una de esas personas alegres a las que les gusta exprimir la vida, divertirse, comer y, sobre todo, beber, con el consiguiente sentimiento de culpa posterior, que tampoco le dura demasiado, por otra parte. Me encanta este tipo de personas sin complejos, optimistas, divertidas y naturales que saben disfrutar de cada momento y siempre te arrancan una sonrisa: así es exactamente mi amiga Alice, a la que quiero con toda mi alma a pesar de conocerla desde hace tan poco tiempo.

Pero voy al grano, que me disperso: resulta que a la tercera copa Alice empezó a quejarse de lo mucho que trabajaba, de lo poco que veía a su familia, de lo que le encantaría tener otro hijo pero que no veía el momento porque estaba hasta arriba de proyectos publicitarios que no se atrevía a rechazar para tomarse unos meses de baja por maternidad, etc. Y fue entonces cuando yo, en lugar de apoyarla y darle ánimos, que es lo mínimo que se espera de una buena amiga, no sé por qué (aunque es verdad que a mí el alcohol me pone muy sensible) rompí a llorar como hacía años que no lloraba, hipando, temblando, sin poder controlarme. Alice al principio no entendía nada, así que me abrazaba, me acariciaba la cara (que estaba llena de mocos) y en medio de un torrente de lágrimas que no cesó durante un buen rato, me decía: «Todo va a estar bien, cariño, no te preocupes: todo va a estar bien...».

La verdad es que me vino muy bien echar toda esa impotencia y frustración fuera, sobre todo porque no podía estar en mejores manos. Cuando por fin pude dejar de llorar, Alice me preparó otro *gin-tonic* y me preguntó muy cariñosa si había algo de lo que quería hablar con ella. Entonces me entró una risa histérica y le contesté que al escucharla hablar de su agobio laboral no había podido evitar recordar mi trabajo en España, donde era respetada y admirada por todos, donde se hacía un silencio cada vez que corría por los pasillos cargada de papeles hasta el despacho del presidente, al que ni siquiera tenía que pedir cita porque era la única persona de toda la empresa a la que recibía siempre sin necesidad de anunciarse. Le conté de mis logros profesionales, de cómo me las arreglaba para conseguir cada año que mi empresa diera pingües beneficios, a pesar de la crisis económica, de cómo entrevistaba, contrataba y despedía sin tener que consultar a nadie a los subordinados que no daban la talla: del poder, en definitiva, que tenía y de lo vacía e inútil que me sentía ahora, desperdiciando mi talento para las finanzas en cuadrar las cuentas de la compra en el supermercado, al que iba casi cada día porque no tenía nada mejor que hacer, mientras mendigaba a mi marido una atención y un cariño que ya no me daba.

Y así fue, animada por Alice, cómo nos pusimos juntas, entre copa y copa, a traducir y actualizar mi currículum, que ya he enviado a un montón de contactos que tiene mi amiga en las empresas más importantes de Emiratos Árabes. Sí, Sara: estoy buscando trabajo, y espero encontrarlo pronto para recuperar el respeto y la seguridad en mí misma. Creía que podría ser feliz siendo una ama de casa volcada en sus hijos, pero me falta algo muy importante que solo puedo encontrar en un despacho frente a un ordenador con la pantalla llena de números, así que en lugar de quejarme y seguir deprimida todo el día metida en casa de brazos cruzados me he puesto manos a la obra para buscar una solución a mi problema, tal y como me enseñaron en casa desde muy niña… ¡Estoy deseando que me llamen para hacer entrevistas, y maquillarme y ponerme mis trajes de chaqueta otra vez!

Por cierto, y hablando de buscar soluciones a los problemas (aunque en este caso se trata más bien de poner un parche), dentro de dos semanas hemos organizado una *ladies night* para Luz, que está cada día más hundida y más encerrada en su desgracia. Hemos pensado que le vendrá muy bien salir una noche y tener un motivo, aunque sea efímero, para ilusionarse un poco, arreglarse, disfrutar de una buena cena y una noche de baile y copas. Como te estarás preguntando qué es eso de la *ladies night* te lo explico, porque es algo que está muy de moda en Dubái. Resulta que muchos restaurantes, pubs y discotecas de aquí dedican un día de la semana a las mujeres (la mayoría lo celebran los martes, pero algunos también lo organizan los lunes o los miércoles) con bebidas gratis para nosotras, descuentos en la cena, etc., de manera que llenan sus locales de chicas (y chicos que acuden en masa detrás de ellas) los días que hay menos afluencia de público (aunque en Dubái hay marcha loca casi todas las noches). Las mujeres, que la mayoría están casadas y no trabajan, se ponen sus mejores galas esa noche y salen a darlo todo, por lo que muchas acaban escandalosamente ebrias perdiendo el equilibrio sobre sus tacones en la pista de baile. Yo apenas he salido de *ladies night*, porque la verdad es que salgo muy poco aquí, pero se me ocurrió organizar esta salida de chicas con todas las españolas para que a Luz le diera un poco el aire, que lo necesita de verdad. Esa noche nos hemos repartido sus tres hijos entre Sonia, Valentina y yo (que tenemos *maid*) para que ella se lo pase bien, se olvide por un día de la situación tan espantosa que le está tocando vivir y no tenga que preocuparse por los niños al día siguiente.

Así que ya te contaré nuestra noche de marcha y cuántas entrevistas de trabajo hago en los próximos días: ¡estoy superilusionada con la idea de volver a trabajar!

Un beso, amiga. Te quiero. ¡Deséame suerte!

Lola

Dubái, 14 de marzo de 2015

Querida Sara,

Ya han pasado dos semanas desde que envié mi currículum y no me ha llamado nadie. No lo entiendo: pensaba que me iban a llover las ofertas de trabajo, que mi teléfono no iba a parar de sonar... Pero no ha sonado ni siquiera una vez.

He llamado a Alice desesperada por la falta de respuesta y me ha explicado que mi perfil es de alto directivo y que en Emiratos Árabes esos puestos de trabajo los suelen ocupar hombres a los que se ficha en otros países (Europa y Estados Unidos, normalmente) a través de *heads hunters*, y se les ofrece un paquete muy tentador, como el que le pusieron a Alfredo encima de la mesa, que incluye casa, coche, colegio para los niños, seguro médico, afiliación a un club de playa de algún hotel, etc. Las empresas siempre prefieren contratar a hombres casados, porque tienen estudiado que el hecho de trasladar a toda la familia es una garantía de que van a permanecer más tiempo en el puesto de trabajo: es un paso difícil de dar pero, una vez que se toma la decisión de hacer las maletas y mudarse, la vuelta atrás es complicada si hay más personas involucradas en ella. Así que, según Alice, el hecho de que yo sea mujer y de que no haya necesidad de expatriarme es algo que juega en mi contra. Su consejo ha sido que comience a llamar a todas las empresas a las que me he dirigido; e incluso me ha dado permiso para que dé su nombre como referencia a dos o tres personas que la conocen de haber trabajado juntas en alguna ocasión: eso es lo que voy a empezar a hacer mañana mismo.

Te reconozco que este silencio ha supuesto un fuerte varapalo a mi orgullo profesional, yo que siempre he estado tan segura de mí misma en lo que al tema laboral se refiere, y, por otra parte, me ha deprimido bastante, porque ya tengo claro que no puedo vivir aquí el resto de mi vida simplemente recibiendo clases de árabe, yendo al gimnasio o tomando el sol en la playa. Sé que acabaría volviéndome completamente loca, así que tengo que conseguir un trabajo como sea, y al parecer no me va a resultar tan fácil como había pensado.

Pero por el momento me voy de compras, que pasado mañana es nuestra *ladies night* y para una vez que salgo con mis amigas quiero estar muy guapa ese día.

Te quiero, preciosa, ojalá pudieras venir con nosotras a cenar y echar unos bailes, como en los viejos tiempos.

Un beso muy grande,

Lola

PS. Me da un poco de vergüenza confesarlo, aunque sea a ti, que eres mi alma gemela y nunca te he ocultado nada, pero creo que estoy empezando a beber demasiado: como siga así voy a acabar convirtiéndome en una ama de casa alcohólica como muchas de las que he visto aquí en Dubái (mi amiga Céline, sin ir más lejos, aunque ella no lo quiera reconocer). En cuanto recojo a los niños por la tarde en el colegio ya estoy pensando en llegar pronto a casa para abrir mi botella de vino, que suelo terminar ese mismo día. Estoy empezando a asustarme y sé que no puedo seguir así, que le tengo que poner freno a esto porque si no voy a acabar muy mal, sobre todo en un país de religión musulmana en el que rige la sharia y en el que el tema del alcohol está tan mal visto, y mucho más siendo mujer. No sé qué me pasa, no sé cómo he podido llegar a esto.

Querida Sara,

Mi vida se ha escapado de mi control. Es un absoluto desastre y no sé qué hacer ya, aparte de empezar a beber cada día antes, porque es lo único que me tranquiliza y me permite escapar de esta realidad que se ha convertido en una pesada losa que ya no puedo seguir cargando, con lo cual casi todas las mañanas tengo unas resacas espantosas, pierdo la paciencia con los niños, me siento terriblemente culpable y poco a poco me voy sumergiendo cada vez más en un pozo negro y profundo del que no sé cómo ni cuándo voy a poder salir. Estoy deprimida, desesperada, amargada…, en buena hora tuve la feliz idea de hacer las maletas y venirme a Dubái: no sabes lo que me gustaría poder dar marcha atrás a las manecillas del reloj y volver a quejarme del estrés de la oficina en lugar de ponerme nerviosa porque ya no me queda ni una sola botella de vino en casa y me da vergüenza ir a casa de Céline por enésima vez a pedirle otra, porque Alfredo, que es el único que tiene licencia para comprar alcohol en este país, que por mucho rascacielo y muchas luces de colores que tenga sigue siendo una dictadura musulmana, se ha negado en rotundo a permitirme tener ni una sola gota más en casa.

Pero vayamos por partes, porque, si bien es cierto que últimamente no lo estaba pasando bien, en las últimas semanas los acontecimientos se han desbocado de tal manera que es mejor que empiece por el principio para que lo entiendas y allá donde estés me eches una mano para recuperar las riendas de mi vida, porque yo sola de verdad que no me siento capaz.

Todo empezó la fatídica noche de nuestra *ladies night*. Como aquí la verdad es que no salgo casi nunca, y ni me maquillo diariamente ni me preocupa mucho mi atuendo (me basta con que sea cómodo), no se me ocurría qué ponerme para una noche tan especial, así que el día anterior me fui expresamente a The Mall of the Emirates para comprarme algo nuevo: me hacía mucha ilusión estrenar ropa e ir a la última esa noche tan importante para Luz y para nosotras. Después de entrar en Massimo Dutti y Mango, no me acababa de decidir por algo tan convencional, y en Maje me probé varios vestidos muy elegantes con ese tono chic francés que tanto me gusta, pero quizá eran demasiado sobrios para lo que yo estaba buscando. Así que al final me decidí por un vestido de Cavalli azul cobalto, muy atrevido, quizá excesivamente ajustado y corto, pero que, aunque peque de inmodestia, me quedaba como un guante. Ya sabes que nunca he sido guapa, pero siempre me has dicho que soy atractiva y que tengo un cuerpo que llama la atención, así que después de tanto tiempo sin salir de marcha (en Madrid lo hacíamos mucho más a menudo, sobre todo antes de quedarme embarazada, ¿te acuerdas de nuestras juergas en aquellos garitos oscuros e infames de la calle Segovia de los que salíamos con la luz estridente del día casi cegándonos?), decidí sacarme partido y arriesgué hasta en la elección de zapatos, sandalias negras con estampado *print*, de tacón altísimo, que me hacían unas piernas kilométricas, a juego con un bolso de mano rojo intenso con pedrería, para que el conjunto no resultara demasiado monocromático, y un maquillaje *smoke* que me compré ex profeso para la ocasión en Bobbi Brown, sin olvidarme de un lápiz de labios de los que te duran horas aunque fumes y bebas como una cabaretera, todo en azul oscuro, casi negro, buscando un toque de niña mala, o al menos traviesa. El azul, sin lugar a dudas, es mi color: me realza el tono de los ojos, que es una mezcla indefinida que varía con la luz, y que aunque tú digas que es violeta yo creo que tiende a gris, y contrasta con mi pelo castaño claro con mechas rubias que tuve también que actualizar en mi peluquería favorita, Sisters Beauty del Mirdiff Mall, después de hacerme la manicura y la pedicura en Lily Pond, para lo que, por supuesto, elegí una laca de uñas de Opi azul oscura. Finalmente me compré un frasco nuevo de mi colonia favorita, que como no podía ser de otra manera, también es azul: Light Blue de Dolce y Gabbana, con su inconfundible aroma muy fresco pero a la vez persistente, que define perfectamente mi personalidad.

Gracias a Dios, todas mis amigas españolas se habían puesto también sus mejores galas, y hasta Elvira, que a pesar de estar casada y tener dos churumbeles es un auténtico chicazo en su modo de vestir tirado, por ponerle un calificativo, y siempre va que da pena verla, ese día se puso un top de lentejuelas, ¡y hasta máscara de pestañas!, aunque, eso sí, se trajo a cenar a su nueva, mejor e inseparable amiga italiana (cada tres o cuatro meses tiene una amiga íntima con la que indefectiblemente acaba sin hablarse por un millón de problemas insalvables que siempre, qué casualidad, tiene la amiga del momento). En total éramos doce, y la más guapa y elegante era sin lugar a dudas Luz, que con cinco kilos de maquillaje estratégicamente aplicado, había logrado ocultar su tez demacrada y las profundas arrugas que le habían salido en los últimos tres meses y apareció radiante, con un vestido rojo espectacular también pegado al cuerpo. Estaba absolutamente sublime, como una diosa griega con su pelo largo moreno rizado y sus ojos color miel, y nos hacía sombra a todas las demás: yo no sé en qué estaría pensando el sinvergüenza de Borja para irse con esa azafata de Sri Lanka que, por las fotos que había visto Luz en el móvil, y obviamente nos había enseñado a todas, no le llegaba a mi amiga ni a la altura del betún. Pero, en fin, que allí estábamos todas, de punta en blanco, contentísimas y con muchas ganas de pasarlo bien y olvidar por unas horas nuestros respectivos problemas, que en mayor o menor medida todas los teníamos. Así que después de esperar casi una hora a los siempre malolientes conductores, que, como es habitual, llegaron más de una hora tarde a pesar de haberlos reservado por la mañana en Dubai Taxi, pusimos rumbo entre risas y cumplidos al restaurante China Grill del hotel Westin, que es uno de mis hoteles preferidos porque no es supermoderno como los demás, sino que, a pesar de ser nuevo, porque aquí no hay nada viejo, está diseñado con una arquitectura más europea, al estilo del barrio de Salamanca de Madrid o el Dieciséis de París, lo cual le da un aire decadente y señorial que, tal vez por escaso en este país, me encanta y evoca muchos y buenos recuerdos de mi vida anterior, nunca mejor dicho en este caso, máxime teniendo en cuenta los acontecimientos que ocurrieron después.

He pasado muchas noches sin dormir desde aquella noche y cada vez que recuerdo lo bien que empezó y lo desagradable que fue todo al final siento un extraño regusto a azúcar y sal, como el de un postre almibarado que no logró encontrar nunca su lugar en el estómago: lo que me provoca una espontánea sonrisa de complacencia cuando recuerdo lo ilusionadas que estábamos todas, incluida Luz, en aquel momento de subirnos a los taxis, acaba siempre convirtiéndose en una mueca grotesca cuando revivo claramente las imágenes de lo que pasó apenas unas horas después, y la memoria me atenaza la garganta hasta casi no dejarme respirar. No sé cómo explicártelo, Sara, pero me siento estafada: me siento estafada desde el día en que aterricé en este país. Me siento como una niña a la que le han regalado un viaje en una gigante y flamante noria llena de luces, y cuando se va a subir la felicidad le nubla la vista y no repara en los dientes picados que se esconden tras la sonrisa del encargado que le vende el billete, en lo desvencijado de su asiento, en el parpadeo inconstante de unas bombillas a punto de fundirse o en lo desafinado de la música. Porque esa niña estaba tan plena y pletórica el primer día que puso el pie en ella que, o no supo, o no quiso permitirse vislumbrar que aquella noria oxidada de feria de pueblo chirriaba a cada movimiento y que sobre el lugar en el que con tanta ilusión se había sentado pesaba una orden de demolición irreversible que había sido ya escrita y rubricada.

El restaurante China Grill tiene dos pisos: un amplio salón para cenar en la parte de abajo y un *lounge* unido a un bar de copas con mucho ambiente en la parte de arriba. La decoración, muy similar al resto de los establecimientos que esta cadena tiene en todo el mundo, es una elegante combinación del rojo, el negro y el gris, con grandes mesas, cómodas sillas de cuero y una iluminación tenue que le da mucha clase a pesar de que la música estaba demasiado alta ese día y casi había que gritar para hacerse oír. Como consecuencia de la legendaria impuntualidad de los taxis de Dubái, no llegamos a la hora prevista, aunque en esta ocasión, lo cual no es habitual, alargaron esos quince minutos de cortesía de rigor y en cuanto llegamos una guapa y elegante señorita asiática nos condujo a nuestra mesa para doce comensales, que estaba situada en el fondo derecho, alargada y pegada a la pared.

Según bajaba las escaleras me di cuenta de que las demás mesas estaban ya ocupadas, y la mayoría estaban compuestas únicamente por mujeres, excepto un par de ellas en las que también había hombres. Me quedé mirando especialmente a una que estaba justo en el extremo opuesto a la nuestra, porque la ocupaban varios emiratíes vestidos con sus *kandoras*, además de varios occidentales: un par de hombres sentados de espaldas a mí y cuatro «señoritas» (estas con comillas, no como la señorita china que nos acompañó gentilmente a nuestra mesa), todas ellas rubias, altas, guapas y muy llamativas, lo cual ocurre siempre que sales a cenar en Dubái y en las mesas hay locales del sexo masculino… Entre ellos había uno moreno, con barba corta y ojos muy grandes y negros en contraste con su *kandora* blanca al que no pude evitar quedarme mirando extasiada durante algunos segundos, porque era impresionantemente atractivo, aunque por desgracia me fijé en él en el mismo momento en que él giraba la cabeza mientras nos acercábamos a nuestra mesa, con lo cual hicimos contacto visual un instante y yo enseguida bajé la cabeza entre avergonzada y nerviosa: te juro que tenía una mirada tan impactante que era imposible sostenerla durante mucho tiempo.

La cena salió fenomenal. Al principio, como estaba previsto, los cuernos de Luz monopolizaron la conversación. Todas insistimos hasta la saciedad en que tenía que empezar ya a buscar trabajo en España e iniciar los trámites de divorcio, para lo cual yo hasta le pasé el móvil de mi querido amigo Silverio, eminente abogado y catedrático de Derecho Civil en la Universidad de Sevilla, que estaba segura de que, tratándose de una amiga mía y debido a sus circunstancias económicas, no tendría prisa en cobrar y encima le haría una sustancial rebaja en sus honorarios habituales. Luz en esta ocasión estuvo mucho más receptiva a nuestros siempre bienintencionados consejos y zanjó el tema asegurándonos que, efectivamente, así no podía seguir. Como el vino no estaba mal del todo a pesar de que se trataba de un vino de la casa gratuito para las chicas por ser *ladies night*, todas nos fuimos «alegrando» a medida que las copas se iban vaciando y probábamos los deliciosos platos de la cocina fusión (que es lo que se lleva ahora) asiática que nos iban sirviendo. María nos comentó que había comenzado a trabajar «cuando la llamaban y cobrando muy poco y en negro» como azafata de congresos para una empresa que organiza eventos publicitarios; Sonia nos avanzó que estaba pensando en llevar sus pulseras y bolsos a los múltiples mercadillos que se celebran en diferentes parques de Dubái los fines de semana, para ver si así ampliaba un poco su cartera de clientes; y Valentina nos anunció que ya tenía fecha para presentarse al examen de convalidación de su licenciatura de Medicina para poder ejercer en UAE, que sería en dos meses y que hasta entonces le veríamos poco el pelo. Yo por mi parte di la noticia de que también me había puesto a buscar trabajo activamente, si bien hasta la fecha aún no me habían llamado para hacer ninguna entrevista, aunque estaba segura de que en las próximas semanas recibiría las primeras llamadas. Y en cuanto a Elvira y Paola, su amiga italiana, en su línea: hablando sobre todo entre ellas sin apenas integrarse, como si se tratara de una cena íntima mano a mano.

Cuando ya estábamos en los postres se presentó en la mesa el *maître* del restaurante junto a tres camareros con varias botellas de Dom Perignon que, por supuesto, no habíamos pedido (nosotras solo bebíamos el alcohol gratuito) alegando que el señor Faysal Al Mubarak (que es el apellido de una de las familias más poderosas de Emiratos) «ruega humildemente que estas bellísimas señoritas acepten». «Pero ¿dónde está el Faysal ese?», preguntó Elvira con sus todo menos finos modales. «Se trata del caballero sentado en aquella mesa», contestó el *maître* mientras señalaba al más que guapísimo local al que me había quedado mirando cuando bajaba las escaleras y que en ese momento nos saludaba con la mano. «Por favor, dígale que no nos gusta el champán y retire estas botellas inmediatamente», contesté yo, a lo que mis amigas pusieron el grito en el cielo: «Pero ¿tú estás loca o qué?, nos chifla el champán, sobre todo si es de los caros». «No pienso aceptar una invitación de un desconocido que encima es de los que se creen que pueden comprar a las mujeres con dinero: y si no, mirad a las putas rusas con las que está cenando… Así que o se llevan las botellas u os aseguro que me voy a casa ahora mismo», amenacé categórica; con lo cual mis amigas, con bastante disgusto, tuvieron que ver cómo las doradas cubiteras desaparecían de su vista.

Evidentemente, con ese gesto, por el que todas me odiaron, el impresionante emiratí –que recibió con una expresión de sorpresa nuestro rechazo y estuvo hablando unos minutos con el *maître* mientras no nos quitaba ojo sin dejar en ningún momento de dedicarnos su atractiva sonrisa de labios carnosos y perfecta dentadura; por lo menos sabía perder con elegancia–, se convirtió en el centro de todas nuestras miradas y comentarios («Pero ¿habéis visto lo bueno que está el tío?», «¡Cómo me pone la *kandora*!» o «¡Esto es lo que tú necesitas, Luz: un jeque árabe multimillonario!» y otras cosas por el estilo), mientras yo me convertía en blanco de sus insultos durante un buen rato, así que decidí ir al baño a ver si así se les pasaba el cabreo, eso sí, sin dignarme a mirar a la mesa del local y sus amigos y amiguitas cuando no tuve más remedio que pasar a su lado de camino a las escaleras. Una vez en el baño, en el que había bastante cola, repasé mi pintalabios, que permanecía casi inalterable y crucé mi mirada con una chica altísima, rubísima y guapísima, que desalojaba uno de los baños en ese momento y que dio la casualidad de que era una de las mujeres que compartían mesa y mantel con nuestro amigo emiratí. «A mí esta chica me suena», pensé, «juraría que la he visto antes, pero no sé ni dónde ni cuándo», y por más vueltas que le di no conseguí adivinar quién era, aunque lo cierto es que apenas la había visto un instante y tal vez estaba equivocada, o quizá se trataba de una modelo o actriz famosa y me sonaba tanto porque la había visto en alguna revista.

Cuando volví al encuentro de mis amigas, otra vez sin rebajarme a mirar a la mesa del espléndido árabe a pesar de que había notado su mirada como una daga ardiendo clavada en mi nuca (o quizá más abajo) durante todo el camino de vuelta a la mía, ya habían pedido la cuenta (baratísima: unos 100 dírhams por cabeza, porque al ser *ladies night* la comida estaba rebajada a la mitad y no nos cobraron las bebidas) y antes de que yo lo propusiera, porque para una vez que conseguíamos salir todas juntas no era plan de irnos a casa en lo mejor de la noche y cuando más animadas estábamos, se volvió a acercar el *maître* para sugerirnos tomar una copa en el *lounge* de arriba, lo cual la mitad de nosotras aceptamos encantadas mientras el resto, devotas esposas y sufridas madres, además de más aburridas que las sobremesas de La 2, se fueron a casa, «porque el niño tenía fiebre hoy», «porque Manolo estará preocupado»… Pero, vamos, que ninguna de las demás hizo ningún amago de convencerlas para que se quedaran, y yo, que si me muerdo la lengua me enveneno, hasta me atreví a apostillar: «Pero mujer, ¿cómo se te ha ocurrido venir a cenar teniendo al niño con fiebre?»

El mismo *maître* fue el que nos acompañó a una mesa que había reservado para nosotras, lo cual me extrañó muchísimo, porque el bar estaba de bote en bote y en Dubái cuesta un pastón, que ninguna de nosotras teníamos, conseguir una mesa en un local de moda. Y según nos acercábamos nuestra sorpresa fue mayúscula cuando vimos que sobre ella habían colocado cinco flamantes botellas de los mejores licores:

whisky Dalmore, ron Santa Teresa, vodka Ciroc, ginebra Nolet's y tequila Asombroso. Vamos, que la mesita en cuestión que nos habían preparado no bajaba, en un país como este en el que el alcohol está muy gravado y tiene precios desorbitados, de los 5.000 euros. «Disculpe, pero creo que aquí hay un error, nosotras no hemos pedido estas bebidas», apuntó Valentina, que fue la que primero recuperó el habla. «Se trata de una cortesía del señor Faysal Al Mubarak, ya que ustedes me han dicho que no les gusta el champán, se sentiría muy honrado si quisieran aceptar este pequeño detalle de su parte, en espera de que alguno de estos licores sea de su agrado.» Total, que llegados a ese punto y como yo, al contrario que Napoleón, soy de las que no suelen empezar una guerra si no tienen claro que tienen muchas posibilidades de ganarla, no me quedó más remedio que asumir que no había nada que hacer, así que me senté a disfrutar de uno de mis rones favoritos: porque, y al César lo que es del César, el jeque en cuestión no podía haber elegido mejor la marca.

«Pero digo yo que a este señor habrá que darle las gracias, ¿no?», preguntó Valentina, siempre tan educada… «Pues yo ni harta de vino, o más bien de ron…», contesté. Así que, después de un intenso debate, acordamos que fuera Luz la encargada de trasladar nuestro agradecimiento al más que guapo local acompañada por la catalana Sonia, que se apresuró en aclararnos que se ofrecía a ir con ella «para que no vaya sola la pobre».

Como el árabe, sus amigos y sus acompañantes (nunca mejor dicho) ya habían terminado de cenar y se habían adentrado en la niebla del bar de copas, decorado con adoquines setenteros, carteles de calles y frases pintadas en las paredes como si de una estación del metro neoyorquino se tratara, Luz y Sonia se levantaron para darle las gracias y volvieron más de media hora después completamente emocionadas: «Está de toma pan y moja, y es educadísimo, tiene unos modales exquisitos», dijo Luz. «Estoy en estado de *shock*, no había visto un hombre tan guapo en toda mi vida», añadió Sonia. «Y las furcias, ¿qué?, seguro que son rusas, ¿no?», pregunté yo. «Pues no, bonita, ni son putas ni son rusas, son cuatro chicas encantadoras y ¡una es española!», me aclaró la catalana. «¿En serio?, ¿la española es la que lleva un vestido de raso verde largo superescotado?, ¿y sabéis cómo se llama?», pregunté yo acordándome de la chica que había visto en el baño y que me sonaba tanto, «¡Sí!, esa es la española, pero no me he quedado con su nombre, ¿por qué, la conoces de algo?»

Pero no me dio tiempo a contestar, porque en ese momento apareció nuestro amigo Faysal, altísimo, ganando enormemente en las distancias cortas, aunque no olía a Brummel, sino que desprendía el aroma de uno de mis perfumes masculinos preferidos, que encima es español y curiosamente es el que usa mi marido: Esencia de Loewe. «Buenas noches, distinguidas señoritas», comenzó con un perfecto acento británico a pesar de ser local (recuerdo que entonces pensé que habría estudiado en Eton y en Oxford como mínimo), «por favor, no se levanten, solo quería presentarme; me llamo Faysal», menos mal que no tuvo el mal gusto de añadir su apellido, «y únicamente he venido a expresarles mi profunda gratitud por aceptar esta copa, lo cual me ha hecho muy feliz; pero como en absoluto las quiero interrumpir, tan solo me gustaría indicarles que mis amigos y yo estamos al final de la barra de la discoteca, por si más adelante nos permiten alargar la velada con todas ustedes». Y dicho esto nos hizo una especie de reverencia y se fue.

«¡Me lo comooooo!», dijo Sonia. «Pero ¿cómo se puede ser tan mono, por favor?», dijo María. «La verdad es que no puede ser más caballero», apuntó Valentina, y así una tras otra, todas babeando, y hasta Luz, que ya estaba medio borracha, un poco como todas las demás, se atrevió a asegurar: «Yo por uno como este firmo el divorcio con Borja mañana mismo aunque no me hubiera puesto los cuernos», comentario al que todas dedicamos una ovación cerrada. «Pues a mí eso de alargar la velada con todas nosotras me ha sonado muy mal: este lo que quiere es montarse una orgía», apunté yo asumiendo de antemano los calificativos de ceniza, aguafiestas y hasta gilipollas que no tardaron en dedicarme todas al unísono.

El resto de la noche lo fuimos disfrutando entre copa y copa, con la habitual exaltación de la amistad e insultos al marido, que es lo que suele ocurrir cuando se juntan varias mujeres casadas con bastante alcohol de por medio. Elvira y Paola de repente desaparecieron y yo, cada vez más ebria, no podía quitarme de la cabeza la imagen de la chica española del vestido verde, convenciéndome cada vez más de que la conocía, y no precisamente de verla en una revista. Al caballero árabe y sus amigos no los veíamos desde donde estábamos sentadas, aunque a la cuarta o quinta copa todas se morían de ganas de acercarse a su grupo. «Venga, vamos a alegrar un poco la vista, que yo no salgo más que para ir al colegio o al supermercado», apuntó Luz. «Pues yo lo que quiero es echar un baile en la discoteca; porque no nos vamos a pasar toda la noche sentadas con el ciego que llevamos ya», justificó una vez más Sonia, que hasta para lo de Jack el Destripador hubiera sido capaz de buscar una excusa más o menos creíble si se la hubieran pedido.

Así que, como a mí no me apetecía nada ir a echar un baile, y mucho menos rendir pleitesía a un tío, por muy guapo y muy multimillonario que fuera, aproveché que en ese momento cruzó la puerta del baño un vestido verde para acudir corriendo a repasar mi maquillaje y salir ya de dudas.

Y ahora mismo ya no puedo seguir escribiéndote, Sara, porque me ahogo, porque cada vez que recuerdo lo que pasó después se me encoge el corazón de tal manera que me siento insignificante, estúpida, y no puedo dejar de llorar, y hasta la sangre deja de correr por mis venas, y tengo frío, mucho frío... Así que déjame que vaya a casa de Sonia a ver si me puede prestar una botella de vino que me dé fuerzas para seguir escribiéndote.

Te quiero,

Lola

Dubái, 30 de marzo de 2015 (de madrugada)

Querida Sara,

Ya están los niños dormidos, Alfredo ni lo sé ni me importa y yo me he bebido más de la mitad del Cune que me ha dado Sonia y me duelen los ojos de tanto llorar, pero te prometí que iba a compartir contigo todos y cada uno de los momentos importantes de mi vida, sean buenos o pésimos como este, y a pesar de que ahora mismo rememorar lo que pasó esa noche me duele hasta casi perder la conciencia, voy a cumplir con mi palabra y voy a continuar con el relato sin escatimarte ningún detalle.

En el baño del China Grill había una cola monumental de chicas superexaltadas y ruidosas. Tan solo había cuatro retretes: uno estaba roto y fuera de servicio, dentro del segundo en aquel instante no sabía qué estaba pasando, porque llevaba media hora sin abrirse, y solo quedaban dos a pleno funcionamiento. Como la cola era tan larga me resultaba imposible ver con claridad a la dueña del vestido verde desde mi posición: tan solo podía vislumbrar su largo escote en la espalda y los labios pintados de color granate mientras se inclinaba para mandar mensajes desde su Iphone 6 Plus. «No pasa nada, cuando ella salga yo seguiré en la cola y por fin podré verle la cara: le preguntaré en español si es amiga de Faysal y, sobre todo, si nos conocemos de algo.»

La primera y desagradable sorpresa de la noche llegó entonces. Una de las chicas que estaban a mitad de la cola, una árabe (yo creo que libanesa o egipcia) muy gorda y muy cabreada, se hartó de esperar frente a la puerta del segundo baño, del que llevaba ya demasiado tiempo sin entrar ni salir nadie, y después de llamar con los puños sin obtener ninguna respuesta le dio una patada a la puerta, que se abrió de par en par descubriendo a la vista de todas las demás a dos chicas prácticamente desnudas abrazándose.

Te puedes imaginar el lío que se montó (no hay que olvidar que esto no es el barrio de Chueca, que estamos en un país musulmán con estrictas leyes religiosas): todas se pusieron a gritar histéricas y yo me acerqué corriendo a ver qué estaba pasando. Fue entonces cuando comprobé alucinada, porque jamás lo hubiera esperado, que se trataba de Elvira y Paola, que me miraron completamente aterrorizadas y sin saber qué hacer. «¡Vamos, vestíos rápido y vámonos de aquí inmediatamente!», les grité, «¡¡salid de aquí YA!!», insistí chillando absolutamente fuera de mí cuando oí que alguien estaba llamando a la policía. Después todo ocurrió a un ritmo vertiginoso: las saqué casi en volandas a toda velocidad de aquel baño que parecía un gallinero, y al que habían acudido desde el *lounge* multitud de curiosos alertados por los gritos, y las metí lo más rápido que pude en dos taxis VIP a cuyos conductores les di un par de buenas propinas y las instrucciones exactas de cómo llegar a sus casas por el camino más corto al tiempo que exhorté a ambas a que me llamaran una vez que estuvieran en casa sanas y salvas. Apenas cinco minutos después de aquello pude ver las luces y escuchar las sirenas de un coche de policía que llegaba al hotel en ese momento, pero el botones de la puerta, un tipo negro muy alto, fuerte y con cara de buena persona, aseguró a los agentes (que aquí no son locales, sino que la mayoría vienen de Yemen y a los pocos años acaban consiguiendo la nacionalidad emiratí) que no había de qué preocuparse, que ya estaba todo tranquilo, con lo cual los policías, después de esperar un rato apostados en el coche para asegurarse de que no se producía ningún disturbio más acabaron yéndose.

En mi antigua empresa, mi jefe, que era el presidente, don Cordelio Sánchez Cienfuegos, siempre me decía que admiraba de mí la templanza y sensatez con las que era capaz de gestionar las situaciones de crisis sin perder nunca los nervios. Parece ser que don Cordelio tenía razón, porque a Elvira y Paola les faltó el canto de un duro para acabar la noche con su máscara de pestañas y su top de lentejuelas en el calabozo, o linchadas por las chicas del baño, o quién sabe cómo... Así que después del tremendo susto, que por lo menos sirvió para quitarme la borrachera de un plumazo, me acerqué con las piernas temblando a nuestra mesa, donde ya no había nadie, porque las demás se habían ido a bailar a la discoteca ajenas a todo, me derrumbé en un sillón y me serví una copa bien cargada de Santa Teresa con Coca-Cola que me bebí en dos largos tragos que me vinieron estupendamente para descargar la tremenda tensión de los últimos minutos. Después me serví otra mucho más suave que me prometí beber con calma, y esperé ansiosa a que tanto Elvira como su amiga llegaran a sus casas. Afortunadamente el restaurante no estaba lejos de nuestra urbanización y, como ya eran más de las doce de la noche, apenas había tráfico, así que a los veinte minutos recibí el esperado *whatsapp* de Elvira: «Ya estamos en casa, todo bien, ningún problema, muchas gracias por todo y perdóname, mañana hablamos», al que yo contesté enseguida: «Me alegro mucho, tratad de descansar y olvidaos de esta pesadilla: las demás no saben nada y yo nunca se lo voy a contar, así que no hay necesidad de que volvamos a hablar del tema, lo importante es que al final la sangre no ha llegado al río, un beso».

Ya más tranquila, me encendí un cigarro (es una de las cosas buenas que tiene Dubái, que se puede fumar en todos los bares de copas y en la mayoría de restaurantes) y me dispuse a disfrutar del panorama de chicas en su mayoría blancas, expatriadas por tanto, y muchas de ellas seguro que casadas, vestidas como para ir a una boda, tambaleándose sobre sus tacones y ligando descaradamente con hombres de todas las razas, engominados, vestidos con vaqueros de Armani y camisas de Hugo Boss abiertas mostrando sus cadenas de oro, más de una demasiado ostentosa. Fue entonces cuando volví a acordarme de la chica de verde, porque con todo el lío que se había montado en el baño, al final no pude descubrir de quién se trataba. Pero en aquel momento la misteriosa mujer constituía el menor de mis problemas, y, además, después de toda la adrenalina descargada estaba completamente exhausta y lo último que me apetecía era levantarme para ir a la pista de baile a averiguarlo.

Un rato después, cuando ya me había tranquilizado casi por completo y estaba pensando en acabar mi copa e irme a casa sin siquiera despedirme de mis amigas, para no darles la posibilidad de que me convencieran de que me quedase, sentí una mano presionando con autoridad y calidez mi hombro. Enseguida supe de quién se trataba.

—Buenas noches, señorita…

—Lola, me llamo Lola, y usted es Faysal, ¿verdad?

—Así es, dijo (la palabra que utilizó fue *indeed*, que es muy *british* e inmediatamente me transportó al paisaje húmedo y brumoso de Downton

Abbey, una de mis series favoritas de televisión, con sus campanillas de latón para llamar a los mayordomos de chaqué y las doncellas de cofia y delantal).

—¿Está usted esperando a alguien? —preguntó sabiendo de antemano la respuesta—, ¿le importaría que la acompañara un momento?, ¿me permite tomarme una copa con usted?

—En absoluto, Faysal, por favor, tome asiento y sírvase usted mismo; al fin y al cabo las botellas son suyas —le dije, ya entregada a mi pesar, mientras él se servía una copa de *whisky* con hielo de la cubitera que el mismo *maître* acababa de reponer en cuanto vio acercársele, sencillamente irresistible con su *hattah*, o turbante, a juego con la *kandora* blanca y en contraste con su tez morena, nariz grande, enorme boca de labios jugosísimos y unos ojos negros de esos que consiguen que te pierdas para siempre en su mirada. También tenía un exclusivo Patek Philippe en la muñeca, que todo suma…

Charlamos durante algo más de una hora en la que Faysal estuvo totalmente pendiente de mí. «¿Te gustaría comer algo: unos bombones, tal vez?; ¿has fumado alguna vez la *shisha*, quieres que pida una?», mientras me daba fuego con su mechero Cartier de oro estriado, afortunadamente sin ningún tipo de brillantes, y llenaba mi copa de hielo y ron en su justa medida, muy poco cargado, como me gusta a mí, así que desde luego no estaba intentando emborracharme. Con los modales más delicados que yo había visto jamás, sus ademanes tranquilos y su aparentemente genuina curiosidad por todo lo que yo le contaba, he de reconocer que pasé un rato realmente agradable con él.

Lo que más me gustó de él, aparte de su físico incuestionable, rotundamente árabe, fue su voz grave, muy varonil, profunda y tranquila: transmitía paz y conseguía que la conversación transcurriera de una manera muy fluida, como si nos conociéramos de toda la vida, como si él no fuera millonario y yo no fuera una aburrida esposa, madre y dentro de poco decrépita cuarentona en decadencia. Durante poco más de una hora Faysal me hizo sentir joven, inteligente y sobre todo deseable, algo que hacía meses que Alfredo ya ni intentaba. No sabes cuánto habría dado en aquel momento por volver a tener veinte años, no estar casada y poder permitirme tirarme a los brazos de uno de los hombres más guapos y atractivos, lo cual no siempre está unido, que había conocido en toda mi vida, adentrar mis dedos en su pelo negro sedoso y sumergirme con los ojos cerrados en esos sugerentes labios que intuía firmes y condenadamente expertos.

Nuestra conversación no fue más allá de los lugares comunes. Se mostró muy interesado en si me gustaba su país, por qué había tomado la decisión de dejar España y venirme aquí, si echaba de menos a mi familia y si tenía previsto que mi estancia en UAE durara muchos años. Yo le hablé de mi trabajo en Madrid, acerca del que me hizo muchas preguntas mirándome a los ojos en todo momento, como si de verdad quisiera saber, de la oportunidad laboral que le había surgido a Alfredo en Emiratos, de lo integrados que estaban mis hijos en el colegio y lo bien que hablaban ya inglés, del grupo internacional de amigas que tenía, de lo fascinante que me resultaba esta ciudad, con esa mezcla tan cosmopolita de razas, credos y culturas, etc. También le conté que ya había empezado a buscar trabajo en Dubái y él inmediatamente me dio una tarjeta suya de presidente de no sé qué empresa de ingeniería, a la que no presté demasiada atención para no dar la impresión de estar demasiado interesada, ofreciéndose a echarme una mano «porque conozco a algunas personas en el mundo empresarial que tal vez podrían ayudarte», aclaró, a sabiendas por mi parte de que una persona con sus contactos solo necesita un simple chasquido de dedos para colocarme en un despacho importante con un sueldo astronómico mañana mismo si yo se lo pidiera. Por supuesto, me quedé con su tarjeta, pues rechazarla habría sido una grosería, pero supe que nunca la utilizaría a pesar de que él insistió mucho en que marcara su número «mañana mismo, a primera hora». Por otra parte, me sorprendió enormemente, aunque me desilusionó un poco, todo hay que decirlo, el hecho de que él en ningún momento me pidiera mi móvil: tal vez no lo hizo porque le dije que estaba casada, aunque bien pensado había un gran número de posibilidades de que lo estuviera cuando decidió sentarse frente a mí.

El apuesto local me contó que había nacido aquí pero que había estudiado en Inglaterra, concretamente en el colegio de Eton y posteriormente en la Universidad de Cambridge (casi acierto), que se dedicaba a varios negocios (no que era dueño de varias empresas) relacionadas con el petróleo, el gas y la ingeniería, que le encantaba navegar (no mencionó que poseía un yate, de lo cual estaba segura), esquiar (por la zona lo dudo mucho) y el mundo de la equitación (sin especificar cuántos caballos tenía). Tenía treinta y seis años, los mismos que yo, y me aseguró que aún no estaba casado porque «estoy esperando a la mujer adecuada» (no dijo al amor de su vida). Como lo de navegar en una colchoneta y haber tenido un hámster de pequeña no estaba a la altura, me centré en lo del esquí y le aconsejé que no se perdiera el entrecot al Café de París cuando fuera a cenar al restaurante Biniaran de Arties, en la estación de Baqueira Beret, a lo que él inmediatamente contestó: «Únicamente si tú me acompañas». Le bastó pronunciar esas cinco palabras, con esa voz tan masculina y ligeramente ronca, para que todo mi cuerpo se echara a temblar.

Poco a poco tanto el *lounge* como la discoteca se fueron vaciando, y yo me habría quedado mucho más tiempo mirando hipnotizada a mi inesperada conquista emiratí —que no solo era guapo, sino también inteligente y que además sabía escuchar, cualidad que escasea bastante y que yo valoro enormemente en cualquier persona sea hombre o mujer—, pero me di cuenta de que la manecilla de su Patek Philippe hacía ya tiempo que había pasado de las dos y era hora de irse a casa. «No, por favor, no te vayas aún, concédeme el honor de seguir disfrutando un rato más de tu compañía», suplicó, «podríamos ir a JBR (Jumeirah Beach Residente) y tomar un café en The Walk (el paseo marítimo).» Me encantó la manera de pedírmelo, tan galante, y me pareció muy tierno y romántico que en lugar de ofrecerme tomar una copa en otro garito quisiera tomarse un café conmigo escuchando el romper de las olas del mar (muy calmado por otra parte en estas latitudes), pero me conozco y no confiaba en mí misma: era demasiado atractivo, demasiado educado, demasiado rico, y yo llevaba ya demasiadas copas como para poder seguir resistiéndome a sus encantos, así que le di las gracias por sus atenciones y le aseguré que tenía que ir a buscar a mis amigas para irnos ya. «Estupendo, porque tus amigas y mis amigos, entre los que hay un par de compatriotas tuyos, ya se han conocido, se están llevando muy bien y a lo mejor puedo convencerlos para alargar todos juntos esta velada mágica en la que he tenido el privilegio de conocerte», dijo muy contento mientras me separaba la silla y me daba la mano para ayudarme a levantarme e ir juntos a la pista de baile.

Cuando llegué allí Valentina y María ya se habían ido a casa, pero Luz y Sonia no paraban de bailar con dos de los amigos de Faysal, uno claramente árabe, aunque no llevaba el traje tradicional, y otro moreno de ojos verdes que no sabría decir de dónde era, porque en Dubái hay gente de todos los países. «Chicas, yo me voy ya a casa, que es tardísimo y van a cerrar ya, ¿os venís conmigo?» «Ni hablar, guapa, que lo estamos pasando de maravilla y estos dos bombones han prometido llevarnos ahora a una discoteca clandestina para la *jet set* que cierra a las seis de la mañana, ¡venga, vente con nosotras!», me pidió Luz muy animada y feliz, como hacía meses que no la veía, de lo cual me alegré muchísimo. «Que no, que yo me largo, que me quedan solo tres horas para dormir antes de despertarme para llevar a los niños al colegio y estoy agotada», les contesté. Faysal, al comprobar que no había duda de mi determinación, intentó como último recurso que me quedara «solo cinco minutos más, para que pueda presentarte al resto de mis amigos, por favor».

Fue entonces cuando volví a ver a la misteriosa chica del vestido verde. Y fue entonces cuando por fin me di cuenta de que de verdad la conocía de algo: era Carolina, la jovencísima becaria que habían asignado a Alfredo el año pasado en su empresa de Madrid y que no paraba de llamarle a todas horas por temas de trabajo, incluso los fines de semana, lo cual me molestaba muchísimo. Y Carolina estaba allí, a dos palmos de mis narices, con su vestido largo verde y besándose apasionadamente… con mi marido.

Mañana te sigo contando, Sara, que ya se me ha terminado el vino y acabo de oír a Alfredo meter la llave en la cerradura. Voy a esconder la botella vacía y a meterme en la cama con Alejandro. Hasta mañana, mi vida, reza por mí, que seguro que tú consigues más que yo.

Te quiero y te necesito, más que nunca.

Lola

Dubái, 31 de marzo de 2015

Querida Sara,

Esta mañana, cuando he llevado a Diego y Alejandro al colegio, casi tengo un accidente de tráfico porque aún me duraba la curda de la noche anterior. Como creo que ya te he comentado en más de una ocasión, en este país hay tolerancia cero con el alcohol y aquí te aseguro que no se andan con bromas: conducir borracho conlleva pena de cárcel automática. Hoy he tenido suerte y al final no me he chocado con un Nissan Patrol gris metalizado al que intentaba adelantar a toda velocidad cuando en el último minuto me he dado cuenta de que me iba a pasar la salida Al Marabea de la calle Al Khail, que es la que me lleva al centro escolar de los niños. De hecho, si no llega a ser por el otro coche, cuyo cristal posterior estaba decorado con tres grandes fotografías del califa de UAE, el vicepresidente, el jeque de Dubái, y su heredero, que me vio venir y tuvo los reflejos de dar un volantazo, probablemente los niños y yo estaríamos ahora mismo en el Saudi German Hospital, o algo peor...

Hoy me ha bajado la Virgen a ver, pero ¿y mañana: voy a tener tanta suerte mañana? Tengo que dejar de beber, está claro. Necesito pegar, poco a poco y con mucha paciencia, cada pedacito roto de mi corazón y tratar de recomponerme de alguna manera, porque tengo dos hijos maravillosos que no se merecen una madre deprimida e irascible de la que se escapan cuando les quiere dar un beso porque le huele el aliento a tabaco y alcohol. Lo voy a intentar, Sara, te lo juro, lo voy a intentar con las pocas fuerzas que me quedan. No voy a dejar que ni Alfredo ni ningún otro hombre me haga puré así. Hoy, después de casi poder escuchar las sirenas de la ambulancia y ver pasar en mi cerebro a toda velocidad cada *frame* de la tragedia que estaba a punto de sucedernos a los niños y a mí he tomado la decisión de no volver a beber nunca más, ni siquiera una gota.

Pero antes, quizá lo hago como un ejercicio de catarsis, para desahogarme y vomitarlo todo, voy a terminar de contarte cómo terminó nuestra inefable *ladies night*, en la que en apenas unas horas pasó de todo, cuando, paradójicamente, hasta entonces tenía la sensación de que a mí ya no me pasaba nada, que mi vida se había quedado estancada hacía meses y que lo único que me quedaba era sentarme en el sofá a contemplar la película en blanco y negro de mi aburrimiento.

«¡¡Hijo de puta!!», le chillé a mi marido en aquella discoteca delante de Luz, Sonia, Faysal y todos los que a esas horas apuraban su última copa, cuando le vi lamiendo a la becaria como si se tratara del fin del mundo. «¡¡Cabrón!!», y me lancé, completamente fuera de mis cabales a pegarle un bofetón que él aplacó rápidamente mientras me retorcía la mano con la que iba a golpearle —todavía tengo el moratón en el brazo—, y me sacaba a rastras de allí entre gritos e insultos. «¿Tú estás loca o qué?, ¿cómo se te ocurre montarme este numerito delante de mi jefe y los compañeros de la oficina?, ¿se te ha olvidado que estamos en Dubái, loca histérica?», me decía Alfredo escupiéndome cada palabra con un odio visceral, de los que salen directamente de las entrañas porque lleva demasiado tiempo cocinándose a fuego lento, con mucha salsa y mucha sal. Yo no daba crédito: no entendía nada; en lugar de pedirme perdón arrepentido, mi marido me miraba con los ojos inyectados en sangre y me repetía que yo no iba a destruir su vida y que con su trabajo no se juega. Aquello era demencial, completamente surrealista: acababa de pillarle poniéndome los cuernos en público y lo único que le preocupaba era lo que sus compañeros hubieran podido pensar: nada de lo que estaba ocurriendo tenía sentido.

En el taxi de vuelta a casa le seguí gritando con todo el repertorio de insultos del diccionario de la RAE, e incluso algunos que ni siquiera creo que existan.

—Qué bien montado te lo tenías, ¿eh?, cerdo de mierda: vámonos a Dubái, mi amor, que el paquete incluye casa, colegio, seguro médico y amante, ¿verdad?

—A ti se te ha ido la olla completamente, Lola —me decía Alfredo más o menos con estas palabras, aunque ya no las recuerdo bien—, Carolina ha venido unos días de vacaciones y yo sí, es verdad que he cometido el error de liarme con ella, pero es que ya estoy harto de ver a mi mujer día tras día en pijama, con la cara larga y sin peinar, estoy hasta las narices de tu mal humor, de escuchar tu retahíla de quejas cuando lo tienes todo, porque yo te lo he dado todo, de lo gorda que te estás poniendo por no hacer nada, porque no haces NADA y ni siquiera te sabes ocupar de tus propios hijos, que es lo único que se te pide.

—¿¿Qué??, eso sí que no te lo voy a permitir: echa todos los polvos que te dé la gana con todas las prostitutas que quieras, pero a mí no me acuses de mala madre, porque tú sabes que eso no es verdad —le grité indignada—. ¿Y no se te ha podido ocurrir que si solo me ves en pijama es porque llegas todas las noches a las tantas?, ¿qué pretendías, que te recibiera en casa de madrugada con un vestido largo de satén como el de la furcia esa?

—¿Y a ti no se te ha ocurrido que si llego tarde a casa es porque prefiero cenar en cualquier restaurante antes que cenar arroz una vez más, que estoy cansado de comerme cada día la asquerosa comida filipina que nos hace Joan porque tú ni sabes cocinar ni te has molestado nunca en aprender?

—Mira, esto ya es el colmo del cinismo, me pones los cuernos y encima la culpa es mía porque al señorito no le pongo en la mesa un plato de garbanzos como los que le hace su madre, es que ¡manda cojones!, lo tuyo no tiene nombre ni perdón de Dios, te odio y yo a ti ya no te voy a aguantar ni un minuto más: quiero el divorcio, ¡y lo quiero YAAA! —le repliqué con los ojos llenos de lágrimas de rabia que literalmente me quemaban las mejillas negras de rímel.

—¡Perfecto!: te lo firmo cuando quieras, mañana mismo si es preciso, y, es más, si quieres te compro un billete en primera clase de vuelta a Madrid, para que puedas dormir la mona después de acabar con todo el vino del avión, porque en eso es en lo que te has convertido, en una puta borracha; pero que te quede muy claro que los niños se quedan conmigo —me contestó él dedicándome una sonrisa sardónica que me revolvió el estómago y me provocó náuseas, pero náuseas de verdad: tuve que pedirle al taxista indio que parara para vomitar en un lateral de la calle Ibn Batutta a la altura de Discovery Gardens donde, gracias a Dios, no había nadie a esas horas.

Desde esa noche, de la que ya han pasado casi tres semanas, lo único que hago es llorar y beber. Alfredo y yo nos evitamos deliberadamente:

apenas nos hemos cruzado un par de docenas de palabras desde entonces, todas ásperas y peyorativas, de las que cortan el aire. La atmósfera ya se ha convertido en irrespirable en esta casa y hasta los niños han empezado a sufrir con la situación y se inventan enfermedades o se despiertan llorando en mitad de la noche con pesadillas cada vez más recurrentes. Obviamente dormimos separados, y los fines de semana nos turnamos para sacar a Diego y Alejandro por ahí y no coincidir nunca los cuatro juntos.

Pero lo peor de todo es que después de hablar con mi amigo el abogado, Silverio, decidí sacar tres billetes de avión para volvernos a España y el malnacido del que un día cometí el tremendo error de enamorarme ha escondido los pasaportes de los niños: los he buscado concienzudamente, como una loca, por cada rincón de la casa, pero no los encuentro por ningún lado… Estoy absolutamente desesperada, Sara, y tengo miedo, mucho miedo.

Por favor, ayúdame, aunque sea lo último que hagas por mí, ayúdame. Estoy metida en un oscuro laberinto sin puertas ni ventanas del que por muchas vueltas y vueltas que dé no puedo salir sola. Le he pedido consejo a mi padre, pero, como era de esperar, ha tratado de minimizar todo lo sucedido y me ha asegurado que todo se arreglará civilizadamente con el tiempo, y que mientras tanto me dedique a ocuparme de mi casa y de mis hijos para que Alfredo se vaya ablandando poco a poco («que Alfredo se vaya ablandando», ha dicho textualmente, «que me dedique a mi casa y a mis hijos»: pero ¿tú te lo puedes creer?, ¿es que aquí todo el mundo ha perdido de repente la cabeza?).

En fin, Sara preciosa, que estoy al borde de un precipicio y como tú no me ayudes pronto me voy a caer si no me tiro yo antes, así que ¡dime qué tengo que hacer para salir de esta, por favor!

Lola

Dubái, 6 de abril de 2015

Querida Sara,

Llevo ya casi una semana sin beber (nada de nada, te lo juro) y poco a poco mi mente está empezando a salir de las tinieblas y a disiparse las telarañas que me impedían pensar; empiezo a ver las cosas con algo más de claridad.

Lo que no se puede negar es que parto con unas cartas muy bajas, por no decir pésimas, y que poco puedo hacer con ellas en este momento. Pero me queda un descarte, e incluso la posibilidad de acabar jugando de farol, así que he decidido arriesgarme y tirarlas todas en espera de que me lleguen un par de ases, o hasta un comodín si tengo suerte... La partida no ha hecho más que empezar y de uno u otro modo la voy a acabar ganando: eso ya está decidido y nadie mejor que tú sabe que yo con las cartas soy más hábil que un tahúr del Mississippi, da igual que sea póquer, mus, tute o cinquillo, soy capaz de hacer malabarismos hasta con dos pitos de postre. ¿Te acuerdas de nuestras timbas de mus en La Pañoleta con tus amigos los diputados del Congreso? Entonces éramos jóvenes, guapas, sin compromisos, con una brillante carrera profesional por delante. Qué buenos tiempos eran aquellos de hace diez años: las dos derrochábamos optimismo e ilusión, teníamos clarísimo que íbamos a llegar lejos, muy lejos, estábamos seguras de que nos íbamos a morir de éxito, ¿verdad? Quién nos iba a decir que íbamos a acabar así... Pero esto no ha acabado, cielo, insisto: esta partida la tengo que ganar aunque sea lo último que haga en mi vida, te doy mi palabra de que va a ser así.

Lo primero que he hecho es cortar por lo sano el ritual de autocompasión alentado por mis amigas españolas: ya les he dicho que por favor me dejen tranquila, que necesito estar sola un tiempo para reflexionar. Afortunadamente, parece que lo han acabado entendiendo:

las constantes visitas y llamadas se han ido reduciendo paulatinamente, muy a su pesar, y ahora ya solo recibo *whatsapp* ocasionales que contesto lacónicamente. Sé perfectamente que solo quieren ayudarme y que lo hacen con la mejor intención, pero la única de todas ellas que realmente podría echarme una mano es Elvira, cuyo marido juega al pádel todas las semanas con el mío, y cuando le he pedido que intente averiguar a través de Luis dónde ha escondido Alfredo los pasaportes de los niños me ha contestado que su marido no quiere inmiscuirse en asuntos de pareja para no perder un amigo en el intento: muy fuerte, pero, en fin, bastante tiene ella con lo que tiene.

A Céline, Alice y Samira también las he puesto al tanto de la situación, como es lógico, pero las tres han sabido respetar mis tiempos y mi espacio: después de ofrecerme sus respectivos hombros para llorar y darme cada una su punto de vista (el consejo de Samira ya te puedes imaginar que ha sido el de perdonar a Alfredo y luchar por mantener a mi familia unida) se han puesto a mi disposición para echarme una mano en lo que sea necesario, sin agobiarme, sin atosigarme con llamadas a todas horas, lo cual es muy de agradecer. La conversación con Alice, que lleva doce años viviendo en este país, me ha terminado de perfilar el boceto que yo había dibujado en la cabeza sobre mi nueva situación y que se parece mucho a cualquiera de los 82 Desastres de la Guerra de Goya. De hecho, no solo no me puedo llevar a los niños a España, sino que, al estar mi Visa patrocinada por Alfredo, en cualquier momento podría anular mi permiso de residente forzando mi deportación, sola.

Así que, encantadora como siempre, como si no hubiera pasado nada, he llamado a mi suegra, Trini, que llevaba comentando desde hacía tiempo que quería hacernos una visita, para animarla a venir cuanto antes, «ahora que los niños tienen unos días de vacaciones en el colegio y aún no hace demasiado calor». Yo creo que le da mucha pereza viajar, pero he tratado de tocar su tecla sensible diciendo que Diego y Alejandro preguntan mucho por su «abu» y que les haría una gran ilusión tenerla unos días en casa. No las tengo todas conmigo, pero yo creo que prácticamente la he convencido.

Por último, he reservado una mesa para dos mañana por la noche (porque hoy Alfredo está de viaje de trabajo en Arabia Saudita y va a dormir en Riad) en la terraza del West 14th del Oceana Beach Club, uno de los restaurantes con mejores vistas al *skyline* de Dubái, y le he enviado un mensaje asegurándole que así no podíamos seguir, que teníamos que hablar, sobre todo por los niños, y que le esperaba a las nueve en su sitio preferido. Media hora después de leerlo me ha contestado con un escueto «allí estaré».

Ya te contaré qué tal fue la cena...

Un beso grande.

Lola

PS. ¡Acaban de traerme a casa un ramo espectacular con tres docenas de tulipanes amarillos! La nota dice: «No puedo dejar de pensar en ti», ¡y la firma Faysal! Me ha dado un vuelco el corazón, esto es lo único bueno que me ha pasado en el último mes: estoy contentísima, no te lo puedo negar. Pero ¿cómo ha sabido Faysal cuáles son mis flores favoritas?, y, sobre todo, ¿quién le ha dicho dónde vivo?

Dubái, 7 de abril de 2015

Querida Sara,

No sé por qué, pero anoche estuve recordando *El diario de Ana Frank*, nuestro libro favorito cuando éramos pequeñas; incluso me levanté de madrugada para sumergirme en Google y volver a leer algunos párrafos, sobre todo los de su historia de amor con Peter van Daan, el otro niño judío escondido junto a ella en la «casa de atrás». Nuestra teoría siempre ha sido que Ana jamás se habría enamorado de Peter si no llega a ser porque la persecución nazi la obligó a compartir dos años y medio de su vida junto a él y otras seis personas escondidos en un desván. De hecho, Ana ya conocía a Peter del colegio, y siempre le había considerado un «holgazán» y un «quisquilloso». Empezó a encontrarle «muy habilidoso» al poco tiempo de empezar a conocerle mejor en ese entorno de miedo y aislamiento, y acabó enamorándose de él, logrando así que su cautiverio fuera hasta cierto punto más llevadero.

Te estarás preguntando a qué viene esto, ¿verdad? Pues viene a que no me puedo quitar a Faysal de la cabeza: ¿y si Faysal fuera mi Peter y Dubái mi desván?, ¿habría tenido estos sentimientos tan fuertes que he empezado a experimentar hacia él si no estuviera encerrada en este país ni hubiera descubierto que mi marido lleva años engañándome con otra?... En definitiva, que no sé si me estoy empezando a colar por el guapísimo local solo porque me siento sola; sola y traicionada. Tengo que intentar sacármelo de la cabeza, que bastantes problemas tengo ya y bajo ningún concepto puedo permitirme crear uno más.

Voy a empezar a prepararme ya para la cena de esta noche con Alfredo: ojalá todo salga tal y como tengo previsto.

Te quiero, amiga.

Lola

Dubái, 8 de abril de 2015

Querida Sara:

Buf, estoy tan nerviosa y me han pasado tantas cosas en las últimas cuarenta y ocho horas que voy a sentarme, respirar profundamente y tratar de tranquilizarme para poder contarte paso a paso los nuevos e importantes acontecimientos en el orden en que han ido sucediendo: desde la cena con Alfredo hasta la tormenta de arena, pasando, por supuesto, por Mohammed.

Después de haberme acusado de pasarme el día en pijama, me esmeré en presentarme sexy y elegante, si bien nada podía hacer para igualar los diez años que yo le saco a Carolina, y mucho menos los diez centímetros que ella me saca a mí. Me puse unos pantalones de pitillo negros encerados muy ajustados (siempre me veo mejor con pantalón que con falda o vestido, me siento más cómoda y eso me da más seguridad, algo que iba a necesitar esa noche) y un top rojo muy elegante de Maje que me había regalado una de mis cuñadas en mi pasado cumpleaños. Era sencillo, liso, de un rojo muy claro, asimétrico en la cintura y sobrio, pero con una original abertura a la altura del hombro que lo dejaba al aire dándole un toque de erotismo. Completé el atuendo con un enorme bolso negro de piel de cocodrilo (cocodrilo del Mar de China, se entiende) y unos botines de tacón alto pero con tachuelas, para restarle seriedad al conjunto. Como también se me había quedado grabado a fuego el tema de que siempre estaba despeinada, no desaproveché la oportunidad de ir otra vez a la peluquería y, después de la mascarilla de rigor para nutrirla y darle brillo, pedí que me alisaran la melena ondulándome un poco las puntas. Para maquillarme utilicé tan solo *eyeliner*, máscara y *gloss*: *casual* pero *chic*, o al menos eso pretendía.

Como soy y estaba muy impaciente, llegué al West 14th con casi media hora de adelanto y me senté en la mesa que nos habían preparado en la terraza (en ese restaurante no te dejan fumar dentro y preveía que iban a caer dos paquetes mínimo) en primera fila del asombroso espectáculo del *skyline* de Dubái, que, sobre todo por la noche, es tan bonito o más que el de Nueva York o Hong Kong. Me había propuesto mantenerme sobria a lo largo de toda la cena y rechacé de plano los aperitivos que me enumeró el camarero oriental, al que tan solo pedí una Coca-Cola Zero. Afortunadamente, Alfredo no se hizo esperar y al segundo cigarro apareció imponente, porque lo es, con traje oscuro, camisa de rayas violeta y corbata Hermès con nudo Windsor a juego, además de los gemelos de plata de Bulgari que le regalé en nuestro primer aniversario de boda, allá por el Paleolítico Inferior. Antes de sentarse me dio un beso en la mejilla: era obvio que guardaba un frasco de Esencia de Loewe en algún cajón de su despacho.

—Siento llegar tarde.

—Qué va, si no has llegado tarde, ya sabes que yo siempre llego pronto: estaba extasiada contemplando la vista —le contesté.

—Es preciosa, ¿verdad? —me dijo sonriendo—. Por cierto, estás guapísima esta noche…, y gracias por esta cena.

—No, Alfredo, gracias a ti por venir.

La velada no podía haber empezado mejor, de hecho estaba superando mis expectativas, y se desarrolló como un río de aguas cristalinas que desde lo alto de la montaña, y a lo largo de todo el valle hasta morir en el mar, va siguiendo tranquilamente su cauce sin forzarlo, porque lo tiene aprendido, y sin separarse ni un milímetro de él.

Mi marido tuvo el detalle de pedir una botella del sudafricano The Chocolat Block, que probamos juntos por primera vez en el restaurante Moyo de Ciudad del Cabo y que sabe perfectamente que me encanta. Sin embargo, y con todo el dolor de mi corazón, apenas me tomé una copa durante toda la cena: necesitaba tener la mente despejada. Pedimos una ensalada Nicosia como entrante y después yo opté por un solomillo de Wagyu australiano con salsa de champiñones salvajes y él un entrecot Black Angus a la pimienta del que se apresuró a ofrecerme un trozo para que lo probara: estaba realmente exquisito, en el West 14th si pides carne no te puedes equivocar. Para terminar, compartimos a sugerencia mía una *cheescake*, el postre que más le gusta, y, aunque yo ya estaba llena, no dudé en comerme un buen pedazo, no fuera a pensar ni por un momento que me había afectado que me llamara gorda.

Contra todo pronóstico, él fue el que tomó la iniciativa pidiéndome humildemente perdón por haberse liado con la becaria recién nacida. Me aseguró que cuando le llamó para decirle que se iba a Dubái a pasar unos días de vacaciones decidió ejercer de perfecto anfitrión, porque la consideraba su amiga, pero que ni se le pasó por la cabeza que acabaría enrollándose con ella el último día de su visita. Lo justificó explicándome que en ese momento llevaba muchas copas y se sentía muy frustrado por cómo estaba yendo últimamente nuestro matrimonio, pero que en el fondo se alegraba mucho de que esa noche yo apareciera en el mismo bar, porque gracias a mi presencia allí la cosa no había pasado a mayores. Continuó asegurándome, a lo que yo me limité a sonreír mientras le escuchaba con mucho interés, que yo era el amor de su vida, la madre de sus hijos y que jamás se habría perdonado haber destruido su familia por el capricho ridículo de una noche de marcha. Añadió, por último, que Carolina no significaba nada para él, que por muy guapa que fuera, la consideraba «una niñata nada lista y bastante frívola», eso es exactamente lo que dijo, y que estaba profundamente arrepentido de cómo había metido la pata de esa manera, por lo que me rogaba que le perdonara, «porque te juro que esto no se va a repetir nunca más».

Dicho esto, Alfredo pasó a adoptar su tono paternalista habitual para confesarme que estaba muy preocupado por mí, que había perdido el brillo de mi mirada y que le ponía muy triste ver cómo me estaba marchitando (esa fue la palabra que utilizó) metida en casa todo el día. Insistió hasta la saciedad en que últimamente me notaba excesivamente decaída, deprimida, aburrida, y que necesitaba hacer algo para recuperar la misma ilusión y la alegría desbordante con la que hice las maletas para venirnos a Dubái.

—Tienes toda la razón, Alfredo —le contesté—, de hecho quería comentarte que ya he empezado a buscar trabajo aquí: Alice me ha ayudado a traducir y actualizar mi currículum y me ha facilitado sus contactos en los departamentos de recursos humanos de varias empresas, aunque la verdad es que hace ya más de un mes que les envié mi carta de presentación y todavía no me ha llamado nadie para hacer ni una sola entrevista…

—¡Vaya, qué sorpresa, no me habías dicho nada! —exclamó verdaderamente sorprendido—, me parece una idea estupenda: con lo que estoy ganando yo aquí, si además tú consigues un trabajo, aunque no tengas un sueldo tan elevado como el mío, podríamos ahorrar muchísimo más y en pocos años pagar la hipoteca de Madrid y comprarnos algo en Dubái, como inversión: ¿qué te parece?

—Parecerme me parece muy bien, cielo, pero es que hace ya más de un mes que envié mi CV y no me han llamado de ningún sitio: si te soy sincera ya estoy empezando a preocuparme… De hecho había pensado que a lo mejor tú podrías recomendarme en tu empresa, que seguro que con el puesto que tienes te avisan si surge alguna vacante para mi perfil.

—La verdad, Lola, es que eso no creo que sea buena idea: ya sabes que yo soy de la opinión de que es un error tener todos los huevos en la misma cesta, por si pasa algo, que en esta vida nunca se sabe… Además, lo de pasar todo el día juntos, en la oficina y en casa, realmente no creo que vaya a beneficiar a nuestro matrimonio —aclaró—, pero no te preocupes, que en este país las cosas, sobre todo en el tema laboral, se mueven muy despacio. Con la experiencia que tú tienes seguro que encuentras algo pronto: lo mejor es que realices una búsqueda más activa y tomes la iniciativa de llamar a todas las personas a las que les has enviado el correo electrónico, o incluso que le pidas a Alice que haga también alguna llamada recomendándote, ¿no crees?

No merecía la pena insistir, estaba claro que no me iba a enchufar en su empresa: tenía que reconocer que mi plan A no había funcionado en absoluto.

—Por cierto, me ha llamado mamá: la próxima semana se viene a Dubái a pasar unos días con nosotros, ya le he sacado el billete —anunció.

Bueno, menos mal: el plan B sí había dado resultado, pensé muy contenta.

La noche terminó como estaba previsto. Tomamos un taxi de vuelta a casa y esta vez no me fui a la cama de alguno de mis hijos. Hicimos el amor salvajemente, con furia, con rabia y, sobre todo, con rencor. Acabé sudorosa, extenuada, con marcas en la piel y todo el cuerpo dolorido, pero con la satisfacción de haber desempeñado a la perfección el papel que se esperaba de mí tanto en la mesa como en la cama.

Tras la maratón sexual y después de darme una larga ducha de agua caliente para aliviar los músculos tensionados, no pude esperar al día siguiente para enviarle a Mohammed un mensaje y reservar el safari por el desierto unos días después, cuando llegara mi suegra. Su respuesta fue inmediata. «Me ha hecho muy feliz que hayas pensado en mí para volver a hacer esta excursión; estoy deseando volver a ver a Diego, Alejandro y por supuesto a ti», y acto seguido me envió una foto de mis hijos posando sonrientes con él sobre las dunas: se trataba de una de las fotos que yo misma había hecho con su móvil meses atrás. En cuanto la recibí sentí una cálida corriente de ternura abrazándome todo el cuerpo, como una manta de cuadros en pleno invierno. Esa noche dormí plácidamente soñando con mi jaima en mitad del desierto bajo la noche estrellada.

—Cariño, estuviste fantástica anoche —me dijo Alfredo al salir de la ducha tras darme un beso en la boca que casi me deja sin respiración—, ojalá pudiera quedarme un rato más en la cama contigo, pero me acaban de convocar a una reunión a primerísima hora y no puedo llegar tarde. —Así empezó el día siguiente, en el que además se había levantado una tormenta de arena brutal en Dubái, de las que te ciegan los ojos y atascan las carreteras haciendo casi imposible la conducción porque el polvo apenas te deja ver y el asfalto resbala con la arena que arrastra el viento desde el desierto. Me daba miedo coger el coche y ni siquiera sabía si iba a haber clases ese día, así que llamé a Samira, que seguro que a lo largo de su vida había vivido muchas tormentas como esa, y me aseguró que el colegio abría de todas maneras, pero que tal vez sería mejor que ese día dejara a los niños en casa. Entonces, a eso de la las siete de la mañana, cuando Alfredo ya se había ido a la oficina y yo estaba terminando de dar el desayuno a los niños, sonó el timbre de la puerta. «Qué raro», pensé, «¿quién será a estas horas…?» «Joan, por favor, ¿te importaría abrir y si es el camión del agua le dices que no necesitamos más botellas hasta la semana que viene?» Mi interna volvió a la cocina tres minutos después diciéndome que se trataba de un amigo. «¡Pues dile que pase!», exclamé. «Señora, no quiere pasar; dice que prefiere esperar en la puerta.» «Pero ¿cómo va a esperar fuera con la que está cayendo?», contesté mientras me apresuraba a acudir a la entrada.

Y allí estaba él, como una aparición entre el viento huracanado, con el pelo negro, largo, estudiadamente despeinado y ligeramente mojado, estilo *hipster*, camisa azul marino de manga larga, de Gant, por fuera de unos vaqueros desgastados y náuticos Sebago. Me abrasó literalmente con su mirada de ojos negros, sonriéndome con esos labios que te piden que los muerdas hasta hacerlos sangrar... Atractivísimo, arrollador, absolutamente irresistible.

—Pero Faysal, ¿qué haces tú aquí?, ¡qué sorpresa! —le dije varios segundos después, porque me había quedado con la boca abierta.

—¡Hola otra vez, Lola!, ¿cómo estás, aparte de guapísima? —saludó con total naturalidad, como si fuéramos amigos de siempre y no debiera causarme ninguna sorpresa el hecho de verle a esas horas en la puerta de mi casa—. Cuando me he despertado y he visto el tiempo que hacía me he acordado de que la otra noche me comentaste que eras tú la que llevaba personalmente a tus hijos cada día al colegio, así que, como las carreteras hoy van a estar muy peligrosas y no podría perdonarme jamás que os pasara algo, me he tomado la libertad de venir para llevaros yo, que estoy más acostumbrado a conducir bajo tormentas de arena —me dijo sin dejar de sonreírme, mostrando sus dientes blanquísimos—, os espero en el coche: no hay prisa, cuando estéis listos —ordenó sin darme opción a réplica mientras se subía en un precioso Jeep naranja aparcado justo delante de mi Pajero y obstaculizándome la salida, para que ni se me pasara por la imaginación la posibilidad de escaparme.

Cuando salimos los tres de casa, Faysal se bajó inmediatamente del coche para ayudar a los niños primero y a mí después a subir. Les dio a los dos la mano y se presentó: «¡Hola!, yo soy Faysal, y tú debes de ser Diego, ¿verdad?», le preguntó sin que yo pudiera reprimir un gesto de satisfacción al comprobar que se acordaba de sus nombres. «Me gusta mucho tu tractor, ¿nos vas a llevar todos los días al colegio?», le preguntó Alejandro, al que le chiflan los vehículos de todos los tamaños y colores, y se pasa el día jugando «a coches». Faysal echó para atrás la cabeza en una sonora carcajada y le sugirió a mi hijo de cuatro años: «Nada me gustaría más, amigo mío; ¿por qué no convences a tu mamá para que a partir de ahora sea yo el que os lleve siempre al cole?», mientras me miraba a mí por el rabillo del ojo derritiéndome.

El tráfico era realmente infernal ese día: vimos un par de camiones volcados, coches de la policía por todas partes y atascos monumentales, así que, a pesar de la enorme destreza de Faysal al volante, tardamos más de una hora en llegar al GEMS International School (que es el cole de mis hijos al que Faysal se dirigió directamente sin preguntarme a dónde tenía que ir y sin que yo recordara haberle dicho en ningún momento a qué colegio iban). Durante todo el trayecto de ida mi guapo conductor a mí prácticamente me ignoró:

—¿Os gusta este colegio; cómo se llaman vuestros amigos; y las profesoras, son buenas? —les preguntaba a mis hijos—. ¿Cómo os va en las clases de árabe?, a ver, a quien me diga algo en árabe le doy un premio —les propuso mientras sacaba de la guantera una enorme piruleta de colores.

—¡Shukran! —contestó Diego, que es muy goloso, quitándose el cinturón y lanzándose a agarrar la piruleta.

—Muy mal, Diego, el cinturón no se debe quitar jamás, te puedes hacer mucho daño si tenemos un accidente, así que ahora ya no sé si puedo darte la piruleta o no... Tendrás que preguntárselo a mamá.

Y así, entre juegos y risas (había traído multitud de pequeños juguetes de plástico, cajitas con lápices de colores y caramelos para premiar a mis hijos por sus ocurrencias, que le hacían muchísima gracia) llegamos al centro escolar, cuyo aparcamiento estaba ese día prácticamente desierto, y después de ayudarnos a bajar del Jeep y colocar a cada niño su mochila en la espalda dándoles la mano para despedirse de ellos, me advirtió muy serio: «Aquí te espero, ni se te ocurra salir por la puerta de atrás», cuando me fui para acompañar a los niños a sus respectivas clases y saludar más contenta que nunca a sus profesoras. Hasta Geraldine, una mamá mexicana encantadora con la que me llevo fenomenal, reparó en mi sonrisa radiante de aquella mañana: «Se te ve feliz hoy, Lola, qué gusto verte así después de sentirte tan triste los últimos días». Ya en la salida me encontré con Samira, que me abrazó nada más verme, tan cariñosa como siempre, preguntándome qué tal estaba después del disgusto que me había dado Alfredo, y asegurándome que estaba muy preocupada por mí y que no dejara de llamarla si necesitaba desahogarme, incluso me invitó a desayunar ese día «en mi casa o donde a ti te apetezca», ofrecimiento que rechacé educadamente: «Hoy no puedo, cielo, tengo planes esta mañana, pero te prometo que te llamo más tarde sin falta y charlamos tranquilamente; ha habido muchas novedades que estoy deseando contarte».

Faysal estaba esperándome apoyado en el coche a pesar de la tormenta, y en cuanto me acerqué a él abrió mi puerta y me ayudó a subir como el caballero que es.

—Veo que tienes amigas compatriotas mías —señaló mientras arrancaba el motor y ponía un CD con la canción *Nothing compares to you*, cantada por Sinéad O'Connor.

—¡Ah, sí! Esa es mi amiga emiratí Samira. La adoro —le contesté—. Pero, dime, ¿cómo has sabido dónde vivo?

—¿De verdad que a estas alturas no lo sabes?, vaya decepción… —me contestó poniendo una carita de cordero degollado fingida que estaba pidiendo a gritos que la llenaran de besos—, por cierto, ¿te gustaron mis flores?

—Sí, Faysal, eran preciosas, me encantaron, pero, venga, dime por favor quién te ha dicho cuál es mi dirección —insistí.

—Lo sabrás, te prometo que lo sabrás, pero todo a su debido tiempo… Ahora dime cómo te encuentras, ¿qué tal has estado estos días? No nos pudimos despedir y te aseguro que me quedé muy intranquilo desde que te fuiste, o más bien te sacaron, de la discoteca. No he dejado de pensar en ti ni un minuto desde ese día y no dejo de culparme por no haber hecho nada para impedir que te trataran de esa manera tan humillante que una dama como tú no se merece en absoluto.

Se me subieron inmediatamente los colores cuando caí en la cuenta de que, efectivamente, Faysal había presenciado el bochorno del final de nuestra apocalíptica *ladies nigth*, cuando intenté dar una bofetada a Alfredo y él me sacó retorciéndome el brazo a rastras del China Grill. Bajé la cabeza y me quedé callada, muerta de vergüenza, pero él me cogió la mano, me la apretó con firmeza y me apaciguó con su voz reposada y grave, que tanto me gusta: «Tranquila, cariño (*honey* fue la palabra que escogió), eso ya pasó, no tienes que explicarme nada si no quieres, pero por favor, no olvides nunca que yo estoy aquí para ayudarte en todo lo que necesites, sea lo que sea, ahora y siempre, y te lo estoy diciendo de verdad, de todo corazón (*I mean it*, dijo)», mientras comenzaba a sonar *The winner takes it all*, de Abba, que no podía ser más adecuada en ese momento. Escuchamos la canción los dos callados mientras él seguía conduciendo y yo miraba por la ventanilla. Fuera, la tormenta iba poco a poco amainando, justo al contrario de lo que estaba ocurriendo en mi corazón, cada vez más confundido.

Quizá porque no era capaz de controlar la situación que estaba viviendo, con una guerra crucial y cruenta abierta en tantos frentes, decidí optar por lo que suelo hacer cuando la vida me supera: frivolizar y reírme un poco de mí misma, porque solo el humor es capaz de ser subversivo y tornar la moneda cuando sale cruz. Mientras mi atractivo chófer enfilaba por la calle Hessa camino a la Sheikh Zayed Road al ritmo ahora de *Friends in low places* de Garth Brooks, reparé en que iba vestida casi de andar por casa, con vaqueros de pitillo, botines de *cowboy*, camisa vaquera, cola de caballo y la cara lavada, así que por un momento me imaginé que mi precioso «jeque» me llevaba a desayunar al Burj Al Arab y todos los multimillonarios de punta en blanco se me quedaban mirando atónitos. En ese momento era lo más parecido a una chica de pueblo del Medio Oeste americano.

Sin embargo, una vez que llegamos a la Sheikh Zayed, y mientras tarareaba un estribillo que me transportó a mi época de *high school* en Salem, Oregón, con el sabor de los primeros besos y la Budweiser clandestina, Faysal no tomó la dirección de Dubái, sino la de Abu Dhabi.

—¿Me vas a llevar a comer al Emirates Palace después de dar un paseo descalzos por la playa de Saadiyat Island? —le pregunté.

—El plan no puede sonarme más apetecible, cariño (entonces dijo *sweetheart*), pero NO te lo mereces, así que te voy a dejar en tu casa y yo, con toda la pena del mundo, porque me muero de ganas de quedarme contigo, me voy a trabajar. A ver si así aprendes la lección y te convierto en una señorita educada de las que dan las gracias cuando les mandan flores.

Eso no me lo esperaba para nada y me tuve que morder la lengua para no suplicarle que se quedara conmigo, pero lo que no pude evitar fue un mohín de verdadera y profunda decepción que él contempló con una gran sonrisa victoriosa mientras me consolaba dándome un largo beso en la mejilla así, sin permiso, sujetándome con firmeza la cara con una sola mano, porque la otra la tenía en el volante, dejándome con muchas ganas de mucho más.

Llegué a casa con el corazón completamente desbocado después de que Faysal me acompañara a la puerta con un simple «Hasta muy pronto, preciosa (*beauty*, dijo)», que no era una pregunta, sino una afirmación que expuso guiñándome el ojo con picardía y dedicándome una última y anticipada sonrisa de triunfo absoluto que terminó de desarmarme ya por completo. Cuando cerré la puerta y me derrumbé en el suelo del rellano deseé con todas mis fuerzas poder beberme en ese momento una Mahou helada de un trago para calmar los nervios y bajar la temperatura de mi cuerpo, que sentía a más de cuarenta grados, pero no eran ni las diez de la mañana y sabía que no iba a ser capaz de conformarme con una. Así que encendí el móvil, que llevaba apagado desde la noche anterior, para comprobar si había novedades. Fue entonces cuando me encontré el funesto mensaje de Alfredo: «Mamá al final no puede venir a Dubái, te cuento esta noche, que ahora estoy hasta arriba de trabajo, un beso». Mi plan B se acababa de ir al garete también, y esta vez no tenía ningún otro plan alternativo.

Ya me dirás qué hago ahora, Sara, porque el panorama no puede ser más desolador.

Un beso grande. Te quiero.

Lola

Dubái, 10 de abril de 2015

Querida Sara,

He vuelto a descender a los infiernos, pero esta vez sin retorno. Ahora sé que mi partida ha terminado, y que definitivamente la he perdido.

Hay personas que son como una china que la vida te pone en el zapato y que por mucho que te la intentes sacar, e incluso a veces pienses que por fin ha desaparecido, siempre está ahí, molestándote en el momento más inoportuno. Así es mi cuñada Sofía. ¿Que organizo un fin de semana en un parador nacional para escaparme con mi marido, los dos solos? Pues en el último minuto su hijo se pone «malísimo, con 40 de fiebre» y mi suegra ya no se puede quedar con los míos porque tiene que cuidar «al pobrecito Pepito»; ¿que solicito unos días de permiso en la oficina para irnos los cuatro a la casa que los padres de Alfredo tienen en Marbella? Pues, mira qué casualidad que justo los días que yo había programado son los que ella «se había pedido para ir a Marbella desde hace mucho…». Y así una y otra vez, a propósito o por casualidad, pero siempre ha sido así. Lo que no sé es cómo no me imaginé que en esta ocasión también sucedería lo mismo y la variable de riesgo Sofía volvería a estropear el único plan que me quedaba para salir de esta. Resulta que cuando ya estaban los billetes sacados y todas las excursiones reservadas para el viaje de Trini a Dubái, el día anterior Sofía tiene la feliz idea de romperse una pierna esquiando en Aspen (porque lo de Candanchú o Sierra Nevada la chica en cuestión considera que es para paletos) y, claro, mi suegra inmediatamente lo anula todo «para poder echarle una mano con la casa y los niños, que a la pobre le han tenido que escayolar la pierna y no se puede mover». Pero, en fin, que como cualquier esfuerzo inútil conduce a la melancolía y estaba claro que me pusiera como me pusiera a mi suegra no iba a hacerla cambiar de opinión, decidí tratar de transformar la crisis en oportunidad, que es lo que se lleva ahora en los manuales de psicología barata para triunfar en los negocios, aun a sabiendas de que tenía muy pocas posibilidades de éxito.

—Pues ya que tu madre no puede venir, con las ganas que tenía de ver a sus nietos, podríamos irnos todos a pasar unos días a Madrid, que llevamos en Dubái casi ocho meses y aún no hemos ido.

—Me encantaría, Lola, pero ahora mismo me han asignado en la empresa un proyecto importantísimo y estoy desbordado de trabajo, quizá este verano.

—¿Cómo que quizá? En verano aquí no hay nadie, es Ramadán, la ciudad se vacía y el calor es insoportable, los niños no pueden jugar en la calle. ¡Cuando tomamos la decisión de venirnos a vivir a Dubái me prometiste que todos los veranos nos iríamos a España! —se me estaba empezando a ir la conversación de las manos, así que decidí cambiar de estrategia y adoptar un tono más conciliador—. Pero si ahora mismo tú no puedes ir por tu trabajo, los niños y yo podemos aprovechar que tienen vacaciones en el colegio para escaparnos unos días y que vean a sus abuelos, sus tíos y sus primos, que les vendrá muy bien un cambio de aires, ¿no crees?

—Vamos a ver si te queda claro: os iréis a Madrid cuando yo pueda viajar con vosotros, porque si yo me tengo que quedar trabajando para sacar a esta familia adelante, tu deber es quedarte conmigo, ahora, en verano o cuando sea… Sin mí no te vas a ir con los niños a ningún lado, y cuanto antes lo entiendas mejor para todos. Ni a España ni a China ni a Arabia Saudita. ¡Y no quiero seguir discutiendo sobre este tema!

No daba crédito a lo que estaba oyendo: «Sacar esta familia adelante», «tu deber es quedarte conmigo», «no quiero seguir discutiendo sobre este tema…» ¿Cómo era posible que a mi marido le hubieran bastado ocho meses para convertirse en un auténtico hombre de las cavernas?

—Pero ¿tú quién te has creído que eres? ¡No tienes ningún derecho a encerrarme en este país! —le grité roja de ira.

—Tú te puedes ir cuando te dé la real gana, ya te he dicho que cuando quieras te saco un billete de primera clase a Madrid, pero los niños se quedan aquí conmigo hasta que su padre pueda viajar con ellos. ¿O es que te habías pensado que solo por echarme un polvo más o menos decente ibas a conseguir que me volviera a fiar de ti cuando un día me dices que me quieres y al día siguiente que quieres el divorcio?

—¡Quiero los pasaportes de los niños! ¿¿Dónde están los pasaportes?? —le pregunté ya llorando histérica y con los ojos inyectados en sangre.

—Si crees que te lo voy a decir lo llevas claro, guapa —me contestó con una sonrisita que me revolvió el estómago—, y ahora me tengo que ir a la oficina, así que a ver si cuando vuelva te has tranquilizado un poco y podemos hablar como personas normales, que ya empiezo a estar harto de tus broncas y tus numeritos. ¡Hasta luego! —y salió dando un sonoro portazo.

Completamente fuera de mis cabales, me subí al Pajero y me fui conduciendo a toda velocidad, como una loca, a casa de Elvira, que me recibió muy sorprendida cuando me vio tan agitada, con la mirada perdida y resoplando.

—¿Qué te pasa, Lola, estás bien? Te noto muy nerviosa, ¿te preparo una tila? —preguntó solícita y algo asustada de ver el estado en el que me había presentado y sin previo aviso.

—¡No quiero ninguna tila! —le chillé—, lo que necesito es saber dónde ha escondido Alfredo los pasaportes de mis hijos, ¡y necesito saberlo YA! Esto es cuestión de vida o muerte, así que más te vale que le digas a Luis que lo averigüe cuanto antes porque si no aquí vamos a tener todos, y cuando digo todos te estoy incluyendo a ti la primera, un problema muy gordo.

—¿Me estás amenazando? —inquirió atónita.

—Pues mira: ¡SÍ!, veo que estás empezando a entender las cosas —le contesté—, que conste que empecé pidiéndotelo por las buenas, pero has sido incapaz de mover un solo dedo por mí, a pesar de que aquella noche si no es por mí acabáis tú y Paola en un calabozo, que por si no lo sabías la policía llegó cinco minutos después de que os fuerais vosotras, y a pesar también de que hasta ahora me he callado como una muerta para no poner en peligro tu matrimonio. Pero te aseguro que si no le sacáis a Alfredo, como sea, dónde están esos pasaportes lo primero que hago es publicar que eres bollera en la página de Facebook de las mamás de la urbanización, a ver si así tienes suerte, te sale otra como tú y os montáis un trío —estaba completamente fuera de mí y sabía que me iba a arrepentir de todo lo que estaba diciendo en esos momentos, pero no era capaz de controlarme; solo el marido de Elvira, muy amigo del mío, podía darme esa información con la que sacarme del hoyo en el que estaba metida, y había llegado a un punto en el que ya era capaz de decir y hacer cualquier cosa con tal de conseguirla.

—Muy bien —me dijo dedicándome una mirada de auténtico odio—, te lo voy a decir, pero solo para que después cojas esa puerta, salgas de mi casa y no te vuelva a ver jamás: los pasaportes los tiene guardados en un cajón del despacho de su oficina —ahí era exactamente donde yo pensaba que los había escondido y por eso le había insistido tanto en que intentara encontrarme un trabajo en su empresa. Pero lo que nunca me habría imaginado, ni en la peor de mis pesadillas, es lo que Elvira me escupió después con todo el desprecio de que fue capaz.

—Y que sepas que a Carolina se la trajo de Madrid a primeros de diciembre, trabajan juntos y Alfredo está profundamente enamorado de ella desde antes incluso de que os vinierais a Dubái. Así que ya me dirás qué matrimonio está en peligro, ¿el tuyo o el mío? ¡Fuera de aquí; no quiero volver a verte en lo que me queda de vida! —sentenció mientras me empujaba con violencia hasta la puerta, porque yo me había quedado como la mujer de Lot y era incapaz de mover ni una sola articulación de mi cuerpo.

De ahí, temblando, en estado de *shock*, me fui a casa de Céline, donde, como era de esperar, me bebí dos botellas de vino, o quizá fueron más, la verdad es que no me acuerdo, y lloré y lloré durante horas: de rabia, de impotencia, por ti, por mi madre muerta, por mis hijos y, sobre todo, por mi estupidez. Céline no sabía qué hacer, así que llamó a Alice, que inmediatamente dejó lo que estuviera haciendo en esos momentos y apareció preocupadísima en su casa. Ambas trataron de tranquilizarme, me prometieron que todo se iba a solucionar, me aseguraron que le pedirían a sus respectivos maridos, Christian y Peter, que llamaran lo antes posible a Alfredo para intentar hacerle entrar en razón, que se llevaban muy bien con mi marido y que seguro que surtía más efecto si eran ellos los que hablaban con él. Pero yo estaba inconsolable, sabía que nada se podía hacer ya y que o bien me iba sola a España, y quién sabe cuándo volvería a ver a Diego y Alejandro, o bien me quedaba en Dubái, junto a mis hijos, pero atada de por vida a un hombre mezquino y sin sentimientos que me había engañado de la manera más cruel.

Reza por mí… Te quiero.

Lola

Dubái, 12 de abril de 2015

Querida Sara,

Después de encontrarme esta mañana una nota de Alfredo sobre la mesa de la cocina que decía: «Me voy a Shanghái a firmar un contrato, volveré dentro de cinco días. Aprovecha para reflexionar sobre lo que vas a hacer, porque esto no puede seguir así. Tenemos mucho de que hablar cuando vuelva», y haberme pasado toda la noche llorando abrazada a mis dos hijos —porque necesitaba tocar su piel suave y oler su colonia de bebés en su pelo sedoso, sentir el calor de sus cuerpecitos pegados al mío y llenarlos de besos hasta que me quedara sin labios—, le pedí a Joan que se los llevara un rato al parque, me di una ducha de agua helada y me puse varias rajas de pepino sobre los ojos hinchados después de tomarme dos pastillas de ibuprofeno, una detrás de otra, para tratar de ahuyentar la resaca mientras encendía y apagaba cigarrillos en espera de que la iluminación me llegara del cielo para encontrar una solución a todos mis problemas. Pero el cielo no me mandaba ninguna señal...

Hay momentos en la vida de toda persona en los que la suerte, sea mala o buena, aparece cuando uno menos se lo espera, sin saber de dónde viene ni haberla visto venir, y en un solo instante es capaz de volver toda la existencia del revés. Tan solo basta un minuto, un segundo incluso, para cambiar por completo un destino que parecía ya irremediable. La mayoría de las veces esa bofetada de la fortuna no depende de nosotros, porque ni siquiera la hemos buscado: las cosas, simplemente, pasan.

Cuando a eso de las doce del mediodía sonó el timbre, estaba dentro de lo posible que al abrir la puerta apareciera un hombre de reparto indio con un impresionante ramo de rosas y orquídeas rojas y, por supuesto, no me sorprendió en absoluto que al abrir el sobre me encontrara una nota escrita por Faysal de su puño y letra que decía: «Sigo sin poder dejar de pensar en ti». También era de esperar, pues había aprendido la lección el día anterior cuando se me privó de un romántico paseo por la playa con el hombre más guapo de este mundo, que me apresurara a abrir el bolso de pedrería que había llevado a la famosa *ladies night* en busca de la tarjeta de visita que me ofreció Faysal esa noche suplicándome que le llamara al día siguiente. Pero lo que sí era impensable, lo que nunca jamás habría podido imaginarme, es que en esa tarjeta en la que hasta entonces no me había fijado, en ese trozo rectangular de papel algo menor que un naipe, iba a encontrar el comodín con el que podría ganar una partida que ya había dado por perdida. Lo había tenido todo el tiempo debajo de la manga sin saberlo.

FAYSAL AL MUBARAK
PRESIDENT
OFFICE OF TECHNICAL ENGINEERING

¡Acababa de darme cuenta de que Faysal era el jefe de mi marido! No me lo podía creer; ahora entendía por qué a mi precioso emiratí le decepcionó tanto que yo no supiera cómo había llegado a descubrir dónde vivía: estaba claro que ni siquiera había mirado una sola vez su tarjeta de visita... Y también entendía ahora que me contestara, cuando le interrogué acerca de cómo había averiguado mi dirección, que lo sabría «a su debido tiempo», y que me castigara sin pasar la mañana juntos el día de la tormenta de arena por no haberle dado las gracias por el primer ramo de flores que me envió: quería que supiera quién era, pero solo si de verdad estaba interesada en él.

Cuando cogí el móvil para marcar su número y con un simple «¡Hola!», tan grave y masculino, logró que todo mi cuerpo se estremeciera, lo tuve claro.

—¡Hola, Faysal, me han encantado tus flores, muchas gracias!, por cierto, ¿sigues queriendo cenar conmigo en el restaurante Biniaran de Arties después de pasar el día esquiando en las pistas de Baqueira o todavía no me has levantado el castigo por ser una niña malcriada?

—¡Claro que quiero, y algún día lo haremos: cuenta con ello! Pero antes, ¿qué te parece si sales un momento y me das las gracias personalmente por esas flores? Te estoy esperando en la puerta de tu casa.

Como estaba sola en casa con mi depresión y no tenía pensado salir, llevaba pantalones cortos rotos, camiseta y chanclas, pero tenía tantas ganas de ver al único rayo de sol de mi oscuro horizonte que no perdí el tiempo en cambiarme de ropa y bajé las escaleras a toda velocidad saltándolas de dos en dos. Cuando abrí la puerta allí estaba él, otra vez sin *kandora*, con unos pantalones beis de bolsillos, náuticos, polo violeta de Ralph Lauren y una sonrisa tan radiante y seductora que consiguió hacerme olvidar todo.

—¿Lista para comer en el desierto? —me preguntó dando por hecho mi respuesta—, no te olvides del bañador y los niños, que a Diego y Alejandro les va a encantar el sitio.

—Mis hijos se han ido a los columpios, así que me temo que esta vez nos vamos a ir los dos solos. Dame cinco minutos para dejar una nota a la *maid* y coger biquini y toalla —le contesté sin ni siquiera pensar en lo que estaba haciendo, simplemente dejándome llevar por el olor a champú de limón de su pelo revuelto, esa barba varonil de tres días y muchas ganas de darme un capricho y disfrutar de unas horas junto a la que en ese momento era la única persona que podía hacerme feliz. Al fin y al cabo después de todo lo que me había pasado en los últimos días creía que me lo merecía; tenía derecho a pasármelo bien aunque solo fuera un espejismo de un rato.

Me subí a su Lexus 4x4 y, después de darme un beso en la mejilla y decirme con su galantería habitual que estaba muy guapa, enfilamos la carretera con la canción *Nothin´s gonna stop us now*, que acabó definitivamente de levantarme el ánimo casi hasta el éxtasis; junto a Faysal tenía la ilusión de que todo era posible.

—Bueno, ¿y a dónde tienes pensado llevarme? —le pregunté.

—Es una sorpresa, cielo, ya verás cómo te gusta… —me respondió guiñándome un ojo y apretándome la mano haciéndome sentir que ya nada malo podía pasarme.

Como estaba claro que teníamos una conversación pendiente y cuanto antes la abordáramos antes podría disfrutar de mi día en «no se sabía dónde» junto al árabe más guapo de Emiratos y a buen seguro de gran parte del Golfo Pérsico, decidí sacar el tema:

—No me habías dicho que eras el jefe de mi marido…

Tras confirmarme que la relación sentimental de Alfredo con Carolina se remontaba a primeros de diciembre, cuando la trajo de España para cubrir una vacante en su departamento, le expliqué que mi marido me había colocado en un callejón sin salida escondiéndome los pasaportes de los niños en su despacho, por lo que me era imposible abandonar el país sin ellos, y eso era algo que jamás podría hacer.

—Pero ¿estás completamente segura de que tu matrimonio no tiene posibilidad de arreglo y de que quieres volver a tu país? —me preguntó tras parar el coche en el arcén y sujetarme la cara con las manos mirándome a los ojos, que a esas alturas ya estaban bañados en lágrimas.

Tras asentir con la cabeza, porque ni siquiera fui capaz de articular un «sí», Faysal me abrazó muy fuerte y, mientras me acariciaba el pelo con ternura, pronunció las únicas palabras capaces de salvarme:

—Entonces déjalo en mis manos, yo me ocupo de todo. Mañana tendrás los pasaportes, tienes mi palabra.

Apenas cuarenta minutos después llegamos a Al Qudra Lakes, un verdadero oasis de lagos artificiales, peces de colores, patos blancos, cisnes negros y flamencos rosados en mitad de un precioso paisaje desértico lejos de los rascacielos y el asfalto de Dubái. Apenas había algunos excursionistas que ya habían colocado sus barbacoas y sus sillas y mesas, incluso vimos alguna tienda de campaña. Pero Faysal, como el caballero que es, lo tenía todo preparado para mí, y cuando llegamos nos encontramos con una enorme jaima blanca con una cama balinesa y una mesa de platos de porcelana, cubiertos de plata, mantel de hilo y una cubitera en la que el mayordomo etíope, que nos estaba esperando completamente uniformado, ya había puesto a enfriar un par de botellas de vino. Por un momento me sentí Meryl Streep en *Memorias de África* junto a un Robert Redford moreno y aún más atractivo que el Denys original.

—¿Te apetece un baño antes de comer?

Nos bañamos (ni te imaginas el cuerpo atlético, moreno y fibroso que tiene), comimos, bebimos, disfrutamos de una romántica puesta de sol sobre el desierto y, sobre todo, hablamos y hablamos durante horas.

Faysal me habló de su familia, a la que adoraba, si bien me confesó que no le resultaba nada fácil pertenecer a una de las estirpes más importantes del país, pues conllevaba estar a la altura en todo momento, tanto a nivel profesional como personal. «Por eso las últimas veces no me has visto con la *kandora*», me explicó, «porque no estaría bien visto que un emiratí estuviera aquí ahora mismo, los dos solos, con una mujer extranjera y además casada.» Me habló de la presión de su familia para que contrajera matrimonio «con una mujer musulmana de buena familia y conducta intachable», y, de hecho, ya le habían presentado a varias primas suyas con ese objetivo. «Pero yo quiero casarme enamorado: necesito que mi mujer tenga sus propias inquietudes e intereses y que no dedique su vida entera a complacerme a mí y criar a nuestros hijos. Me gustaría que ella fuera feliz haciendo las cosas que le gustan…, y hasta quiero que en mi matrimonio haya peleas y reconciliaciones, porque para mí es fundamental que la compañera de mi vida cuando hable conmigo lo haga siempre sinceramente, aunque no me guste o me haga daño lo que tenga que decirme… y eso, créeme Lola, aquí no es fácil, tenemos otras costumbres y a las mujeres las educan desde muy pequeñas para casarse algún día y hacer felices a sus maridos olvidándose de sí mismas.»

Aproveché para preguntarle si él veía bien que las mujeres musulmanas tuvieran que vestir de negro de la cabeza a los pies, y él me aseguró que, al haber estudiado en Reino Unido y viajado por todo el mundo, nunca obligaría a ninguna mujer a ponerse la *abaya*, pero que estaba seguro de que ninguna compatriota suya se la quitaría si tuviera esa opción, «se trata de un tema religioso y ellas quieren cumplir con los preceptos del Profeta; además, no querrían llamar la atención y ser señaladas por el resto de sus familiares y amigas: en este país la costumbre es llevarla y todas las mujeres se la ponen de la manera más natural», me aseguró. Por un momento no pude evitar imaginarme casada con este hombre tan guapo, bueno, cariñoso e inteligente, por no hablar del excepcional amante que sería, viviendo con mis hijos en un palacio de grandes columnas de mármol como el de Samira (ya me encargaría yo de decorarlo con bastante mejor gusto, algo nada difícil por otra parte) y vestida con una *abaya* que Faysal se encargaría de quitarme cada noche despacio, muy despacio, con esas manos tan grandes y suaves… o a dentelladas, después de una bronca monumental. En mi sueño, lo de ir vestida de negro de la cabeza a los pies casi casi me pareció un detalle sin importancia sabiendo que el hombre más atractivo e irresistible que había conocido jamás tendría la deliciosa obligación de quitármela para desnudarme, a ser posible varias veces al día.

«Pero tú bebes alcohol, y eso va en contra de tu religión, ¿verdad?», le pregunté. «Bueno, es que está claro que yo no soy un buen musulmán. Por ejemplo, todos los viernes voy a la mezquita con mis padres y hermanos, pero casi nunca rezo cinco veces al día como estipula el Corán, aunque debería hacerlo», me contestó, «pero aunque no cumpla con muchas de mis obligaciones religiosas, te aseguro que me enorgullezco de ser musulmán y creo en Alá por encima de todo».

También hablamos de los niños, «llegar algún día a ser padre es algo que no quiero perderme: lo deseo más que nada, aunque para ello tenga que casarme con una prima a la que apenas conozco...» Cuando dijo eso sentí una punzada brutal de celos: no podía soportar imaginarme a Faysal con otra mujer, aunque tuviera bigote y una nariz enorme; le quería solo para mí.

Respecto a mi matrimonio, Faysal me dijo que él nunca me habría engañado o humillado de la manera en la que lo había hecho Alfredo, porque a la esposa «hay que respetarla siempre». «Pero en Emiratos Árabes, Arabia Saudita y muchos otros países islámicos la poligamia es legal: un hombre se puede casar con varias mujeres, ¿no te parece que eso es una falta de respeto?» A Faysal le divirtió mucho mi pregunta y me aseguró que él solo se volvería casar si su primera mujer estuviera de acuerdo con ello, y las trataría exactamente igual a ambas. «Pues vaya cara más dura...», exclamé, y él se echó a reír. A mí, en cambio, no me hizo ninguna gracia.

Y de estas y otras muchas cosas estuvimos hablando durante horas, entre copa y copa de Viña Pedrosa Gran Reserva, un magnífico vino español de la Ribera del Duero que Faysal había tenido el detalle y el buen gusto de comprar por mí: mirándonos a los ojos y cogiéndonos la mano mientras contemplábamos a los patos nadar plácidamente sobre el espejo del lago. Estaba tan relajada y feliz que hubo momentos en los que hasta conseguí olvidarme por completo de la terrible situación que estaba viviendo y de la incertidumbre de mi futuro; me sentía protegida junto a Faysal, como si a su lado ya nunca nada malo pudiera pasarme.

Fue uno de los días más maravillosos de toda mi vida, Sara, qué te puedo decir: me enamoré de Faysal, y me enamoré de él como nunca, hasta la médula y para siempre. Y, lo que es más increíble, ni siquiera me dejó que le diera un solo beso, a pesar de que no pude resistirme a intentarlo un par de veces. «Todavía eres una mujer casada y tenemos toda la vida por delante, Lola, merece la pena que hagamos las cosas bien. Tú mereces la pena y yo te voy a esperar, te lo prometo», me dijo desviando mi boca hacia su mejilla.

Todavía estoy temblando, todavía no me puedo creer que sea posible ser tan feliz en mitad de esta oscura tormenta de arena. He tenido que venirme a un país a miles de kilómetros para descubrir que mi marido es un ser deleznable, pero también para encontrar el verdadero amor, y solo por eso ha merecido la pena; todo ha merecido la pena.

Te quiero mucho, daría mi brazo derecho por poder presentarte a mi amor emiratí. Te encantaría, no tengo la menor duda.

Un beso.

Lola

PS. Mañana me llevo a Diego y Alejandro al safari por el desierto con Mohammed: probablemente sea el último día que pasemos en Dubái y quiero que se lleven el mejor de los recuerdos a España. Además, necesito distraerme, me volvería loca esperando todo el día en casa a que llegaran los pasaportes.

Dubái, 14 de abril de 2015 (Al amanecer)

Querida Sara,

Apenas he podido pegar ojo en toda la noche por la emoción y los nervios, con ese sabor agridulce ya tan conocido. Me he levantado a primera hora y, después de ducharme, ponerme unos vaqueros y dar el desayuno a Alejandro y a Diego, le he dado a mi interna las instrucciones precisas: que hiciera dos maletas, una para mí y otra para los niños con toda la ropa que pudiera meter, y que no se moviera de casa en todo el día porque en cualquier momento llegaría un mensajero con un sobre muy importante que estaba esperando, y que por favor no dejara de llamarme en cuanto lo tuviera en sus manos. Después le di un abrazo muy fuerte y la mayoría del dinero que guardaba bajo llave en una caja por si se presentaba una situación de emergencia: «Muchas gracias por todo, Joan, nunca te podré estar lo suficientemente agradecida por lo que has hecho por mí y por los niños en estos ocho meses, sin ti no habría podido sobrevivir a esto». Ella me preguntó muy preocupada si la estaba despidiendo, pero le aseguré que los que nos íbamos éramos los niños y yo, que Alfredo no se iba a España con nosotros y que no tenía duda de que él seguiría contratando sus servicios.

A eso de las dos y media de la tarde, inocentes y ajenos a todo, los niños, emocionadísimos, no paraban de preguntarme cuándo iba a venir Mohammed a buscarnos para ir al desierto. Como estaban tan nerviosos y ya no había nada más que yo pudiera hacer en casa, porque sabía que Joan se encargaría de todo con la eficacia de siempre, salimos los tres a la calle para esperarle. No hizo falta aguardar ni un minuto, porque cuando abrimos la puerta él ya estaba allí, guapo a rabiar, con su turbante y su *kandora*, apoyado en el Toyota Land Cruiser de Arabian Adventures, y con una sonrisa de par en par que terminó de hacerme completamente feliz. Diego y Alejandro corrieron a sus brazos y él los lanzó por los aires diciéndoles lo contento que estaba de volver a verlos y lo bien que se lo iban a pasar en el desierto montando en los *quads* y subiéndose a los camellos. Ellos se reían y chillaban de alegría: después de lo mal que lo habían pasado últimamente, me convencí de que la idea de no anular el safari a pesar de mi suegra no había podido ser mejor. Mis hijos se merecían por fin divertirse, ver a su madre relajada como hacía meses que no la veían, pasar un buen rato sin preocuparse de nada más que de jugar... Tenían derecho a ser niños y yo les había privado de ello durante demasiado tiempo.

Cuando se acercó a mí y me apretó con fuerza la mano volví a sentir esa corriente de calidez atravesando de arriba abajo mi espina dorsal y finalizando en un escalofrío de placer. Me aseguró que estaba muy contento de volver a verme, que en los últimos meses había pensado mucho (*so much*, dijo) en los niños y en mí mirando una y otra vez las fotos de su móvil, y que cuando ya casi había perdido la esperanza de volvernos a ver y recibió mi mensaje, le había dado un vuelco el corazón. Yo en ningún momento le confesé que había soñado muchas veces con él y con la jaima en el desierto bajo la noche estrellada, ni que durante mucho tiempo su recuerdo había sido de lo poco que me había mantenido con vida, porque el recuerdo de Mohammed se había convertido para mí en un brillante arcoíris que me abrigaba cuando dentro de mi corazón hacía frío y no paraba de llover.

—Pero ¿dónde están los demás? —preguntó sorprendido, porque le había comentado que iba a recibir una visita de España a la que le encantaría hacer la excursión.

—A mi suegra le ha surgido un imprevisto de última hora y al final le ha sido imposible venir a Dubái, y mi marido está trabajando, así que solo somos los niños, tú y yo. Tenían tantas ganas de volver a verte conduciendo sobre las dunas... —le contesté recibiendo una radiante sonrisa a cambio.

Nos subimos al coche, los niños delante y yo detrás, y después de charlar un rato con mis hijos, me preguntó si seguía tan contenta en Dubái como le comenté la última vez que hablamos. Como no quise estropear la tarde tan maravillosa que teníamos por delante contándole mis penas le aseguré que me seguía fascinando este país y que estaba muy contenta de vivir aquí. Hicimos el trayecto habitual con la parada de rigor en la gasolinera para desinflar las ruedas del 4×4 a la mitad y que no se hundieran en la arena del desierto atascando el coche. Observé a Mohammed charlando animadamente con el resto de conductores de la excursión de aquel día: estaba claro que todos le adoraban, como no podía ser de otra manera, porque hay personas, y él es una de ellas, que han nacido para iluminar la vida del resto.

Cuando paramos en el desierto para hacernos las fotos con el sol naranja a nuestras espaldas a punto de fundirse con las dunas, yo sabía que probablemente esa sería la última vez que vería a mi guía del desierto, así que le pedí a un compañero suyo que nos hiciera una foto junto a los niños, para que cuando la vida me diera la espalda pudiera recordar la magia de uno de esos momentos por los que merece la pena seguir luchando. Salimos los cuatro riéndonos felices, Alejandro en los brazos de Mohammed y Diego entre mis piernas levantando el pulgar; él me había pasado a mí un brazo por el hombro mientras yo le agarraba de la mano y, si no fuera por su traje tradicional árabe, cualquiera diría que éramos una familia como cualquier otra haciendo una excursión al desierto, una familia dichosa y afortunada.

El safari en sí fue tan divertido para los niños como incómodo para mí, de hecho hubo un momento en que estuve a punto de pedirle a mi guapo conductor que parara un momento, porque me estaban entrando náuseas. Los niños gritaban entusiasmados mientras el Land Cruiser subía y bajaba llenando de tierra las ventanas y Mohammed no dejaba de mirarme preocupado. «¿Estás bien, quieres que vaya más despacio?», pero viendo cómo estaban disfrutando los niños, le tranquilicé asegurándole que me encontraba perfectamente y que lo estábamos pasando todos fenomenal.

La gran jaima donde finalizó nuestro trayecto era, sin embargo, diferente a la de la última vez: parecía más lujosa, y hasta tenía un minarete al que se subía por unas escaleras. «Esta es la jaima a la que llevamos a los turistas de la excursión VIP, pero no te preocupes que yo me hago cargo de la diferencia de precio, es que me hacía mucha ilusión que la conocierais», me explicó entusiasmado por la sorpresa que nos tenía preparada. Evidentemente, no tenía pensado permitirle que pagara ni un solo dírham de más, que bastante poco debía de cobrar ya el pobre como para que encima los niños y yo le pegáramos un bocado a su exiguo sueldo, pero en ese momento no le dije nada y le dejé con los niños con varios viajes pagados en los *quads* mientras yo echaba un vistazo alrededor y curioseaba en los diferentes tenderetes de productos típicamente árabes.

El sitio estaba indudablemente más cuidado que el de la vez anterior. Se podía cenar sentados en el suelo sobre cojines en las diversas mesas bajas alargadas de madera que habían colocado alrededor del escenario, pero también había mesas altas y sillas tapizadas bajo un techo de loneta; subiendo al minarete había dos habitaciones para poder cenar de una manera más privada con una vista panorámica impresionante del desierto y, por último, los *souvenirs* que se vendían en las tiendecitas eran de una considerable mejor calidad. Me fijé en que también había dos pequeñas casitas estilo chalé y me acerqué para ver qué había dentro, pero ambas estaban cerradas con llave, así que pregunté a uno de los encargados, al que diferencié del resto de turistas porque llevaba *kandora*, y me contó que eran dos *suites* (así las llamó él) para los que quisieran dormir allí: «Hay muchos *honeymooners* que las reservan», aseguró, «y tienen su propio baño privado». Le pedí que me abriera una de ellas, porque me moría de curiosidad y no me entraba en la cabeza que una pareja de recién casados eligiera dormir allí en su luna de miel, en mitad del desierto, sin absolutamente nada que hacer y sin ningún signo de civilización en cientos de kilómetros a la redonda.

La habitación era enorme, por supuesto tenía aire acondicionado y estaba decorada con mucha clase al estilo árabe: paredes en tonos rojizos, una cómoda de madera vieja, una cama inmensa con dosel, preciosas vasijas de barro pintadas en colores pastel y, en la habitación de al lado, una bañera antigua con patas esmaltada en tonos ocres bajo un techo acristalado para poder ver las estrellas. Me encantó, me pareció muy romántica y no pude evitar imaginarme allí haciendo lentamente el amor sin escuchar un solo ruido: lejos de todo y de todos.

Estaba tan enfrascada en mis ensoñaciones que no me di ni cuenta, cuando salíamos de la *suite*, de que allí estaban, horror, Elvira, su marido y otras dos parejas mayores. Ella me vio, pero inmediatamente giró la cara con una mueca de asco y se fue sin decirme nada. En cambio Luis y yo casi nos damos de bruces, así que no tuvimos más remedio que intercambiar un saludo protocolario.

—¡Vaya, Lola, qué sorpresa!, ¿qué haces por aquí, tienes invitados?, ¿dónde está Alfredo? —me preguntó educadamente.

—¡Hola, Luis!, ¿cómo estás?, estamos solo los niños y yo, porque a Alfredo le han enviado a China unos días por un tema de trabajo. Iba a venir mi suegra hoy al safari, pero al final no ha podido venir a Dubái y como a los niños les hacía mucha ilusión venir al desierto y ya tenía reservada la excursión… —le contesté con la mayor naturalidad posible.

—Sí, a mis hijos también les encanta este plan pero hoy los hemos dejado en casa con la *maid* y nos hemos venido con mis suegros y mis padres, que han venido a pasar unos días con nosotros —me contestó—. Oye, ¿y esto, qué es, tienen una habitación de hotel aquí en mitad de la nada? —inquirió muy sorprendido mientras aprovechaba que la puerta estaba abierta para entrar a echar un vistazo—. Pues la verdad es que está fenomenal, pero, vamos, que a mí jamás se me ocurriría venirme a dormir aquí, donde esté un buen hotel con piscina, gimnasio y spa… Bueno, Lola, te dejo, que vamos a ir cogiendo mesa para cenar y ver en primera fila el espectáculo, que está a punto de empezar. Me alegro mucho de verte. Por favor, saluda a Alfredo de mi parte cuando vuelva.

Parece que la placentera tarde que teníamos por delante se acababa de estropear, pero decidí no permitir que Elvira me aguara la fiesta, lo mejor era seguir ignorándola; al fin y al cabo no la volvería a ver jamás. Sin embargo, la aparición de Luis me hizo recordar a su amigo, mi marido por el momento, sin poder evitar un rictus de preocupación. Eran las seis de la tarde y aún no había tenido noticias de Joan, lo cual no era normal, así que opté por llamarla yo y así salir de dudas.

—Buenas tardes, Joan, soy Lola, ¿alguna novedad, ha llegado ya a casa el mensajero con el sobre que estoy esperando?

—No, señora —me aseguró—, las maletas ya están hechas y colocadas en el descansillo de la entrada, tal y como usted me pidió, he metido toda la ropa de invierno que había, incluidos los abrigos, suyo y de los niños, pero aquí no ha venido nadie a traer ningún sobre, y yo no he salido de casa en todo el día… No se preocupe, que en cuanto llegue yo la llamo sin falta.

Era muy raro que aún no hubiera llegado, pero traté de no ponerme nerviosa porque sabía que había dejado el asunto en las mejores manos posibles y no tenía ninguna duda de que Faysal resolvería el problema tal y como le había pedido, así que traté de despejar los nubarrones negros que empezaba a otear en el horizonte y me acerqué a ver a los niños, que se habían montado en la joroba de un camello y me saludaban contentísimos con la mano mientras Mohammed les hacía fotos sin parar. Estaban los dos absolutamente felices.

—Gracias por cuidar de Diego y Alejandro, Mohammed, eres un cielo y mis hijos te adoran —le dije—; me he dado un paseo por la jaima y está fenomenal, muchísimo mejor que la de la última vez, hasta tiene un par de habitaciones para pasar la noche… Te agradezco mucho que nos hayas traído aquí, ha sido una sorpresa increíble y me ha hecho mucha ilusión —era consciente del esfuerzo que le había supuesto a nuestro guía incluirnos en la excursión VIP y necesitaba que supiera lo importante que había sido para mí su generoso gesto—. Pero ahora me gustaría corresponderte de alguna manera e invitarte a cenar con nosotros, ya que estamos los tres solos; no sabes lo felices que nos harías a mí y a los niños si te sentaras en nuestra mesa. Por favor, dime que sí… —le supliqué con un mohín mil veces ensayado ante el espejo que no me suele fallar.

—No sé si estará bien visto que comparta la cena con un cliente (*costumer*, dijo), pero es un honor muy grande para mí. Me he acordado tanto de vosotros todos estos meses y estoy tan contento de volver a veros que voy a pedirle permiso a mi jefe y si él me autoriza estaré feliz de acompañaros, como si, por primera vez, yo fuera un turista más —me contestó absolutamente entusiasmado con mi propuesta, que no se esperaba en absoluto, mientras se acercaba a un grupo de hombres todos vestidos con *kandora* entre los que supuse que estaría su jefe.

La velada fue inolvidable. Mohammed estuvo todo el tiempo pendiente de nosotros, y ni siquiera me permitió que me acercara al bufé. «Para mí es un auténtico privilegio poder serviros», aseguró, y hasta le partió en trozos pequeños a Alejandro su brocheta de cordero. Como me acordaba de que el vino no era malo a pesar del sitio, compré una botella de «rojo», que él declinó porque «mi religión no me lo permite». Hablamos y hablamos durante horas, me contó lo difíciles y peligrosas que estaban las cosas en su país, Paquistán, y lo afortunado que se sentía de haber encontrado este trabajo que le gustaba mucho, porque adoraba conducir, y con el que podía enviar regularmente dinero a su familia, que no había tenido la misma suerte que él, lo estaban pasando muy mal económicamente y su deber era ayudarlos en todo lo que pudiera. También me preguntó cómo era España, país al que me aseguró que le encantaría ir algún día (era un auténtico forofo del Real Madrid) porque había oído que acogían calurosamente a los emigrantes extranjeros, incluidos los musulmanes, lo cual le aseguré que era cierto, si bien la situación ahora mismo no era nada halagüeña y por eso nosotros habíamos tomado la decisión de venirnos a Dubái, en busca de una vida mejor, al igual que, obviamente salvando las distancias, hizo él cuando dejó Islamabad.

Me daba cuenta de que a lo largo de la cena éramos el centro de todas las miradas. A los demás turistas les sorprendía mucho ver a una occidental rubia y de piel blanca y ojos claros sentada en la mesa con un árabe vestido con el traje tradicional junto a dos niños que por su color de piel no podían ser suyos. Imagino las elucubraciones que estarían haciendo, pero no me importó en absoluto; estaba feliz y muy pronto dejaría ese país, tal vez para no volver, así que no iba a permitir que nada ni nadie empañara el rato tan gratificante, sobre todo después de haberlo pasado tan mal últimamente, que estaba viviendo junto a Mohammed y mis hijos, casi casi como si fuéramos una familia… Los que más cuchicheaban y nos miraban con total descaro eran Elvira, Luis y sus familiares, y si bien hubo algún momento en que me sentí hasta violenta, hice caso omiso y continué haciéndole a Mohammed multitud de preguntas acerca de su país, cuyas costumbres me interesaban enormemente, mientras él respondía a todo mirándome con esos ojos negros de buena persona que conseguían tranquilizarme y despejar cualquier duda que tuviera en ese momento. A pesar de haber varias decenas de personas en aquella preciosa jaima en mitad del desierto, me imbuí de tal manera en el relato de mi amigo paquistaní que todos los demás dejaron de existir para mí, y llegué incluso a creer que la noche y todas sus magníficas estrellas nos pertenecían a nosotros y solo a nosotros.

A eso de las ocho, cuando ya tomábamos los postres y la belleza chechena había comenzado a bailar su sensual danza del vientre, me acordé de que aún no había recibido ninguna llamada de Joan, lo cual ya estaba empezando a preocuparme de veras… Fue entonces, como si estuviera leyendo mis pensamientos, cuando Faysal me llamó al móvil:

—Lola, ¿dónde estáis? Me dice tu *maid* que no estáis en casa... —otra vez esa voz tan rotunda y varonil...

—¡Hola, Faysal, por fin..., qué alegría oír tu voz! Estamos en mitad del desierto en una excursión de turistas, ¿tienes ya los pasaportes de los niños?

—Sí, tranquila, los tengo en la mano. Mándame tu posición que voy ahora mismo para allá —me ordenó muy serio con un tono trascendental que me dejó muy inquieta.

—Yo también tengo muchas ganas de verte, Faysal, pero no hay ninguna necesidad de que vengas hasta aquí. Dale el sobre a Joan, que es una persona de mi absoluta confianza y me lo dará únicamente a mí en cuanto lleguemos a casa —le dije sin saber qué estaba pasando—. Además, ya te comenté que Alfredo está de viaje de trabajo en Shanghái y no vuelve hasta dentro de tres días, así que no los va a poder recuperar porque cuando él aterrice en Dubái yo ya estaré en España con mis hijos *inshallah* —le tranquilicé.

—Lola, ha habido un cambio de planes y necesito que me mandes tu posición inmediatamente y que no te muevas de ahí hasta que yo llegue, ¿has entendido? —me preguntó enérgicamente y alzando la voz por primera vez.

Así que le mandé nuestra localización por *whatsapp* y él me contestó con un escueto: «En una hora estaré allí, ni se os ocurra moveros, esperad a que yo llegue», dejándome nerviosísima y con un interrogante dibujado en la cara del que Mohammed se dio cuenta enseguida.

—¿Ocurre algo? ¿Quieres que os lleve a casa? El espectáculo ya casi ha terminado.

—No, Mohammed, al contrario. Necesito que aunque todos los demás turistas se vayan tú te quedes aquí con nosotros, al parecer ha ocurrido algo importante en casa y mi marido está de camino. Ha insistido mucho en que quería venir personalmente a buscarnos y aún no sé cuál es el motivo, pero me ha pedido que le esperemos —le rogué cayendo en la cuenta de que en un acto reflejo acababa de llamar a Faysal «mi marido» sin saber por qué.

Apenas cuarenta minutos después, cuando ya todos los turistas habían montado en los 4×4 y se habían ido de vuelta a Dubái (Luis y Elvira ni siquiera se acercaron a despedirse de mí, lo cual agradecí), apareció

Faysal en un Porsche Cayenne, vestido con traje negro de Armani, camisa lisa azul claro de Zegna y corbata de rayas azules de Drake's, además de mocasines negros italianos; un atuendo elegantísimo con el que estaba impresionante, pero desde luego muy poco apropiado para ir al desierto. Nada más verle llegar corrí hacia él y me fundí en un abrazo, porque estaba realmente asustada, yo sola en mitad de la nada con mis dos hijos tan pequeños sin saber qué problema había podido surgir, aunque intuía que era muy grave, mientras él me apretaba muy fuerte y me acariciaba el pelo. «Tranquila, cariño, no te preocupes, todo va estar bien, te lo prometo. No voy a permitir que nadie os haga daño nunca más.»

En cuanto consiguió calmarme un poco, me puso al tanto de la situación. Cuando había ido a la oficina a recoger los pasaportes de los niños, la secretaria le había asegurado que Alfredo no tenía ningún viaje programado a Shanghái (Faysal, como presidente de la empresa no conocía los detalles del día a día laboral), que simplemente había pedido cinco días de vacaciones sin especificar cuál era su destino. Pero decidió indagar un poco más y descubrió que Carolina había pedido esos mismos días de permiso, pero que ninguno de los dos había realizado ningún pago de billetes de avión con cargo a la tarjeta de crédito de la compañía, ni siquiera a la de uso personal, porque había tenido la precaución de comprobarlo haciendo una llamada a un amigo suyo jefazo del banco Emirates NBD.

—Con lo cual puede ser que Alfredo ni siquiera haya abandonado el país, mi amor —esas dos palabras sonaron como música celestial en mis oídos—, y aunque seguramente tiene previsto volver dentro de tres días, tal y como te ha dicho a ti, no quería que tú y los niños corrierais ningún riesgo, así que os he sacado tres billetes para el vuelo de Emirates con destino a Madrid que sale mañana mismo a las dos y media de la tarde —me dio los deseados pasaportes de los niños (el mío hacía días que lo llevaba conmigo por si acaso, pues tal y como estaban las cosas con mi marido intuía que lo podría necesitar en cualquier momento) junto a los tres billetes que, como era de esperar, ocupaban los sitios de la primera fila del Boeing 777— y creo que no conviene que hasta entonces ninguno de los tres volváis a casa, porque quién sabe si Alfredo acabe averiguando que los pasaportes han desaparecido de la mesa de su despacho y decida volver. Por la ropa no te preocupes, he traído en el coche una maleta llena de cosas para ti y los niños que he encargado a mi secretaria que os compre esta misma tarde en el Dubai Mall. Fátima tiene muy buen gusto, así que espero que haya acertado con las tallas.

No cabía duda de que mi atractivísimo emiratí había pensado en todo. En ese momento me dieron ganas de darle un beso en esa boca de labios de fresa tan irresistible, pero me contuve por Mohammed y los niños, porque aunque estaban distraídos jugando en los columpios de la jaima temía que pudieran llegar a verme.

Entonces volvió a sonar mi teléfono. Era Joan, confirmando los peores augurios de Faysal:

—¡Señora, su marido ha vuelto a casa! —me dijo con la voz entrecortada y muy agitada—. Cuando ha visto las maletas se ha alterado muchísimo y me ha preguntado dónde están usted, Diego y Alejandro. Está como loco, fuera de sí, pero yo no le dicho nada, se lo juro, le he dado mi palabra de que se habían ido los tres al mediodía sin decirme adónde iban. Estoy muy asustada, nunca había visto así al señor Alfredo… Acaba de coger el coche y se ha ido conduciendo a toda velocidad, no sé adónde, pero puede volver en cualquier momento y yo tengo miedo, señora Lola. Tengo mucho miedo de lo que pueda llegar a hacerme si no le digo que se han ido al safari del desierto. ¿Qué hago, señora? Por favor, dígame qué quiere que haga, que yo solo quiero que a usted y a los niños no les pase nada.

Después de informar a Faysal de lo que me acababa de contar la interna, le aconsejé a Joan que cogiera el dinero que le había dado aquella misma mañana, aunque tal y como se estaban desarrollando los acontecimientos parecía que había sido hacía una eternidad, que sería suficiente para sobrevivir varios meses, hiciera su equipaje y se fuera de casa lo antes posible, al tiempo que le volvía a agradecer su lealtad incondicional pidiéndole disculpas por el mal rato que mi marido le había hecho pasar. A continuación, cogí del brazo al local más guapo de Emiratos Árabes Unidos, le pedí a Mohammed que se acercara un momento sin los niños e hice las presentaciones:

—Mohammed, este es Alfredo, mi marido. Alfredo, este es Mohammed, nuestro conductor del safari, además de amigo —ambos se dieron la mano y se saludaron en inglés (Faysal estaba jugando su papel de marido mío a la perfección, evitando usar el árabe)—. Le he hablado a Alfredo de lo bonitas que son las habitaciones que alquiláis y hemos pensado hospedarnos los cuatro esta noche aquí, ¿sería posible?

Después de pagar, añadiendo una sustanciosa propina, y despedirnos del paquistaní que a partir de entonces siempre llevaría en mi corazón, Faysal y yo cogimos cada uno a un niño en brazos y los llevamos a la *suite*, donde los bañamos mientras miraban las estrellas a través del cielo acristalado, emocionadísimos los dos por la aventura de poder dormir una noche en el desierto. Luego les pusimos los pijamitas que Fátima había comprado en Gucci Niños y los acostamos mientras Faysal les contaba el cuento de *Alí Babá y los cuarenta ladrones*, si bien nunca llegó a terminarlo porque mis dos bebés se quedaron dormidos a la mitad, agotados después del día tan emocionante que habían vivido, con una enorme sonrisa dibujada en sus preciosas y angelicales caritas.

—Mañana estaré aquí a primera hora para llevaros al aeropuerto, preciosa. Trata de descansar, que ya no hay ningún peligro y mañana podrás dormir en tu país por fin —me dijo dándome un beso en la frente cuando cerramos la puerta de la habitación de los niños y salimos a la arena del desierto a contemplar extasiados el impresionante manto de estrellas.

—No te vayas, Faysal, por favor. Quédate conmigo esta noche… —le supliqué sujetándole la cara con las dos manos y obligándole a que me besara en los labios, un beso con el que llevaba semanas soñando. Fue un beso largo y profundo, con los ojos cerrados, en el que unimos nuestras lenguas, mordimos nuestros labios y nos sumergimos en un oasis de placer absoluto… Un beso que comenzó en la boca, continuó en los párpados y en las mejillas, recorrió el interior de los oídos provocándome un escalofrío delicioso y finalizó a lo largo de todo el cuello hasta que entramos cogidos de la mano en nuestra habitación, me cogió en brazos y me tumbó en la cama mientras me preguntaba con mucha ternura:

—¿Estás segura, mi amor?

—Nunca he estado tan segura de algo en toda mi vida, cariño.

—Te quiero —me dijo, mientras me quitaba la ropa despacio, muy despacio, torturándome con la espera y lamiendo con ternura cada centímetro de piel que iba dejando al descubierto—. Te quiero desde la primera vez que te vi, y no quiero perderte. Por favor, prométeme que no voy a perderte –me suplicó mientras acariciaba con la dulzura más infinita cada uno de mis órganos, como si fueran las cuerdas de un delicado Stradivarius tocado por primera vez, y llevándome hasta el dolor más insoportable de placer jamás soñado aporreando con furia cada una de las teclas del piano de mi cuerpo, en doce tiempos y a dos manos, las manos más expertas y suaves con las que una mujer jamás haya podido soñar. Si el sexo está en el cerebro te juro que esa noche Faysal me volvió completa y dulcemente loca…, loca de atar…, y en ese momento deseé seguir volando una y otra vez sobre el nido del cuco.

–No se puede perder lo que ya es tuyo, mi amor. Yo también te quiero y te querré siempre –le contesté mientras fundíamos lentamente nuestros cuerpos en uno solo estallando de placer.

Y a partir de entonces me olvidé de mi nombre, de quién era o de dónde venía, porque toda la razón de mi existencia en ese instante mágico era volver a sentir a Faysal dentro de mí, tan solo una vez más. Y solo por eso merecía la pena haber nacido, vivido, sufrido, gozado y hasta fallecido. ¿Hay algo mejor que morir de placer y desear volver a morir una y mil veces más de tanto y tan insoportable dolor?

Son ya más de las seis de la mañana y estoy fumándome un cigarro sentada en una duna mientras te escribo este último email desde Dubái con mi Ipad y espero los primeros rayos de sol del primer día del resto de mi vida. Diego y Alejandro siguen dormidos ajenos a todo y mi «marido» emiratí también duerme plácidamente, más guapo si cabe con los ojos cerrados y esa boca que en las últimas horas me ha hecho gritar de placer, y vibrar una y otra vez, como nunca antes había gozado haciendo el amor. Me siento como una novia tras su noche de bodas, una noche de bodas con el amante más tierno. «¿Te he hecho daño, cariño?, por favor, dime si te hago daño», y más hábil que haya conocido jamás: «Júrame que eres mía, grítamelo otra vez, mi amor».

En unas pocas horas tomaré un avión a Madrid y estoy nerviosa con todo lo que se me viene encima: pedir el divorcio, que seguro que va a ser un camino largo y tortuoso, buscar casa, colegio para los niños, trabajo… Empiezo una nueva etapa llena de incertidumbre, pero sé que Faysal encontrará la manera, a pesar de la distancia, de formar parte de ella. Estos ocho meses largos en Dubái no han sido un camino de rosas, pero gracias a él me voy con el mejor recuerdo que podría tener. Aunque solo fuera por esta noche con Faysal habría merecido la pena venirme a este país y todos los sinsabores que me ha tocado vivir, porque con él he conocido el amor verdadero, y eso, pase lo que pase a partir de ahora, ya no me lo va a poder quitar nadie jamás.

Ya empiezan a despuntar los primeros rayos de sol en el horizonte y comienza a dejarse ver esa inmensa bola de fuego naranja de la que no podré olvidarme ni aunque viva cien años más, porque el sol es diferente en el desierto, Sara, te lo aseguro; no sabes lo que daría por poder «comprarte» un amanecer más, aunque solo fuera uno, te traería al desierto y lo contemplaríamos juntas cogidas de la mano… Pero aunque el cáncer te haya arrebatado muchos amaneceres y muchas puestas de sol que te pertenecían, porque moriste demasiado joven y te quedaba tanto por vivir…, yo prometo seguir compartiendo contigo todos los míos, para que dondequiera que estés de alguna manera los sigas disfrutando junto a mí.

Se están acercando varios coches ahora mismo a nuestra jaima; qué raro, me pregunto quiénes serán los excursionistas que han llegado tan lejos a estas horas tan tempranas…

Dios mío, Sara, llevan sirenas, son coches de la policía… ¡y ya casi están aquí!

UN AÑO DESPUÉS
ALFREDO

La noche del 11 de abril de 2015 las amigas de Lola, Céline y Alice, trajeron a casa a mi mujer completamente borracha y casi inconsciente una vez más. Fue entonces cuando decidí que ya era suficiente, que estaba claro que había llegado el momento de terminar de una vez por todas con mi matrimonio y alejar a mis hijos de una madre alcoholizada que era incapaz de hacerse cargo de ellos.

Cuando nos conocimos, hace ya más de diez años, lo que más me atrajo de la que luego se convertiría en mi mujer y madre de mis hijos fue su inteligencia. A pesar de ser muy joven era una absoluta triunfadora en su profesión, al contrario que yo, que apenas estaba empezando a hacerme un hueco en el mundo laboral, y luego esas ganas de exprimir la vida al máximo, de disfrutar de las noches de marcha, de la velocidad en las pistas de esquí…, su capacidad de entusiasmarse con cada pequeño detalle me volvió loco, yo que hasta entonces me había considerado algo gris, tal vez por mi timidez, o por la educación que había recibido y me había convertido en una persona cerebral, introvertida y algo fría. Lola me llevó de la mano a una nueva vida de colores intensos, risas y adrenalina constante en estado puro, una vida que merecía la pena ser disfrutada, sobre todo con una mujer tan guapa y con tanto magnetismo como ella.

Sin embargo, esas mismas cualidades por las que me enamoré fueron las que, poco a poco, y casi sin darme cuenta, me fueron alejando irremediablemente de ella. Al principio creí que tras dar a luz a nuestro primer hijo la maternidad la calmaría y podríamos llevar una vida más tranquila y hogareña, que era lo que a mí me hacía feliz.

Pero me equivoqué de plano, seguía saliendo de copas, al principio con Sara, su mejor amiga, que murió de un cáncer fulminante dejándonos a todos devastados, y luego arrastrándome a mí por todas las barras de Madrid. Ella tenía la capacidad de pasarse una noche entera de marcha bebiéndose la ciudad y al día siguiente ir a la oficina y trabajar a pleno rendimiento, pero yo no podía; a mí me costaba mucho más. Pero es que, además, yo prefería quedarme en casa cuidando a nuestro precioso bebé, Diego, que el pobre se pasaba el día en brazos de la interna filipina. Por otra parte, empezaba a estar harto de que todo nuestro mundo girara en torno a ella y su trabajo: que si el presidente la había felicitado por un informe muy certero, que si fulanito de tal del Consejo de Administración le quería hacer la cama pero ella le había sabido parar los pies justo a tiempo… Me trataba como si yo fuera un don nadie, no le interesaba en absoluto mi mediocre trabajo de ingeniero en una aburrida multinacional del aluminio, y cada día que pasaba escuchando sus grandes logros profesionales sin mostrar el mínimo interés por los míos iba minando más mi autoestima, haciéndome sentir pequeño, insignificante.

Fue entonces cuando conocí a Carolina y todo cambió. Entró como becaria de mi departamento y desde el principio vi la admiración pintada en sus ojos cuando me llamaba jefe y se ponía servicialmente a mi disposición para lo que necesitara. Ella consiguió que empezara a tomarme a mí mismo un poco más en serio, a sentirme valioso e interesante, incluso atractivo, por qué no confesarlo. Primero fueron unas cañas después de la oficina, luego una cena de trabajo…, hasta que acabé perdidamente enamorado de ella, y ella de mí… A partir de ese momento supe que no había marcha atrás, que había cometido un gravísimo error casándome con Lola, deslumbrado por su inteligencia y su vitalidad, y que después de haber conocido a Carolina ya nunca podría ser feliz con mi mujer.

La oferta laboral en Dubái, que me vino de manos de un *head hunter* que yo no había buscado, sino que se puso en contacto conmigo *motu proprio*, me llegó en un momento en el que ya tenía claro que nuestro matrimonio estaba prácticamente roto, pero las condiciones que me ofrecía eran tan buenas, económica y profesionalmente, que la decisión de «huir hacia delante» yéndome a trabajar a una empresa emiratí pujante y con un cargo de alto directivo al que probablemente nunca llegaría en mi firma de Madrid era demasiado tentadora como para descartarla, aunque eso supusiera dejar a Carolina atrás... Por otra parte, traté de convencerme de que tal vez en un país extranjero y con Lola quedándose en casa con los niños, tendríamos una posibilidad, por remota que fuera, de recomponer un matrimonio que en España estaba ya demasiado viciado y no tenía ninguna posibilidad de éxito. Así que, aunque creía que me iba a resultar muy difícil convencer a Lola, lo cierto es que para mi sorpresa fue sencillísimo, y en apenas dos meses hicimos las maletas y nos fuimos los cuatro a Emiratos Árabes.

Al principio las cosas entre mi mujer y yo no empezaron mal del todo, y hasta llegué a pensar por un momento que podríamos acabar arreglando lo nuestro. Pero con el paso de los días el recuerdo de Carolina se iba haciendo cada vez más intenso. Me hacía daño tenerla tan lejos y con el corazón roto en pedazos, porque yo se lo había roto poniendo punto y final a nuestra relación y marchándome a Dubái. Por otro lado, a Lola ya no la podía ver de la misma forma que al principio. Se estaba apagando metida todo el día en casa y había perdido todo su atractivo con el disfraz de maruja que nadie le había obligado a ponerse, porque desde luego yo nunca la forcé a ello. Fue entonces cuando surgió en mi empresa emiratí un puesto vacante de asistente de dirección. Pensé que solo tenía 40 años, toda una vida por delante y que merecía ser feliz, así que, como tenía bastante capacidad de maniobra a la hora de elegir a mi personal, se lo ofrecí a Carolina, que no dudó ni un instante en dejarlo todo por mí.

Tenía muchos amigos cuyos divorcios habían arruinado literalmente sus vidas y me propuse no ser uno de ellos. Sabía de mujeres aparentemente encantadoras que con tal de conseguir mil euros más de pensión, además de la casa y la custodia de los hijos, habían interpuesto demandas por malos tratos y hasta por abuso de menores; acusaciones completamente falsas con las que habían conseguido sangrar un poco más a sus maridos y obligarlos a firmar unos convenios cainitas que los dejaban a ellos prácticamente en la calle y sin posibilidades, ni desde el punto de vista psicológico ni mucho menos material, de poder rehacer algún día sus vidas. Así eran, por

desgracia, las leyes en mi país, donde a la mujer en el noventa por
ciento de los casos se le da todo: los hijos, la casa y el dinero; y los
jueces arrebatan a los hombres su derecho a ser padres y hasta personas, obligándolos a hipotecar sus vidas para siempre. Pero eso no me
iba a ocurrir a mí, y siendo ambos residentes en Dubái el viento so-
plaba indudablemente a mi favor; en la cultura musulmana al hombre
se le respeta, y mucho. Ni Lola ni ningún juez, ni absolutamente nadie, me iba a arrebatar a mis hijos y más de la mitad de mi patrimonio
e ingresos, eso lo tenía muy asumido y tomé la firme determinación
de luchar por ello. Así que si Lola quería irse, que se fuera, pero los
niños se quedaban conmigo. Yo ya sería lo suficientemente magnáni-
mo, porque no me considero una mala persona, como para pasarle a
ella una pensión hasta que encontrara un trabajo con el que mante-
nerse sin mi ayuda. Y, por supuesto, que viniera a ver a los niños
cuando quisiera, que no iba a ser yo el que le negara el derecho a ser
su madre.

En eso iba pensando de camino al hotel Six Senses Zighy Bay de
la península de Musandam, en el país vecino, Omán, conduciendo mi
Nissan Armada, con Carolina a mi lado, cuando recibí una llamada
de Christian, el marido de la amiga belga de mi mujer. Paré el coche
en una gasolinera para poder atenderle con educación y me dijo que
Lola estaba muy mal, que quería irse a España con los niños y que no
la podía encerrar en UAE ni robarle los pasaportes de sus hijos, que
me pedía encarecidamente que se los devolviera para facilitar su vuelta a España y desde allí llegar a un acuerdo civilizado de divorcio por
el bien de todos. Yo no sé cómo serán las leyes de divorcio en Bélgica,
pero seguramente no tienen mucho que ver con las españolas… Sin
embargo, no quise entrar en una discusión y, ya que Christian siempre me había parecido un tipo muy amable y habría hecho la llamada
seguramente presionado por Céline, le aseguré que le agradecía mucho su preocupación, prometiéndole que pensaría en ello seriamente.
Quería colgarle cuanto antes y llegar pronto al espectacular hotel del
que había oído hablar maravillas para disfrutar de unos días de descanso lejos de mis problemas y con la preciosa mujer de la que estaba
completamente enamorado. Pero pocos minutos después de la llamada del belga, fue Peter, el sudafricano casado con la amiga americana

de Lola, Alice, el que me llamó con el mismo tema. Así que, con tal de que me dejara seguir el viaje que tanto necesitaba para pensar tranquilamente en cuáles serían los pasos a seguir con la que aún era mi mujer, le colgué rápidamente convenciéndole de que tenía razón y que tan pronto como volviera de mi viaje ficticio de trabajo a Shanghái le daría a Lola los pasaportes de Diego y Alejandro.

Me preocupó tanta insistencia con los pasaportes, y, aunque sabía que estaban a buen recaudo en mi despacho, de repente tuve un mal presentimiento y llamé a mi secretaria para que abriera el cajón y comprobara que seguían allí.

Me quedé de piedra cuando me dijo que habían desaparecido, que no sabía cómo ni cuándo, pero que ya no estaban allí... Lleno de furia di un volantazo y tomé la autopista a toda velocidad de vuelta a Dubái dispuesto a recuperar los pasaportes, que eran la única posibilidad que tenía de seguir siendo padre, aunque tuviera que sacárselos a Lola a la fuerza, porque estaba claro que, no sé cómo, había averiguado dónde estaban y ya los tenía en su poder. Cuando llegué a casa después de dejar a Carolina en su apartamento y me encontré las maletas ya hechas en el descansillo perdí el control, y hasta utilicé la violencia con nuestra empleada, Joan, que la pobre no tenía la culpa de nada, para que me dijera dónde estaban mis hijos, pero o no quiso decírmelo para proteger a Lola, con la que mantenía una relación muy afectuosa, o realmente no sabía dónde estaban, porque a pesar de que lo intenté de todas las maneras posibles no hubo forma de sacarle ni una palabra.

Y entonces, en plena trifulca, recibí en el móvil el mensaje de mi amigo Luis:

«Lola se ha ido con los niños a un safari por el desierto y te la está pegando con el conductor paquistaní, hasta han reservado una habitación para follar allí esta noche.»

No me podía creer lo que estaba leyendo, esto me parecía ya el colmo de los colmos. Cogí el coche y me fui inmediatamente a casa de Luis, que en ese momento había salido, pero su mujer, Elvira, no escatimó ningún detalle a la hora de explicarme que el paquistaní en cuestión se había pasado toda la tarde jugando con mis hijos, que habían cenado los cuatro juntos «haciendo manitas» delante de los niños y del resto de turistas, sin esconderse lo más mínimo, que Lola no había parado de beber en toda la tarde y que cuando terminó el espectáculo y todos volvieron a Dubái, los cuatro se quedaron allí solos después de haber reservado dos habitaciones con una cama de matrimonio en cada una que Luis había visto con sus propios ojos. Esto era ya inconcebible, mi mujer poniéndome los cuernos con una basura paquistaní delante de mis hijos y de todo el mundo; no había duda de que a Lola el alcohol le había quemado el cerebro por completo.

Y ya totalmente enajenado, sin saber realmente lo que estaba haciendo ni medir las consecuencias de unos actos guiados únicamente por la ira, me fui a la comisaría en ese mismo instante a interponer una denuncia por adulterio, a la que los jueces añadieron más tarde los delitos de beber alcohol en público y conducta indecorosa, condenando a Lola a tres años de cárcel.

Gracias a los contactos de su amiga emiratí, Samira, y del dueño de mi empresa, Faysal, de quien descubrí más tarde que era con quien Lola había pasado aquella noche, y no con el conductor paquistaní, además de un acuerdo de silencio que ella misma firmó comprometiéndose a no dar entrevistas a la prensa ni difundir fuera del país ningún detalle de los casi ocho meses que pasó en la cárcel, Lola consiguió una reducción importante de su condena y su nombre pasó a formar parte de la lista de los 721 presos que el presidente de Emiratos Árabes Unidos, su alteza el jeque Jalifa bin Zayed Al Nahyan ordenó liberar con motivo de las celebraciones del 44 Día Nacional de Emiratos, el 2 de diciembre de 2015.

Por favor, creedme cuando os juro por mi madre —que es la que me ayudó con los niños en Madrid (porque evidentemente me echaron del trabajo al día siguiente) los ocho meses que Lola pasó en la cárcel, y algunas semanas más, porque la que entonces era mi mujer necesitó mucho tiempo para superar esta horrible pesadilla de la que me siento responsable—, que al minuto siguiente de salir de la comisaría ya me había arrepentido de lo que acababa de hacer. Solo quería darle un susto y conseguir que las autoridades la deportaran para poder quedarme con los niños, pero nunca pensé que las cosas iban a llegar tan lejos. Si llego a saber lo que iba a pasar jamás habría interpuesto esa denuncia. Pero lo cierto es que el adulterio es un delito muy grave en este y en la mayoría de los países islámicos, y aunque al día siguiente la retiré, a Lola la sometieron a juicio sumarísimo y no hubo nada que yo pudiera hacer ya.

Dos años después de aquella noche del 13 de abril me sigo maldiciendo por lo que hice empujado por una furia irracional y sin saber realmente lo que estaba haciendo. Jamás podré perdonarme lo que pasó, y mi castigo será vivir con esa culpa todos y cada uno de los días que me quedan de vida.

ELVIRA, LUIS Y PAOLA

Cuando el 13 de abril de 2015 llegaron a casa después del safari por el desierto, Luis, como de costumbre, se puso su ropa de deporte y salió a correr por la urbanización. Mientras, Elvira le cogió el móvil a su marido y le mandó aquel fatídico mensaje a Alfredo.

¿Por qué lo hizo? Por todas las barbaridades que le había dicho Lola el día anterior en su propia casa, porque era la única que había descubierto la verdadera naturaleza de su relación con Paola y porque no iba a permitir que nadie destruyera su nueva vida en Dubái, donde podía hacer lo que le viniera en gana siempre que Luis siguiera en los cerros de Úbeda y ella fuera discreta. Cuando supo que a Lola la habían sentenciado a tres años de cárcel sintió una punzada de remordimiento, pero nada que verdaderamente le quitara el sueño. Al fin y al cabo el que la había denunciado era su propio marido; ella se había limitado a contar lo que había visto con sus propios ojos.

Un año después, Elvira y Luis siguen «felizmente» casados junto a sus hijos en Dubái. La relación de Elvira con Paola duró algunos meses más, hasta que Francesco, su marido, se dio cuenta de lo que estaba pasando entre su mujer y la española, y mandó a Paola y a los niños con billete solo de ida a Milán, donde se divorciaron al poco tiempo. Pero después de Paola vinieron otras que a Elvira le duraban meses, o semanas a veces. Duraran lo que duraran las relaciones con sus «amigas» a ella le hacían más llevadera su existencia y de esa manera era más o menos feliz.

CAROLINA

Nunca me he considerado una mujer inteligente, y siempre he sido consciente de ello, pero tengo otras cualidades para triunfar en la vida y, sobre todo, sé cómo sacar el máximo beneficio de ellas.

Cuando por fin conseguí acabar, a trancas y barrancas, la carrera de Empresariales las cosas no pintaban nada bien en España, así que no me lo pensé dos veces cuando mi novio del momento me ofreció la posibilidad de entrar a trabajar como becaria en esa aburrida empresa fabricante de aluminio. No era el trabajo de mis sueños, el sueldo era de risa y mis compañeros de trabajo tenían una media de casi sesenta años, pero por algo tenía que empezar...

No voy a decir que Alfredo nunca me gustó, porque eso sería mentir. Era un hombre guapo, muy educado, elegante y tal vez algo soso, pero era mi jefe y necesitaba urgentemente un padrino con el que ir subiendo peldaños y poder dejar de cenar en el VIPS los viernes por la noche.

Siempre supe que estaba casado y tenía hijos (no paraba de hablar de ellos, lo cual era bastante inoportuno, sobre todo después de hacer el amor), pero eso en el fondo me venía muy bien. No me convenía atarme a nadie hasta llegar a mi cima profesional, y para ello todavía quedaba demasiado. Así que decidí disfrutar de nuestras comidas «de trabajo» en La Máquina, las copas en La Boutique y las noches de sexo bastante bueno, todo hay que decirlo, mientras me prometía una sustancial subida de sueldo en cuanto llegara su esperado ascenso. Para ser sincera he de reconocer que estaba bastante a gusto con él, y cuando decidió aceptar ese trabajo en Dubái llegué a pasarlo realmente mal, sobre todo cuando el nuevo jefe que me asignaron empezó a quejarse de que era incapaz de hacer un PowerPoint.

Por eso, entre otras razones que no vienen a cuento, no me lo pensé dos veces cuando pocos meses después me llamó para ofrecerme ese puesto de trabajo en Emiratos Árabes. Lo imaginaba tan exótico y tan lleno de Ferraris y jeques multimillonarios que Dubái me sonó a mi Tierra Prometida. Inmediatamente me despedí de la empresa (de todas formas ya me había llegado el soplo de que tenían pensado ponerme de patitas en la calle a final de mes) y me subí a unos tacones de vértigo para ocupar mi primer asiento de *business* en el segundo viaje en avión de toda mi vida (el primero había sido a Tenerife en el viaje del ecuador de la carrera). Estaba absolutamente feliz.

Todo habría ido de maravilla si Alfredo no se hubiera empeñado en legalizar nuestra situación, algo en lo que no tuve más remedio que seguirle la corriente para no perder mi nuevo estatus, que era lo más parecido a la vida que siempre había querido tener, porque la verdad es que Dubái no puede decepcionar a nadie, ni siquiera al más exigente. Pero después, en ese ataque de celos ridículo cometió el tremendo error para todos de aprovechar los cuernos de su mujer para quitársela de encima de una vez y para siempre, y a Lola la sentenciaron a tres años de cárcel.

Inmediatamente salí del país en el primer avión que pude y acabé cambiándome de móvil después de leer por enésima vez los mensajes de «todo esto lo he hecho por ti», «ahora podremos estar siempre juntos» o «por favor, no me abandones ahora, que eres lo único que me queda». Solo faltaba que encima me tocara a mí ocuparme de sus dos mocosos, yo, que tenía toda la vida por delante y un montón de cualidades con las que sacarme el mejor provecho.

SAMIRA

Samira nunca le había dicho a Lola que su padre estaba emparentado con el jeque de Dubái. Quería mucho a Lola tal como era y prefirió no sacar a relucir que era miembro de la familia real para que eso no interfiriera en la relación de amistad tan bonita que mantenía con la española. Pero su hijo Diego, en su inocencia, acertó cuando dijo que «Leila es una princesa y vive en un palacio»; los niños está claro que siempre dicen la verdad y nunca se les escapa nada.

El día que vio a Faysal esperándola en la puerta del colegio supo que era un Al Mubarak, familia íntima amiga de la suya. Y cuando le llegó el escándalo de que un miembro de esa saga había estado unas horas en el calabozo le pidió a su marido que se enterara de qué había pasado. A partir de ese momento, tanto ella como Alí, coordinados con Faysal, utilizaron sus relaciones al más alto nivel para liberar a Lola de la cárcel, hasta rogando el indulto incluso al mismísimo presidente de UAE.

Su lucha dio sus frutos y lo que pudo haber sido una estancia de tres años en prisión se redujo a tan solo ocho meses. Una vez que Lola fue «perdonada» y deportada a España supo de todos los esfuerzos que había hecho su amiga emiratí y le dio las gracias a través de una larga carta, porque lo de Lola ha quedado demostrado que son las cartas, que Samira guarda como oro en paño a pesar de que nunca contestó y jamás volvió a ver a su amiga española. Alí le había prometido que haría todo lo posible por conseguir el indulto, pero le prohibió terminantemente que volviera a tener ningún contacto con Lola, ya que la consideraba una pésima influencia para su mujer. Ella hasta ese momento había cumplido a rajatabla su parte del pacto. Porque se lo había pedido su marido y por otras razones que no vienen ahora al caso…

CÉLINE

Antes incluso de que Lola fuera liberada, Céline, traumatizada por lo que le había sucedido a su única amiga en Emiratos y nada satisfecha con su vida de ama de casa en Dubái, pidió la reincorporación inmediata a Brussels Airlines, donde volvió a trabajar como azafata.

Una vez que supo que Lola había vuelto a España, trató de ponerse en contacto con ella e incluso viajó a Madrid en varias ocasiones con la esperanza de poder verla y darle un abrazo. Sin embargo, a pesar de que ya han pasado cuatro meses desde su liberación, aún no ha conseguido verla. Lola sigue en tratamiento psiquiátrico y sus médicos por el momento, y hasta su total recuperación postraumática, no le permiten tener ningún tipo de contacto con nadie relacionado con su vida en Dubái.

Y es que las heridas en el alma de Lola son tan profundas que siguen doliendo como el primer día que le pusieron un uniforme azul, su color preferido, e ingresó en aquella polvorienta cárcel en mitad del desierto sabiendo que, al menos, tendría que cumplir un año allí lejos de sus hijos, porque el uniforme azul significaba que el reo había sido sentenciado a, como mínimo, un año de cárcel.

Christian sigue trabajando en Emirates Airlines como piloto, y cuando puede vuela a Bélgica para visitar a su mujer y a sus hijos, aunque no sabe cuánto tiempo podrá seguir manteniendo esta relación a distancia.

PETER Y ALICE

Nada más enterarse de que Lola había ingresado en prisión sentenciada a tres años de cárcel, Alice diseñó una agresiva campaña de comunicación para que el Gobierno español, el de la Comisión Europea y Amnistía Internacional exigieran su inmediata liberación. Sin embargo, justo cuando acababa de ponerla en marcha recibió una llamada de Faysal, que le aseguró que el caso de Lola estaba en las mejores manos e iba por muy buen camino gracias a sus contactos y, sobre todo, a los de la familia de Samira, pero que era imprescindible que la situación de Lola no trascendiera y no se montara ningún escándalo público o político, porque en un país donde se invierten tantos millones cada año en turismo eso sería contraproducente y dificultaría enormemente el éxito de sus gestiones. Alice, que llevaba una docena de años viviendo en Dubái, entendió a la perfección el argumento de Faysal y frenó en seco su estrategia, favoreciendo así el caso de Lola, del que nunca se ha sabido nada en la prensa de ningún país del mundo occidental.

Recientemente, Alice decidió tomarse un año sabático y hace unos meses dio a luz a Alison, una preciosa niña de ojos azules que es una copia exacta de su mamá. También Alice ha intentado, sin éxito hasta ahora, contactar con Lola.

LAS AMIGAS ESPAÑOLAS
DE LA URBANIZACIÓN

Sonia, la catalana, acabó finiquitando su negocio de venta de pulseras falsas, porque no le daba ni para pipas, y hace un año puso en marcha un blog de moda con el que le va bastante bien. Sigue feliz en Dubái junto a su marido, Miguel, y sus hijos, Hugo y Alba.

Valentina también continúa viviendo en UAE con su familia y ejerciendo la medicina en un país en el que, al contrario que en España, pagan a los médicos un sueldo digno equivalente a su valía profesional y a la responsabilidad que conlleva un trabajo con el que se salvan vidas. Está muy contenta y le encanta vivir en Emiratos.

María, la burgalesa fanática del yoga, también dejó de lado el trabajo esporádico y mal pagado de azafata de congresos y se acaba de sacar el título oficial de profesora de yoga. Su sueño es poder abrir algún día una escuela en Dubái.

Luz, por su parte, consiguió un buen acuerdo de divorcio con Borja, muy a pesar de él, y un trabajo decente en Madrid. Vive en un pueblecito de la sierra con sus tres hijos y acaba de conocer a un arquitecto que le ha devuelto la ilusión y las ganas de vivir, aunque todavía es pronto para hablar de algo serio.

Todas echan muchísimo de menos a su amiga Lola y hacen planes constantemente para volver a verla en España el día que los psiquiatras se lo permitan.

MOHAMMED

La noche del 13 de abril de 2015 fue la única en que, en lugar de servir la comida, se sentó a cenar como un turista más en la jaima de Arabian Adventures, y por eso, y por el profundo afecto que tenía a Lola, Diego y Alejandro, que nunca le trataron como a un empleado, sino más bien como a un amigo, siempre se acuerda de ellos y los lleva en su corazón. A Mohammed nunca le informaron de lo que había ocurrido aquella noche, pero desde entonces su jefe siempre le advierte que no hay que confraternizar con los turistas. Muchas veces se pregunta dónde seguirá Lola, esa guapa y simpática española de la que un día ya muy lejano creyó haberse enamorado...

A día de hoy sigue trabajando en Dubái como conductor de safaris por el desierto y continúa, gracias a Alá, ayudando a su familia económicamente, que se encuentra en Paquistán. Su madre ya le ha buscado una esposa y el próximo verano contraerá matrimonio en Islamabad.

JOAN

Cuando la interna de Lola se enteró, a través de sus amigas filipinas que trabajan en la misma urbanización, de lo que le había sucedido a Lola, lo sintió muchísimo, porque en tan poco tiempo se había encariñado mucho con la señora de la casa. Era la primera vez desde que trabajaba en Emiratos que no la habían tratado como a un ser inferior, sino como a un miembro más de la familia.

Afortunadamente, poco después encontró trabajo en casa de una familia de finlandeses con dos niños pequeños en la que también se siente muy a gusto. Recientemente se ha inscrito en un curso de Economía al que acude los fines de semana para tratar de tener el día de mañana más opciones profesionales que la de servir. Está muy ilusionada estudiando y sueña con llegar a trabajar en un banco.

FAYSAL

El hecho de que fuera hombre, además de emiratí y proveniente de una de las familias más poderosas de Dubái, evitó que Faysal fuera juzgado. Unas horas en comisaría, una abultada multa y una simple amonestación fue suficiente en su caso.

Durante todo el tiempo que su querida Lola estuvo ingresada en la cárcel dedicó todos sus esfuerzos a que su estancia allí fuera lo menos penosa posible y a que recibiera cuanto antes el perdón del presidente. Cuando ocho meses después lo consiguió, viajó inmediatamente a España para verla, pero Lola había ingresado por voluntad propia en una clínica de reposo en la que no se le permitía recibir visitas. Gracias a un detective español que sigue teniendo en nómina a fecha de hoy y del que recibe informes cada mes, sabe que ya está divorciada y lleva una vida aparentemente normal junto a Diego y Alejandro en un piso que su padre le compró en el centro de Madrid; incluso ha vuelto a trabajar, aunque solo media jornada, con un sueldo muy justo y en un puesto muy por debajo de sus capacidades. También está informado de que tres días a la semana acude a una consulta privada de un terapeuta de reconocido prestigio y que, poco a poco y con mucho esfuerzo, va recuperando su vida, aunque cuando recibe las fotos que le envía periódicamente el detective comprueba con tristeza que el brillo de esos ojos grisáceos que le hipnotizaron la primera vez que la vio bajando las escaleras del China Grill se ha borrado de su mirada, quién sabe si para siempre.

Tras el escándalo con la española y fuertemente presionado por su poderosa familia, Faysal contrajo matrimonio poco después con «la mujer adecuada», una bondadosa mujer musulmana con la que ha tenido un primer hijo varón y que ya está embarazada del segundo.

Sabe que ha hecho lo correcto y que no ha podido tener más suerte con la mujer que sus padres escogieron para él. La quiere y le hace la vida muy fácil, pero un año después no ha dejado ni un solo día de pensar en «el amor de su vida», la española Lola, con la que no ha perdido aún la esperanza de poder esquiar algún día en las pistas de Baqueira Beret y cenar luego juntos un entrecot al Café de París en el restaurante Biniaran de Arties.

LOLA

Cuatro meses después de salir de aquella polvorienta cárcel en mitad del desierto Lola sigue acostándose con el miedo, despertándose con la pena y tratando de sobrevivir a cada día con el corazón encogido y el alma partida en dos.

Últimamente ha creído sentir una sombra a sus espaldas, como si un fantasma la estuviera siguiendo cuando arrastra sus pies por las calles empedradas del viejo Madrid. Con un atisbo de esperanza y mucho temor se ha dado un par de veces la vuelta, pero Faysal no estaba allí...

SEGUNDA PARTE

(Tres años después)

Lola va a cumplir cuarenta años. Cumplió treinta y siete en una cárcel de Emiratos Árabes Unidos, treinta y ocho en una clínica de reposo y treinta y nueve completamente a oscuras sin fuerzas para salir de la cama. Pero se ha jurado a sí misma que esta vez comprará una tarta y soplará las velas con sus hijos para tratar de vestir su vida con algo de normalidad o, al menos, para convencer a los demás de que poco a poco lo está superando. Sin embargo, en estos momentos no hay nada más lejos de la realidad. Quien se atreve a decir que el tiempo lo cura todo es simplemente porque nunca ha estado realmente enfermo.

Lo que no sabe, y ni remotamente se imagina Lola, es el vuelco que va a dar su vida a partir del día de su cuarenta cumpleaños. Ni ella ni nadie es dueño de su destino, y aunque sea cierto que «el hombre es el único animal que tropieza dos veces con la misma piedra», lo de que «no hay dos sin tres» no puede ser verdad, porque cuando te has roto en mil pedazos después de la primera caída, ya ni siquiera intentas levantarte tras la segunda.

1

Después de tres días de llover sin parar, el día había amanecido radiante y daba gusto pasear en manga corta respirando hasta el fondo el aire inusitadamente limpio de Madrid. Lola Goizueta había salido a las tres de la tarde de la oficina, la hora habitual tratándose de una media jornada, y en lugar de tomar el metro en Plaza de Castilla había optado por quitarse la chaqueta, ponerse las bailarinas que siempre llevaba en el bolso e ir caminando hasta su piso de la calle Jemenuño en las inmediaciones de la Puerta de Toledo, un larguísimo paseo que le apetecía disfrutar dejando que el sol acariciara sus brazos con la calidez de un anuncio estival lleno de promesas que casi nunca se cumplen. Vestía un sobrio traje de chaqueta pantalón oscuro de Zara que había combinado con una anodina blusa blanca y un maxibolso negro de Dayaday. Con su pelo castaño claro a la altura del cuello (hacía siglos que no lucía mechas y ya no le apetecía llevarlo largo como antes), maquillaje muy natural por exigencias del guion (si se va a trabajar no queda más remedio) y unos ojos grises que la delgadez habían agrandado, pasaba completamente inadvertida para casi todos los que habían aprovechado el buen tiempo para almorzar al aire libre en las terrazas del Paseo de la Castellana. Sin embargo, Lola volvía a tener otra vez la impresión de que alguien seguía sus pasos, como un fantasma al que no podía ver pero cuya mirada inquisitiva sentía a menudo clavada en la espalda. Su psiquiatra había calificado esa sensación como una secuela más del estrés postraumático que padecía, pero ella no podía evitar percibirla como algo muy real.

A la altura del número 200, cruzó las grandes puertas acristaladas de VAIT y encargó una tarta de chocolate (la preferida de Diego y Alejandro), que acordó recoger al día siguiente a la salida del trabajo.

Ya había comprado dos velas con los números 4 y 0 que tenía previsto soplar al día siguiente junto a sus hijos, tal y como les había prometido. Iba a ser el primer cumpleaños que se sentía con ganas —no muchas para ser sinceros— de celebrar desde que se fuera a vivir a Dubái y, tras la denuncia de su entonces marido por adulterio, tuviera que cumplir una condena de ocho meses en una cárcel en mitad del desierto, algo que trataba de borrar de su mente para no volverse loca. Pero aquello se había instalado en un cómodo sillón de su memoria y era lo primero que recordaba cada mañana al despertarse, y constituía indefectiblemente su último pensamiento antes de que el lorazepam lograra acallar su conciencia después de apagar la lámpara de su mesilla de noche.

La intensidad de la luz del sol en sus ojos al salir de la pastelería la animó a despejar de un manotazo el flequillo de la cara en un gesto para alejar esos negros nubarrones que seguían atormentándola («probablemente siempre lo harán, pero tienes que aprender a vivir con ellos», le había dicho el médico), y siguió su caminata con paso decidido tratando de disfrutar del viento fresco, de la primavera y de la libertad, un plato cuyo exquisito sabor se reserva tan solo a unos pocos, a aquellos desgraciados que en algún momento se vieron privados de ella.

Como todos los jueves, los niños tenían actividades extraescolares y salían una hora más tarde del colegio, así que Lola se dio el lujo de pararse un rato a ojear los puestos de la Feria del Libro Antiguo y de Ocasión del Paseo de Recoletos. Si bien siempre había sido una gran lectora, lo cierto es que había perdido la capacidad de concentración y, excepto los informes y correos electrónicos que estaba forzada a leer en la empresa, los cuales, por cierto, le costaba muchísimo asimilar, desde hacía más de tres años tan solo se atrevía a mirar de refilón algún periódico o revista, aunque la mayoría de las veces se saltaba sin querer las líneas leyéndolas de dos en dos o bien le bailaban las palabras, con lo cual apenas se enteraba de lo que leía (al parecer esta era otra de las secuelas de su patología). En cualquier caso, el hecho de tocar y oler esas páginas amarillentas y deterioradas por el tiempo le proporcionó un placer inmenso y le hizo recordar las largas horas que de niña había pasado en la Cuesta de Moyano, a la que acudía cada semana con su paga dominical al salir de la iglesia de Los Jerónimos y elegía tranquilamente uno o dos ejemplares que empezaría a leer esa misma tarde. Con una media sonrisa (las suyas no habían vuelto a ser completas) rememoró las fantásticas aventuras de *La gran Gilly Hopkins, Momo* o *Charlie y la fábrica de chocolate,* que solía devorar sentada en algún banco de La Chopera de El Retiro, y más adelante, cuando cumplió doce años y se mudó a vivir a Valladolid, lecturas algo más profundas como *El amor en los tiempos del cólera, Madame Bovary* o *El diario de Anna Frank.*

La ostia, con perdón, de realidad que tornó su sonrisa en una mueca y el incipiente brillo de sus ojos en un mar de lágrimas vino de la mano de un ejemplar bastante sobado de *Los siete pilares de la sabiduría* con el que se topó por casualidad en una de las mesas de los tenderetes. Se trataba de una reimpresión de la editorial Sur de los años sesenta y allí, en la portada, estaba Thomas Edward Lawrence, más conocido como Lawrence de Arabia, vestido al uso tradicional árabe de la época y la cara envuelta en un turbante, tan bien interpretado en la película de Hollywood por Peter O'Toole. El libro atrajo a Lola como un imán. No quería hacerlo, pero en un ataque de masoquismo se lanzó a leer, y, sorprendentemente, a entender perfectamente alguno de los míticos pasajes…, hasta que apareció en escena el personaje del príncipe Faysal, cabeza visible de la rebelión contra los otomanos codo con codo junto a Lawrence: fueron suficientes esas seis letras, una detrás de la otra, F, A, Y, S, A y L, para que de repente sintiera que se le encogía el corazón hasta convertirse en la cabeza de un alfiler y que el aire no le llegaba a los pulmones. Se le cayó el volumen al suelo y salió corriendo de allí lo más rápido que sus bailarinas le permitieron, y no se detuvo hasta encontrarse en la puerta del colegio, al que llegó jadeando, con la cara enrojecida y la ropa completamente empapada por el sudor.

Aún quedaba un buen rato para que los niños salieran de sus clases de yudo y guitarra, así que al llegar al centro escolar del barrio (su economía doméstica no le daba ya para pagar colegios privados), Lola cruzó la acera y trató de calmarse en la cafetería de enfrente fumándose un cigarro (no es lo más aconsejable después de correr, pero siempre le había importado un pimiento su salud) y se pidió una

Coca-Cola Zero. Unos años atrás, pocos, no habría dudado en pedir un copazo de ron para calmar los ánimos (el pecho estaba a punto de explotarle en aquel momento), pero ya apenas bebía, pues el alcohol le recordaba a su etapa dubaití, y le hacía mucho daño, un dolor físico casi insoportable, cualquier cosa que la obligara a rememorar esa etapa de su vida que le encantaría (habría dado su brazo derecho, y el izquierdo, y hasta las dos piernas y los dos ojos) poder borrar con una gran goma Milán Nata igualita a la que siempre llevaba en su estuche de la gata *Kitty* cuando era pequeña. Últimamente disfrutaba matando las horas recreándose en su infancia; le gustaba volverse a imaginar de niña, con su falda escocesa y sus rodillas magulladas, la conciencia limpia y el futuro lleno de posibilidades. Prácticamente se había auto-convertido en un enfermo de alzhéimer, el cual no puede recordar lo que hizo el día anterior porque en su presente solo hay una densa bruma de tinieblas y confusión, pero mantiene intacta en su memoria la imagen del pupitre de madera gastada de la escuela de su pueblo.

Hacía no mucho, aunque a ella le pareciera una eternidad por la sensación que tenía de vivir a cámara lenta, había visto en las noticias una mención a la hambruna que estaba sufriendo Etiopía y había roto a llorar desconsoladamente. Nada ni nadie pudo calmarla durante los largos minutos en los que su cuerpo se convulsionaba por el llanto, y nadie supo nunca por qué lloraba. No había dado explicaciones porque, excepto a su psiquiatra, que lo había logrado con infinitas dosis de tacto y paciencia, jamás había querido abrir su alma y dejar que los recuerdos de los ocho largos meses que había pasado en la cárcel fluyeran libremente, como si el hecho de no compartir aquella experiencia bastara para eliminarla de su vida. Aquel sábado por la tarde (recordaba perfectamente que era sábado porque estaba en casa de su padre, que es donde la obligan a comer los fines de semana que los niños están con su exmarido), no pudo reprimirse al acordarse de su compañera de celda, una jovencísima etíope de ojos tristes y dulce sonrisa que dedicaba todo su tiempo libre, el que no pasaban en el taller o en la cantina, estudiando el Libro Sagrado del Islam para tratar de reducir su pena o eliminarla por completo. No era la primera vez que un preso en una cárcel de un país musulmán canjeaba su libertad a cambio de memorizar y recitar en árabe el Corán delante de un tribunal de la sharia, y esa era la única esperanza de Saba, empeño al que dedicaba todos sus días y la mayor parte de sus noches, porque había nacido en Adís Abeba y no tenía la suerte de ser europea o tener amigos locales que usaran sus influencias para conseguirle el indulto como le ocurrió a Lola. Era una muchacha muy sencilla y tímida que había sido acusada por la señora de la casa en la que trabajaba como sirvienta de robarle unas joyas, aunque ella siempre aseguró que no era una ladrona. Por ese supuesto delito cumplía condena cuando Lola ingresó en el centro penitenciario, y por ese supuesto delito siguió encerrada —quién sabe si está aún entre rejas—, el día en que Lola le dio un abrazo de despedida y un torrente de lágrimas fue deslizándose mansamente, como le había tocado vivir a ella, por sus grandes y probablemente inocentes ojos negros, negros como la miseria y negros como la injusticia, que es todavía peor.

Había sufrido episodios parecidos el día en que en el escaparate de una agencia de viajes había reparado en un cartel publicitario sobre Dubái («Visita la ciudad que crece mientras duermes», rezaba el eslogan), o cuando dedicaron el programa *Españoles por el mundo* a compatriotas suyos expatriados en Emiratos Árabes Unidos y no fue capaz de apagar la televisión: por propia voluntad tragó sapos y culebras hasta el final de la emisión, del mismo modo que aquel póster coronado por el Burj Khalifa la atrapó como a una mosca una telaraña y la mantuvo pegada al cristal de la agencia de viajes durante más de una hora, completamente hipnotizada por aquel *skyline* de rascacielos imposibles que conocía tan bien.

Pero nada de todo esto había sido comparable a leer por primera vez, negro sobre blanco, el nombre de su amante emiratí: Faysal. Esas seis letras activaron inmediatamente un resorte oculto en su cerebro sacando a la luz con una nitidez intolerable cientos de imágenes, sensaciones y recuerdos que había empujado con mucho esfuerzo hacia el rincón más apartado de su memoria. El impacto fue tan grande que esta vez sí tuvo que salir corriendo, esta vez ya sí que no lo pudo aguantar.

Eran las cinco y media y algunas madres ya esperaban a sus hijos en la puerta del colegio, pero Lola, que había perdido su frescura transformándose en una persona solitaria que siempre trataba de evitar el trato con cualquier otro ser humano a no ser que fuera completamente imprescindible, decidió esperar en la terraza del bar a que Diego apareciera sudoroso con su quimono de yudo y su cinturón amarillo, y Alejandro le dedicara una amplia sonrisa cargando una guitarra casi más grande que él, porque siempre había sido el niño más bajito de su clase.

—¿Has comprado la tarta de cumpleaños? —fue lo primero que le preguntó Diego, que estaba muy gracioso de yudoka con gafas.

—¿La vamos a comer hoy? —dijo Alejandro.

—No, muñequitos, la tarta se come mañana, que es el día de mi cumpleaños. Ya la he encargado y va a ser de chocolate.

—¡Bieeeeeen, de chocolate! —exclamó Diego, el mayor, que era muy goloso.

—¡Ay, mamá!, deja de llamarnos muñequitos, que yo ya tengo siete —añadió Alejandro esbozando un mohín de reproche.

Y juntos se fueron caminando a casa para darse un baño, hacer los deberes, cenar, ver un rato la tele y dormir, como todos los días, porque mientras estaba con sus hijos Lola se sentía contenta (lo de feliz habría constituido una exageración desmesurada). Lo malo venía cuando los fines de semana alternos se los llevaba Alfredo: eran demasiadas horas a solas consigo misma, la única persona en este mundo a la que no podía soportar.

Cuando a la mañana siguiente sonó la alarma a las seis y cuarto, se encontró con un *whatsapp* de Alfredo en la pantalla de su teléfono móvil: «Feliz cumpleaños, que pases un día estupendo. Si quieres recojo a los niños el sábado a las nueve para llevarlos a su partido de fútbol y así esta tarde puedes celebrar con ellos tus 40 años. Dime si te parece bien», decía, e inmediatamente Lola le contestó con un escueto «Sí», en el fondo muy agradecida por el inesperado regalo de poder pasar unas horas más con sus hijos, o quizá por no tener que pasarlas sola.

Ambivalente, así podría calificarse su sentimiento actual hacia su exmarido, aunque lo de «sentimiento» no sea el sustantivo más adecuado, porque por Alfredo hacía mucho que prácticamente no sentía nada, ni siquiera rencor.

Siempre supo, más tarde se lo confirmaron sus abogados, que el 13 de abril de 2015 había sido su propio marido el que la había denunciado a las autoridades. Al amanecer del día siguiente, aquel fatídico 14 de abril, mientras se fumaba el que creía firmemente que iba a ser su último cigarro admirando el desierto (por fin había conseguido recuperar los pasaportes de sus hijos y se volvía a España) con una sonrisa bobalicona después de haber pasado su única noche de amor con Faysal, Lola se dio cuenta, presa del pánico, de que los coches que se aproximaban a la jaima no eran excursionistas, sino patrullas de policía. Fue en ese preciso instante, cuando en sus oídos más que las sirenas policiales retumbó la banda sonora de la venganza y la traición, como si de una ópera de Puccini se tratara, al tiempo que su saliva adquiría el sabor metálico del miedo atascándole la garganta, cuando tuvo la certeza de que había sido él. A partir de ese momento odió a Alfredo con las vísceras, con las articulaciones, con todos y cada uno de los cartílagos de su cuerpo durante mucho, muchísimo tiempo. Sin embargo, sus innumerables cartas recibidas mientras cumplía condena suplicando perdón, mostrando un sincero arrepentimiento y poniéndola al día de la vida de sus hijos fueron poco a poco aplacando su ira hasta que el día que lo volvió a ver, ya en Madrid, comprobó que la culpa lo había empequeñecido tanto, lo había convertido en un ser tan insignificante, que ya casi no podía distinguirlo. De esta manera completamente involuntaria, y muy a su pesar por otra parte, la abominación se convirtió en una profunda indiferencia en la que apenas había quedado hueco para el desprecio.

—¡Sorpresa, sorpresa! ¡Te traemos el desayuno a la cama, feliz cumpleaños mamá! —gritaron Diego y Alejandro entrando en la habitación con una bandeja.

El desayuno consistía en una gran tableta de chocolate, un vaso de leche y una bolsa de patatas fritas (la intención es lo que importa) que Lola compartió con sus hijos mientras los llenaba de babas con sus besos, los besos que durante ocho meses no pudo darles y con los que soñaba cada segundo de cada minuto de cada día, porque sin la promesa de esos besos no habría podido seguir con vida.

Como era un día especial se animó a arreglarse un poco por primera vez en mucho tiempo. Después de darse una placentera ducha de agua completamente fría (en prisión el agua salía irremediablemente caliente durante los meses de verano y desde que había vuelto a España había sido incapaz de girar el grifo a la izquierda), eligió un sencillo vestido negro liso sin mangas a la altura de la rodilla, de Massimo Dutti, que le había regalado su padre por Navidad (era muy bonito, por lo que seguramente lo habría elegido Luisa, su mujer), y lo combinó con la chaqueta de rayas en tonos crudo de uno de sus trajes (ni recordaba la última vez que había ido de compras) y unos zapatos de salón beis que metió en el bolso para cambiárselos por las bailarinas en cuanto llegara a la oficina.

A las siete en punto, como todos los días, los niños estaban jugando con sus maquinitas en el sofá enfundados en unos vaqueros que ya se les estaban quedando pequeños. «Qué rápido crecen», pensó con melancolía recordando lo chiquitines que eran (acababan de cumplir cuatro y cinco años) cuando se subieron a ese flamante Boeing triple 7 de Emirates Airlines rumbo a Dubái, sin poder evitar que sus ojos se humedecieran al sacar de un cajón y volver a echar un vistazo a la foto que una de las azafatas, muy guapa y simpatiquísima (se llamaba Inmaculada y casualmente también era española) les hizo con una Polaroid en mitad del vuelo, los cuatro muy sonrientes en sus asientos de clase turista, y que posteriormente les había entregado en un pequeño marco de cartón en el que toda la tripulación había escrito, cada uno en su idioma, «BIENVENIDOS A DUBÁI»: once frases con once caligrafías diferentes.

Afortunadamente (salvada por la campana), minutos después el timbre la rescató de su ensimismamiento. Abrió la puerta a Marisol, la afable asistenta boliviana que venía todos los días para planchar un par de horas y llevar luego a los niños al colegio: «¡Feliz cumpleaños, señora, que pase usted un día maravilloso!», le dijo nada más verla, regalándole unas galletas que había cocinado ella misma. Le dio un abrazo de agradecimiento, algo que le costó una barbaridad aceptar, porque, excepto cuando se trataba de sus hijos, había desarrollado una especie de repulsa inexplicable hacia cualquier tipo de contacto físico con otras personas (otra secuela más, según el terapeuta) y se fue a trabajar con la bolsa de las galletas en la mano para repartirlas entre sus compañeros de la oficina. Era el viernes 11 de mayo de 2018. Había empezado el primer día del resto de la vida de Lola Goizueta.

2

A Lola le encantaba viajar en metro. En el momento en que bajaba las escaleras empinadas de adoquines desgastados de la estación de Puerta de Toledo y se ponía los cascos, lograba diluirse en la soñolienta riada humana hasta convertirse en un viajero más, igual que todos, ni mejor ni peor que el resto: un ser anónimo sin nombre, apellidos ni un pasado que lamentar. Contradictoriamente, no le molestaban los empujones ni los codazos al abrirse o cerrarse los vagones, ni el olor corporal de algunos ni el aliento a café rancio de otros, porque el tiempo que pasaba allí, la mayoría de las veces encajonada entre otras personas, era de los pocos en los que se sentía verdaderamente libre junto a sus congéneres, y probablemente el único en que no se sentía escrutada con cara de pena o de circunstancias. Siempre viajaba de pie agarrada a las asideras, y se dejaba llevar por las baladas tristes y desgarradoras de la música *country*, su favorita, o de Los Secretos y Joaquín Sabina. Para la mañana de su cumpleaños escogió evadirse con el grupo Taburete y su canción «Mariposas», que «llueven en el metro» y que «solo se posan» porque «han decidido que no quieren volar», igual que ella, y se subió al vagón atestado de sudamericanos y oficinistas con trajes de medio pelo tarareándola con una sonrisa, porque se la sabía de memoria y porque parecía que habían escrito la letra pensando en ella.

En Alonso Martínez abandonó la línea verde para unirse a la azul celeste que la llevaría a Plaza de Castilla, y entonces volvió a tener esa oscura sensación de que alguien la estaba siguiendo, algo que la angustiaba mucho porque a pesar de que se había dado la vuelta en multitud de ocasiones, nunca había logrado atisbar a nadie sospechoso de estar espiándola. Era terrible sentirse acosada, pero aún era más frustrante pensar que estaba loca, que su psiquiatra tenía razón y que esa persona solo existía en su imaginación. Lola sabía que no se trataba de un espectro, que tenía dos brazos y dos piernas con las que caminaba detrás de ella parapetándose entre la marea de gente que transitaba presurosa por los túneles subterráneos; pero lo cierto era que no tenía manera de confirmar sus sospechas, y si no podía estar segura de sí misma entonces no podía estar ya segura de nada.

Como estaba un poco alterada, decidió escuchar algo más extremo (el grado de tristeza de la música era directamente proporcional a su capacidad para tranquilizarla). Buscó a Nacho Vegas y pulsó *La noche más larga del año,* cuya letra apocalíptica logró templar momentáneamente sus nervios. En ese momento Lola no podía figurarse lo premonitorio que resultaría el título de aquella canción.

A las ocho menos diez ya estaba cruzando la puerta de la empresa de seguros en la que trabajaba; le dio los buenos días a Pilar, la alegre y servicial recepcionista, y subió a la primera planta, que era la que ocupaban los técnicos, mientras que los jefes de departamento estaban en la segunda, los presidentes de las agrupaciones en la tercera, y el presidente y la secretaria general de la aseguradora, en la cuarta. Hacía algo más de cuatro años, justo antes de renunciar a su carrera profesional para trasladarse a Dubái con sus hijos y su por entonces todavía marido, al que le habían hecho una oferta laboral «imposible de rechazar», era ella la que ocupaba la cuarta planta en una empresa parecida a aquella, de hecho bastante más grande e importante, pero ni un solo día de los dos años que llevaba trabajando allí (gracias a la intercesión de un amigo de su padre) había echado de menos el sillón de cuero, la secretaria y la moqueta. Aunque uniendo su sueldo de mileurista a la exigua pensión alimenticia de su ex (no se le puede pedir a alguien más de lo que te puede dar) a duras penas le alcanzaba para llegar a fin de mes. No le había quedado más remedio que acostumbrarse a una nueva situación que implicaba centrarse en los productos en oferta del supermercado al hacer la compra semanal y aceptar la ayuda de su padre a la hora de pagar las dos horas diarias de Marisol, porque los niños eran aún muy pequeños para ir solos al colegio. Por culpa de aquellos lapsus mentales que experimentaba a menudo y la falta de sueño por tantas y tantas noches sin dormir (el orfidal ya no le hacía tanto efecto), había perdido la capacidad de concentración para cualquier tarea intelectual y era plenamente consciente de que el humilde puesto de trabajo que ahora ocupaba estaba bastante por encima de sus capacidades actuales, así que daba gracias a Dios, y a su incondicional Javier (que era el que siempre le sacaba las castañas del fuego cuando se bloqueaba con algún informe), por poder seguir manteniéndolo.

—¡Feliz cumpleaños, guapísima! —exclamó Javier nada más verla entrar por la puerta, levantándose de su mesa para darle dos besos y una cajita envuelta en papel de regalo con un gran lazo rojo que Lola abrió fingiendo curiosidad. Se trataba de una pulsera Pandora de plata con un corazón (un auténtico espanto que seguro que había costado un dineral) que Lola agradeció muchísimo sacando a relucir sus mejores dotes para la interpretación: «Es preciosa, me encanta, no sabes lo que me gustan estas pulseras, siempre he querido tener una».

Después, ocupó su asiento en una gran habitación sin puertas pero con grandes ventanales por donde siempre entraba la luz natural a raudales y que estaba llena de otras muchas sillas y mesas de metal iguales a las suyas. A las ocho fueron llegando algunos compañeros suyos que también tenían jornada reducida, y a eso de las nueve o nueve y media la primera planta se fue llenando del ruido de las llamadas telefónicas, el aporrear de los teclados y el silbido de la máquina de café: una jornada laboral tediosa como la de todos los días, aunque este no iba a ser un día como los demás… Pero de eso Lola todavía no tenía ni la más remota idea.

Cuando puso en marcha su ordenador, lo primero que hizo fue echar un vistazo a su correo electrónico personal. Se estremeció al encontrarse con un email de Sonia, la catalana, y otro de Alice, la tejana, que eran las dos únicas amigas de Dubái que todavía perseveraban en escribirle de vez en cuando a pesar de que Lola jamás contestaba. Nunca había querido mantener el contacto con ninguna de las personas que había conocido en Emiratos Árabes porque sabía que le habría dolido demasiado. Ambas se habían acordado de que ese día cumplía cuarenta años y le dedicaban una cariñosa felicitación, rogándole que esta vez les respondiera; querían saber de ella, que al menos les confirmara que estaba bien. «Algún día tendré que sentarme a escribirles; a ellas y a María, y a Valentina, y a Luz, y, por supuesto, a Céline, mi gran amiga belga, e incluso a Joan, que tan bien cuidó a mis hijos», pensó sabiendo de antemano que nunca podría reunir el valor para hacerlo.

A la hora del café recibió la llamada de su padre y su mujer y, como ya no esperaba ninguna felicitación más, se resignó a prepararse para esa fiesta «sorpresa» que Javier llevaba días organizando para ella en la sala de reuniones contigua al finalizar la jornada laboral. Menos mal que era viernes y la cosa no se alargaría demasiado porque sus compañeros de oficina, después de tantos días de mal tiempo, estarían deseando irse de fin de semana a la sierra o a la playa para darle la bienvenida a la primavera, que por fin había llegado a Madrid pisando fuerte con sus zapatos de charol. «Todo según lo esperado», meditó Lola satisfecha, porque esa era ya su única aspiración: que los días, los meses y los años fueran pasando, uno tras otro y uno igual que el otro, sin sobresaltos, porque hacía mucho tiempo que su paleta de colores se había llenado de polvo y solo se sentía segura con el gris de la rutina, cuanto más oscuro mejor.

Serían más o menos las dos de la tarde cuando volvió a sonar el teléfono. Era Pilar:

—Lola, por favor, ¿te importaría bajar un momento? Han dejado un par de regalos para ti —le dijo.

Y ella sonrió al imaginar que Javier le había pedido a la recepcionista que la distrajera un rato mientras él colocaba los sándwiches, refrescos y canapés en la mesa alargada y alguien lo ayudaba a apartar las sillas.

—Claro, ahora mismo bajo —le contestó tomándose su tiempo para que él tuviera el necesario para organizarlo todo.

Después de darle su regalo (la infame Pandora), Javier le había pedido que comieran juntos, «o unas cañas, si quieres», pero Lola había rechazado la invitación alegando que tenía que ir a recoger a los niños en el colegio y luego comer la tarta en casa con ellos. Como él conocía al dedillo qué fines de semana pasaba Lola con sus hijos y cuáles no, pero desconocía que Alfredo le había cedido a los niños esa tarde para poder celebrar su cumpleaños, no pudo evitar pensar que se trataba de una excusa inventada, aunque decidió aceptar su negativa con un «por supuesto, cielo: en otra ocasión, cuando tú quieras».

Había aprendido que con Lola no se podían forzar las cosas: era un chico lo suficientemente inteligente como para haber vislumbrado desde hacía mucho tiempo la tristeza que se escondía tras esos fascinantes ojos grises y el temblor de sus manos cuando los ponía en blanco y miraba al infinito. Intentaba controlar sus instintos para dejarle espacio y, aunque le costaba mucho, porque lo que a él le hubiera gustado habría sido abrazarla muy fuerte, respetaba esas «regresiones» (como él las había denominado cuando le hablaba a sus amigos de Lola, que era bastante a menudo) a un pasado del que desconocía casi todo, pero que intuía tremendo. Esperaría lo que fuera necesario porque ella sí, ella merecía la pena.

Cuando se abrieron las puertas del ascensor en la planta de la entrada y Lola vio sobre la enorme mesa del vestíbulo ese deslumbrante ramo de tulipanes amarillos se quedó sin habla. Los tulipanes eran sus flores favoritas: le evocaban tiempos pasados de prósperos comerciantes holandeses, sábanas blancas secándose al sol y sirvientas retratadas con una perla. Había cuarenta tulipanes, Pilar los había contado y le aseguró que eran para ella:

—Pone tu nombre en el sobre, mira: Lola Goizueta. ¡Venga, lee la tarjeta de una vez! —le repetía con insistencia… Pero ella no la escuchaba: a sus oídos llegaban sus palabras, pero en algún momento interferían con algún conducto nervioso y no llegaban a su cerebro, no entendía lo que le decían—. Pero, hija, ¡que te has quedado atontada!, mira, si quieres te leo yo lo que pone… —y como Lola seguía sin articular palabra, la recepcionista (que como no podía ser de otra manera, era una cotilla integral) abrió el sobre y leyó en voz alta:

Feliz cumpleaños, mi amor

—¡Venga, adivina quién firma la tarjeta!, ¿lo sabes tú o te lo digo yo? —insistía sin obtener ninguna respuesta—. ¡Es de F!, pero ¿quién es F?, ¿se llama Fernando… o Federico? También puede llamarse Félix o Francisco… ¿Quién es ese F, Lola?, no sabía que tenías novio, no nos habías dicho nada... Espero que no sea el señor que ha traído los regalos, porque más feo no podía ser, y mínimo tenía sesenta años, así que ese no lo quiero ni para mí... Y con las flores han traído esta caja: mira qué bonita la han envuelto, ¿qué crees que hay dentro?, ¿la abres tú o quieres que lo haga yo?

Lola, tratando de contener las lágrimas, cogió la caja en ese momento y se fue corriendo al baño más cercano, donde cerró una de las puertas con pestillo, se sentó en la taza y comenzó a llorar mirando aquella caja rectangular que no conseguía abrir, porque le resultaba imposible coordinar sus manos. Al final logró romper el lazo con los dientes, rasgó con furia el papel de regalo e inspiró una buena bocanada de aire antes de abrir la preciosa caja de caoba y encontrarse con un Patek Philippe de caballero que no era nuevo, porque era el reloj de Faysal, el mismo que llevaba en la muñeca el día que lo conoció en el restaurante China Grill del hotel Westin de Dubái, poniendo en ese preciso instante su vida del revés como un calcetín. Junto a esa verdadera joya había una tarjeta en la que había escrito en inglés de su puño y letra:

Te regalo mi tiempo, todo él (all of it), porque sin ti mi tiempo no vale nada. Te espero esta noche para cenar en la Suite Real del hotel Westin Palace de Madrid. Por favor, ven, escucha todo lo que tengo que decirte, no perdamos más tiempo, te lo suplico. Te quiero y no he dejado de pensar en ti ni uno solo de estos 1.122 días.

Mil ciento veintidós días; eran exactamente mil ciento veintidós, Lola también los había contado.

Mil ciento veintidós días en los que Lola había descendido a los infiernos para no volver, mil ciento veintidós días que la habían transformado en una persona completamente diferente, tanto que ya ni siquiera se acordaba de cómo era antes. Mil ciento veintidós días de los cuales más de doscientos estuvo encerrada en una cárcel (con aire acondicionado, eso sí), con extraños en todos los aspectos (no había ni una sola mujer occidental allí), que no hablaban su idioma (tan solo algunas chapurreaban el inglés), completamente aterrorizada y sin saber siquiera si algún día podría volver a abrazar a sus hijos. Mil ciento veintidós días, y los que le quedaban, de tratar con mucho esfuerzo de sobrevivir al resto de una vida entre sombras era el precio que había tenido que pagar por pasar una noche con Faysal, el mayor error de su vida, el único error que jamás podría llegar a perdonarse.

Y hoy, precisamente hoy, el día que por fin había conseguido reunir un poco de energía de no se sabe dónde para poder celebrar su cumpleaños con sus hijos, aparecía el flamante millonario emiratí —que seguramente no se habría quitado la chaqueta de su traje Armani en todo el viaje en primera clase a Madrid—, con la firme convicción de que unas flores y un reloj carísimo podrían hacer desaparecer aquel vía crucis inhumano y cruel que había vivido, así, de un plumazo, como por arte de magia. El guapísimo árabe de ojos negros y labios carnosos al que las atractivas azafatas le habrían dedicado sonrisas de admiración durante las siete horas de vuelo mientras le servían el mejor *whisky* escocés estaba aquí, en España, porque había dispuesto, unilateralmente y sin consultar a nadie, hacer acto de presencia para cenar con ella en una suite del hotel Westin Palace, porque, claro, ¿cómo se le iba a ocurrir al caballero más elegante y con más clase de este mundo reservar mesa en la Cervecería Tere? El poderoso aristócrata, que había tenido que dormir, pobrecito él, una noche en el calabozo, solo una, mientras ella tuvo que pasar más de doscientas noches imaginando más de doscientas formas diferentes de quitarse la vida (esa fue la única manera que encontró en la cárcel de poder conciliar el sueño: fantasear con su propia muerte), había decidido que hoy, no hace dos años ni dentro de tres meses, no: hoy, justo hoy, le apetecía volver a verla.

¿Cuánto tiempo estuvo llorando de rabia en ese baño Lola? ¿Cinco, diez, quince minutos?

A ella le pareció una eternidad en la que, además del miedo y la soledad de la prisión, no pudo evitar que en su cabeza se sucedieran a una velocidad vertiginosa, como en una película a cámara rápida, intercalándose y superponiéndose unas sobre otras sin orden ni concierto, las imágenes de la primera vez, el día de la tormenta de arena, en la que Faysal le cogió la mano y se la apretó con una perfecta mezcla de ternura y autoridad a partes iguales; o la descarga de electricidad que sintió cuando admiró su cuerpo fibroso sumergirse en el agua dulce de los lagos de Al Qudra bajo el sol naranja del desierto; y el escalofrío que la recorrió de arriba abajo cuando aquellos deliciosos labios se adentraron en su boca y ella los mordió ansiosa y sedienta, como si se tratara de la fruta prohibida del Jardín del Edén. Pero sobre todo se repetían una y otra vez, en una especie de analepsia cinematográfica, los *frames* en blanco y negro de la piel morena de Faysal entre la suavidad de las sábanas de hilo de la inmensa cama con dosel, mientras Lola, que ya sabía que iba a acabar muriéndose de placer, se retorcía y gritaba cada vez que sus manos expertas la acariciaban y sus brazos musculosos la sujetaban firmemente para poder sumergirse en ella, con tanta violencia y delicadeza al mismo tiempo, que todavía lo seguía sintiendo allí, muy dentro y en cada poro de su piel...

Faysal era parte de su vida y lo seguiría siendo siempre, tenía asumido que ya nunca podría arrancarlo de su corazón a pesar de desearlo con todo su ser. Sabía perfectamente que si no hubiera sido por él y por su amiga emiratí, Samira, nunca habría conseguido el indulto del jeque y no habría tenido más remedio que cumplir hasta el final la condena que le habían impuesto por adulterio (tres larguísimos años). Pero quería cerrar a cal y canto esa horrible etapa de su vida (tenía que hacerlo para poder seguir respirando) que le había dejado marcadas las entrañas con heridas tan profundas que eran imposibles de cicatrizar. Odiaba a Faysal por haber dado esa patada abriendo de par en par las puertas de su alma, tan frágil aún, así, de repente y sin avisar, con la prepotencia de quien aparece en una fiesta sin ser invitado. Lo odiaba por haberle elegido a ella en aquella fatídica *ladies night* de Dubái, cuando descubrió que Alfredo tenía una amante, porque aunque entonces a ella le pareciera que su vida era un desastre sin remedio, lo cierto es que, si no hubiera conocido a Faysal, su destino, y de eso no le cabía la más mínima duda, habría ido por otros derroteros y el daño no habría sido irreversible. Lo había pensado muchas veces encerrada en esa celda, había tenido ocho meses para darle una y mil vueltas a todo lo que pasó y lo que podía haber pasado si Faysal no se hubiera fijado en el vestido azul que llevaba aquella noche, azul como su uniforme de presa... E irremediablemente siempre llegaba a la misma conclusión: Faysal, sin darse cuenta y por supuesto sin desearlo (Lola nunca había sido injusta y mucho menos estúpida), había sido el responsable de empujar esa primera ficha de dominó que había ido golpeando una a una todas las demás hasta terminar destruyendo su vida por completo y para siempre. Por eso lo odiaba. Y si viviera siete vidas más no tenía ninguna duda de que lo odiaría las siete con la misma fuerza.

—¡Lola, Lola! ¿Estás ahí?, ¿te pasa algo? —le gritó Lucía, una de sus compañeras de trabajo, mientras golpeaba con los nudillos la puerta del baño.

«Otra vez salvada por la campana», pensó, al tiempo que se preguntaba cómo sabía Faysal dónde trabajaba; quién se lo había dicho, por qué tenía la dirección de su empresa...

—Sí, sí, estoy aquí. Todo bien, dame cinco minutos, que subo enseguida —contestó Lola limpiándose las lágrimas. Al fin y al cabo, el *show* debe continuar, como diría Aznavour. Aunque, eso sí, antes de meterse en el ascensor le cedió el ramo de flores a Pilar.

—Y si no te gusta, por mí lo puedes tirar a la basura.

Sin saltarse el guion ni un milímetro, Lola fingió cara de asombro e incredulidad cuando llegó a la habitación y todos sus compañeros le gritaron «¡Sorpresa!», al tiempo que le cantaban el *Cumpleaños feliz* cada uno con su sombrerito de fiesta y un matasuegras comprado para la ocasión. Pero la verdad es que Lola sí estaba algo sorprendida por el despliegue de bebida y comida, globos, confeti y serpentinas. No cabía duda de que Javier se lo había trabajado un montón.

Después de dar las gracias a todos lo primero que hizo fue coger de la nevera una Mahou bien fría que se bebió de un trago ante la mirada divertida de Javier.

—¡Eh!, tómatelo con calma, rubia, que cervezas hay para aburrir —le dijo guiñándole un ojo.

—Pues no sabes cómo me alegro, cariño, porque hoy estoy muerta de sed —le contestó Lola mientras abría una segunda botella y a él se le subían los colores (le había llamado cariño, era la primera vez que le llamaba así y le había sonado a música celestial, al *Coro de los esclavos* de Nabucco, al *Adagio* de Albinoni, a la *Marcha triunfal* de Verdi... ¡Estaba absolutamente FELIZ, no se lo podía creer!).

—Por cierto —añadió—, muchísimas gracias por esta fiesta. Nunca habíamos tenido una celebración de cumpleaños tan por todo lo alto en la oficina, y, sobre todo, gracias por tu regalo —le dijo cayendo en la cuenta de que ni siquiera se había puesto el esperpento ese de pulsera—. Espera aquí un momento, que quiero que me la veas puesta —y acudió corriendo a su mesa para sacarla del bolso, donde, una al lado de la otra, también había guardado la caja con el impresionante Patek Philippe de oro rosa de Faysal. «Se lo tengo que devolver, este reloj vale una fortuna y no pienso quedármelo», pensó poniéndose muy nerviosa…

—A ver, un brindis, que nos haga Lola un discurso, por favor —exclamó Iñaki, el más fiestero de la empresa. Y a continuación todos exclamaron «¡Discurso, discurso, discurso!», cada vez más alto.

Así que Lola no tuvo más remedio que alzar su tercera cerveza, gesto que los demás secundaron levantando sus copas, y, con los ojos húmedos por la emoción, respiró profundamente, se tomó unos minutos para aclararse la garganta y que no se le quebrara la voz (momento de gran expectación en el que no se oyó ni una mosca) y finalmente gritó:

—¡¡¡Brindo por la libertad!!!

Todos se quedaron boquiabiertos… «Y esta chorrada de la libertad, ¿a qué viene?, ¿esta tía es una comunista furiosa o es que ya va pedo?», oyó susurrar a Virginia, conocida en toda la oficina por su mala leche y por estar colada por Javier a pesar de que él no le había dado nunca ni la hora.

Lola, que había oído el comentario, se sintió ofendida, humillada y mareada por todo lo que había pasado esa mañana y también por las tres cervezas que llevaba entre pecho y espalda sin haber podido probar bocado (el amarillo de los tulipanes de Faysal le había hecho un nudo en el estómago). Así que decidió que una retirada a tiempo era una victoria (ojalá se hubiera aplicado esa máxima napoleónica tres años antes…), por lo que volvió a dar las gracias, se despidió, cogió su bolso con sus dos regalos y se fue de allí haciendo oídos sordos a los ruegos de todos para que se quedara un rato más.

Como era de esperar, Javier, que sentía que por fin podía haber llegado su oportunidad, cogió corriendo su chaqueta y fue tras ella provocando la risa unánime del personal, que estaba al cabo de la calle de sus sentimientos hacia la guapísima —pero-más-rara-que-un-perro-verde— técnica que había entrado por enchufe (en una empresa tan pequeña los chismorreos son el pan nuestro de cada día).

Cuando los dos salieron por la puerta, uno detrás de la otra, Virginia, verde de envidia, no pudo reprimir su ira y le espetó a Javier en voz alta para que la oyera todo el mundo: «¡Aprovecha, hijo, que hoy parece que la mosquita muerta se ha animado con las birras y a lo mejor hasta triunfas!», lo cual no le hizo gracia absolutamente a nadie, porque aunque ninguno de los allí presentes pudiera entender por qué Lola parecía estar siempre tan triste y melancólica, todos estaban de acuerdo en que era una buena compañera.

3

—¡No me toques, déjame en paz! —chilló Lola cuando Javier la sujetó por los hombros a la salida de la oficina.

—Perdóname Lola, lo siento, pensé que estabas mal, que te pasaba algo... Lo siento, de verdad —le contestó él un poco asustado, porque era la primera vez que Lola le levantaba la voz. Siempre era muy dulce, con él y con todo el mundo, jamás la había visto tan enfadada y fuera de sí.

Entonces ella rompió a llorar y se abrazó a él, a la única persona con la que podía contar en esa etapa de su vida, la que siempre estaba de su lado, el amigo que llevaba más de dos años echándole constantemente una mano en el trabajo (si no llega a ser por él probablemente estaría ya en la calle), intentando hacerle compañía fuera de él, brindándole su cariño de manera desinteresada, sin pedirle nada a cambio, sin agobiarla, respetando su tristeza y su deseo de soledad. Lola sabía que estaba pagando con él la rabia que en esos momentos sentía hacia Faysal por haber irrumpido bruscamente en su vida como un elefante en una cacharrería, precisamente cuando pensaba que estaba empezando a manejar de alguna manera las riendas, al menos de una forma que a ella le funcionaba.

—No pasa nada, mi niña, vas a estar bien, llora todo lo que necesites, échalo fuera, desahógate. Yo estoy aquí y no me voy a ir; llora, cariño, llora tranquila —le susurró suavemente mientras le acariciaba la cabeza. No tenía ni idea de qué le podía haber ocurrido a Lola en el pasado, pero sentía que estaba abrazando a una marioneta desmadejada y sintió mucha lástima por ella. Quería darle todo ese amor que le faltaba, anhelaba con todas sus fuerzas poder reparar y cuidar a esa muñeca a la que habían hecho añicos, arreglando con toda la ternura de la que era capaz cada una de las piezas que alguien, no sabía cuándo ni cómo ni por qué, había destrozado, literalmente. Nunca se había engañado respecto a lo que sentía por ella. La quería, y en ese momento, al verla tan frágil y desamparada, la quiso más que nunca.

—Necesito que me hagas un favor…, necesito que lleves esta caja al hotel Palace y se la des en mano a un hombre que se llama Faysal Al Mubarak —le rogó ansiosa, tartamudeando ligeramente y entregándole la caja con el Patek Philippe—. Pero se la tienes que dar a él en persona porque lo que hay dentro tiene muchísimo valor. Acuérdate del nombre: Faysal al Mubarak, pregunta por él porque sé que está hospedado allí. ¿Podrías hacer esto por mí, por favor? —le suplicó otra vez enjugándose las lágrimas. El agua había tornado el gris de sus ojos en un tono azul verdoso claro muy brillante y, con la cara llena de mocos y haciendo pucheros, estaba más guapa que nunca.

—Claro que sí; haría lo que fuera por ti, pero primero déjame que te lleve a casa, en el estado en el que te encuentras no voy a dejarte ir sola en el metro… —le contestó solícito mientras paraba un taxi que bajaba por la avenida de Asturias.

Lola insistió en acercarse un momento a recoger la tarta que había encargado el día anterior y dejar primero a Javier en el hotel, porque le pillaba de camino a su casa, y como tenía algo de dinero previsto para hacerse un regalo a sí misma por su cumpleaños decidió gastárselo en el taxi (de todas formas no había nada que le hiciera especial ilusión comprarse). De este modo podría llegar a casa con el tiempo suficiente para lavarse la cara y desmaquillarse (tenía el rímel corrido de tanto llorar), darse una ducha e ir a buscar a sus hijos al colegio de una manera más presentable. Quizá si se frotaba mucho con la pastilla de jabón podría eliminar el olor a Faysal de su piel (que volvía a estar más presente que nunca) y olvidar que estaba en la misma ciudad, pisando el mismo asfalto y bajo el mismo cielo que ella en ese mismo instante.

Dejó que Javier cogiera su mano durante todo el trayecto, en el que él tuvo el detalle de no hablar, de no preguntar, de simplemente hacerle saber que estaba ahí, que era justo lo que ella necesitaba; y poco a poco se fue calmando. No tenía por qué volver a ver a Faysal, pensaba una y otra vez para autoconvencerse. Daba igual que él hubiera reaparecido si ella se mantenía fuerte en su determinación de mantenerlo alejado de su existencia, así que no había motivo para preocuparse, no tenía que pasar nada si ella no quería que pasara; él regresaría a Dubái y todo seguiría como hasta ahora…. «En cuanto llegue a casa llamo a Patricia, a ver si me puede dar una cita mañana cuando los niños se vayan con Alfredo. Espero que me haga un hueco aunque sea sábado. Me vendría tan bien tener una sesión para hablar de todo esto…» Y con la esperanza de ver a su psiquiatra al día siguiente su respiración fue poco a poco acompasándose.

Y fue entonces, exactamente cuando el taxi se detenía en el Paseo del Prado para que Javier se bajara, cuando tuvo esa premonición. Apenas fue una décima de segundo, un instante muy fugaz, pero Lola tuvo la certeza de que su instinto no la estaba traicionando y por vez primera pudo poner cara, y ojos, y hasta piernas, al fantasma cuya presencia había notado en sus espaldas intermitentemente los últimos tres años. Se trataba de un señor más bien regordete, bajo, prácticamente calvo y con bigote que estaba en el umbral de la elegante puerta del hotel Westin Palace, apoyado en la pared, como esperando a alguien… Nada más verlo ahí, fumándose un cigarro, supo que conocía a ese señor de algo, que su cara le resultaba familiar y que no estaba allí, ese día, y a esa hora, por pura casualidad.

Y si todavía le quedaba alguna duda, esta se disipó por completo cuando aquel hombre, de apariencia mediocre y con un traje azul aún más mediocre en contraste con la suntuosidad del flamante edificio, interceptó a Javier en el momento en el que iba a entrar en el hotel con la caja de caoba en la mano… Pero el taxi arrancó el motor cuando el semáforo de la plaza de Neptuno se puso en verde y ella, que se había quedado paralizada en su asiento, no supo reaccionar, no tuvo los reflejos necesarios para pedirle al conductor que frenara, y se quedó mirándolo a través de la ventanilla del coche mientras hablaba con Javier hasta que lo perdió de vista en su camino hacia Atocha, Embajadores y Paseo Imperial.

«¿Quién era el señor con el que estabas hablando en las escaleras del hotel? Por favor, llámame en cuanto puedas. Muchas gracias. Un beso», le escribió a su amigo por *whatsapp* antes de darle al taxista el dinero de su regalo de cumpleaños, saludar a Rashid, el simpático portero marroquí de su urbanización, y subir corriendo las escaleras (estaba demasiado nerviosa como para esperar al ascensor) a su piso, el segundo C, otra vez con un vuelco en el corazón.

Javier sabía que Lola había vivido algún tiempo en Dubái, ella misma se lo había comentado en alguna ocasión, si bien, por mucho que trató de averiguar algo más, nunca había querido entrar en detalles. También tenía claro, por las conversaciones que solía tener con ella tomando una caña a la salida del trabajo (aunque ella siempre se pedía una Coca-Cola), o cuando después de mucho pedírselo conseguía quedar con ella algún fin de semana para cenar y ver una película independiente en las salas de la calle Martín de los Heros (no era su favorito, pero sabía que a ella le encantaba ese tipo de cine en su opinión soporífero), que poco después de volver de Dubái se había divorciado de su marido, por lo que intuía que algo muy gordo tenía que haber pasado allí. Sin embargo, por la forma en que hablaba de su ex (o, más bien, por lo poco que hablaba de él), percibía que ya no albergaba ningún sentimiento romántico hacia Alfredo; tenía la impresión de que pasaba de él olímpicamente. Pero lo que no era normal era la tristeza de esa chica, el hecho de que apenas tuviera vida social, que nunca le hablara de ningún amigo suyo (solo se refería constantemente a sus hijos y de vez en cuando a su padre), que siendo tan atractiva y teniendo ese cuerpo de infarto no saliera con nadie... Había algo que a él evidentemente se le estaba escapando, pero era tan reservada que cada vez que intentaba indagar en su alma se cerraba como una concha y no había forma humana de sacarle ningún tipo de dato íntimo que explicara por qué estaba tan sola, y, sobre todo, y lo que a Javier le resultaba más extraño, por qué quería estar tan sola.

No obstante, hoy, el día de su cuarenta cumpleaños, todo había sido diferente, había descubierto una nueva Lola que bebía una cerveza detrás de otra, le llamaba cariño, le gritaba... y lloraba en sus brazos mientras se dejaba acariciar el pelo. Le gustaba infinitamente más esta nueva mujer mucho más apasionada, a pesar de que, cual Atlas condenado por Zeus, parecía seguir cargando con todo el peso del mundo sobre sus hombros. Por otro lado, no había podido soportar verla sufrir de esa manera tan profunda, tan intensa, eso le había dolido más que si le hubieran dado una paliza, lo cual le había desconcertado bastante, porque ni él mismo conocía esa faceta suya… Pero al menos hoy había podido llegar a una conclusión clara: detrás de ese cambio tan brutal y de un día para otro en la mujer de la que estaba enamorado tenía mucho que ver ese hombre, Faysal Al Mubarak (el nombre no podía sonarle más árabe), y esa caja de madera de la que todavía desconocía el contenido pero que no pensaba tardar en descubrir.

Y en eso iba pensando cuando, al subir las escalinatas del hotel Palace, un desconocido con una pinta muy rara lo abordó nada más verlo:

—Hola, buenas tardes —le dijo ofreciéndole su mano, que él no quiso estrechar—, perdone que le moleste, pero viene usted a entregar esto… —le preguntó señalando la caja— …al señor Faysal Al Mubarak, ¿verdad?

—Pues sí, efectivamente. Pero ¿quién es usted y por qué sabe a qué vengo? —le contestó muy sorprendido y algo molesto, porque el tipo en cuestión no le daba muy buena espina que digamos: había algo siniestro en esos ojos pequeños que no paraban de moverse hacia todos los lados hundidos en su cara roja e hinchada por la grasa.

—Lo sé porque yo soy empleado del señor Al Mubarak —le replicó confirmando las sospechas de Javier, que había pensado que el sujeto parecía más de Jaraíz de la Vera que de Dubái (las primeras impresiones sobre la gente casi nunca le fallaban, aunque también pudo haber influido su marcado acento extremeño)— y precisamente esta mañana me ha encargado envolver este objeto en papel de regalo y entregarlo junto a un ramo de flores en la empresa de la señorita Goizueta a su nombre —le contestó acrecentando enormemente sus ganas de saber quién era el árabe en cuestión que se hospedaba en un hotel de cinco estrellas, tenía asistentes personales y le regalaba flores a Lola— así que no se moleste, que ya le haré llegar yo la caja a mi jefe. Muchas gracias por tomarse la molestia de venir hasta aquí a devolverla y buenas tardes.

—Pues me temo que eso no va a ser posible. La señorita Goizueta me ha pedido que devuelva este regalo al señor Al Mubarak en persona, así que eso es lo que voy a hacer —contestó rotundo Javier—. Si me disculpa… —añadió dirigiéndose a la recepción del hotel.

—En ese caso, no se preocupe, que ya lo aviso yo —le espetó cortándole el paso—, ¿le importaría esperar un momento? —Y como no se trataba de una pregunta, sino de una orden tajante, Javier no tuvo más remedio que aguardar mientras ese personaje tan excéntrico, como sacado de una película española de los años cincuenta, se hacía a un lado para llamar desde su teléfono móvil sin poder ser escuchado.

Después volvió a acercarse a él y, de una manera mucho más amable que antes, le indicó:

—El señor Al Mubarak le ruega que lo espere en el bar mientras baja de su habitación. No le tomará más de cinco minutos, ¿me sigue, por favor?

Javier cruzó la magnífica cúpula de cristal del Palace por cuyas vidrieras de colores se filtraba la luz del sol en un espectáculo de una belleza impresionante. Y se sentó en la barra del bar, decorado al más puro estilo clásico inglés, frente a una botella de champán en una cubitera dorada que el camarero se apresuró a servir en una copa, tras una indicación que le hizo la burda imitación cacereña de José Luis López Vázquez. Javier, por supuesto, no le hizo ningún asco a la copa. Sonrió para sus adentros parafraseando *El arte de la guerra* de Sun Tzu en el pasaje que asegura que «el que llega primero al campo de batalla espera la llegada del enemigo fresco para combatir», si bien las burbujas de la segunda copa se le atragantaron un poco al recordar que el mismo estratega chino también había afirmado que «los buenos guerreros hacen que los adversarios vengan a ellos»…

Mientras tanto, Lola estaba de camino al colegio llamando a su psiquiatra y tratando infructuosamente de que le recibiera al día siguiente.

—De verdad que no puedo, Lola, si estuviera en Madrid no me importaría, pero salgo ahora mismo para Jávea y no vuelvo hasta el domingo, ¿por qué no llamas a la consulta y adelantas tu cita del miércoles para el lunes? —le decía Patricia con un tono que no podía disimular su fastidio ante la machacona insistencia de su paciente.

—¡Pero es que yo no puedo esperar hasta el lunes!, ¿no has escuchado lo que te he dicho? Faysal está en Madrid, quiere que cenemos juntos esta noche, me ha regalado su reloj y lo ha dejado en mi oficina, así que sabe dónde trabajo. Estoy segura de que la persona que pensaba que estaba siguiéndome es un detective privado contratado por él para espiarme... —le repetía ella.

—Lola, por favor, no hagas nada hasta el lunes, no veas a Faysal y, sobre todo, no llegues a conclusiones precipitadas. Aún no sabemos seguro que haya contratado un detective; trata de calmarte e intenta no estar sola este fin de semana; llama a tu padre o a tu amigo Javier para que te acompañe y no hagas nada de lo que luego puedas arrepentirte... Sé que puedes manejar esta situación, confío plenamente en ti, estás preparada para ello —trataba de calmarla sin mucho éxito.

Lola sabía que no había nada que hacer, por mucho que se arrastrara y suplicara, y a pesar de la fortuna que llevaba gastada su padre en tres años de consultas, Patricia se iría a la playa a tumbarse en una hamaca de algún hotel de lujo dejando que ella se volviera loca sabiendo que Faysal estaba en ese momento en su mismo país, en su misma ciudad y no muy lejos de su propia casa...

No obstante, y a pesar de lo angustiada y abatida que se sentía por toda la situación, que ya la estaba sobrepasando por mucho que Patricia dijera lo contrario, trató de poner la mejor de sus sonrisas cuando sus hijos le cantaron el *Cumpleaños feliz*.

—Pide un deseo, mamá, antes de soplar las velas tienes que pedir un deseo, pero no digas qué deseo pides, que si nos lo cuentas no se cumple —la animó Alejandro.

Y Lola en lugar de salud para sus hijos, erradicación del hambre en África, paz mundial o el Gordo de la Primitiva, lo que pidió fue que Faysal se fuera de España y de su vida, que se fuera para no volver, que la dejara tranquila con su tristeza y su soledad, que se muriera si era preciso para que ella pudiera seguir viviendo en paz.

Después de terminar de comer la tarta (Diego se la habría tomado entera si se lo llega a permitir y ella apenas pudo digerir un pequeño trozo), Alejandro preguntó que cuándo iba a venir su padre a recogerlos.

—Papá viene mañana, os ha dejado que hoy paséis la tarde conmigo para celebrar mi cumpleaños los tres. Podemos hacer palomitas

y ver una peli con la manta juntos y superabrazados en el sofá si queréis… —les propuso. Pero contra todo pronóstico ambos parecieron
algo desilusionados con su propuesta.

—Es que los abuelos han comprado un cachorro y lo íbamos a
conocer hoy. Papá nos iba a llevar este fin de semana a El Escorial
para verlo… —le explicó Diego—. Porfa, ¿nos dejas irnos con él? La
abu nos ha dicho que es un perrito monísimo y tenemos muchísimas
ganas de conocerlo…

«Muy típico de Alfredo», pensó ella, «primero se hace el bueno
dejándome pasar la tarde con ellos y luego les ofrece un caramelo
para que sean ellos los que me supliquen irse con él…». Así que, con
todo el dolor de su corazón, porque después de todo lo que había
pasado realmente necesitaba el calor, la seguridad y la placidez que
solo conseguía estando con sus hijos, llamó a su exmarido (que con su
cinismo habitual insistió en que por él no había ningún problema en
recogerlos al día siguiente) y acordó que pasaría a buscarlos a las
siete en punto.

En cuanto salieron por la puerta con sus mochilas contentísimos
con la perspectiva de un fin de semana entero por delante para jugar con el perro, Lola se lanzó a su teléfono móvil. Pero nada, Javier no
había contestado su *whatsapp* de hacía más de cuatro horas (algo extra-
ñísimo en él); de hecho, ni siquiera lo había leído, así que ya no pudo
más y lo llamó una, dos, tres, cuatro y hasta cinco veces, de manera
compulsiva, hasta que por fin consiguió que atendiera su llamada.

—¡Hola, estoy ahora mismo con Faysal. Qué grande es tu amigo
árabe, es un auténtico crack! —le dijo completamente borracho—,
me ha invitado a una comilona en Lucio por todo lo alto y ahora nos
estamos tomando unos *gin-tonics* en Chicote, ¿te apuntas? Venga,
vente, que lo estamos pasando de lujo. ¡Es un fuera de serie el tío, se
sabe más marcas de ginebra que yo de cerveza, que ya es decir…, y las
estamos probando todas. Estamos haciendo una cata y te necesitamos aquí con nosotros para que nos des el voto de desempate, ¡vente,
por favor!

—¡Vete a la mierda; idos los dos a la mierda! ¡Y dile a Faysal que
no pienso cenar con él esta noche y que ya está tardando en subirse
en un avión directo a Dubái…! —chilló furiosa antes de colgar.

Javier, que no se podía creer lo que acaba de escuchar, marcó inmediatamente el número de Lola, pero como ella había desconectado su móvil, le sugirió a Faysal que la siguiente fuera de Puerto de Indias, «¿o te crees que en España no sabemos hacer buenas ginebras?; mira qué color rosa tan chulo tiene. Venga, pruébala, y dime si tiene algo que envidiar a las inglesas».

A la mañana siguiente, con un dolor de cabeza descomunal, no supo por qué, pero volvió a acordarse del manual castrense chino, aunque en esta ocasión le vino a la cabeza un fragmento bien diferente: «Lo supremo en el arte de la guerra consiste en someter al enemigo sin darle batalla…» Después, como era muy aficionado a los temas bélicos y mitológicos, además de que todavía seguía un poco ebrio, llegó a la conclusión de que si Paris y Menelao se hubieran ido de copas, a lo mejor la Guerra de Troya no habría durado diez años. Se tomó un Espidifen y se volvió a la cama, que para eso era sábado y no tenía que ir a currar.

4

Un único grano no forma una tormenta de arena en el desierto. Esa era una de las enseñanzas que Lola había aprendido de su amarga experiencia, aunque no siempre lo fue, porque también hubo momentos sublimes, de dieciséis meses viviendo en Emiratos Árabes Unidos. Normalmente no es un solo acontecimiento el que desencadena una hecatombe, sino que son un cúmulo de ellos, algunos intencionados y otros fortuitos, que al coincidir en el mismo lugar, espacio y tiempo, contribuyen al desastre total. Si su por aquel entonces todavía marido no se hubiera traído a su amante española a vivir a Dubái, si no hubiera escondido los pasaportes de sus hijos para impedirles salir del país, si ella no hubiera conocido a Faysal aquella noche, si Faysal no hubiera sido el presidente de la empresa en la que trabajaba su marido, si no hubiera sabido nunca que Elvira era lesbiana y mantenía una relación sexual con Paola, ambas a espaldas de sus maridos, si Elvira no hubiera odiado a Lola por haberlas descubierto y no se hubiera vengado dando el chivatazo a Alfredo cuando se acostaba con Faysal en aquella jaima, si ella misma no hubiera estado deprimida, desesperada y prácticamente alcoholizada... Si todas esas circunstancias no hubieran concurrido juntas, quizá no habría sido condenada por adulterio, no habría tenido que sufrir la terrible experiencia de tener que pasar ocho meses en la cárcel en un país que no era el suyo a miles de kilómetros de sus hijos, y su vida, sin duda alguna, sería muy diferente en esos momentos.

En eso, y también en el refrán castellano de que «agua pasada no mueve molino», pensaba Lola después de colgarle el teléfono a Javier y encontrarse completamente sola en su casa el día de su cumpleaños sabiendo que Faysal estaba en Madrid, que en apenas cuatro horas se había metido en el bolsillo al que consideraba su fiel aliado y que la esperaba para cenar en la suite de su hotel. Lo que de verdad le pedía su cuerpo hacer, y le faltó el canto de un duro para hacerlo, era cruzar la calle y comprarse una botella de Brugal en el Opencor, un par de botellas de Coca-Cola, limones y una bolsa de hielo. No le llevaría más de quince minutos hacer la compra y servirse la primera copa, que la relajaría y contribuiría a atontar un poco su mente y evadirse de la situación tan extrema que estaba viviendo. Pero sabía por propia experiencia que no se conformaría con beberse solo una, que tras la primera querría otra, y después otra…, y entonces perdería el control de la situación y, o bien cogería un taxi para irse al Palace, o seguiría bebiendo hasta la inconsciencia. Así que, valorando todas las posibilidades que tenía, y rechazando de plano la de quedarse sola en casa, decidió ponerse sus *leggings* y sus zapatillas de deporte y salir a correr por el barrio. Albergaba la esperanza de que el ejercicio físico calmara sus nervios, pero, aunque no lo hiciera, al menos no acabaría tirándose en los brazos de Faysal o en su cama nadando en su propio vómito. No se merecía ninguna de las dos cosas (al menos el dineral que su padre se había gastado en la psiquiatra le estaba sirviendo de algo), y esta vez estaba dispuesta a poner todos los medios que estuvieran a su alcance para no volver a convertirse en un velero a la deriva a merced de las corrientes del viento.

Así que, después de ponerse los cascos y elegir una lista de canciones optimistas, para variar, se despidió de Rashid, el portero, con un alegre «¡me voy a hacer un poco de deporte, que nunca viene mal!», y eligió el recorrido más largo, pero que más le gustaba. Bajó primero hasta el Paseo Virgen del Puerto escuchando *The hole of the Moon*, de los Waterboys, para correr después durante media hora por la Ribera del Manzanares y hacer un pequeño descanso para admirar el precioso Puente de la Victoria. Siguió a buen paso hasta el Puente de Segovia, y, cual Clint Eastwood en la famosa película protagonizada junto a Meryl Streep, continuó su recorrido por algunos de los puentes más bonitos de la capital: el de Andorra, Toledo, Arganzuela y Matadero. En total, más de dos horas en las que Lola trató de despejar su mente y agotarse, porque había aprendido que cuanto más cansada se encontraba gracias al ejercicio físico mejor dormía por las noches, y acababa de proponerse firmemente erradicar de su mesilla de noche los lorazepam, Lexatin o Valium de los que llevaba dependiendo para poder conciliar el sueño los últimos tres años.

Cuando a eso de las nueve y media, ya de noche, llegó a la puerta de hierro de su urbanización con la lengua fuera y la ropa de Decathlon empapada en sudor, pero muy orgullosa de la decisión de haber salido a correr y con la mente bastante más tranquila, ocurrió el Big Bang, la Gran Explosión, el cataclismo final. Hay cosas que por mucho que hagamos para evitarlas no dependen de uno mismo, lo que tiene que pasar al final acaba pasando, se ponga uno como se ponga…

—¿Qué tal la carrera, Lola? —le saludó el portero tras pulsar el botón para abrirle la puerta.

—Pues la verdad es que fenomenal, Rashid —le contestó—, me he pegado una buena paliza pero me ha venido genial, muchas gracias.

—Por cierto, ¿hoy es tu cumpleaños? —le preguntó.

—Pues sí, hoy cumplo cuarenta, acabo de poner un pie en la tercera edad —bromeó Lola — pero ¿tú cómo te has enterado?

—¡Muchas felicidades!, pero de tercera edad nada, que estás más joven y guapa que nunca —le dijo el conserje, muy adulador, con un acento marroquí que cada vez se le iba notando menos—. Es que mientras estabas corriendo ha venido un señor y me ha entregado este regalo para ti, así que me he imaginado que hoy tenías algo que celebrar —le aclaró entregándole una elegante bolsa de color beis en la que se podía leer «LOEWE, MADRID 1846».

En ese momento a Lola le temblaron tanto las piernas que se tuvo que agarrar a las rejas de la puerta para no caerse…

—¿Te acuerdas de cómo era el señor que ha traído esto, me lo podrías describir? —le preguntó con la cara pálida, sintiendo que la sangre se le había congelado de repente y ya no circulaba por sus venas.

—Pues era un señor mayor, un poco gordo, más bajo que yo, calvo y con bigote negro, llevaba traje y corbata —le contestó—. ¿Es familia tuya? —insistió, para entablar conversación y porque los porteros suelen ser también bastante cotillas.

Pero Lola no le contestó; tan solo agarró la bolsa, le dio las gracias y volvió a subir corriendo las escaleras de su portal. Volvía a estar demasiado nerviosa como para esperar el ascensor.

En cuanto llegó a su piso, se bebió un vaso de agua fría de un trago, se sentó en el sofá y abrió la bolsa, que estaba atada con un gran lazo. En su interior había un precioso maletín marrón…, y de dentro de aquella piel tan suave Lola sacó un voluminoso cuaderno de anillas en cuya portada de cartón y en grandes letras Faysal había escrito Cartas desde Dubái (o más bien *Letters from Dubai,* porque estaba en inglés). Se trataba de un larguísimo diario a base de cartas fechadas y todas dirigidas a ella que Faysal había redactado a pluma con una cuidada caligrafía prácticamente a diario, desde que Lola ingresó en prisión y a lo largo de esos años. En un rápido vistazo pudo comprobar que la última misiva era de ese mismo día, felicitándola por su cuarenta cumpleaños, pero decidió empezar por el principio y seguir el orden cronológico de la correspondencia, que empezaba así:

Dubái, 15 de abril de 2015

Querida Lola:

Acabo de salir de la comisaría y me dicen mis contactos que tú sigues encerrada y que probablemente te van a condenar por adulterio. Me considero el único responsable de lo que ha pasado, estás en mi país y yo sí conozco la Ley. Mi deber era cuidarte y protegerte, y jamás debí haber permitido que corrieras ningún peligro. Lo siento, mi amor, lo siento con toda mi alma.

Te doy mi palabra de que aunque sea lo único que haga en esta vida te voy a sacar de la cárcel; utilizaré todas las relaciones de mi familia y mías, me pondré de rodillas, me arrastraré y suplicaré si es necesario, pero no voy a descansar hasta conseguirlo. Ojalá algún día puedas perdonarme, aunque yo nunca podré perdonarme a mí mismo. (…)

Lola sintió que las lágrimas volvían a arrasar sus ojos y siguió leyendo con avidez y sin parar de llorar una carta tras otra durante horas. Y supo cómo Faysal había puesto absolutamente todos los medios que estaban a su alcance para honrar las promesas que le había hecho, a costa de muchos sacrificios, eso sí...

El hecho de que un miembro de una de las familias más prominentes de Dubái hubiera sido pillado casi in fraganti por la policía teniendo relaciones sexuales con una mujer casada previa denuncia del marido (que para más inri era empleado de una de sus empresas), supuso un escándalo mayúsculo que fue corriendo de boca en boca como la pólvora, traspasando incluso las fronteras de los Emiratos. Pero es que, además, constituyó un fuerte varapalo a la reputación de su familia, algo fundamental en la complicada tela de araña de las relaciones económicas de esa sociedad tan cerrada y tradicional en la que el apellido, los negocios y la respetabilidad se mezclan y superponen en un frágil equilibrio susceptible de derrumbarse como un castillo de naipes por conductas que desde el punto de vista de la moral occidental no tienen la menor importancia. Valores como el honor, la discreción y el decoro lo son todo en la cultura árabe. Si una persona pierde la dignidad se arruina ante los ojos de su comunidad, y en la mayoría de los casos esa ruina es literal. De ahí que Faysal enseguida confirmara lo que sospechaba desde un principio: que él solo nunca iba a ser capaz de sacar a su querida Lola de la cárcel, que sin la ayuda de los miembros varones del clan Al Mubarak, fundamentalmente su padre y sus tíos, no había nada que hacer. El peso de la deshonra se había desplomado como una losa sobre su nombre, había caído en desgracia y a no ser que su familia lo perdonara e hiciera público su apoyo incondicional, Lola podría acabar pudriéndose entre rejas.

De ahí que Faysal, tal y como le explicaba detalladamente a través de las misivas que le iba escribiendo día tras día, tomara la decisión de suplicar a su padre que convocara un concilio familiar, al que acudieron todos los patriarcas, para expresar humildemente su arrepentimiento por lo que había hecho y ponerse a disposición de todos los parientes a la hora de hacerse cargo de los perjuicios económicos que su comportamiento había causado. Celebrado el cónclave y después de escuchar humildemente las «reprimendas» de todos (las más duras las de su propio padre), que aguantó estoicamente y con la cabeza baja porque no le quedaba más remedio, pasó a rogar clemencia para la española, súplica que para nada fue bien recibida…

Después de varios días de deliberaciones en los que Faysal lo pasó realmente mal, pues sabía que de la decisión que tomara su familia iba a depender la libertad de Lola, las muchas noches sin dormir por la incertidumbre terminaron con un veredicto que no esperaba en absoluto: la familia mostraría públicamente su apoyo a Faysal e intercedería ante el jeque para solicitar un indulto a la adúltera extranjera. Eso sí, con la condición de que Faysal contrayera inmediatamente matrimonio con una mujer «adecuada» que buscarían para él, por supuesto emiratí y de fama intachable, tarea que no iba a resultar fácil después del escándalo (aunque la inmensa fortuna de la familia Al Mubarak al final la facilitó bastante, todo sea dicho, y de una manera muy sorprendente que Lola aún desconocía). De este modo se daría por concluido el lamentable episodio con Lola, que se encontraría de vuelta en su país, y él podría empezar una nueva vida en la que debería atenerse al pie de la letra a los preceptos del Corán y la Ley Sagrada del Islam, la sharia.

Lola creyó morirse cuando leyó la carta en la que Faysal describía a grandes rasgos y por supuesto sin entrar en detalles (no quería ocultarle ningún tipo de información pero estaba claro que mostraba el tacto suficiente como para tratar de no herir sus sentimientos) su boda con Fadhila (que en árabe significa virtud), con los grandes fastos que requería la solemne ocasión… Pero el dolor acabó de atravesar lo que a esas alturas quedaba de su corazón, que ya estaba hecho un auténtico guiñapo, cuando, más adelante, y salpicando aquí y allá las cartas escritas en los meses posteriores, Faysal no podía, o no quería, evitar frases referidas a su esposa tales como «su belleza no es solo exterior, sobre todo reside en la pureza de su alma, sin atisbo de maldad» o «gracias a Alá mi familia ha elegido a una buena esposa, puedo confiarle todos mis problemas y preocupaciones, sabe del amor que siento por ti y todo lo comprende, todo lo acepta y es una fuente inagotable de cariño», o «Fadhila es como un bálsamo, me hace la vida tan fácil que si no fuera por ella no podría soportar el dolor de saberte en prisión imaginando todo lo que debes estar sufriendo, mi vida», por poner solo algunos ejemplos… Cada una de estas reflexiones se transformó en una vara azotándole con dureza la espalda hasta alcanzar su columna vertebral y romperla por la mitad.

Lola, que más de dos dedos de frente sí que tenía, había entendido a la perfección que el único motivo por el que Faysal había decidido casarse era para sacarla a ella de la cárcel; y aunque eso le dolía profundamente, porque sabía que con esa elección había terminado drástica y definitivamente una historia de amor que apenas había durado unas semanas y que ella había podido alejar con mucho esfuerzo de su cabeza pero no de su corazón, lo que no podía soportar (era más fuerte que ella) era constatar que Faysal quería a su mujer, que la quería de verdad… Una cosa era aceptar que se había visto obligado a concertar un matrimonio de conveniencia y otra muy diferente ser consciente de los sentimientos completamente sinceros que se habían desencadenado en él. Si por lo menos Fadhila hubiera sido fea, o mala, o simplemente Faysal no hubiera aprendido a quererla así, tan rápida y fácilmente…

Era ya noche cerrada en Madrid (la noche en la ciudad estaba despojada del brillo de las estrellas del desierto, que nunca podría olvidar) y Lola estaba acurrucada en el sofá de su cuarto de estar, todavía enfundada en su ropa sudada de deporte, leyendo con voracidad bajo la luz de su lámpara de pie. A medida que iba pasando las páginas se sentía cada vez más poca cosa, más intrascendente y hasta ridícula. No podía evitar compararse con la bella, bondadosa y paciente Fhadila y ser devorada por su propia inseguridad hasta desaparecer casi por completo.

Supo también que Faysal, al igual que ella, había tenido dos hijos varones, que ahora eran muy pequeñitos, a los que adoraba, y llevaba una vida en Dubái que podría considerarse plácida, si no feliz, a pesar de seguir enamorado de ella, algo que le repetía una y otra vez, casi a diario y de todas las formas y maneras posibles, a cual más romántica, porque además de ser una buenísima persona, un marido considerado y un excelente padre, Lola acababa de descubrir que también era un magnífico escritor.

Su abogado, el eminente catedrático de Derecho Civil de la Universidad de Sevilla Silverio Ramas Rombo, ya le había explicado que el influyente marido de Samira, su gran amiga emiratí, había resultado crucial a la hora de conseguir el indulto debido a sus relaciones de consanguinidad con la familia del jeque (eran primos), y así se lo explicaba también Faysal, que se refería a Alí como su «gran aliado» en el difícil proceso de lograr su libertad. Lo que gracias a la correspondencia que estaba leyendo ahora, más de tres años después de todo lo acontecido, entendió por fin Lola fue por qué cuando le escribió una larga y sentida carta de agradecimiento a Samira esta nunca le contestó. Alí se había comprometido a ayudar a Lola únicamente si no volvía a tener ningún contacto con ella, ya que consideraba a la española una vergüenza y una pésima influencia para la madre de sus hijos, perfecto ejemplo de lo que una esposa musulmana debe ser, por lo que exigió a Faysal que todas las gestiones se realizaran de la manera más discreta posible. Sin embargo, hubo otra razón de peso para que su querida Samira nunca llegara a contestar su carta, pero aún tendría que pasar mucho tiempo para que Lola se llegara a enterar de cuál era...

La que, con su mejor voluntad, estuvo a punto de dar al traste con todo el trabajo realizado por Faysal y Alí fue la amiga americana de Lola, que, muy alarmada e indignada por lo sucedido diseñó una agresiva campaña de comunicación para que el Gobierno español, el de la Comisión Europea y Amnistía Internacional exigieran su inmediata liberación —eso Lola ya lo sabía por Silverio y por los emails que le escribía la propia Alice—. Esta campaña la cortó por lo sano Faysal en cuanto tuvo conocimiento de ella a través de una llamada y una reunión en casa de Peter y Alice, en la que les explicó que él ya estaba luchando por la liberación de la española al más alto nivel y que resultaba imprescindible que el delicado asunto no trascendiera y no se montara ningún escándalo público o político, porque en un país donde se invierten tantos millones cada año en turismo, eso sería contraproducente y dificultaría enormemente el éxito de sus gestiones. Afortunadamente, Alice lo entendió a la perfección y abortó su iniciativa de inmediato, mantuvo contacto periódico con Faysal para saber cómo iban desarrollándose sus gestiones y no dejó de encender una vela por ella cada viernes en la iglesia cristiana a la que acudía semanalmente.

También tuvo conocimiento gracias al meticuloso y esclarecedor conjunto de cartas de Faysal de que en cuanto a principios del mes de diciembre, coincidiendo con las celebraciones del Día Nacional, el presidente de Emiratos Árabes dio a conocer la tradicional lista de centenares de presos a los que concedía el indulto, entre los que estaba el suyo, Faysal tomó un avión a Madrid para reunirse con ella, pero Lola había ingresado por voluntad propia en la clínica López Ibor para tratar de curar las heridas de su alma y no lo autorizaron a verla. Esta noticia, de la que se enteraba ahora, la dejó muy sorprendida, ya que nadie le había contado nunca que Faysal había intentado visitarla. Ni se lo dijeron sus médicos ni se lo comentó su padre, que era el que pagaba las abultadas facturas del «centro de reposo». Sus ojos se volvieron a humedecer en este punto y decidió hacer un parón en la lectura para tomar una ducha e intentar tranquilizarse con el agua helada sobre su cabeza. Eran ya más de las dos de la madrugada y apenas había comido nada en todo el día, los nervios le habían cercenado la boca del estómago…

El hecho de no poder verla volvió loco a Faysal por aquel entonces, tal y como le explicaba desesperado en sus cartas, que ella continuó leyendo en pijama y con el pelo mojado, si bien comprendió que debía respetar el consejo de los psiquiatras, los cuales le aseguraron que para su recuperación era completamente imprescindible que Lola se alejara mentalmente durante una larga temporada de todo lo que tuviera que ver con Dubái.

Como el padre de Lola, y eso ella tampoco lo sabía, se negó a reunirse o hablar con Faysal (lo llamó varias veces, pero este siempre le colgaba el teléfono exigiéndole que se alejara de su hija para siempre), tomó la decisión de contratar a un detective privado (el famoso plagio de López Vázquez, el fantasma que ella siempre sospechó que seguía sus pasos). NECESITABA (*I NEEDED*, escribió Faysal, así, en mayúsculas) saber de ella, asegurarse de que estaba bien, y esa fue la única forma que se le ocurrió…

Al filo de las cuatro de la madrugada Lola llegó a la última página de aquel voluminoso cuaderno de anillas y no pudo evitar recordar la letra de la canción de Nacho Vegas que el día anterior (parecía que habían pasado siglos y no llegaba ni a veinticuatro horas) había escuchado yendo en el metro a trabajar:

Y hoy va a ser
la noche más larga del año,
y la quiero vivir como si en realidad
no tuviera, no, que asistir a su final.

Se dio unos minutos para ir a la nevera y beber otro vaso de agua, respiró muy hondo y comenzó a leer la última carta, que estaba fechada el día de su cumpleaños (o sea, ayer mismo). Como si de un partido de tenis se tratara, esta vez la pelota iba a golpear en la red y volvería a Lola trayendo consigo su derrota; estaba a punto de perder su *match point*.

Madrid, 11 de mayo de 2018

Querida Lola,

Feliz cumpleaños, mi amor. Me hubiera encantado poder felicitarte personalmente y darte un abrazo hoy, pero no ha podido ser. Me has devuelto mi tiempo (un chico estupendo tu amigo Javier, por cierto), mis flores no adornan tu casa y la cena se ha quedado fría, así que supongo que ya solo me queda irme mañana a Dubái y tratar de sobrevivir al resto de los días que Alá tenga pensados para mí en este mundo sin poder admirar nunca más la sonrisa de tu boca, ese espectacular arcoíris en mitad de la lluvia.

Ojalá pudiera hacerlo, nada me gustaría más, te lo aseguro, pero llevo todos estos años intentándolo y no lo he conseguido. Por eso te suplico que, aunque me odies, me permitas verte una sola vez más, solo una, para que pueda mirarte a los ojos y pedirte perdón por todos esos meses que estuviste prisionera. Yo soy el único responsable de tu sufrimiento y aunque no me quede otro remedio que seguir soportando el profundo dolor de esta culpa, al menos tendré la oportunidad de expresarte mi arrepentimiento. No te pido que me perdones, porque sé que eso es imposible, pero, por favor, déjame decirte cuánto lo siento, tengo que hacerlo para poder seguir sobreviviendo a esta vida sin ti, que es mi merecido castigo por no haber sabido cuidarte y protegerte como era mi obligación.

Estaré hasta el domingo en el *Westin Palace*, pero volveré dentro de dos semanas y seguiré hospedado en el mismo hotel; volveré todos los fines de semana que tus hijos pasen con Alfredo, y lo haré el resto de los fines de semana alternos de mi vida hasta que un día te apiades de mí y escuches de mis propios labios esa palabra que tanto necesito decirte: Perdón.

Siempre tuyo,

Faysal

Lola, entonces, como un robot sin voluntad, automáticamente y sin pensarlo, cerró el cuaderno, se puso unos vaqueros, botas camperas, la primera camiseta que encontró en su armario y un viejo jersey de lana fina gris que siempre se ponía para estar en casa en invierno y poder así ahorrar algo de calefacción; cogió su bolso y salió de casa.

Aún era de noche y en la calle hacía frío, mucho frío. Pronto comenzarían a despuntar los primeros rayos de sol.

5

La bofetada de viento que recibió Lola nada más abrir la puerta le sentó de maravilla. Tantas horas leyendo y tal cúmulo de emociones y recuerdos le habían embotado la cabeza; necesitaba respirar aire fresco y tratar de procesar lo que estaba sintiendo para tratar de tomar una decisión lógica al respecto, si tenía que tomar alguna... Sin embargo, todo sucedió muy rápido, no tuvo tiempo de pensar nada. En cuanto abrió la puerta de hierro forjado de la urbanización se encontró con un flamante Mercedes azul marino aparcado justo enfrente y el grotesco López Vázquez de traje arrugado y apariencia grasienta sentado en el capó:

—¿Me permite que la acompañe al hotel Palace, señorita Goizueta? —le preguntó nada más verla tirando al suelo la colilla del Ducados que se estaba fumando hasta el filtro y abriéndole solícito la puerta del coche en un gesto caballeroso que no le pegaba nada.

Y Lola, como si no tuviera otra elección, como si se hubiera convertido en una marioneta cuyos hilos manejaba un dios menor, se sentó sumisa en el mullido asiento de atrás sin hacer preguntas, ni una sola, y en el trayecto al hotel simplemente se dedicó a contemplar a través de la ventanilla el cielo todavía oscuro sobre los edificios decadentes del viejo Madrid. Tenía la mente en blanco, la mirada ausente, y las manos y los pies congelados.

Durante los días, semanas, meses y hasta años posteriores (seguramente lo haría toda su vida) se preguntó una y mil veces por qué no rechazó la invitación del detective, qué fue lo que la impulsó a subirse a aquel lujoso automóvil en lugar de regresar a su casa y darse otra ducha de agua fría que le aclarara las ideas. Pero por muchas vueltas que le dio no supo encontrar una respuesta que la satisficiera completamente. ¿Fue el arrepentimiento sincero de Faysal y su necesidad de pedirle perdón personalmente? Lola tenía meridianamente claro y asumido que nada de lo que pasó en aquella cama con dosel podía achacarse a él. Fue ella la que le suplicó que se quedara a pasar con ella la que creía que iba a ser su última noche en Dubái, era de todo punto injusto que él siguiera martirizándose con un sentimiento de culpa que no le correspondía. ¿O acaso fue su determinación de venir a España todos los fines de semana que ella pasara sin sus hijos lo que tocó su fibra sensible...? Quizá fue la gratitud que sentía por él después de haber movido Roma con Santiago para lograr sacarla de la cárcel; o puede ser que influyera la lealtad hacia un hombre guapo, inteligente, rico y bueno que le seguía asegurando, tres años después, que seguía enamorado de ella a pesar de estar casado con otra mujer a la que consideraba un dechado de virtudes, o precisamente por eso, porque no tenía ninguna necesidad de volver a ella complicándose una vida perfecta... Pero no fue la generosidad o el agradecimiento los que guiaron sus pies al interior del cuero de ese automóvil, no, y al menos en eso no tenía ninguna intención de engañarse a sí misma buscando sentimientos elevados y loables para sentirse mejor.

Leyendo manuales de psiquiatría por Internet encontró una «explicación» al comportamiento que volvería a cambiar irreversiblemente su vida como el típico de personas que se encuentran en estado de *shock* y son incapaces de valorar las consecuencias de sus actos, tan solo responden obedientemente a las órdenes que se les dan. Sí, eso era lo que más o menos le había pasado a ella en aquel momento. Y no, no se aferró posteriormente a ese trastorno mental transitorio para eximirse o atenuar su «delito», pues solo pretendía tratar de entender lo que había sucedido, nunca justificarlo.

Cuando llegaron al hotel Palace, el rimbombante botones elegantemente uniformado de la cabeza a los pies abrió su puerta y la llamó por su nombre:

—Bienvenida al hotel Westin Palace, señorita Goizueta, un placer tenerla con nosotros. El señor Faysal Al Mubarak la está esperando. ¿Desea que la acompañe a su habitación o prefiere aguardarlo en La Rotonda?

—Muchas gracias, acompáñeme a su habitación, por favor —le contestó ella mecánicamente. El precioso carillón diseñado por Antonio Mingote del vecino edificio Plus Ultra estaba a punto de marcar las seis de la mañana y el cielo empezaba a clarear.

Apenas cinco segundos después de que el empleado golpeara la puerta con los nudillos, esta se abrió dejando paso al imponente Faysal.

Su pelo negro estaba ligeramente mojado y desprendía un agradable olor a cítricos. Lola se percató de que le habían salido algunas canas en las sienes, que lo hacían aún más atractivo. Vestía vaqueros de Calvin Klein, camisa azul claro con el inconfundible logotipo del vellocino de oro de los Brooks Brothers, en contraste con el bronce de su piel, y una tímida sonrisa se dibujaba en su rostro, que dejaba entrever una fila de dientes blanquísimos enmarcada por esos labios jugosísimos imposibles de olvidar. Lo primero que le dijo, después de más de tres años de auténtico infierno la dejó con la boca abierta:

—Buenos días, cariño, ¿tienes hambre?

Entonces Lola descargó todos los nervios acumulados con una sonora carcajada, y siguió riéndose varios minutos sin poder parar. Luego se echó a llorar y él la abrazó muy fuerte envolviéndola en su aroma de los limones maduros, ella lamió su cuello, introdujo los dedos en su pelo sedoso, le arrancó dos botones de la camisa, le mordió el pecho y le arañó los brazos musculados, se puso de puntillas para llegar a su boca y la besó como si no hubiera mañana mientras él le prometía con su lengua un placer infinito… Pero después Faysal la apartó suavemente, le cogió la mano y la condujo hasta una mesa redonda de la inmensa suite donde estaba servido un espléndido desayuno, al que no le faltaban ni las ostras. Apartó una de las dos sillas, la ayudó a sentarse y le espetó:

—No sabes cuánto te agradezco que hayas venido, mi amor. Tomarás té, ¿verdad? —Y antes de escuchar su respuesta ya le estaba sirviendo un Earl Grey bien cargado en una taza blanca de porcelana. A continuación untó una tostada con mantequilla, a la que añadió caviar con una cucharita y se la ofreció—: Por favor, cielo, come un poco, que debes de estar muerta de hambre —después llenó su vaso con zumo de naranja y se sirvió otro para él.

Mientras tanto Lola lo miraba alucinada sin saber qué cara poner... Pero lo cierto es que llevaba más de un día sin probar bocado,
así que, tras pensárselo solo un segundo, no pudo resistirse. Se comió
la tostada en dos mordiscos... Y a continuación, ya sin ningún tipo de
control, los huevos fritos con jamón, la docena de ostras, un esponjo-
so cruasán de mantequilla, una magdalena de plátano riquísima y un
par de tostadas más, una con confitura de mora y otra de frambuesa.
Faysal la miraba complacido devorar literalmente casi todo lo que
había en aquella mesa dedicándole una amplia sonrisa. Tenía la camisa abierta (el botón de arriba estaba partido y el siguiente había desaparecido), y en el labio inferior podía verse la marca sanguinolenta
del mordisco que Lola le había dado minutos antes. Él no probaba bocado, y no decía nada. Ella sintió que ya no podía más, que iba a
acabar rodando por la increíble alfombra persa de la habitación. Y
fue entonces y solo entonces cuando él pronunció aquellas dos palabras que deseaba tanto decirle:

—¿Podrás perdonarme?

Lola se levantó de su silla, se sentó en las rodillas de Faysal, le
sujetó la cara con las dos manos, lo miró a los ojos y le contestó:

—No tengo nada que perdonarte, mi vida, tú solo hiciste lo que
yo te pedí. Estaba desesperada porque Alfredo había escondido los
pasaportes de Diego y Alejandro para que no pudiera sacarlos del
país y gracias a ti pude recuperarlos, te rogué que te quedaras a pasar
mi última noche en Dubái y eso también lo hiciste por mí. —A Faysal
se le llenaron los ojos de lágrimas, y ella le dio un dulce beso en la
mejilla—. Nada de lo que pasó después fue culpa tuya, nada. Y muchas gracias por haber hecho todo lo que hiciste para lograr mi indulto, sin ti probablemente aún estaría en la cárcel, y te juro que no
habría podido soportarlo. Nunca te podré agradecer lo suficiente lo
que has hecho. Te quiero, y aunque sé que ya nunca podremos volver
a estar juntos siempre estarás en mi corazón, hasta mi último aliento
e incluso después —añadió—, porque cuando me muera y mi cuerpo
se convierta en ceniza seré polvo enamorado, de ti, cariño —le aseguró parafraseando a Quevedo mientras las lágrimas seguían rodando
suavemente por su piel morena, que tenía nuevas arrugas—. Entonces él la abrazó, le acarició el pelo, y le dio un beso largo, suave y

profundo con el que intentó curar las heridas de su alma; y la verdad es que casi lo consiguió… Lola le sonrió con ternura y no pudo evitar dejar escapar un bostezo; el pantagruélico desayuno y las veinticuatro horas más intensas de su vida sin pegar ojo la habían dejado completamente exhausta, así que Faysal la levantó en volandas y la llevó a la cama, le quitó las botas, la arropó y se acostó junto a ella.

—Duerme, cielo, descansa, ya todo lo malo ha pasado. Deja que a partir de hoy sea yo el que vele tus sueños —le susurró acariciándole el pelo.

Y Lola se quedó dormida prácticamente al instante abrazada por el calor de su cuerpo protector y de su fragancia de los limoneros que los árabes plantaron en España y Colón en América; y esta vez lo hizo sin pastillas, sin pesadillas, sin miedo y sin pena. Durmió el sueño de los justos mientras a lo lejos sonaba *Para Elisa* de Beethoven solo para ella en un gran piano de cola, y su alma descansaba por fin entre algodones de azúcar.

Más de diez horas después se despertó con los besos de Faysal, que la miraba sonriendo.

—¿Cómo está la Bella Durmiente?, vamos, mi amor, tienes que despertarte ya. En un par de horas llegarán a tu casa los niños y tengo algo muy importante que decirte antes, bebe un poco de agua —le dijo sin dejar de acariciarla con toda la dulzura de la que un ser humano es capaz ofreciéndole un gran vaso de agua con hielo—. ¿Te apetece darte una ducha?

Lola, aún medio dormida y atontada se bebió el vaso de un trago, chupó con muchas ganas la rodaja de limón que se encontró en el fondo y comenzó a recordar poco a poco por qué estaba en aquella maravillosa suite de hotel. Admiró a Faysal sin poder creerse que pudiera existir alguien con las facciones tan rotundamente varoniles y bonitas y consultó su reloj.

—¡Dios mío, son ya las seis! Pero ¿son las seis de la tarde o de la mañana? —preguntó alarmada.

—De la tarde, cariño, tranquila no te preocupes. Te he despertado para que tuvieras tiempo de sobra para ir a casa a recibir a tus hijos; Roberto te llevará luego en el Mercedes.

—¿Roberto? ¿Quién es Roberto?

—Roberto es el investigador privado que contraté hace tres años para poder saber de ti, el que te ha traído aquí esta madrugada —le explicó.

—¡No quiero volver a ver a ese tío jamás, despídelo, despídelo ya, ahora mismo, no voy a permitir que nadie me vuelva a espiar! —chilló indignada recordando lo mal que lo había pasado en los últimos tres años intuyendo que un fantasma la seguía por todo Madrid, pese a que su psiquiatra le aseguraba una y otra vez que eran solo imaginaciones suyas.

—De acuerdo, Lola, lo que tú quieras, te prometo que voy a prescindir de sus servicios antes de que acabe el día y que no volverás a verlo nunca más —la tranquilizó—. Yo te llevaré a tu casa dentro de un rato, pero, por favor, ahora siéntate y préstame atención. Tenemos que hablar. ¿Quieres darte una ducha primero? —le volvió a preguntar, a lo que Lola negó con la cabeza. Entonces él la llevó de la mano al sofá de la sala de estar, la sentó, se puso de rodillas frente a ella e hizo lo que jamás habría podido imaginarse que podría hacer.

—Lola Goizueta, a partir de ahora vamos a hacer las cosas a mi manera, para que esta vez sí salgan bien —le dijo mostrándole un precioso solitario de platino coronado por un enorme diamante de una pureza casi perfecta que despedía destellos dorados cuando los rayos de sol atravesaban la ventana—. Eres el amor de mi vida y con el permiso y la aprobación de Fhadila, mi esposa, a la que quiero y respeto, he venido a Madrid a pedirte que te cases conmigo —hizo una pausa sin levantarse del suelo para ver cómo reaccionaba ella, pero como Lola lo miraba con cara de póquer sin dar crédito a lo que estaba escuchando y sin poder articular palabra, continuó de rodillas.

—Ya sé que en tu cultura esto no es posible, pero en la mía sí, la ley en mi país permite que tenga dos mujeres al mismo tiempo y no sería la primera vez que un musulmán está casado con más de una. Te ofrezco todo lo que soy y todo lo que tengo, mi presente y mi futuro, te doy mi palabra de que te regalaré una vida de ensueño para ti, y para Alejandro y Diego si me aceptas. Alfredo podrá venir a ver a sus hijos a Dubái siempre que quiera y tú también podrás viajar a España con ellos cuando lo decidas; recibirán la mejor educación en el colegio que tú elijas y tendrán dos hermanos más, mis propios hijos, a los que querré exactamente igual que a los tuyos, formaremos todos una familia unida y feliz. Y no tendremos que volver a correr más riesgos innecesarios, ni a escondernos ni a hacer nada inmoral o ilegal nunca más; os cuidaré y protegeré siempre y a los ojos de todos serás mi esposa y serás respetada como tal.

Pero Lola ya no quiso escuchar más. Escupió la raja de limón, se puso las botas, cogió su bolso y antes de salir dando un portazo le dio a Faysal un sonoro bofetón, con tanta furia que le dejó los cinco dedos marcados en su cara de portada de revista.

6

La primavera duró lo que tarda en llegar el verano (a Lola siempre le había encantado Joaquín Sabina) y los días fueron dejando paso a las semanas, y todas eran iguales, igual de rectas y siesas, como un aburrido cuaderno de caligrafía de Rubio.

A finales de junio los niños se fueron muy emocionados a Marbella con sus abuelos. Y Alfredo, el día que pasó a recogerlos, le dio la noticia de que estaba pensando en casarse con su nueva novia, lo cual a Lola le dio exactamente igual mientras su posible futura mujer, a la que no conocía, tratara bien a sus hijos. Afortunadamente su exmarido, que buen padre sí era (no podía ser todo malo), había planeado unas vacaciones con ella y Diego y Alejandro la segunda quincena de julio en no sé qué playa de México para comprobar cómo se desarrollaba la convivencia entre ellos, idea que a ella le pareció estupenda y para lo cual dio su aprobación por escrito (así lo estipulaba el Convenio Regulador de su divorcio si uno de los progenitores tenía intención de sacar a los menores de edad de España). Lola se despidió de ellos con muchísima pena, ya que un mes entero sin verlos se le hacía demasiado cuesta arriba y los días eran demasiado largos en verano, pero era la vida. Ellos tenían que disfrutar porque se lo habían ganado (habían sacado los dos muy buenas notas) y ella tenía que trabajar hasta el uno de agosto, así que como eran lentejas…

En la oficina las cosas tampoco iban bien, por un lado la amistad con Javier se había enfriado desde el episodio de las copas con Faysal, y por otro habían empezado a circular rumores de un posible recorte de personal. Lola sentía que esta vez su exiguo sueldo peligraba de veras, de modo que decidió cancelar la reserva que había hecho en una casa rural del bonito pueblo de Candelario, en Salamanca, para pasar allí un par de semanas en agosto con los niños. Apenas tenía ahorros en el banco y si podía acabar perdiendo su puesto de trabajo de mileurista lo mejor era empezar cuanto antes con la economía de guerra. Sabía que, económicamente, siempre podría contar con su padre, pero desde que él se había enterado de que había dejado de ir al psiquiatra (Patricia la dejó en la estacada cuando más la necesitaba y sencillamente había dejado de confiar en ella), no quería volver a pedirle dinero a no ser que fuera completamente imprescindible. La decisión de no seguir bajo tratamiento médico su progenitor no la había recibido nada bien y su relación tampoco pasaba por un buen momento.

De este modo, entre una cosa y otra, Lola se encontró en pleno mes de julio más sola que nunca, con la casa sin barrer (había despedido a Marisol hasta septiembre) y sin aire acondicionado (tenía que ahorrar de donde fuera). Sin embargo, y contra todo pronóstico, la verdad es que estaba más contenta que nunca… La felicidad también empieza por F, igual que la fantasía.

Dicen que el cerebro humano funciona igual que la memoria de un ordenador, que tiene una determinada capacidad para almacenar información y cuando se agota hay que borrar algo para poder hacer sitio a lo nuevo. Probablemente no sea exactamente así, pero lo cierto es que los «gigas» de Lola se habían llenado de recuerdos y emociones negativas en los últimos años y ahora necesitaba espacio para sensaciones positivas, así que para ello no tuvo más remedio que ir arrinconando la tristeza hasta casi hacerla desparecer. Tenía una nueva ilusión en su cabeza y quería exprimirla, sacarle el máximo partido por muy irreal que esta fuera. Tiró a la basura los últimos somníferos e hipnóticos que le quedaban y los sustituyó por dos horas de natación en el polideportivo municipal que había al lado de su casa; necesitaba el deporte para hacer algo más cortos sus días en soledad y la mente libre de química para poder alargar sus noches de utopías y quimeras. Incluso había logrado modificar completamente su relación con el alcohol, que antaño fue muy adictiva y después se vistió de miedo, repulsa y precaución. Ahora se tomaba cada tarde después de nadar una caña bien fría, a veces dos, en el bar de moteros del Paseo Imperial, el Dakota, y después se iba a su casa fumándose un cigarro (aunque también había reducido considerablemente el nivel de nicotina) completamente satisfecha, sin quedarse con ganas de ninguna más. Esa era su rutina esos días, siempre igual y nada excitante aparentemente… Pero solo aparentemente, porque Lola, como Alicia en el maravilloso (nunca mejor dicho) cuento de Lewis Carroll, también se había caído dentro del espejo.

Como una semilla de lavanda caída por casualidad en la cuneta de la carretera, la propuesta de matrimonio de Faysal había germinado y, sin necesidad de mantenimiento o fertilización, porque no había vuelto a saber nada más de él, sus tallos habían crecido rápidamente elevándose por encima del follaje de las dificultades. No tenía ninguna duda de que jamás aceptaría convertirse en la segunda esposa de nadie, por muy Faysal que se llamara, pero disfrutaba releyendo una y otra vez la tarjeta con su número de teléfono que él le había guardado en el bolso cuando dormía en el hotel Palace y que únicamente decía «PIÉNSALO», con un «POR FAVOR» detrás, por supuesto, porque siempre había sido un auténtico caballero de exquisitas maneras y esmerada educación inglesa. Le hacía mucha gracia saber que Faysal había anticipado su respuesta mucho antes de haberle hecho la pregunta (si no hubiera sido así habría escrito «GRACIAS» o «TE VOY A HACER MUY FELIZ» en la tarjeta que escribió antes de proponerle matrimonio), y al mismo tiempo le daba mucha rabia su prepotencia, pues si sabía que lo iba a rechazar de plano, ¿por qué le había escrito «PIÉNSALO». ¿De verdad creía que tenía tanto poder sobre ella como para no dar por sentado que Lola tiraría esa tarjeta a la basura inmediatamente y se olvidaría de él para siempre? Pues sí, lo cierto es que sí tenía ese poder, y su arrogancia en este caso estaba más que justificada…

Pasaba los ratos muertos en la oficina mirando por Internet imágenes de los barquitos de madera del Creek con el ajetreo de los comerciantes del Mercado de las Especias preparando cada mañana sus escaparates en las calles angostas de la Ciudad Vieja de Dubái; el majestuoso Burj Khalifa desafiando al cielo con sus veintiseis mil paneles de vidrio rechazando los intensos rayos de sol al mediodía, el sobrecogedor atardecer naranja en el desierto y el efervescente *skyline* de Dubái por la noche, con sus luces y Ferraris de colores.

También escribía una y otra vez en Google el apellido Al Mubarak, que solía aparecer junto a premios a la excelencia y en el *top ten* de las familias más ricas e influyentes de Emiratos, con un imperio empresarial que incluía intereses en el sector de la construcción, el turismo, la seguridad o el comercio internacional... En una palabra: impresionante. Pero sobre todo pensaba en Faysal. Por mucho que lo intentó no consiguió ver ninguna foto en Internet, pero su imagen, con sus canas en las sienes y sus nuevas arrugas alrededor de los ojos se mantenía fresca en su memoria como una deliciosa limonada en pleno verano. Evidentemente no había superado, ni superaría nunca, todos sus meses de cautiverio, pero la visita del amor de su vida (porque lo era, y eso ya no podía seguir negándoselo a sí misma) había desempolvado la oscuridad y la mugre de aquellos terroríficos recuerdos (que ni eran oscuros ni mugrientos, porque como en Dubái todo es nuevo, la cárcel también era modernísima) y ahora el destello de aquella ciudad que parecía de cartón piedra, pero no lo era, la había vuelto a cegar. Sin embargo, en su intenso mundo onírico a veces se mezclaba el sonido de sus zapatos de tacón saliendo de un Lamborgini de la mano de Faysal con el espeluznante y por desgracia inolvidable ruido del metal cerrando su celda.

Nunca volvería a Dubái y jamás se casaría con Faysal, pero el hecho de saber que él la quería, que seguía enamorado de ella hasta el punto de pedirla en matrimonio (porque sabía que su proposición había ido absolutamente en serio) era la vaselina que poco a poco iba cicatrizando las heridas de sus entrañas, aunque tenía asumido que siempre estarían ahí. Imaginarse junto a él, saberse querida a pesar de los miles de kilómetros de distancia y la imposibilidad de un futuro en común le hacían mucho bien a Lola, y llevaba tanto tiempo atormentándose con la culpa que ahora no tenía ninguna intención de renunciar a ese dulce momento. De todas formas, por mucho que lo hubiera intentado, nunca lo habría conseguido.

Y así, entre fantasías y sueños irrealizables fueron pasando los días y Lola cada vez se encontraba mejor, más fuerte, más optimista y más segura de sí misma. Por fin se había cerrado el círculo de esa parte de su vida. Por un lado, la lectura de las cartas de Faysal le había arrojado luz a tantos años sumida en la duda y la ignorancia y, por otro, saber que la quería tanto le había dado mucha paz. Por lo menos con él no se había equivocado, su historia de amor no había sido un espejismo en el desierto. Es verdad que no era fácil estar enamorada de un hombre con el que no podría compartir su existencia, pero al mismo tiempo el hecho de saber que estaba casado constituía un punto de partida para ella. Al menos así podría tratar de empezar una nueva vida sola (o eso es lo que pensaba en aquel momento) con aquel precioso recuerdo que siempre guardaría en su corazón y al que se aferraría cuando el viento le soplara de cara. Solo por Faysal habría merecido la pena haber vivido, pensaría cuando se convirtiera en una anciana, y daría gracias a Dios por haberle permitido conocer el verdadero amor. Lola, finalmente, se sentía preparada para enterrar los fantasmas del pasado, aunque la vida no hubiera dicho aún su última palabra…

Después de setenta días de vivir en una nube tras la visita de Faysal, sonó su teléfono móvil. Eran las nueve de la mañana del sábado 20 de julio de 2018 y Lola estaba en la cocina en pijama recién despertada calentándose el agua para hacerse su té.

—Sí, ¿dígame?

—¡Hola, buenos días! ¿Eres Lola, Lola Goizueta? —preguntó en inglés una voz femenina con un marcado acento árabe.

—Sí, sí, soy yo —contestó Lola sentándose en la silla de plástico de Ikea por la impresión—. ¿Con quién hablo, por favor?

—¡Hola, Lola!, un placer saludarte, no sabes cuánto he oído hablar de ti. Es un honor y un privilegio poder hablar contigo, soy la hermana de Samira, tu amiga emiratí. ¿Te acuerdas de Samira?

—¡Dios mío! ¿Eres la hermana de Samira? No me lo puedo creer, no sabes la ilusión que me ha hecho volver a escuchar su nombre, cuéntame, por favor, ¿cómo está? —le preguntó emocionada.

—Muy bien, Lola, mi hermana está en Dubái y todo le va fenomenal, siempre se acuerda de ti —le contestó con una voz muy suave y agradable—, la que está de paso en Madrid soy yo, y había pensado que quizá, si tienes un rato libre, nos podríamos ver y así entregarte una carta que Samira ha escrito para ti contestando una tuya de hace varios años —le explicó, y a Lola le dio un vuelco el corazón—. Imagino que entre tu trabajo y tus hijos estarás muy ocupada y yo no he tenido la delicadeza de avisarte con el tiempo suficiente para que te puedas organizar, discúlpame, por favor, pero ha sido un viaje muy repentino y mañana a primera hora tengo que irme a Estados Unidos, ¿serías tan amable de hacerme un hueco hoy para vernos un rato? Me han hablado maravillas del parque de El Retiro y había pensado que podríamos quedar allí para dar un paseo y conocernos, o en cualquier otro sitio, donde tú me digas y a la hora que tú quieras… ¿Te viene bien o ya tenías otros planes y todo esto supone una molestia para ti?

—¿Molestia? ¡Pero si me acabas de hacer feliz! —le contestó Lola con la voz entrecortada por la emoción—, ¿podrías estar dentro de una hora en el Palacio de Cristal de El Retiro, justo en la puerta principal, donde están las columnas?

—¡Sí, claro que sí! Me hospedo en el Petit Palace Savoy de la calle Alfonso XII, así que no tardo nada en llegar. Muchísimas gracias en nombre de mi hermana y en mi propio nombre, Lola, eres una auténtica leyenda en mi familia y llevo tanto tiempo queriendo conocerte… Allí nos vemos a las diez en punto; me reconocerás nada más verme, porque Samira y yo nos parecemos muchísimo —le contestó realmente complacida.

—¡Perfecto! Llevaré pan duro para los patos del estanque —le dijo antes de colgar, porque estaba muy nerviosa y cuando estaba nerviosa nunca podía evitar decir gilipolleces que no venían a cuento.

Se dio una ducha rápida, eligió un vaporoso vestido blanco de tirantes que le favorecía mucho y se maquilló cuidadosamente pero a toda velocidad (recordaba que Samira iba siempre impecable y no quería darle una mala impresión a su hermana). Solo veinte minutos después ya estaba en la parada del autobús esperando impaciente mientras en sus oídos sonaba el *Himno a la alegría*, el mundo le parecía el sitio más hermoso y la vida una increíble aventura finalmente digna de ser vivida.

La reconoció desde lejos en la escalinata de mármol porque, efectivamente, el parecido con su hermana era asombroso, si bien se le notaba que era algunos años más joven. Iba vestida al modo occidental (sin la *abaya*) con un sencillo vestido verde largo de flores, bailarinas del mismo color y un bolso grande tipo bandolera muy bonito de color beis. Tenía el mismo pelo largo, negro y brillante, la misma nariz perfecta (a lo mejor compartían cirujano plástico), la misma boca de labios grandes… Tan solo era un poquito más baja y delgada que Samira y no tendría más de treinta años; parecía una auténtica muñequita. Ella también la reconoció nada más verla.

—¿Lola? —le preguntó, y cuando Lola asintió a ella se le saltaron las lágrimas en sus preciosos ojos negros de pestañas infinitas y cejas perfectamente depiladas, y le dio un larguísimo abrazo mientras no cesaba de repetirle ¡Gracias, gracias, muchas gracias por venir!

Y entonces Lola ya casi no tuvo necesidad de escucharle soltar la bomba que soltaría a continuación, porque con ese abrazo tan cálido y esas lágrimas inundando su mirada lo acababa de entender todo:

—Querida Lola, soy Fhadila, la hermana de Samira y también la mujer de Faysal.

Y al ver que Lola se había quedado pálida y muda, Fhadila inmediatamente supo cómo romper el hielo.

—Pues sí que parecen hambrientos estos patos…, yo también he traído comida para ellos, la he «robado» del bufé del desayuno… —Y le mostró un par de panecillos envueltos en sendas servilletas con el logotipo del hotel que sacó de su bandolera de Gucci.

7

Eran ya las seis de la mañana y el impresionante Airbus 380, el más grande del mundo, despegaría en una hora y media, así que Lola se resignó a lo que más temía: su padre no iba a ir a despedirlos al aeropuerto…

—Decidle adiós a papá, muñequitos, que nos tenemos que ir ya —les dijo a Alejandro y a Diego antes de cruzar el acceso VIP de la nueva terminal del aeropuerto de Barajas a la que Alfredo los acompañó cargando un carro lleno de voluminosas maletas Louis Vuitton, todas ellas regalo de Faysal, uno de los muchos y valiosísimos obsequios que Lola fue recibiendo casi cada día desde el momento en que había recuperado su tarjeta con el «PIÉNSALO, POR FAVOR», a esas alturas ya muy deteriorada y sobada por la indecisión, marcando finalmente el número que figuraba en ella para aceptar su propuesta de matrimonio.

—Hasta el mes que viene, que papá irá a buscaros para traeros a Madrid —los tranquilizó él—. En Navidad también vendréis a España a ver a los abuelitos y os voy a llevar unos días a esquiar con Jessica (la del nombre de culebrón venezolano era su nueva novia, con la que tras las vacaciones en Playa del Carmen con sus hijos había tomado finalmente la decisión de casarse en primavera). Os llamaré todos los días, pasadlo muy bien, haced muchos amigos en el colegio nuevo, os voy a echar muchísimo de menos, os quiero —y los tres se abrazaron; Alejandro dejó caer alguna lágrima, y a Lola se le encogió el corazón y volvió a tener dudas acerca de si estaba haciendo o no lo correcto, si tenía derecho como madre a arrastrar a su hijos a una aventura de final tan incierto, porque ni siquiera tenía claro que fuera a salir bien… Volvió a buscar con la mirada a su padre, pero este había cumplido su amenaza de renegar de su hija para siempre, así que, resignada, le dio a la azafata de tierra sus pasaportes y tarjetas de primera clase y cruzaron los tres el control de metales para luego montarse en el trenecito del aeropuerto y llegar a la puerta de embarque en el último minuto.

A los niños se les pasó el disgusto de tener que despedirse de su padre hasta después de un mes (pasarían la semana de vacaciones escolares en Madrid con Alfredo y sus tres abuelos, porque el padre de Lola no quería renunciar a seguir viendo a sus nietos) en cuanto ella les mostró las suites en las que viajarían las próximas siete horas, con una pantalla de televisión enorme y todo tipo de películas y juegos para ellos en el sistema de entretenimiento de a bordo; el bar redondo, donde podrían pedir todos los zumos y refrescos que quisieran, y los baños, donde les prometió que se darían una ducha los tres juntos cuando el avión estuviera volando sobre las nubes. Los ayudó a elegir una película, les puso el cinturón y después de llenar de babas sus preciosas caritas con un montón de besos y decirles «vais a ver lo felices que vamos a ser los tres juntos en Dubái, os lo prometo», se sentó en su lujoso asiento y miró por la ventanilla mientras el avión se deslizaba por la pista y finalmente despegaba del aeropuerto Adolfo Suárez dejando atrás una vida rota, un padre profundamente decepcionado al que seguramente nunca volvería a ver, un trabajo en el que de todas formas no habría aguantado mucho tiempo, y poco más, porque ya ni siquiera tenía amigos en Madrid… «La suerte está echada», pensó dando un largo suspiro… En cuanto la aeronave alcanzó su velocidad de crucero aceptó una copa de Pesquera que la guapa azafata serbia le ofreció amablemente, a pesar de que solo eran las ocho de la mañana, y declinó comer nada, porque estaba demasiado angustiada como para atacar el caviar y las demás delicias incluidas en su desayuno. La copita de vino se deslizó con calidez por su garganta y se le subió un poco a la cabeza, pero le sentó muy bien atontar un poco su mente y dejar de darle vueltas a lo que en cualquier caso ya no tenía remedio.

No es lo mismo tener problemas que tener problemas y ser pobre, y todavía es peor tener problemas, ser pobre y no tener amigos que te echen una mano cuando más lo necesitas. En el caso de Faysal, ni era pobre ni le faltaban amigos poderosos, así que logró resolver todos los inconvenientes burocráticos que suponía casarse con una extrajera que había cometido un delito y cumplido condena por ello de una manera limpia y rápida, más rápida de lo que a Lola le habría gustado. No hay nada más fácil que lanzar un montón de billetes para allanar el camino cuando te encuentras una piedra, y eso es lo que su futuro esposo había hecho. Más o menos lo mismo, aunque le costó bastante menos, es el procedimiento que utilizó con Alfredo, pues logró vencer sus reticencias iniciales con la promesa de billetes de avión ilimitados en primera clase y una «compensación económica» para estrechar la distancia a la que sus hijos iban a vivir a partir de entonces, compensación que, para vergüenza de Lola, él se apresuró a aceptar.

Faysal estaba muy impaciente por contraer matrimonio con el amor de su vida y también tenía muchas dudas acerca de que ella pudiera reconsiderar su decisión. Así que tan solo algo más de dos meses después de que Fhadila se encontrara con Lola en El Retiro, ya lo tenía todo dispuesto para que al día siguiente de que Lola y sus hijos aterrizaran en la terminal 3 del Aeropuerto Internacional de Dubái pudieran casarse en la Corte de la manera más discreta posible, a petición de la que se convertiría en su segunda mujer. Como era de prever, su familia había puesto el grito en el cielo, pero Fhadila había intercedido por Faysal ante el clan Al Mubarak al completo, empezando por su propia suegra (con la que mantenía una relación excelente), y como se trataba de una situación tan extrema, al final logró su bendición, aunque únicamente porque era ella la que se lo había suplicado. Se trataba de una unión que en cualquier caso sería papel mojado para Lola, ya que en España es absolutamente ilegal casarse con alguien que ya está casado, máxime cuando se tiene conocimiento de esa circunstancia. Así se lo había explicado su amigo el abogado Silverio, que había tenido un veranito muy ocupado hablando con Faysal y sus abogados a petición del propio padre de Lola, conversaciones de las que ella desconocía el contenido porque no le interesaban en absoluto los acuerdos a los que pudieran llegar. La firma de ese documento de matrimonio era una simple ceremonia de trámite por la que tendría que pasar, porque así se lo habían pedido

Faysal y Fhadila, pero no tenía ninguna validez. «No eres más que una puta, cara, carísima, pero puta al fin y al cabo», fue la última frase que Lola oyó pronunciar a su padre, y lo cierto es que desde el punto de vista del Código Civil español no le faltaba un ápice de razón.

Tras comprobar que los niños se habían comido todo su desayuno, les propuso visitar el bar, pero Alejandro se estaba quedando prácticamente dormido por el madrugón, así que reclinó su asiento, le puso el suave edredón por encima y lo dejó descansar, y Diego tampoco aceptó la oferta porque «la peli está que arde, mamá». Lola decidió estirar las piernas, atravesó toda la primera clase, que estaba prácticamente vacía, después *business*, en la que la mayoría de los pasajeros se habían quedado también dormidos, y llegó a la barra redonda del piso superior del avión, donde pidió una segunda copa de vino al auxiliar de piel oscura que llevaba un pin con la bandera de Sudáfrica en la solapa granate de rayas de su chaleco. No pudo evitar sonreír al matrimonio de españoles que bebiendo sendas copas de Moët & Chandon le estaban comentando en aquel momento lo ilusionados que estaban con la perspectiva de una nueva vida en Dubái. A él, que era arquitecto, le habían hecho una oferta laboral con muchos ceros en una empresa de construcción que Lola identificó enseguida como parte del conglomerado de empresas propiedad de la familia del que al día siguiente se convertiría en su «marido», y ella estaba entusiasmada con la idea de buscar trabajo allí, «seguro que es facilísimo, porque en Emiratos Árabes no hay paro», aseguraba, quedarse embarazada lo antes posible, «y que mis hijos hablen inglés y árabe igual que español». Se vio a sí misma hacía exactamente cuatro años, cuando Alfredo, sus hijos y ella también se subieron a un avión parecido soñando con una nueva vida llena de posibilidades que no pudieron materializar, porque los magníficos fuegos artificiales que imaginaron en un principio se transformaron muy pronto en un incendio tan devastador que había arrasado con casi todo a su paso.

—Y tú, ¿por qué viajas a Dubái, vives allí? —le preguntó ella. Pero a Lola lo último que le apetecía era compartir confidencias con nadie, su cabeza era en ese momento una montaña rusa, su corazón una olla en plena ebullición y todavía no había asimilado del todo el paso de gigante (aunque aún no tenía claro si era hacia delante o hacia atrás) que acababa de dar. En definitiva, no tenía ni la más remota idea de lo que estaba haciendo con su vida. Así que, como de cualquier manera no tenía intención alguna de tirar por la borda los sueños de sus compatriotas (cada uno tiene derecho al menos a pensar que escribe su propio destino), le contestó lacónicamente diciéndole que tan solo iba de vacaciones, se terminó su bebida de un trago y se disculpó con esa pareja tan fresca, brillante e ingenua:

—Lo siento, pero tengo que volver a mi asiento, que he dejado a los niños solos. Muchísima suerte en Dubái, que seáis muy felices, os lo deseo de todo corazón.

De vuelta en su cabina de primera, Diego también se había quedado frito. Le quitó los cascos, apretó el botón de su asiento hasta convertirlo en una cama, lo arropó y aceptó una tercera, «y última», se prometió a sí misma, copa de vino mientras trató de volver a explicarse o tal vez justificarse a sí misma por qué se había subido a ese avión. Para ello sacó de su bolso de Prada (otro de los regalos que le había hecho Faysal en los últimos días) la mil veces leída carta que Fhadila le había entregado en la puerta de su hotel de Alfonso XII a última hora de la tarde después de haber dado ambas de comer a los patos, paseado en barca por el estanque, comido en Horcher, visitado el Museo del Prado y tomado el té en Embassy. Su íntima amiga emiratí, Samira, había tardado tres años en contestar a Lola, pero la espera sin duda había merecido la pena…

Dubái, 17 de julio de 2018

Querida Lola:

En primer lugar, perdóname por haber tardado tanto en contestarte, pero mi esposo, Alí, me impuso esa condición cuando le rogué que ayudara a Faysal a conseguir tu liberación con todos los medios que estuvieran a su alcance. Y después…, bueno, después, y como a estas alturas ya sabes, mi hermana se convirtió en su esposa y no habría sabido qué decirte... No sé si me guardas rencor por tantos años de silencio, pero si es así espero que con la ayuda de Alá algún día sepas perdonarme. Nuestra amistad es uno de los más preciados tesoros de mi vida y en todo este tiempo nunca he tenido ninguna intención de renunciar a ella, siempre has estado y siempre estarás en mi corazón.

Ya has conocido a mi hermana pequeña, Fhadila, y has escuchado de sus propios labios su ruego, el imperioso motivo que tiene para suplicarte que accedas a convertirte en la segunda esposa de su propio marido y las razones que por desgracia existen para que decidas si accedes o no a ello con tanta premura; como imagino que ya te habrá explicado ella, su enfermedad avanza muy rápido y no le queda mucho tiempo...

El mayor deseo de Fhadila es llevarse a la Yanna (que es como nosotros llamamos al Paraíso), porque es la persona más buena y noble que haya existido jamás, la promesa de que Faysal será feliz junto a ti, y que sus hijos tendrán una madre al que su padre adora (ella sabe que nunca ha dejado de hacerlo), que podrán crecer, en definitiva, en un hogar presidido por el amor, ya que tanto Fhadila como yo tenemos claro que no es la religión o la educación lo que los niños necesitan para ser felices, sino que con el cariño verdadero les basta y les sobra para convertirse el día de mañana en personas honestas y de corazón limpio.

Fhadila también es plenamente consciente de que solo si ella se lo pide su familia aceptará que te tome como segunda esposa. Una vez que ella ya no esté entre nosotros a Faysal nunca le permitirán casarse contigo, después del escándalo sería absolutamente inadmisible que pudiera obtener su beneplácito, así es nuestra sociedad aunque a veces nos pese, aunque eso ya lo has sufrido tú misma en tu propia carne... Cuando entierren a mi hermana, los padres de Faysal buscarán a otra mujer musulmana y él rechazará a todas y cada una de las candidatas que le propongan, de eso Fhadila no tiene ninguna duda porque sabe cuánto te quiere Faysal y por qué se vio obligado a casarse con ella, a pesar de que, gracias a la generosidad de sus corazones, puedo asegurarte que ambos han formado una familia feliz a lo largo de estos años.

La decisión es tuya y solo tuya. No me corresponde a mí suplicarte, aunque lo haría encantada si supiera que con ello podría inclinar la balanza hacia el bienestar de mi hermana, que es lo que más me importa en *estos momentos, así como a tu propia felicidad, porque no me cabe duda de que sigues albergando un amor puro hacia Faysal. Solo te pido que lo pienses, y que sepas que si algún día, espero que cuanto antes, aceptas su proposición y te subes a ese avión que te está esperando yo siempre estaré aquí para recibirte, cuidarte y protegerte, a ti y por supuesto a tus hijos; serás mi hermana, lo serás para siempre y pase lo que pase, y nunca podré agradecerte lo suficiente que hayas cumplido el último deseo de Fhadila, dejándola de ese modo partir en paz y con el alma liviana.*

Te quiero, amiga mía, nunca he dejado de hacerlo.

GRACIAS. Sé que al menos lo vas a pensar…

Samira

Minutos después la voz del comandante la sacó de su ensimismamiento:

Señores pasajeros, muy buenas tardes desde la cabina, estamos a punto de iniciar el descenso al aeropuerto de Dubái (…).

—¡Diego, Alejandro, despertaos ya, muñecos, que estamos a punto de aterrizar. Mirad por la ventana qué bonito es! ¿Os acordáis de Dubái?

Después de salir del avión y utilizar la tarjeta roja de *fast track* que le había entregado la sobrecargo para acceder al control de pasaportes por la cola de los pasajeros que viajaban en clase preferente, el policía emiratí, vestido al modo tradicional, no puso ninguna objeción a su entrada en el país y Lola aceptó con gusto la ayuda del muchacho indio que se ofreció con un carro a llevarles las maletas (alguna ventaja tenía que tener pasar de mileurista a millonaria…), cruzó el control de aduana bajo el letrero de «NADA QUE DECLARAR» y salió apretando muy fuerte las manitas de sus hijos con el corazón en un puño.

Entre el tumulto de gente que esperaba a sus familiares y amigos, estaba Faysal, al que Lola atisbó con un escalofrío recorriéndola de la cabeza a los pies. Tenía una sonrisa de oreja a oreja y estaba más guapo que nunca con su *kandora* y su turbante. Se le humedecieron los ojos e intentó abrazarlo, pero él rechazó sus brazos con toda la delicadeza de la que fue capaz.

—No, mi amor, aquí no, que ya sabes que en mi país las muestras de cariño no están permitidas en público.

Y Lola entonces musitó para sí misma: «Bienvenida a Dubái...».

8

Los niños se acordaban perfectamente de Faysal, así que «chocaron las cinco» con él en cuanto les ofreció la palma de su mano y se centró en volver a ganárselos desde el minuto uno, a pesar de que no había pasado por alto el mohín de disgusto de su futura mujer cuando este no tuvo más remedio que rechazar su abrazo.

—¿Qué tal el vuelo, chicos, os habéis dado una ducha en el cielo? —les preguntó.

—No, nos hemos quedado dormidos después de desayunar y mamá no nos ha despertado hasta que hemos llegado a Dubái —le contestó Diego con cara de pena.

—Bueno, es normal que mamá os quisiera dejar descansar, sobre todo porque en cuanto lleguemos a vuestra nueva casa hay un montón de primos vuestros esperándoos para daros la bienvenida y jugar con los coches que os he comprado.

«Así que mis hijos ahora tienen primos, primera noticia», pensó Lola notando cómo su malhumor crecía por momentos.

—¿Nos has comprado un coche? —inquirió Alejandro con los ojos como platos, porque desde muy pequeñito, ahora ya tenía siete años, era un apasionado de cualquier vehículo que tuviera motor—. ¿Y va rapidísimo?

—A más de cincuenta kilómetros por hora, y no es un coche, sino dos, uno para cada uno —les aseguró Faysal sonriendo mientras se acercaban ya al Lexus 4×4 donde los esperaba con la puerta abierta un chófer perfectamente uniformado—. Os va a encantar conducirlos en la pista de *karts* que os he construido en el jardín; eso sí, siempre con los cascos puestos y bien sujetos en la cabeza, ¿de acuerdo?

—¡Sí, sí, te lo prometo! —gritaron los dos al unísono contentísimos.

Ya en el coche, Faysal se sentó a su lado en los asientos del medio, mientras los niños se colocaban detrás y el chófer delante.

—No sabes lo feliz que estoy de que estés aquí, Lola —le dijo visiblemente emocionado cogiéndole la mano y besándosela con ternura—, mañana serás mi esposa y te prometo que no te vas a arrepentir de convertirte en una Al Mubarak. —Después le susurró al oído—: Me muero de ganas de chupar cada centímetro de esa piel de porcelana que tienes y que me vuelve completamente loco, espero que no te atrevas a oponer ninguna resistencia, sería una pena tener que cambiar ese color tan blanco y delicado en otro tono más rojizo… —y le guiñó un ojo mientras Lola notaba cómo se le subían los colores y creía que se iba a morir de placer allí mismo simplemente imaginándoselo. Recordaba a Faysal como el amante más experto que hubiera conocido jamás y el hecho de saber que a partir de ahora podría disfrutar de él cada día y cada noche la obligó a descruzar las piernas en un movimiento instintivo mientras se le caían un par de gotas de sudor a pesar del potente aire acondicionado del coche.

Cuando el conductor enfiló la principal arteria de la ciudad a toda velocidad (estaba claro que tenía autorización para recibir multas ilimitadas), Lola tuvo una sensación agridulce muy extraña al volver a contemplar la modernísima Sheikh Sayed Road flanqueada por aquellos impresionantes rascacielos. Aquella había sido la primera imagen que tanto la había impactado al aterrizar en Dubái cuatro años antes, y no pudo evitar estremecerse al rememorar el terror de la pesadilla que tuvo que vivir después. Pero Faysal, al que no se le escapaba ni una, le acarició el brazo y le aseguró:

—Tranquila, cielo, todo va a salir bien, esta vez vas a ser muy feliz aquí, te lo prometo.

Tan solo quince minutos después de conducir como si se tratara del Gran Premio de Fórmula Uno de Abu Dhabi, el vehículo llegó a la preciosa zona residencial de Almanara, una de las preferidas por los locales para vivir, con sus cuidados bulevares y a pocos minutos del lujoso hotel Burj Al Arab y de la preciosa playa de Jumeirah. Segundos después, el conductor paquistaní accionó el mando a distancia y abrió una espectacular verja de hierro forjado con motivos árabes dejando paso a un auténtico palacio de tres pisos y otras dos casas adyacentes de menor tamaño:

—¡Bienvenidos a vuestro nuevo hogar! —les dijo Faysal.

—¡Ostras! —exclamaron los niños mientras Lola se quedaba con la boca literalmente abierta—. ¿Y esos dos chalés que hay a los lados, para quién son? —preguntó.

—La casa de la derecha es para los sirvientes masculinos (las mujeres tienen su propia zona de servicio dentro de la casa) y el pabellón de la izquierda es el *majilis* —le contestó complacido por la cara de sorpresa de la española.

—¿Y eso del *majilis*, qué es? —preguntó Lola.

—Es un pabellón donde reúno a mis familiares y amigos todos los miércoles, cenamos, charlamos, nos ponemos al día de los negocios y, en definitiva, pasamos un buen rato —le explicó él.

—¡Qué planazo, tenemos fiesta en casa todas las semanas! —exclamó ella, pero Faysal soltó una carcajada.

—Me temo, mi vida, que en esas reuniones solo están invitados los hombres; y de fiesta nada, que no hay ni una gota de alcohol de por medio; lo más fuerte que bebemos es el *lemon mint* —le aclaró—. Pero tú no te preocupes, que podrás organizar todas las reuniones que quieras con tus amigas en el salón de la casa. Por cierto, espero que te guste la decoración. Fhadila ha contratado a Guillermo Blanco, un decorador español que trabaja en Emiratos, y ella misma ha supervisado personalmente todos y cada uno de los muebles que el interiorista ha elegido para ti. Pero si algo no te gusta no te preocupes, lo cambias inmediatamente, puedes cambiarlos todos si quieres, queremos que te sientas como en casa, porque esta es tu casa y los dos queremos que estés muy a gusto en ella.

Palacio con jardín, pista de *karts*, sirvientes, decorador, *majilis*... Lola empezaba a asimilar su nuevo estatus social y se sentía un poco abrumada, pero al mismo tiempo encantada de no tener que hacer limpieza de armarios en cada cambio de estación, porque seguro que ahora hasta tendría un enorme vestidor donde admirar sus nuevos modelitos de Chanel (a nadie le amarga un dulce y Lola vocación de Cenicienta, para ser sinceros, nunca la había tenido). Lo que menos gracia le hizo fue lo de «los dos queremos», pero más valía que se fuera acostumbrando a ello. Además (cuanto antes empezara a ver el vaso medio lleno mejor para todos), daba gusto llegar a un nuevo hogar con todo listo y preparado.

El Lexus LX 570 aparcó entre otro exactamente igual, blancos los dos, y un Ferrari Italia amarillo alucinante.

—El grande es para llevar a los niños al colegio y el otro para cuando quedes con tus amigas —le dijo Faysal, y a Lola le temblaron las piernas.

Dos chicas y un chico, ambos de tez oscura, que estaban esperando en la puerta de la casa, acudieron corriendo al maletero después de decirle «Bienvenida, señora», muy bajito y sin mirarla a los ojos. Los niños se lanzaron también a la puerta.

—¡Ven mamá, vamos a ver los coches que nos ha comprado Faysal! —Así que Lola se apresuró a seguirlos, pero Faysal no hizo lo mismo, se quedó apoyado en el coche sonriendo al parecer muy divertido y con los brazos cruzados.

—Vamos, cariño, que los niños quieren que les enseñes sus nuevos juguetes —le animó Lola ofreciéndole la mano.

—Eso no va a poder ser, mi amor —le contestó—, Fhadila te está esperando dentro con Samira, la mujer de mi hermano y otras amigas. Querían agasajarte con una pequeña merienda de celebración para demostrarte lo contentas que están de que hayas venido, y también han traído a sus hijos para que los niños tengan con quién jugar; estoy deseando que conozcas a Abdul y Hassan, mis hijos, estoy seguro de que los vas a adorar.

—Qué detalle que Fhadila y Samira hayan venido a recibirme, y no sabes la ilusión que me hace conocer por fin a tus hijos, pero, vamos, entra conmigo —insistió.

—Ya me gustaría, pero te aseguro que no puedo, cielo. Es una reunión solo para mujeres, y si entro contigo todas se tendrían que poner sus *abayas* y mi presencia acabaría al instante con la fiesta. Ya irás aprendiendo que nosotros, los hombres y las mujeres árabes, nos reunimos siempre por separado, cada uno por su lado.

—¿Queeeeé? —exclamó Lola—, ¡pero si acabo de aterrizar, no puedes irte el día que llego, no conozco a la mayoría de las personas que están en mi casa, no puedes irte! —Después tomó aire y decidió que no podía quejarse nada más llegar (un nuevo vistazo al Ferrari ayudó bastante)—. Vale, pues te llamo en cuanto se haya ido todo el mundo, que ojalá sea pronto. Yo también me muero de ganas de tenerte enterito para mí esta noche, no te voy a dejar dormir ni un minuto.

—No sabes cuánto lo siento, cariño, pero por desgracia eso tampoco va a ser posible. Hasta mañana no serás mi esposa, y estaría muy mal visto que pasara la noche contigo, así son las cosas en mi país. Solo tenemos que esperar un día más, después seré tuyo para siempre, te lo juro —y Lola casi se echa a llorar—. Por cierto, más tarde se pasará también mi madre a saludarte y darte la bienvenida, ¡que lo paséis fenomenal! Mañana nos vemos en la Corte. ¡Ponte muy guapa!

Acto seguido se subió a su coche blanco y le lanzó un beso desde el asiento de atrás dejando a Lola con un palmo de narices.

La «pequeña merienda de celebración» resultó ser un bufé en una mesa del jardín para niños y adultos al que no le faltaban ni las manzanas de caramelo, un mago para entretener a los niños más mayores y un payaso para los pequeños, cientos de globos de colores, un castillo hinchable, un enorme cartel que decía «BIENVENIDOS A DUBÁI, DIEGO, ALEJANDRO Y LOLA» (escrito en español) y una treintena de niños tirándose por el tobogán de la piscina o haciendo carreras en los coches de la pista de *karts*; hasta habían traído una granja «ambulante» para que los niños dieran de comer a los conejos, y un poni por si les apetecía dar un paseo por el kilométrico césped del inmenso jardín. Pero lo mejor de todo fue el largo y cálido abrazo que recibió de Fhadila y Samira nada más verlas. Fue entonces cuando Lola despejó sus dudas y supo que había hecho lo correcto.

En una visita guiada por Fhadila, que le pidió permiso para subir al tercer piso en el ascensor («perdóname, es que cada día estoy más cansada, ya no tengo fuerzas ni para subir las escaleras…»), comprobó que el tal Guillermo había hecho un trabajo excepcional decorando su nuevo hogar con muebles coloniales, tonos ocres en las paredes, mullidos sofás de cuero desgastado y, en definitiva, una sencillez con clase de estilo europeo, afortunadamente muy alejada del recargamiento árabe. Realmente le estaba maravillando todo lo que veía y no puso ni un solo pero. Ni en sus mejores sueños podría haberse imaginado que algún día viviría en semejante mansión a la que Downtown Abbey no tenía nada que envidiar.

Conocer finalmente a los hijos de Faysal y Fhadila también constituyó una grata sorpresa, se encariñó con ellos nada más verlos, y Diego y Alejandro también: «Tenéis que cuidar mucho de vuestros nuevos primitos», los advirtió Lola. Diego, muy efusivo, enseguida les dio un beso y un abrazo mientras Alejandro los invitaba a subirse en su nuevo Range Rover (porque el cochecito en cuestión era una copia exacta de ese modelo en tamaño infantil) sentándolos a ambos, con ayuda de la cuidadora, en el asiento de atrás.

—¿Queréis que os lleve a comer un helado? —preguntó al simpático Abdul (que era una copia exacta de su guapísimo padre y que pronto cumpliría tres años) y al monísimo Hassan (un bebote moreno, gordito y con el pelo muy rizado, más parecido a Fhadila, que en febrero cumpliría dos y aún llevaba un voluminoso pañal), señalando el puestecito de helados decorado en tonos pastel que habían colocado para la ocasión bajo la sombra de un árbol.

—Vale, pero yo me llevo a Leila a ver el atardecer, adelante *lady* —le dijo Diego a la hija de Samira, que había sido su compañera de clase años atrás y de la que todavía se acordaba— y le abrió la puerta del jeep en miniatura regalo de Faysal, provocando la risa de las tres amigas.

Con el sol cayendo sobre el inmenso jardín y los niños supervisados por las *nannies* filipinas, Lola se sentó en el porche a disfrutar de una limonada bien fría con su nuevo y selecto grupo de amistades. A muchas las conocía porque había tomado el té con ellas en casa de Samira tiempo atrás; todo era absolutamente perfecto, excepto porque Faysal no estaba allí.

A eso de las siete de la tarde, cuando la mayoría de las madres y niños ya se habían ido a sus casas reiterándole la bienvenida y prometiéndole un sinfín de invitaciones en los próximos días para visitar sus respectivos domicilios, apareció Aasiyah, la madre de Faysal y futura suegra de Lola (su nombre, como averiguaría esa misma noche, le venía al pelo, pues significa «reina de una poderosa dinastía»). Aasiyah traía una gran bolsa de boutique con letras árabes. Todas (la esposa de su marido, su amiga y su futura cuñada) se levantaron nada más verla y con mucho respeto se acercaron a saludarla, además que Lola se apresuró a imitar diligentemente. Se trataba de una mujer de gran belleza, de algo menos de sesenta años y cuya rotunda presencia lo inundaba todo.

—No, por favor, Fhadila, no te levantes, debes descansar todo lo que puedas, siéntate, querida —fue lo primero que dijo Aasiyah sin ni siquiera mirar a Lola—. ¿Cómo te encuentras hoy?

—Muy bien, muchas gracias, hoy es un día muy especial para mí, ahora que por fin tenemos a Lola y sus hijos entre nosotros —le contestó dulcemente.

—¿Qué tal ha ido el viaje, Lola? Encantada de saludarte —aunque no parecía en absoluto encantada… —Te he traído tu regalo de bodas —añadió con frialdad entregándole la gran bolsa que llevaba consigo— y a tus hijos unos dulces, ¿serías tan amable de pedirles que vengan a saludarme?

Y Diego y Alejandro se acercaron, dijeron «*hello, nice to meet you*» a su nueva abuela y pidieron la aprobación de su madre antes de aceptar los chocolates que la señora les ofreció dándoles un beso a cada uno, pero un beso sincero y afectuoso de verdad, todo lo contrario de cómo había tratado a Lola tan solo unos minutos antes.

—Bueno, Lola, supongo que no te importará dar un paseo conmigo por tu nuevo jardín, ¿verdad? —y Lola buscó con los ojos a Fhadila suplicando su ayuda, porque aquella mujer le daba un poco de miedo, pero ella enseguida interceptó el cruce de miradas y comentó—: Espero que no haya necesidad alguna de molestar a la esposa de mi hijo, que como tú comprenderás, en su estado no le conviene nada cansarse.

Y a Lola no le quedó otra que armarse de valor y dar un paseo, bastante corto, por cierto, porque su suegra era una persona muy directa de las que necesitan muy pocas palabras para decir exactamente lo que quieren dejar cristalino. La conversación fue más o menos así:

—Espero que te haya complacido la casa que mi hijo ha comprado para ti, Lola.

—Por supuesto que me gusta, es asombrosa, nunca había visto nada igual —le contestó ella sin mentir ni un ápice y tratando de ser lo más educada posible.

—Pues, ya que ahora vas a vivir en una casa digna de una Al Mubarak, espero que tu conducta te haga merecedora de llevar este respetable apellido —le espetó con desprecio.

Y tal vez porque Lola llevaba muchas horas de pie y el viaje había sido muy largo a pesar de su suite, o porque había vivido demasiadas emociones y demasiado intensas en un solo día, no fue capaz en ese momento de morderse la lengua y contestó:

—Es para mí un gran honor pasar a formar parte de esta familia, señora, y mi conducta le aseguro que siempre será respetable porque yo soy y siempre he sido una persona muy respetable, no tenga ninguna duda de ello.

A lo que Aasiyah le replicó con un rencor ácido que le salió directamente del estómago, como si estuviera vomitando bilis:

—Señorita Goizueta, el Gobierno de mi país no ha considerado su comportamiento digno en absoluto, mucho menos respetable, y por ello la condenó a tres años de cárcel, sentencia que no cumplió íntegramente solo porque tuvo la suerte de toparse con una persona, mi maravilloso hijo Faysal, al que quiero con toda mi alma y cuyo corazón es demasiado misericordioso. Ha cegado por completo a mi primogénito y únicamente porque él y su bondadosa mujer nos lo han pedido reiteradamente a mi marido y a mí, hemos accedido, con todo nuestro pesar, a dar nuestra aprobación a este matrimonio. Lo único que me importa es la felicidad de mi hijo y no voy a negar la última voluntad a una mujer buena y honesta que se está muriendo —sentenció—, pero que no le quepa la menor duda, señorita, de que si no se dieran ambas circunstancias nunca habríamos aceptado este matrimonio, que gracias a Alá es el segundo de Faysal, por lo que le aseguro que a ojos de todos nuestros amigos la esposa de mi hijo seguirá siendo siempre Fhadila.

En ese momento, la propia Fhadila, que no perdía de vista la conversación y había notado perfectamente la tensión desde su sofá, se levantó para acercarse a ellas y tratar de calmar un poco los ánimos, porque en eso su suegra sí tenía razón: no existía ser humano más bondadoso sobre la faz de la Tierra. Pero las piernas le fallaron, y cayó al suelo redonda. Todas, Aasiyah, Samira, su futura cuñada y ella misma, acudieron corriendo a socorrerla y a ayudarla a levantarse, pero la ELA ya estaba realmente avanzada y los músculos no le respondían, así que su doncella acercó la silla de ruedas que estaba doblada en una esquina (era la primera vez que Lola reparaba en su presencia) y entre todas la ayudaron a sentarse en ella.

—Perdonadme, lo siento —balbuceó Fhadila arrastrando las palabras en un tartamudeo casi ininteligible.

—No te disculpes, querida —contestó la inefable suegra (para una española el nombre era bastante difícil de pronunciar)—, estás agotada porque has empleado demasiado tiempo y energía en preparar esta fiesta, así que ahora nos vamos todos a casa, que Faysal te está esperando ansioso y muy preocupado por el gran esfuerzo que bajo ningún concepto tenías que haber hecho —y de un codazo apartó a la filipina para empujar ella misma la silla de ruedas.

Lola, muy impresionada (Fhadila había empeorado muchísimo desde su visita a Madrid hacía solo algo más de dos meses), las acompañó a todas a la puerta, pero solo hasta allí, porque no podía contener las lágrimas; enseguida se fue al interior de la mansión para romper a llorar.

Minutos después reparó en la bolsa del regalo de boda de su suegra y la abrió con gran curiosidad. Desenvolvió el delicado papel de seda y contempló con estupor que le había regalado una *abaya* negra con las mangas bordadas en un dibujo color crema. «Lo que me faltaba», pensó, y sin pensárselo volvió a envolver semejante prenda, la metió en la bolsa y corrió a la calle. Fhadila ya estaba sentada en su asiento mientras la sirvienta filipina ponía a Adul y Hassan en sus sillitas de bebes y el chófer guardaba la silla de ruedas en el mismo modelo de Lexus con el que Faysal había ido a buscarla al aeropuerto. En el asiento de atrás del otro coche, un espectacular Bentley con una matrícula de dos números, estaba la que al día siguiente se convertiría en su suegra, a la que Lola se acercó ofreciéndole su obsequio.

—Disculpe, señora, no sabe cuánto le agradezco su regalo, pero teniendo en cuenta que yo soy cristiana me temo que esta preciosa *abaya*, que no puede ser más bonita, por cierto, de ninguna manera me puede ser de utilidad a mí.

A lo que ella contestó muy digna:

—Quédesela, señorita Goizueta, le aseguro que la va a necesitar, y además mucho antes de lo que usted imagina, créame.

Y a continuación hizo un gesto a su conductor para que arrancara el motor y se despidió de Lola ondeando la mano como si de la reina de Inglaterra se tratara, aunque en este caso con *abaya* y *niqab* negros en vez de sombrero de floripondios histriónicos.

9

Lola durmió toda la noche de un tirón y cuando se despertó la *nanny* filipina ya estaba dando el desayuno a los niños en la «isla» de la amplia y luminosa cocina de diseño italiano. No cabía duda de que alguien, seguramente Fhadila, había instruido a su servicio acerca de los horarios y las tareas de la casa, porque Diego y Alejandro estaban duchados, peinados y vestidos con el uniforme de su nuevo y prestigioso colegio de currículum británico al que les habían «colado» en las largas listas de espera de años que había para conseguir plaza. «Después la llamaré para saber cómo se encuentra y darle las gracias por todo», se prometió a sí misma. Había aprendido muy pronto a querer a esa mujer (ahora comprendía a Faysal) tan buena y generosa, siempre pendiente del bienestar de Lola a pesar de su cruel enfermedad. «Me queda menos de un año», le había confesado aquella mañana en El Retiro, y a Lola se le cayó el alma a los pies al constatar que aquel ser humano tan extraordinario solo era ya dueño del reloj, mientras que era ella la que contaba con el tiempo.

A los niños no les hacía ninguna gracia tener que empezar el curso escolar en un nuevo centro al que llegaban tarde y en el que no tenían ningún amigo, pero Lola trató de animarlos como pudo, consciente del sacrificio que los había obligado a hacer al despedirse de los compañeros del colegio de Madrid.

—Vais a ver cómo os encanta este nuevo colegio. Tiene piscina, campo de fútbol, de baloncesto… Es enorme y todos los niños están deseando conoceros y jugar con vosotros —pero ellos seguían haciendo mohines y Alejandro hasta un puchero—. Estoy segura de que os va a gustar un montón; y podréis invitar a casa a los niños con los que os llevéis mejor para montar en los coches o bañaros en la piscina todos los fines de semana que queráis, siempre y cuando hayáis hecho los deberes, claro.

Después colgaron sus mochilas (hasta de comprar los libros y el material escolar se había preocupado Fhadila) y se subieron en el Lexus junto a su madre mientras Nabil, su nuevo chófer paquistaní, arrancaba el motor.

La escuela estaba a apenas diez minutos de su casa (Lola recordó que cuando vivió en Dubái por primera vez no consiguió plaza en ninguna cercana a su domicilio y tenía que hacer kilómetros y kilómetros todos los días) y la verdad es que tenía una pinta fantástica. Acompañó a sus hijos a cada clase, saludó a las profesoras inglesas y les solicitó una tutoría para la semana siguiente, ya que el curso había empezado hacía un mes y quería saber cómo podía ayudar a los niños a ponerse al día, máxime cuando a partir de ahora tendrían que estudiar en un idioma que no era el suyo. Los niños se quedaron algo tristes en sus asientos y ella les prometió que vendría a buscarlos por la tarde y que Faysal los esperaría en casa para jugar con la PlayStation o con lo que ellos quisieran, lo cual los dejó bastante más tranquilos, porque no cabía duda de que el que en muy pocas horas se convertiría en su marido era muy niñero y sabía cómo ganarse el cariño de Alejandro y Diego.

Ya en casa se duchó, se aplicó en todo el cuerpo la crema hidratante de su perfume favorito (últimamente se había decantado por Cristalle Eau Verte), se puso un precioso conjunto blanco de lencería de Victoria's Secret muy sexy, y el elegante traje de chaqueta en tono crudo de Chanel que Faysal le había regalado. Después se subió a los tacones de sus nuevos Manolos color tierra y se maquilló cuidadosamente. Hoy se iba a casar y quería impresionar al hombre tan excepcional del que estaba enamorada hasta la médula y al que se había jurado que iba a hacer muy feliz, porque se lo había ganado con creces después de todo lo que había luchado para que llegara este día, y porque ella también se merecía ser por fin feliz.

Ya lista y algo nerviosa por la emoción, bajó las grandes escaleras de madera con forma de caracol y en el vestíbulo de la entrada se encontró con un espectacular centro de flores blancas y una caja roja envuelta con un lazo. Rasgó el sobre atado al ramo y leyó la tarjeta:

Disfruta de tu gran día, Lola, gracias por hacer feliz a Faysal.
Fhadila

Acto seguido abrió la caja de terciopelo rojo y se quedó totalmente fascinada al ver una espléndida pulsera de oro blanco y brillantes de Cartier, en cuyo interior Faysal había mandado inscribir la fecha de aquel día y la frase:

Siempre te querré

En ese momento Lola se alegró enormemente de haber escogido la máscara resistente al agua para sus pestañas y se subió al coche para convertirse en la segunda mujer de Faysal Al Mubarak, el amor de su vida, porque eso ya no había Dios o Alá que pudiera cambiarlo.

En el trayecto a la Corte de Dubái (había un tráfico tremendo y por muy potente que fuera el vehículo todavía no podía volar), se acordó de la magnífica película de Robert Zemeckis, especialmente de la famosa frase que pronunciaba en ella el oscarizado Tom Hanks: «La vida es como una caja de bombones, nunca sabes lo que te va a tocar…», aunque todavía le gustaba más, porque se aplicaba con mayor precisión al momento que le estaba tocando vivir, la reflexión de Forrest Gump acerca de las vueltas que da la vida: «Yo no sé si todos tenemos un destino, o si estamos flotando casualmente como en una brisa. Pero yo creo que pueden ser ambas, puede que ambas estén ocurriendo al mismo tiempo».

Lola se preguntó cómo podía haber pasado en menos de medio año de ser una chica introvertida, solitaria, profundamente triste y con graves problemas psicológicos a una mujer segura de sí misma, rodeada de cariño y más contenta de lo que nunca hubiera podido soñar. ¿Estaban los acontecimientos cambiando tan solo las circunstancias de su vida o también la estaban convirtiendo a ella en una persona completamente diferente? ¿Se trataba de felicidad genuina lo que estaba sintiendo o únicamente era una euforia artificial en el sentido más etimológico de la palabra? Como si los locutores de la emisora Dubai 92 le hubieran leído el pensamiento, anunciaron a los The Verve con su *Bittersweet Symphony* y esbozó una sonrisa al escuchar la letra: «*I am a million of different people from one day to the next, I can't change my molde*» (es decir: «Soy un millón de personas diferentes de un día para otro, no puedo cambiar mi molde»).

Faysal la estaba esperando en la puerta del impresionante edificio blanco de altísimas columnas y ventanas ajedrezadas de la Corte de Dubái (los Emiratos de Dubái y Ras Al Khaima no se adhieren al sistema judicial federal) presidido en la parte superior derecha por un enorme dibujo circular de la balanza que simboliza la Justicia. Nada más verla llegar se apresuró a abrirle la puerta, la ayudó a bajar del coche y le dijo que estaba absolutamente preciosa: «Todavía no me puedo creer que vayas a convertirte en mi mujer, hoy es el día más feliz de mi vida». A continuación le presentó a su padre, el poderoso Jamal Al Mubarak (que en árabe significa guapo y era más que eso; a pesar de la edad, unos setenta calculó, era aún más atractivo que su hijo), que la miró directamente a los ojos con una mirada penetrante que Lola no supo descifrar, y le ofreció su mano para apretarle la suya tan fuerte que casi le hizo daño. Era un hombre que imponía el tal Jamal, de eso no cabía la menor duda.

La ceremonia ante el Tribunal del Estado Civil (que no podrían ratificar en el Consulado porque ese matrimonio nunca podría ser legal ante el Gobierno español) se desarrolló íntegramente en árabe (Lola rechazó la presencia de un intérprete porque para ella se trataba de un mero trámite sin validez) y en cuanto el juez los nombró marido y mujer, Samira, que había acudido como testigo junto a Alí, le dio un beso en la mejilla susurrándole: «Nunca podré agradecerte lo que acabas de hacer por mi hermana». Jamal, por su parte, les dio la enhorabuena en un tono de voz muy alto, grave y neutro, y después se dirigió específicamente a su hijo: «Nos vemos en quince minutos en mi despacho», tras lo cual salió con paso firme de la sala. Entonces su amiga, siempre muy discreta, decidió retirarse: «Nosotros también os dejamos solos, muchas felicidades», y su marido apretó la mano de Faysal antes de salir, mientras la española aprovechaba para agradecerle personalmente todas las gestiones realizadas para lograr su indulto, a lo que él le contestó:

—Me lo pidió Samira y a ella no le puedo negar nada, pero espero sinceramente que no te vuelvas a meter en ningún problema, porque no ha sido nada fácil limpiar tu historial delictivo para que hoy puedas estar aquí casándote con mi gran amigo —y se lo dijo de una manera muy seria y circunspecta, como si fuera una reprimenda.

Cuando ya todos habían abandonado la habitación, Lola se quedó mirando a su recién estrenado marido unos minutos sin saber qué decir, y él, sonriendo y sin mediar palabra, le hizo un gesto para que le acompañara a la salida. Una vez en la calle, y sin haberla tocado aún, porque ni siquiera le había dado un beso tras la ceremonia, le aseguró:

—Te quiero, mi amor, y ahora sí tengo la bendición de Alá y el permiso de mi Gobierno para hacerte mía. No veo la hora de que llegue esta noche…

—¿Esta noche? ¿Pero no nos vamos ahora a casa juntos? —le interrumpió ella visiblemente enfadada — le he prometido a los niños que esta tarde los iríamos a buscar al colegio y jugarías con ellos…

—No, cariño, ya has oído a mi padre; me tengo que ir a trabajar ahora mismo. Esta tarde tengo que recibir a unos inversores americanos y la reunión se va a alargar—, le contestó con mucha dulzura—, pero elige la botella de vino que más te guste de la bodega del sótano y dile al cocinero que prepare un menú muy rico para dos. Yo llegaré a casa sobre las nueve y te prometo que después de cenar te voy a poseer tantas veces y de tantas maneras que tus gritos de placer se van a oír en Arabia Saudita —le dijo, consiguiendo que ella se derritiera (a primeros de octubre y a mediodía seguía haciendo todavía un calor sofocante en Dubái). Lo que no se imaginaba Lola era que no se trataba de una metáfora. Aunque por razones bien distintas, aquella noche sus gritos sí se iban a oír en el país vecino.

Sin darle opción a réplica, la acompañó a su coche y se despidió de ella con un escueto «Hasta dentro de unas horas», a lo que añadió en un tono más bajo para que no lo oyera el chófer, y con un gesto muy pícaro: «Me muero de ganas de lamerte de arriba abajo como si fueras un helado de fresa». Después le cerró la puerta y corrió hacia su Porsche Cayenne que conduciría él mismo a la oficina. Irresistible, así era su marido, y Lola repitió esa palabra varias veces, «marido», y le encantó cómo sonaba.

Cuando recogió a sus hijos en el colegio ambos parecían bastante contentos, lo cual relajó a Lola bastante. Los dos preguntaron por Faysal.

—Faysal hoy no va a poder venir a casa porque tiene muchísimo trabajo, pero mañana os prometo que pasará toda la tarde con vosotros —a los dos se les torció un poco el gesto—. Pero contadme qué tal en el cole, ¿os ha gustado la profesora, habéis hecho algún amigo?

En el camino de vuelta, mientras escuchaba las andanzas de los niños en su primer día, se preguntó cómo podría explicarles que su mamá acababa de casarse, pero que su marido también estaba casado con otra mujer. «Tiempo al tiempo, por ahora Faysal va a ser solo un amigo y más adelante ya veremos...», pensó.

Al llegar a casa, el cocinero libanés había preparado una estupenda merienda que los niños devoraron, y le preguntó a Lola a qué hora quería la señora que sirviera la cena y si tenía alguna preferencia. Y Lola, que se estaba volviendo pijísima a pasos agigantados, le contestó que sus hijos cenarían a las siete, pasta a la boloñesa, y el señor y ella a las nueve en punto, algo francés, preferiblemente.

Mientras los niños hacían los deberes, aprovechó para llamar a Fhadila, que nada más descolgar el teléfono la felicitó cariñosamente por la boda y le aseguró que se encontraba perfectamente: «Muchísimo mejor que ayer, es que tanto niño junto me cansa...», aunque Lola volvió a notar un ligero tartamudeo en su voz (uno de los síntomas de la ELA). Fhadila aprovechó su llamada para invitarlos a almorzar a ella y a sus hijos ese mismo viernes: «Cuando volvamos de la mezquita, para que conozcas mi casa y celebremos en familia el feliz acontecimiento», le dijo, invitación que Lola aceptó encantada.

Después, cuando se estaba preparando un baño con sales, sonó su móvil de última generación, regalo de su marido, en el que Fhadila había introducido los contactos de ella misma, Faysal, Samira y hasta la suegra, y en la pantalla apareció un número que empezaba por 04, es decir, una línea fija de Dubái que no conocía.

—Buenas tardes, ¿la señora Al Mubarak, por favor? —preguntó una voz masculina con un ligerísimo acento árabe.

Y Lola tardó en contestar, porque se le hacía aún muy raro que se dirigieran a ella con ese título.

—Sí, sí, soy yo, Lola. ¿Con quién tengo el placer de hablar?

—Encantada de saludarla señora Al Mubarak, espero no haberla interrumpido en nada importante. Mi nombre es Mahir al Gazali y soy socio del despacho de abogados que defiende los intereses de su familia, ¿es este un buen momento para hablar? —inquirió con una educación exquisita.

—Sí, por supuesto, le escucho, ¿de qué se trata? —preguntó Lola con gran curiosidad.

—Si no le importa y tiene tiempo ahora mismo, podría acercarme a su casa en media hora aproximadamente. Me ha sido encomendado que le detalle los derechos adquiridos como consecuencia de su nuevo estado civil y sería para mí un honor poder hacerlo en persona.

Así que Lola quitó el tapón de la bañera y se sentó en el jardín con su traje de Chanel a esperar al misterioso letrado bebiendo una taza de té marroquí que desprendía un agradable aroma a menta, mientras sus hijos se bañaban en la piscina,

Unos cuarenta y cinco minutos después llegó el tal Mahir (que significa «hombre honorable y valiente»; le chiflaba eso de que cada nombre árabe expresara un concepto o un calificativo concreto), vestido con traje y corbata oscuros, portando un maletín negro, secándose el sudor de la frente con un pañuelo de hilo con sus iniciales bordadas y disculpándose reiteradamente por la tardanza: «Es que a estas horas la carretera Mohammed bin Zayed está siempre colapsada». Aceptó un refresco y en menos de una hora le dio a la nueva señora Al Mubarak la bofetada de prosa que consciente o inconscientemente Lola se había negado a recibir hasta el momento de estar ya casada con Faysal.

A partir de ese día viviría en una casa que era exactamente igual de grande que la de Fhadila, conduciría dos coches del mismo valor que los de ella y recibiría un sueldo mensual, excluyendo gastos corrientes de la casa, salarios de los empleados (tres doncellas, chófer, jardinero, cocinero y dos cuidadoras para los niños), comida y tasas escolares que ascendería a cincuenta mil dírhams mensuales (es decir, doce veces más de lo que cobraba en la empresa de seguros de Madrid por dejarse las pestañas de ocho de la mañana a tres de la tarde).

Hasta ahí era todo más o menos previsible, pero después vino el meollo de la cuestión:

—Su marido, Faysal Al Mubarak, tiene la obligación de, tal y como estipuló el Profeta, tratar a todas sus esposas con ecuanimidad, por lo que a partir del día de hoy, su noche de bodas, podrá disfrutar de usted, señora, hasta el amanecer del día de mañana, en que estará obligado a dedicar el siguiente día y el resto de la noche a su primera mujer, y así consecutivamente y siempre que no tenga obligaciones laborales en el periodo que a usted o a ella le corresponda. Según las enseñanzas del Corán, tanto la compañía como la energía sexual deben repartirse de la misma manera entre las mujeres que hubiera tomado como esposas sin beneficiar a una sobre otra. Y en ese punto, y ante la cara de asombro de Lola, el abogado en cuestión se permitió parafrasear al propio Mahoma asegurando:

Quien tenga dos esposas y favorezca a una sobre la otra llegará al Día de la Resurrección con uno de sus lados caído...

—¿Tiene usted alguna pregunta, señora Al Mubarak? —preguntó el «hombre honorable y valiente». Pero como Lola estaba atónita y muda, y hubiera deseado estar sorda también, el abogado, que consideraba que ya había cumplido con su deber y estaba deseando largarse de aquella casa cuanto antes, añadió ante la falta de respuesta—: Y aquí está su apunte de diez millones de dólares en la cuenta de la Unión de Bancos Suizos, tal y como ordenó su padre y negociamos con su abogado, el letrado Silverio Ramas Rombo —le dijo entregándole el documento que acreditaba el ingreso de esos diez millones de dólares a su nombre—. Ahora, si me lo permite, y a no ser que tenga alguna duda que resolver, me retiro, que ya es tarde e imagino que el señor no tardará en llegar —se despidió entregándole una tarjeta con su nombre, el nombre del bufete y su número de teléfono directo además del de su móvil— por si en los próximos días considera que hay algún extremo que deba aclararle, lo cual haré con gusto. Estaré siempre a su disposición, señora Al Mubarak, y permítame reiterarle mi más sincera enhorabuena por su casamiento. —Cogió su maletín y salió por la puerta bastante azorado.

En cuanto aquel señor sudoroso salió por la puerta, Lola gritó a sus hijos:

—Subid arriba a dormir ya, que mañana hay colegio. Hoy no quiero ni media tontería, ¡a apagar la luz inmediatamente! —Y Diego y Alejandro, que para nada estaban acostumbrados a que su madre les levantara la voz, se fueron a la cama, cerraron la puerta de sus respectivos dormitorios algo asustados y apagaron la luz sin atreverse a decir ni una sola palabra. De todas formas y tras las emociones de su primer día de colegio estaban agotados y ambos cayeron rápidamente en los brazos de Morfeo.

Apenas quince minutos después, el cocinero libanés le anunció que la cena estaba servida en el comedor, y Lola, sin dirigirle la palabra, acudió a la puerta principal, donde acababa de oír a Faysal (cuyo nombre, por cierto, en árabe significa «firme») girar la llave.

—¿Se puede saber qué significa esto? —le gritó nada más verle enseñándole el documento bancario ante la cara de asombro de su marido—. ¿Es que en algún momento habías pensado que me podías comprar, tú te crees que soy una prostituta de lujo? Yo no tengo precio, y si lo tuviera te aseguro que tú jamás podrías pagarlo, ¡no eres más que un nuevo rico paleto convencido de que todo lo puedes conseguir con dinero!

Faysal se acercó a ella con toda la calma de la que fue capaz y trató de tranquilizarla.

—Por supuesto que ni eres ni te he considerado eso nunca. No te permito que vuelvas a emplear esa palabra jamás refiriéndote a ti, porque ahora eres mi mujer y si lo vuelves a hacer me estarás insultando también a mí —le contestó de manera autoritaria—. Por favor, mi amor, tranquilízate, tú sabes cuánto te quiero, creo que a estas alturas ya te he demostrado que eres el amor de mi vida, que haría cualquier cosa por ti —añadió de una manera más suave ahora y tratando de abrazarla, abrazo que ella rechazó con desprecio—. Ese dinero no significa nada para nosotros, es una cantidad que exigió tu padre para garantizar tu seguridad económica en el futuro y, cuando tu abogado estableció ese requisito para que se celebrara nuestro matrimonio, yo no puse ninguna objeción. De hecho me pareció una buenísima idea porque aún no hemos concebido hijos propios y para mí también es importante que estés protegida por si algún día, y eso solo está en manos de Alá, me ocurre alguna desgracia. En ese caso, bajo ningún concepto, querría dejaros a ti y a Alejandro o Diego desamparados…

Entonces Lola, que estaba completamente fuera de sí, nada convencida con el argumento de Faysal y absolutamente indignada con su padre por haberle puesto un precio, y con su marido por haber accedido a pagarlo como si ella fuera una mercancía, se acercó al aparador del vestíbulo y le enseñó la *abaya* que le había regalado su madre tirándola al suelo con rabia. Después de pisotearla le espetó:

—Esto es para tu querida mamá, para que se lo devuelvas antes de que lo haga trizas, pero ¿quiénes os habéis creído que sois todos en tu familia, los Kennedy de Oriente Medio? —y en ese punto ya había perdido el control completamente y no sabía ni lo que decía—. ¿Y qué tenías pensado esta noche, que es nuestra noche de bodas, hacerme el amor y después irte corriendo en cuanto amaneciera?

—Ojalá todo pudiera ser diferente, pero tengo otra esposa que está muy enferma y me necesita más que nunca, así que sí, por supuesto que me iré al amanecer, pero no solo porque es mi obligación para con ella como marido, sino también porque quiero estar allí cuando se despierte y no tenga fuerzas ni para ponerse en pie, ¿tan terrible te parece eso? —le respondió Faysal cada vez más enfadado.

Entonces Lola, presa de la ira, en gran parte consigo misma por ser tan insensible y egoísta, y con lágrimas en los ojos, se lanzó a él con la mano abierta, pero Faysal la vio venir y paró el golpe sujetándole el brazo con fuerza.

—Que sea la última vez que te atreves a levantarme la mano, porque ya es la segunda vez que lo haces, y la tercera que lo intentes créeme que voy a ser implacable en mi castigo. Tendré que disciplinarte aunque me vea obligado a hacerte daño —le advirtió sin levantar el tono de voz pero con mucha determinación—. Como esposa mía que eres me debes obediencia, y te aseguro que no voy a tener ninguna misericordia contigo hasta que aprendas a respetarme, a mí y, por supuesto, y por encima de todo, a mi madre.

—¿Tu madre? ¡Tu madre es la que ha venido a faltarme al respeto a mi casa ofreciéndome una *abaya* como regalo de bodas sabiendo que soy cristiana, católica y romana! ¿Qué es lo que tiene tu madre, muy mala leche o un retraso mental acusado? —gritó—. Pero, por Dios, ¿quién se ha creído esa señora que es? —le dijo escupiendo sobre la *abaya*.

Y en ese momento Faysal ya no quiso aguantar ni una sola ofensa más. Se fue andando a paso rápido hacia la cocina y volvió rojo de furia con una gran cuchara de madera de las que se usan para remover los guisos, que Lola contempló con extrañeza y estupor poniéndose de repente a temblar de miedo. Sin decirle ni una sola palabra, Faysal la tiró sobre el sofá, la sujetó fuertemente con sus piernas, le levantó la falda, le arrancó las bragas y comenzó a azotarla en el trasero una y otra vez... Lola, indefensa y sintiendo un dolor insoportable chilló y lloró de odio y de impotencia durante largo rato, cada vez que la cuchara alcanzaba sus nalgas, que fueron muchas, ¿diez, quince, veinte? Y en cada uno de los azotes creía que no iba a poder aguantar el siguiente, pero él la seguía teniendo inmovilizada con su cuerpo y ella no podía evitar tratar de encogerse inútilmente cuando sentía que la madera volvía a elevarse y anticipaba con terror otro golpe proferido con saña sobre su piel. Sus gritos, efectivamente, se oyeron hasta en Arabia Saudita.

Tras los primeros varazos, realmente duros y enérgicos, poco a poco el castigo fue perdiendo rigor y la azotaina se fue apaciguando, hasta que finalmente Faysal dejó aquel palo de madera en forma de cubierto sobre la mesa del salón, la abrazó con todo su cuerpo sin dejar de tenerla firmemente sujeta y le susurró al oído con la voz quebrada:

—Perdóname, mi amor, por favor, perdóname, no quería hacerte daño —Lola no podía parar de sollozar y temblar con fuertes espasmos. Era la primera vez en toda su vida que alguien le ponía la mano encima y la paliza había sido descomunal—, te quiero, eres mi vida entera, y lo último que quería era herirte, pero es que no me has dado otra opción... Lo siento, cielo, lo siento de verdad —le decía cariñosamente Faysal besándola en el cuello y en la cara para tratar de limpiar así sus lágrimas.

—¡Vete, lárgate de aquí! ¡No quiero volver a verte nunca más, te odio, te odio con todas mis fuerzas! —le gritó Lola entre hipidos, pero él no hizo ningún amago de soltarla, al contrario, apretó sus piernas alrededor de las suyas aún más fuerte.

Entonces, y sin dejar de decirle ni un segundo cuánto la quería, arrastró su cuerpo sobre el de ella hasta que sus mejillas se colocaron sobre su trasero (que a esas alturas había adquirido un sorprendente parecido con la bandera de Japón) y lo besó tiernamente tratando de calmar con su lengua el ardor de aquellas marcas rojas en su piel. Ella le repetía llorando que le odiaba y que se fuera de allí, pero él la seguía reteniendo sin permitirle moverse ni un milímetro, y continuó acariciándola tranquilamente y con mucha dulzura, tomándose su tiempo. A continuación y en un gesto muy hábil, le dio la vuelta a Lola y rozó suavemente con sus labios sus muslos, muy despacio primero y cada vez más rápido hasta sumergir con violencia su lengua entre ellos. Y aunque Lola no cesaba de insultarle de toda las maneras y en todos los idiomas posibles Faysal supo que su cuerpo decía lo contrario. La penetró allí mismo, en el sofá, con la cuchara de madera a la vista de ambos y la chaqueta de su traje de Chanel todavía puesta, provocando en su segunda esposa un intenso y profundo gemido de placer que a Lola le salió de las entrañas recorriendo en un escalofrío de gozo casi inaguantable todo su cuerpo, como si de una descarga eléctrica se tratara, desde el último cabello de su cabeza hasta los dedos de los pies.

Él la contempló aullar de placer con un gran orgullo y una profunda satisfacción, todavía dentro de ella, y luego fue saliendo de su cuerpo lentamente, besó su boca y su cara encharcada en lágrimas, la cogió en brazos y la subió en volandas por las escaleras hasta el tercer piso. Ya en el dormitorio la colocó con mucho cuidado sobre la enorme cama matrimonial, que también tenía dosel y sábanas de hilo, la desnudó, dedicó unos minutos a admirar su espléndida figura y volvió a hacerle el amor suavemente y muy despacio una y otra vez de la manera más tierna, dulce y cariñosa, hasta que los primeros rayos de sol se colaron por la ventana.

10

Lola durmió como un ángel hasta pasada la una del mediodía. Cuando abrió los ojos y se estiró comenzó a recordar poco a poco cómo había disfrutado hasta el éxtasis la noche anterior con su atractivísimo recién estrenado marido, y se sintió eufórica y plena volviendo a sentir sus besos, sus caricias, su dulzura y las diferentes maneras en que durante horas la había hecho suya. Esos dedos tan largos, fuertes e implacables, esas manos tan hábiles que la habían manejado como si fuera una muñeca de trapo, la boca recorriendo su piel, su lengua tan deliciosa y ágil, las palabras de ternura infinita que le susurraba al oído con aquel acento árabe tan varonil… Volvió a imaginarse apretando y arañando ese cuerpo duro y atlético de piel tan morena y no pudo evitar estremecerse y sentir una corriente de placer humedeciendo su cuerpo una vez más.

«¡Dios mío, es la una; mis hijos!», pensó, y un poco asustada se sentó sobre la cama para llamar a la doncella por el teléfono interno (los había llevado el chófer al colegio por la mañana, así que todo en orden). Entonces sintió en sus nalgas aquella comezón, aquel ardor… Corrió al baño para mirarse en el espejo. Tenía pequeñas marcas rosáceas apenas perceptibles ya, pero sintió cómo se calentaban sus mejillas aún más que su trasero por la rabia —«cómo ha sido capaz de atreverse a pegarme»—, y por la vergüenza por haberse dejado amar después de aquella soberana paliza; «no tengo dignidad», pensó.

Se dio una ducha y se puso vaqueros ajustados de Abercrombie, camiseta gris de manga corta de GAP y alpargatas blancas de cuña de Castañer, y bajó en el ascensor hasta la planta baja, donde la esperaba Rogelyn, una de las sirvientas filipinas.

—Buenos días, señora, ¿va a querer almorzar? —le preguntó.

—No, muchas gracias, un té negro con leche será suficiente antes de ir al colegio a recoger a mi hijos.

—El señor ha llamado ya cuatro veces, pero le he dicho que la señora estaba durmiendo y me ha pedido que no la molestara —la informó—. Y hace un par de horas le han traído este regalo —añadió mostrándole una gran caja roja en forma de corazón llena de bombones al que habían pegado con papel celo un sobre cerrado. Lola, muy ansiosa, leyó la tarjeta, escrita por Faysal de su puño y letra:

Que estos bombones endulcen tu mañana y te ayuden a perdonarme cada vez que te sientes y te acuerdes de mí (y en ese punto había añadido un dibujo de una cara redonda guiñando un ojo, como la de los emoticonos de los teléfonos móviles). Te quiero, dormilona. Llámame.

Faysal

«Encima con bromitas», pensó Lola, y decidió que por supuesto no lo iba a llamar y que a partir de ahora tendría que irse todas las noches a dormir con su queridísima primera esposa, que ella ya había tenido suficiente. «Se va a enterar de lo que vale un peine…», y mientras se tomaba su té con uno de los exquisitos bombones belgas sonó el teléfono fijo de la casa.

—Señora, el señor Faysal pregunta por usted —le dijo la filipina.

Lola suspiró profundamente, esperó unos minutos y finalmente contestó con un «¿sí?» que trató de que sonara de lo más indiferente.

—Buenas tardes, princesa, ¿qué tal ha dormido mi esposa? Estabas absolutamente deseable cuando te he dejado esta mañana tan dormida en nuestra cama, ¿qué tal el trasero; te duele mucho; me has perdonado ya; te han gustado mis bombones? —otra vez esa voz tan grave e irresistible—. ¿Qué planes tienes para el resto del día, mi amor?

—Pues, evidentemente, y después de lo que me hiciste anoche, tener una conversación muy seria contigo, Faysal —le contestó ella de una manera que trató de que sonara muy seca y solemne.

—¿A qué te refieres exactamente, cariño? Te hice tantas cosas ayer… —y lo dijo con un tono de burla que volvió a subirle los colores a Lola—. Hoy no vamos a poder vernos, recuerda que es mi día con Fhadila; pero ya le he dicho a mi secretaria que mañana despeje toda mi agenda de la tarde para poder ir a tu casa y bañarnos todos en la piscina, que estoy deseando ver en biquini a mi preciosa mujer. Luego te llevaré a la cama y hablaremos de todo lo que tú quieras, si es hablar lo que quieres...

—¿Cómo que mañana? ¿Tú te crees que las cosas van a quedar así después de que ayer te atrevieras a pegarme? Te espero hoy aquí a las cinco en punto, y como se te ocurra no aparecer llamaré a tu abogado, y también al mío, pediré el divorcio y no volverás a verme jamás, ¡te lo juro! —le gritó histérica.

—Pero, mi amor, si solo llevamos un día casados, ¿tan pronto te quieres divorciar de mí, es que ya no me quieres? —le preguntó muy mimoso—. Entro en una reunión, nos vemos a las cinco de la tarde, pero de mañana. Te voy a compensar por todos esos azotes que recibiste anoche, te lo prometo, aunque la verdad es que más de la mitad de ellos te los merecías. Pero sí, quizá se me fue un poquito la mano... —y lo dijo con un tono de superioridad que acabó ya con la paciencia de Lola—. Bueno, muñeca, te dejo, que el deber me llama, un beso muy largo, tú eliges dónde. ¡Hasta mañana! —y le colgó el teléfono.

Alucinando, así estaba Lola. No daba crédito a la chulería de Faysal: «Es que esto ya es el colmo». Marcó su número y le contestó una voz en árabe de la compañía Etisalat diciendo que ese número estaba apagado o fuera de cobertura, así que, cada vez más alterada, llamó a su oficina y se puso una de sus secretarias, que muy amablemente le dijo que el señor Al Mubarak se encontraba reunido en esos momentos.

Era ya la hora de ir a buscar a los niños, pero la tela áspera del pantalón vaquero le estaba haciendo daño allí donde había recibido los golpes, así que se puso una minifalda blanca de vuelo de H&M y le dijo al chófer que preparara el coche, no sin antes ir a la cocina, coger aquella cuchara grande de madera y tirarla a la basura sintiendo que le temblaban las piernas solo con volver a verla.

«Hasta las cinco en punto tiene de plazo, si no viene a esa hora me divorcio y me largo de aquí, y aunque venga ya se puede poner de rodillas y pedirme perdón, que tampoco le va a servir de mucho...», se juraba a sí misma sentada en el asiento de atrás y cambiando de postura todo el tiempo porque no se encontraba cómoda en ninguna de ellas. Se puso a pensar en las palabras exactas del abogado de su marido, el tal Mahir al Gazali cuando le aseguró que «según las enseñanzas del Corán, tanto la compañía como la energía sexual deben repartirse de la misma manera entre las mujeres que hubiera tomado como esposas sin beneficiar a una sobre otra» y se preguntó si a Fadhila le iba a hacer hoy chillar de placer tantas veces como le había hecho a ella la noche anterior. No podía soportar los celos que sentía al imaginarse la escena y el bello cuerpo que debía tener ella, a pesar de la enfermedad, o precisamente por la enfermedad, porque sería aún más frágil y delicado, y requería más ternura por parte de Faysal. En ese momento se odió a sí misma por ser tan egoísta, por tener envidia de una mujer que solo le había demostrado generosidad y cariño, un extraordinario ser humano al que le quedaban meses de vida... Y se echó a llorar de desesperación, porque estaba perdiendo el norte, porque se había casado con un hombre bígamo, porque se había jurado a sí misma cuando salió de la cárcel que jamás volvería a poner un pie en un país árabe y allí estaba, exactamente en el mismo lugar, porque había sido maltratada por Faysal, y aun así le seguía queriendo y deseando con toda su alma, porque ya no tenía padre y, sobre todo, porque ya no se reconocía a sí misma, ya no sabía quién era. La gota que colmó el vaso la pusieron los locutores de Dubai 92, que tuvieron la feliz idea de pinchar en ese momento *Luka* de Suzanne Vega.

Pero como «Dios aprieta pero no ahoga», inmediatamente después los Beatles cantaron *Hey Jude*, y Lola pensó que tal vez ella también podía «*take a sad song and make it better*» (o sea, coger una canción triste y hacerla mejor), al fin y al cabo, acababa de llegar a Dubái, solo llevaba un día casada y quizá no era aún el momento de cargar con todo el peso del mundo sobre sus hombros.

En el colegio los niños estaban bastante animados porque cada uno había invitado a un compañero de su clase a pasar la tarde del día siguiente en casa (sería jueves, así que era el día perfecto, el viernes ya era fin de semana y no había que madrugar).

—¿Nos dejas, mamá? —preguntó Diego—. Max me ha dicho que sí que puede venir, le he contado cómo es mi coche nuevo y quiere que hagamos carreras.

—Y yo he invitado a Chris, que es de Alemania. Se va a traer el bañador porque le he dicho que nuestra piscina tiene tobogán —añadió Alejandro.

—Claro que os dejo, luego llamo a sus mamás (la habían incluido en el chat de madres de cada clase) para darles la dirección y que los vengan a recoger por la noche —accedió Lola muy contenta de que sus hijos hubieran empezado tan pronto a hacer amigos—. Mañana os recogeré a los cuatro en el cole y directos a casa a jugar toda la tarde, le diré al cocinero que os prepare una merienda muy rica.

Ya en casa, ayudó a los niños con sus deberes (fue incapaz de echarles una mano con el árabe) y los dejó bañarse un rato en la piscina antes de cenar. Miró el reloj, eran las cinco de la tarde, la hora que le había marcado a Faysal para llegar a casa y acometer la importante conversación que tenían pendiente. Pero nada, no daba señales de vida, y a las cinco y cuarto tampoco, y a las cinco y media Lola ya se empezó a impacientar y, hablando mal y pronto, a cogerse un cabreo de tres pares de narices. Pero unos minutos después sonó el timbre de la puerta principal. «Buf, menos mal», pensó, y corrió a abrir tratando de disimular lo feliz que estaba.

—¿La señora Al Mubarak? —preguntó un chico indio entregándole un paquete—. ¿Puede firmar aquí, por favor?

Dentro había un espectacular biquini brasileño negro con tiras de cuero a los lados, supersexy, y una nota de Faysal:

No puedo esperar a vértelo mañana puesto y arrancártelo luego a mordiscos.

Faysal

El biquini no podía ser más bonito, pero evidentemente no era lo que Lola estaba esperando, así que, a modo de respuesta, agarró con furia su teléfono y le envió el siguiente mensaje:

Te advertí que vinieras a las cinco y son ya casi las seis. Ahora mismo pido el divorcio. Hasta nunca.

Faysal estaba «en línea» e inmediatamente en la pantalla de su Iphone último modelo aparecieron las dos rayas azules confirmando que lo había leído, pero no obtuvo respuesta, ni en ese instante ni en los siguientes treinta minutos. De hecho, había dejado de estar «en línea» en cuanto lo hubo leído. Entonces Lola, que nunca se había caracterizado por pensar las cosas antes de hacerlas y cuyo fuerte carácter solía poder más que ella, recuperó la tarjeta que le había dado el abogado de su marido y marcó la línea de su móvil personal, que sí daba señal aunque nadie le respondió y tampoco saltó ningún buzón de voz.

Cada vez más rabiosa, se fue a la nevera y se abrió una Almaza (una cerveza libanesa exquisita), que se bebió casi de un trago para tratar de calmar su nerviosismo. Y entonces recibió, por fin, un mensaje de Faysal:

Que sea la última vez que te atreves a llamar al señor Al Gazali sin mi permiso. Empieza a comportarte como lo que eres, la señora Al Mubarak. Hasta mañana.

Y después de aquella escueta frase había añadido un emoticono de un diablo rojo con cuernos muy enfadado, y Lola no se lo tomó a broma en absoluto...

Tras la cena, Diego, Alejandro y ella vieron una película en la minisala de cine de veinte butacas, todas amplias y comodísimas, con las que contaba la mansión (los niños no se lo podían creer) y después los acostó preguntándoles si les gustaba vivir en Dubái, a lo que ellos contestaron con un «sí» que no dejaba lugar a dudas, «pero echamos de menos a papá». Lola trató de animarlos recordándoles que en solo unas semanas tendrían vacaciones y se irían a verlo a Madrid, y que además podrían llamarlo por teléfono siempre que quisieran para hablar con él. Sin embargo, al contemplar aquellas caritas tan inocentes las dudas volvieron a apoderarse ella: «¿Lo estoy haciendo bien, es esto lo mejor para mis hijos, que no tienen la culpa de nada?»

En cuanto estuvieron los dos dormidos, y en vista de que el tal Mahir de honorable tenía poco y de valiente menos, llamó a su amigo, el abogado Silverio.

—¡Lola, querida, qué ilusión escuchar tu voz! ¿Cómo estás, va todo bien?

Mantuvieron una larga conversación en la que él le confirmó lo que ya sabía, que su padre lo había contratado para que velara por sus intereses, «como es lógico y normal, porque está muy preocupado por ti», le dijo, y que no hubo ningún tipo de negociación respecto a la cifra pagada por Faysal para casarse con ella: «El señor Al Muba-rak hizo la transferencia el mismo día que yo se lo pedí a través de su abogado y sin poner ni un pero».

—Pero me siento como si mi padre me hubiera vendido por un plato de lentejas... —se quejó ella.

—Hombre, Lola, algo más que un plato de lentejas sí que es, que son diez millones de dólares... Pero si tienes cualquier duda desde el punto de vista moral y no te sientes cómoda aceptando ese dinero (aunque mi consejo legal es que no le des más vueltas) siempre lo puedes poner a nombre de tus hijos. Esa cantidad es tuya y puedes hacer con ella lo que quieras —le sugirió.

—Pero ¿por qué no me habíais contado nada de esto; cómo ha-béis sido capaces tú y mi padre de darme esta puñalada trapera? —le preguntó muy molesta.

—Pues evidentemente porque tú nunca lo habrías permitido, y nuestra obligación era protegerte —le contestó sin ofenderse lo más mínimo; conocía a Lola desde hacía muchos años y sabía que de moderada, prudente y bien hablada tenía bastante poco, aunque todo eso lo compensaba con un gran corazón a prueba de bom-bas—. Como ya te he dicho en muchas ocasiones lo que has hecho es una absoluta locura sin pies ni cabeza —le recordó regañándola con mucho cariño. Pero, cuéntame, querida, ¿cómo estás?, ¿eres feliz?

—Sí, no, no lo sé... —y en ese momento se echó a llorar—, no sé si esto va a salir bien, Silverio, es una cultura tan diferente... Faysal ya tiene otra mujer y cada noche duerme con una, creo que me he meti-do en un lío muy gordo y no sé cómo voy a salir de él.

—Pues es tan fácil como coger a Alejandro y a Diego e irte al aeropuerto ahora mismo. ¿O es que Faysal se ha atrevido a quitarte los pasaportes? —le inquirió con un tono muy alarmado.

—No, no, Faysal no es así, nunca haría eso, los tres pasaportes los tengo yo —lo tranquilizó Lola—, pero acabo de casarme con él y ya empiezo a pensar que os tenía que haber hecho más caso a ti y a mi padre. Lo que pasa es que le quiero, Silverio, estoy enamorada de él de verdad, pero yo no encajo en este mundo, no sé qué pinto aquí.

—Bueno, cielo, lo importante es que tienes los pasaportes, que tu matrimonio es una mascarada y que el día que no aguantes más te coges a los niños, te vuelves a España y «si te he visto no me acuerdo» —le dijo ya más tranquilo—. Encima, económicamente tienes la vida asegurada para siempre, porque eres dueña de pleno derecho de esos diez millones decidas lo que decidas hacer mañana. Faysal no puso ninguna condición en absoluto a la hora de transferírtelos. Espero que ahora entiendas por qué accedí a la petición de tu padre… Eres mi amiga y te quiero, Lola, pero estás haciendo malabarismos muy peligrosos con tu vida y con la vida de tus hijos, y no podíamos permitir ni tu padre ni yo que los hicieras sin red.

Tras la conversación con su adorado amigo, que la tranquilizó bastante, porque Silverio siempre había sido como un bálsamo para ella en los peores momentos de su vida, Lola decidió abrirse otra cerveza libanesa y salir al porche. Los aspersores ya se habían puesto en marcha y se sintió bien allí inhalando el olor al césped mojado, que era exactamente el mismo que aspiraba tras un día lluvioso en su añorado parque de El Retiro cuando era pequeña. Se puso muy nostálgica y recordó aquel tristísimo y bello poema de William Wordsworth recitado por Natalie Wood en la inolvidable película *Esplendor en la hierba*:

> *Aunque ya nada pueda hacer*
> *volver la hora del esplendor en la hierba*
> *de la gloria de las flores,*
> *no debemos afligirnos*
> *porque la belleza subsiste siempre en el recuerdo…*

«Se acabó; no me voy a quedar encerrada en esta jaula de oro esperando a que vuelvan las oscuras golondrinas. La vida está ocurriendo hoy, aquí y ahora, soy una recién casada con un marido que ahora mismo estará haciéndole el amor a otra mujer, pero nadie me ha engañado, sabía a lo que venía y yo puedo hacer que esto funcione. Y lo voy a hacer funcionar a pesar de todo y por encima de todos», decidió cogiendo otra Almaza de la nevera y marcando un número en su móvil.

—¡Hola, Sonia!, ¡adivina quién soy!

—¿Lola, eres Lola? —contestó sorprendidísima su amiga catalana—, pero ¿desde dónde me llamas?

Una hora después estaban las dos y Miguel, el marido de ella, sentados en una mesa de la discoteca Rock Bottom con una botella de Bombay Sapphire (Lola no se atrevió ni a olerla pues había aprendido la lección) y un montón de cosas que contarse después de tantos años. Ninguno de los dos daba crédito a la rocambolesca historia que les estaba contando su querida amiga (¿casada con el famoso Faysal que a su vez ya estaba casado?), pero se alegraron muchísimo de volver a verla y se juraron a sí mismos que esta vez no la iban a perder de vista ni a permitir que volviera a meterse en problemas.

Después la banda tocó *Sweet Caroline*, de Neil Diamond, y los tres se lanzaron a la pista a bailar hasta las tres de la mañana, en que el bar cerró sus puertas (así era Dubái, ninguna discoteca abría más tarde de esa hora). Lola los acompañó a su casa en su coche con chófer. «Mañana te llamo, y el sábado nos vamos a verte con Hugo y Alba, no sabes lo feliz que estoy de tenerte aquí otra vez», le aseguró la catalana dándole un abrazo. Al filo de las cuatro de la mañana Lola llegó a su palacio de Al Manara con una sonrisa de oreja a oreja, había estado tan a gusto con ellos… Qué lujo poder tener amigos en Dubái que hablaban su mismo idioma (en el sentido más amplio de la palabra) y a los que podría recurrir siempre que se sintiera sola. Además, a Alejandro y Diego también les iba a venir muy bien jugar con niños españoles. «Y mañana tengo que llamar a Alice sin falta», pensó.

Cuando subió a la habitación y se puso el pijama cogió su móvil para cargarlo y se encontró con un terrible *whatsapp* de Faysal:

Te han visto esta noche en un bar con otro hombre y una mujer que bebían alcohol bailando con una minifalda como una cualquiera. Me has avergonzado profundamente, está claro que no eres capaz de comportarte como la señora que eres y no voy a permitir que sigas arrastrando el apellido de mi familia por el fango.

Esta vez no había añadido ningún emoticono.

11

Apenas pudo pegar ojo en toda la noche (cómo echó de menos el bendito orfidal, que en Dubái no podía comprar), pero trató de hacer de tripas corazón y poner al mal tiempo buena cara. Con fingida voz de entusiasmo, recordó a Alejandro y a Diego que esa tarde tenían una *playdate* en casa con Chris y Max, que podrían jugar con los coches nuevos, bañarse en la piscina y comerse los cuatro una estupenda merienda llena de dulces. «Además, el viernes vamos a ir a ver a Fhadila, Abdul y Hassan, que viven en una casa tan bonita como la nuestra, y el sábado van a venir a hacernos una visita Hugo y Alba, que también son españoles, ¿os acordáis de ellos?» Los niños, ajenos a la angustia que estaba viviendo su madre, porque cuando lo intentaba con todas sus fuerzas podía ganar un puñado de Goyas (la pena es que lo intentara tan poco a menudo), se despidieron de ella muy contentos en la puerta del colegio, guapísimos con sus siete y ocho años en sus uniformes ingleses con corbata de rayas.

Ya en el coche y muy nerviosa (había releído como trescientas veces el mensaje que Faysal), Lola llamó a Samira.

—¡Hola, cariño! ¿Qué tal estás? ¿Te apetece tomarte un té conmigo? Necesito verte lo antes posible... —Y como su amiga la notó desesperada, quedaron veinte minutos después en la cafetería Shakespeare and Co, que estaba decorada de lo más cursi pero tenía sala de fumadores. A Lola el cuerpo le pedía en ese momento dosis ingentes de nicotina, a ser posible en vena.

Como evidentemente (bastante avergonzada estaba ya ella) a Samira no le iba a contar el lamentable episodio de la paliza (tenía confianza con ella, pero no hasta ese punto), Lola le explicó que había salido la noche anterior a una discoteca con un matrimonio de amigos suyos españoles y que no había hecho nada malo. No había probado ni una gota de alcohol y tan solo había bailado un par de canciones, «todo muy comedido», le explicó (y en el fondo no estaba mintiendo), pero que, «al parecer», a Faysal alguien le había ido con el chisme y «no le había hecho mucha gracia». Samira escuchó su relato con mucha atención y cara circunspecta, y antes de tomar la palabra se tomó unos minutos para tratar de justificar el enfado de Faysal de la manera más cariñosa de la que fue capaz.

—El comportamiento de la esposa de un hombre musulmán (sea cual sea la religión que profese ella) es un reflejo de su marido, Lola. Lo que tú hagas en público repercute en él y en toda su familia inmediatamente. Ya has visto la rapidez con la que la noticia ha llegado a oídos de tu esposo —le explicó—. El hecho de ir con otro hombre a un *nightclub*, compartir mesa con personas que están ingiriendo alcohol (aunque tú no lo hagas) y contonearte para exhibir tu cuerpo a desconocidos es una vergüenza para Faysal. Lo que le estabas diciendo a todos ayer es que no respetas a tu marido, y por eso él está tan molesto. Lo que has hecho es algo completamente impensable en nuestra cultura, máxime estando casada.

—Pero te juro que no había ningún emiratí anoche en ese bar, Samira, y de verdad que yo no bebí nada. Aunque Faysal sabe que bebo, tuve mucho cuidado con eso, ¿y qué hay de malo en bailar? —le imploraba ella—. No entiendo nada; yo no he hecho nada criticable, de verdad. El hombre con el que estaba ayer está casado con una amiga mía, no había ninguna mala intención…

—Estoy segura de que no quisiste humillar a tu esposo a conciencia —le dijo cogiéndole la mano, que estaba temblando—. Te conozco bien, Lola, y sé que no has tomado la decisión de casarte con Faysal para ofenderlo al día siguiente de la boda, pero tienes que tener mucho cuidado con lo que hagas aquí. Aunque creas que no había ningún emiratí anoche, estoy segura de que los había, lo que pasa es que cuando salen de juerga «a la caza de extranjeras», porque eso lo hacen todos (y ni por Alí pondría yo la mano en el fuego) se quitan la *kandora* y se visten al modo occidental —Lola no daba crédito al ejercicio de hipocresía—. En cuanto al marido de tu amiga, no olvides que el que te haya podido ver anoche no sabe si ese señor está casado o no, y de todas formas eso es lo de menos… Por último, y aunque para ti sea normal bailar delante de otros hombres, eso en nuestra sociedad es una falta gravísima. A la mujer que se exhibe de esa manera para provocar el deseo sexual en otros hombres, esté casada o no, se la considera directamente una prostituta.

Y Lola se echó a llorar….

—Pero yo eso no lo sabía, Samira, y yo nunca quise provocar ningún deseo sexual en nadie, solo quería divertirme, relajarme y pasar un buen rato con mis amigos. Te juro que pensaba que mientras no bebiera alcohol todo estaba bien… No sabía que estaba haciendo nada malo —le repetía una y otra vez muy asustada.

—Lo sé, cariño, y estoy segura de que Faysal también lo sabe. Es lógico que esté ahora muy disgustado contigo, porque lo que has hecho supone un gran insulto para él, pero estoy segura de que si se lo explicas y le das tu palabra de que no vas a volver a actuar así nunca más, él acabará perdonándote. Le llevará un tiempo, pero te adora y sé que tarde o temprano lo hará —le aseguró—. Solo tienes que suplicar su perdón con mucha humildad y prometerle que esa conducta no se repetirá jamás —le dijo sintiendo mucha pena por su amiga española—. Por favor, ten en cuenta que ahora eres la esposa de un Al Mubarak, que todos nuestros amigos saben lo que pasó hace años y que estás siendo escrutada con lupa. No te estoy pidiendo que te encierres en tu casa, solo que guardes mucho las apariencias cuando estés en lugares públicos. Bebe alcohol si tu religión te lo permite, pero en tu casa; queda con tus amigas occidentales siempre que te apetezca, pero a la luz del día y en lugares donde no se sirva alcohol… No es tan difícil hacer feliz a tu marido, cielo, y él no se merece que manches su apellido de la manera en la que lo hiciste ayer.

Una vez en casa y realmente preocupada tras escuchar el punto de vista de su amiga musulmana, Lola llamó a su marido varias veces, pero él no le cogía el teléfono y la secretaria (¿estaba más seca de lo habitual o se estaba volviendo ella neurótica?) le aseguró que el señor Al Mubarak estaba reunido y había solicitado no ser molestado. Lola, cada vez más nerviosa, decidió que lo mejor era ir a verle a su oficina y aclarar las cosas cara a cara, pero justo cuando salía por la puerta recibió un escueto mensaje suyo.

Estoy tremendamente ocupado y no puedo atenderte. Por favor,
deja de llamarme. Diles a los niños que esta tarde iré a casa a
jugar con ellos.

Y Lola suspiró de alivio; por lo menos lo vería en unas horas,
podrían hablar y ella le pediría perdón y le explicaría lo que había
pasado. Se dio cuenta de que estaba terriblemente enamorada de él
(cuando el día anterior le había dicho que se quería divorciar lo seguía queriendo con la misma intensidad, solo le estaba echando un
órdago), y que bajo ningún concepto quería perderle: «Por favor,
Dios mío, haz que me perdone y no volveré a pisar un bar, solo escu-
charé música clásica beberé siempre agua y hasta seré encantadora
con la bruja de su madre», rezó.

Después de merendar con los niños, Lola se puso el biquini que
le había regalado Faysal y se tiró a la piscina con los dos pequeños,
Alejandro y Chris, mientras los mayores corrían por la pista de *karts*,
mirando impaciente para ver si se abría la cristalera que daba al jardín
y él aparecía. Se hizo de rogar (no llegó a casa hasta pasadas las seis
de la tarde), y cuando apareció con su *kandora* y su turbante blancos
ella salió del agua (le quedaba de cine el biquini nuevo, modestia
aparte) y le dijo de la manera más dulce y sumisa que pudo:

—¡Hola, mi amor!, ¿cómo ha ido el día, has tenido mucho
trabajo?

Y Faysal, sin ni siquiera echarle una mirada, frío como una piedra, le contestó:

—Sí, mucho trabajo.

E ignorándola por completo se dirigió a los niños.

—¿Quién se atreve a echarme una carrera nadando? ¡Hay premio para el que gane!, esperad que suba a cambiarme...

Cinco minutos después ya estaba jugando con los cuatro niños en
la piscina con un bañador lila con estampado de cashmere de Etro
precioso, la piel chocolate, ese cuerpo que era pura fibra, el pelo largo negro y mojado... Lola contemplaba a sus hijos felices cual convi-
dado de piedra, porque para Faysal era como si no existiera. Se sintió
ridícula con su bañador negro con las tiras de cuero de Brazilian Bi-
kini Shop y al rato subió a ducharse y cambiarse. Eligió el vestido más

largo y discreto de su armario y aun así se sintió desnuda, expuesta, avergonzada y hasta sucia.

Algo después de las siete y media, ya de noche, llegaron primero Martina, eslovaca y guapísima (era un clon de Cameron Díaz), la madre de Max, y poco después Sonja, la madre alemana de Christian. Lola aprovechó para intentar presentarle a su marido, pero Faysal se había retirado discretamente y no lo encontró por ningún lado. Ambas madres estaban impresionadas por la casa en la que vivían los amigos de sus respectivos hijos y trataron de entablar conversación con Lola, pero ella se encontraba muy mal en aquel momento, así que les dio las gracias por haber dejado pasar la tarde a los niños allí. «Somos nuevos en Dubái y son los primeros amigos que hacen mis hijos», y los despidió lo más rápido que pudo sin tratar de parecer descortés reiterándoles la invitación «el día que queráis».

Poco después el chef anunció que la cena para cuatro estaba lista (todo exquisito) y Faysal bajó al comedor oliendo a limón vestido con unas bermudas de bolsillos estilo militar, camisa blanca con las mangas dobladas de Gant y sandalias de Lumberjack. Llevaba una botella de malbec argentino en la mano y, sin perder nunca sus modales, le sirvió una copa a Lola antes de servírsela él.

La conversación se centró en Diego y Alejandro, que en ningún momento repararon en que Faysal no le dirigió a su madre la palabra ni una sola vez. Los niños le aseguraron que les gustaba mucho su nuevo colegio, que tenía hasta piscina olímpica y varios campos de fútbol, que ya estaban empezando a hacer amigos…, pero que no entendían nada en clase de árabe.

—Por eso no os preocupéis, voy a conseguiros una profesora particular para que venga a casa un par de días por semana y os ayude con los deberes, y cualquier duda que tengáis me lo decís, que yo también os puedo enseñar árabe; de hecho creo que lo hablo bastante bien —les dijo guiñándoles un ojo—. ¿Jugamos un rato con la PlayStation antes de que os vayáis a la cama?

Lola los dejó en la habitación de juegos, salió a fumar un cigarro al jardín con el alma agarrotada y una sensación de desasosiego que ya no podía aguantar más. Se sentó en uno de los sofás y, como siempre que estaba deprimida le salía la vena poética, coincidió plenamente con Robert Frost y su poema *Fire and Ice* (Fuego y hielo): ella también sabía bastante sobre el odio como para ser consciente de la capacidad de destrucción que tiene el hielo.

A las diez de la noche Faysal salió al jardín, se acercó a ella y le anunció que los niños se acababan de ir a la cama.

—Y yo también me voy a dormir ya; lo haré en una de las habitaciones de invitados.

—Por favor, Faysal, no me hagas esto, tenemos que hablar, quiero pedirte perdón por lo de ayer... —le suplicó ella sintiendo cómo le rodaba la primera lágrima.

—Tendrá que ser en otra ocasión; hoy ha sido un día muy duro y necesito descansar. Buenas noches —le respondió él implacable.

Y se fue.

12

Hay ocasiones en que se invierte tanta energía, esfuerzo e ilusión en que algo funcione que es precisamente ese desgaste físico y emocional el que condena el proyecto, sea cual sea, al fracaso. Por muchas ganas que uno le eche lo que no puede ser no es ni será nunca; o quizá si el empeño hubiera sido menor, si nos hubiéramos dejado simplemente dejado llevar por la corriente el resultado habría sido más esperanzador. Pero lo que resulta más difícil saber es cuál es el momento exacto en que ya está todo perdido y hay que tirar la toalla, aunque lo cierto es que muchas veces, probablemente la mayoría, se puede pronosticar desde antes incluso de subirse al barco que va a haber mala mar, galernas y embestidas de olas cortas en una larga y dura travesía que solo puede terminar en naufragio. Y, aun así, una fuerza superior despojada de toda lógica nos empuja a abandonar la seguridad de la tierra firme: ¿es el hecho de saber que la posibilidad de éxito es absolutamente remota lo que nos anima a agarrar el timón; se trata de la necesidad de creernos invencibles la que nos lanza con los brazos y los ojos abiertos a esa muerte segura?

La noche estuvo repleta de inquietud y pesadillas. A la memoria de Lola volvieron otra vez los recuerdos de sus ocho meses de cárcel, la angustia por no poder ver a sus hijos, el terror que sentía cada vez que se abrían los barrotes de su celda, el aislamiento… Se despertó llorando, agotada y con una densa cortina de tinieblas nublándole el juicio. Intentó volverse a dormir, pero estaba demasiado nerviosa como para conciliar el sueño, y, por otra parte, le daba pánico tener que volver a revivir ese espanto una vez más, así que se duchó y volvió a elegir, lo hizo de una manera completamente inconsciente, otro vestido largo y austero, uno de color negro liso sin ninguna gracia que le llegaba hasta los tobillos y no le favorecía nada.

No eran ni las seis de la mañana y decidió prepararse un té para alejar con él sus fantasmas e intentar olvidar que apenas llevaba setenta y dos horas casada, en el transcurso de las cuales su marido le había dado una paliza la primera noche, le había hecho el amor a otra mujer la segunda y se había negado a compartir su cama con él la tercera. «Dios mío, qué estoy haciendo con mi vida», pensó sintiéndose tan triste y tan sola que hasta pudo visualizar su corazón encogido y avergonzado tratando de hacerse un hueco para esconderse entre las venas. Le dolía el pecho, le costaba mucho respirar y estaba cansada, muy muy cansada.

Cuál fue su sorpresa cuando bajó a la cocina y se encontró a Faysal (Levi's 501 desteñidos y polo azul marino de Lacoste) sentado en la mesa de la isla y mirando absorto por la ventana con una taza de café en la mano.

—Buenos días, cariño, ¿has podido descansar? —le preguntó Lola cual Joan Manuel Serrat, dándole una oportunidad al nuevo día.

—Sí, gracias, ya me iba… —le contestó dejando la taza, que apenas había probado, sobre la mesa, y levantándose inmediatamente de la silla.

Cuando Faysal pasó de largo por su lado, Lola no pudo aspirar el aroma a los limoneros plantados a orillas del Mediterráneo. A sus fosas nasales llegó un extraño olor seco a tierra árida, estéril y resquebrajada por la falta de lluvia.

—Por favor, Faysal, no te vayas. Necesito hablar contigo, tenemos que aclarar lo que ha pasado cuanto antes, porque si no lo hacemos yo ya no sé qué va a pasar… —le imploró tratando de agarrarle el brazo.

Pero él apartó su mano con mucha educación y asco.

—Ayer me tuve que pasar todo el día dando explicaciones sobre ti a mi familia, a mis socios, a mis amigos; pasé horas tratando de justificar un comportamiento reprobable y vergonzoso para la mujer casada que eres e inventándome excusas que ni siquiera yo me creía, Lola, así que no, estoy harto de hablar de ti —le dijo mirándole directamente a los ojos con un tono de voz más metálico que el Telón de

Acero y haciéndola literalmente papilla con aquella mirada durísima despojada de cualquier tipo de sentimiento—. Y en cuanto a lo que va a pasar…, parece que sobre ese tema tú ya habías tomado una decisión en el momento en que sin pedirme permiso te atreviste a llamar a mi abogado, así que adelante, haz lo que quieras, está claro que nos hemos equivocado, los dos… —y sin decir ni una sola palabra más se fue con paso rápido hacia la puerta principal.

Lola corrió tras él y le gritó ya en la calle:

—¡Te quiero, cariño, por favor, habla conmigo, podemos solucionarlo, todo, podemos ser felices si los dos lo intentamos. No te vayas, mi amor, por favor!

Pero él ya había puesto en marcha el potente motor de su Ferrari Enzo negándose a escuchar sus súplicas.

Lola se quedó en el umbral mirando cómo se abría la puerta de rejas y su marido se iba a toda velocidad por la calle Al Wasl para luego doblar la esquina de Al Thanya y dirigirse probablemente a Jumeirah. A ella también le habría gustado en ese momento salir de aquella casa e irse al borde del mar, allí donde rompen las olas, a llenar sus pulmones de la sal y la brisa mientras contemplaba el sol desperezarse sobre la arena blanca, como solía hacer muchas mañanas hace años, cuando también residía en Dubái aunque con otra vida completamente diferente. Sin embargo, sabía que la playa, a pesar de estar tan cerca (tan solo a unos minutos andando) ya no estaba a su alcance. Cualquier vecino musulmán podría verla paseando sola por la calle a esas horas y estaba claro que esa imagen para nada podría encajar en el molde.

Todo apuntaba a que Lola iba a pasarse la mañana entera llorando y fustigándose, pero gracias a Dios tenía dos maravillosos hijos que le pusieron los pies sobre la tierra en cuanto se sentaron a desayunar con ella unas horas más tarde.

—Mamá, ¿has llorado? —le preguntó Diego, que había reparado en los surcos bajo los ojos grises y acuosos de su mamá.

—¿Por qué estás triste, estás malita, no te gusta vivir aquí? —le dijo Alejandro muy preocupado corriendo a abrazarla.

—No, muñequitos, no estoy nada triste, ni malita, estoy muy contenta de vivir en Dubái, sobre todo porque estoy con vosotros —les aseguró tratando de tragarse las lágrimas—. Dentro de un rato vamos a ir a bañarnos a la piscina de Fhadila con sus hijitos y mañana os lo vais a pasar bomba en casa con Hugo y Alba, que tienen ocho y diez años y también son españoles —insistió entre besos y caricias—. Yo solo quiero que vosotros seáis felices, porque si vosotros estáis contentos mamá lo estará mucho más.

Fue en ese momento, viendo la cara de recelo de sus hijos, que no se acababan de creer del todo que su madre estuviera bien, cuando Lola decidió que «hasta aquí hemos llegado», que no se merecía nada de lo que le estaba pasando, que había sacrificado la relación con su propio padre y su vida entera (o, más bien, lo que quedaba de ella), su país y sus costumbres por ese hombre que la estaba tratando con el más profundo e hiriente de los desprecios. Que hasta había sacado a sus hijos de su ambiente natural para arrastrarlos en esa aventura esquizofrénica, y que ella ya más no podía hacer, que había apostado todo lo que tenía y no le quedaba ni una sola ficha más sobre el tapete. ¿Que había faltado al respeto a su suegra?, pues sí, y no había estado bien por su parte, sobre todo teniendo en cuenta que se trataba de una señora mayor y que su marido la idolatraba, pero eso no justificaba que Faysal le hubiera levantado la mano de esa manera tan cruel. ¿Que se había ido a bailar con sus amigos?, efectivamente, pero en ningún momento pensó que estaba haciendo nada incorrecto. Si su marido quería que se comportara como la perfecta mujer musulmana no tenía ningún derecho a ello, porque no lo era y nunca le había insinuado siquiera que tuviera la más mínima intención de convertirse. Además, ella no conocía las reglas de esa sociedad tan conservadora, ¿no habría sido más práctico, en lugar de buscar una profesora de árabe para sus hijos, apuntarla a ella a un curso intensivo sobre lo que se puede y no se puede hacer en su país? Se acordó de una de las frases que le solía repetir su querida madre cuando era pequeña (su madre había fallecido siendo ella muy joven): «Si te pones de felpudo te pisan», y tomó la determinación de no dejarse pisar ni un minuto más por aquel hombre, por muy guapo, por muy buen amante y por muy enamorada que estuviera de él. «Que pise la alfombra sobre la que reza», sentenció para sus adentros, aunque ahí se dio cuenta de que se había pasado.

—¡Venga, chicos, poneos los bañadores, que nos vamos a casa de Fhadila! —les dijo a los niños.

Y ella se quitó inmediatamente ese vestido horroroso y monjil, desdeñó el biquini tan sexy que le había regalado su marido y se puso uno de sus biquinis preferidos de la marca alemana Hunkemoller en tonos verdes con ribetes rosas y pompones morados, una auténtica monada si no fuera porque lo tenía desde hacía siglos y los colores estaban desgastados, los ribetes algo descosidos y los pompones deshilachados... Pero era suyo, nadie se lo había regalado, se lo había comprado ella con su dinero y estaba muy orgullosa de él. Completó el conjunto con unos *shorts* de Mango (los más cortos que encontró en su armario) de color caqui, camiseta blanca de tirantes de Zara y sus hawaianas rosas. Se montaron todos en el coche y en cuatro minutos (porque vivían prácticamente al lado) llegaron a la casa de «la otra familia» de Faysal.

La propia Fhadila los recibió en la puerta de la casa (que por fuera era casi exacta a la suya) apoyada en un bastón. Nada más llegar le dio un abrazo muy cariñoso tanto a ella como a sus hijos y les recibió con un «Muchísimas gracias por venir, no sabéis lo contenta que estoy de que hoy vayamos a pasar todo el día juntos como la familia que somos, gracias Lola, de todo corazón». Ya dentro, la vivienda parecía otra completamente diferente con aquella recargada decoración típicamente árabe («sobre gustos sí hay mucho escrito, lo que pasa es que evidentemente hay gente que no ha leído nada al respecto», pensó Lola arrepintiéndose inmediatamente al ver a Fhadila tratando de caminar con extrema dificultad a su lado). Y llegaron al jardín, donde Abdul y Hassan jugaban con su padre, que vestía un bañador Mahui de estampado floral amarillo, en un parquecito de suelo blando con columpios, toboganes y casitas de plástico. Nada más verlos llegar, se levantó y se acercó a darles un beso (a ella también, aunque a Lola casi se le queda la mejilla congelada):

—¡Qué bien que estéis aquí, lo vamos a pasar fenomenal! ¿Nos damos todos un baño antes de comer? —les propuso, pero solo dirigiéndose a los niños, que enseguida se quitaron las camisetas y se tiraron a la piscina circular (la suya era rectangular, pero más o menos del mismo tamaño, por aquello de la ecuanimidad entre las esposas).

La verdad es que la estampa de Faysal bañándose con los cuatro niños era absolutamente idílica. Fhadila y Lola la contemplaron felices mientras se tomaban un refresco en el porche hablando de todo y de nada como dos buenas amigas, porque aquella mujer no podía provocar ningún instinto negativo. Era la bondad personificada. Al cabo de un rato (hacía mucho calor), Lola decidió unirse al grupo, así que se quitó los pantalones y la camiseta de tirantes. «No te importa, ¿verdad?», le preguntó a Fhadila, y se adentró en el césped.

Entonces vio cómo a Faysal se le torcía el gesto en una mueca de disgusto en cuanto la vio aproximarse, fue casi imperceptible, pero Lola lo vislumbró claramente. Antes de que se zambullera en el agua le oyó decir a una de las cuidadoras de sus hijos:

—¡Hora de comer, estos monstruos marinos tienen hambre!

Y salieron los cinco de la piscina, la filipina le cambió el pañal mojado a Hassan y los cuatro niños se fueron a comer a una mesa también circular y de madera que habían colocado bajo una gran sombrilla con tres sillas y una trona.

Entonces Lola, roja de vergüenza, se tiró de cabeza por la parte honda deseando que hubiera sido aún más profunda y comenzó a hacer largos y largos buceando de extremo a extremo. Sacaba la cabeza únicamente para coger aire y seguir nadando bajo el agua, porque de repente sintió una necesidad imperiosa de analizar concienzudamente el tamaño y la forma de todos y cada uno de los baldosines del fondo. En tiempo de guerra todo hueco es trinchera.

Cuando salió de la piscina con su biquini raído casi una hora después tenía los ojos irritados por el cloro y le dolían los oídos, los niños estaban terminando de comer y Faysal la esperaba en el borde de la piscina con una toalla en la mano que le ofreció caballerosamente:

—Ahora vamos a comer los adultos —le dijo muy serio—. Por favor, tengamos la fiesta en paz, Fhadila no tiene la culpa de nada y quiero que esté tranquila y disfrute de la velada.

Lo que ocurrió después, mientras los dos pequeños se echaban la siesta y los dos mayores jugaban con el Ipad cansados de tanto sol, se pareció mucho a *Los amigos de Peter* con la banda sonora de *Viernes 13* rezumando vitriolo.

—Bueno, Lola, cuéntame, ¿qué tal estás, contenta en Dubái, a gusto en tu nuevo hogar, cómo se están adaptando los niños en el colegio? —preguntó Fhadila acercándole el tabulé.

—Me encanta mi nueva casa, me vuelve loca cómo la habéis decorado el señor Blanco y tú, Fhadila —le contestó cogiéndole la mano—, pero sobre todo tengo que agradecerte todo lo que has hecho tú —y apostilló mucho ese «tú» mirando de reojo a Faysal— para que mis hijos y yo estemos tan bien: hasta les has comprado las mochilas, los uniformes, los libros para el colegio. Eres un verdadero amor.

—¿Y qué tal el Ferrari, Lola, te has dado ya una vuelta con él? —preguntó Faysal.

—Pues la verdad es que aún no, querido —le contestó forzando una sonrisa de oreja a oreja—. Bonito es, eso no se puede negar, pero yo lo encuentro un poco incómodo...

—¿Incómodo? —le preguntó él con otra falsa sonrisa aún mayor—, ¿y eso por qué, cariño?

—No sé, es que yo no lo encuentro nada práctico, porque, por ejemplo, ¿dónde pongo yo las bolsas cuando hago la compra en el supermercado?, ¿en el asiento de al lado? Porque ese coche no tiene ni maletero...

—Pero, cielo, ¿desde cuándo haces tú la compra, acaso no la hace el cocinero? —Y ahí sí que Faysal ya no tuvo necesidad de fingir ninguna sonrisa, le salió perfecta, impecable, de anuncio Profident.

En ese momento Fhadila, que sería muy dulce y muy buena pero de tonta no tenía ni un pelo, metió baza rápidamente:

—Por cierto, ¿y adónde os vais a ir de luna de miel; habéis pensado ya el sitio?

A Faysal se le atragantó el zumo de naranja, a Lola se le cayó el tenedor al suelo y se hizo un silencio de los que cortan el aire.

—Por supuesto que no va a haber viaje de novios, cariño —le contestó él tras unos segundos de gran tensión y sin dirigir la mirada a Lola ni un instante—, yo solo quiero estar aquí contigo y cuidarte como tú te mereces.

—Pero ¿qué tontería es esa? Yo estoy últimamente muchísimo mejor y vosotros sois dos recién casados que necesitáis tiempo para estar solos. De ninguna manera vais a dejar de hacer ese viaje. —Y aquel mirlo blanco estaba siendo completamente sincero.

—Pero acabamos de aterrizar, Fhadila, y mis hijos necesitan a su madre ahora que todo es nuevo para ellos, yo no me puedo separar de ellos en estos momentos —intervino Lola, que también contestó con total honestidad.

—Bueno, entonces tendrá que ser más adelante, ¿no tienen vacaciones escolares el mes que viene? Pues que las pasen en España con su padre, que seguro que le echan de menos, y vosotros dos os vais como mínimo una semana a algún sitio romántico —ordenó—. ¿Adónde te apetecería ir a ti, Faysal?

Pero él ya no pudo más y dijo:

—Si no te importa, y solo por hoy, creo que me voy a poner un *whisky*...

—Claro que sí, hoy es un día de celebración —le animó Fhadila, que evidentemente estaba al tanto de que su marido era de todo menos abstemio—. Por favor, perdonadme que yo no beba, nunca lo he hecho y no voy a empezar a estas alturas, pero Lola, ¿por qué no te pones una copa tú también y así acompañas a Faysal?

Menos de media hora después Lola, Diego y Alejandro ya estaban despidiéndose en la puerta con besos y abrazos de todos mientras Lola recibía un escueto «Hasta mañana» por parte de su todavía marido.

Cuando ya se estaban subiendo al coche, Fhadila, después de tratar inútilmente de acercarse al Lexus (la pobrecita ya no podía ni tenerse en pie), le hizo una seña a la española, que se acercó inmediatamente:

—Lola, querida, ¿va todo bien?

—Sí, sí, claro: todo perfecto —le contestó.

—Pues a mí no me lo ha parecido; pero tranquila, que esta tarde hablaré muy seriamente con Faysal. Tú déjalo en mis manos —le dio un beso y apoyándose en su bastón entró en la casa.

13

Tal vez fue por el ejercicio físico en la piscina de Fhadila, o por el baño de dignidad con su viejo y ajado biquini, o quizá se debiera a que había hecho su examen de conciencia el día anterior y ella misma se había declarado libre de todo pecado, pero el hecho es que Lola durmió como un bebé recién nacido. «La conciencia vale más que mil testigos» (eso lo dijo Quintiliano) y ella la tenía limpia como una patena por mucho que Faysal la hubiera sentenciado y condenado al ostracismo.

Pasadas las siete y media bajó en pijama a desayunar después de comprobar que Diego y Alejandro dormían a pierna suelta como los angelitos que eran. El servicio probablemente aún no estaría despierto y Lola tenía un hambre voraz, así que se puso el delantal y decidió hacerse unos huevos revueltos con champiñones, queso y mucha cebolla.

Y en esas estaba cuando sintió unas manos muy firmes agarrándole la cintura por detrás.

—¡Mmmmmmmm…, qué bien huele… Y qué cocinera tan sexy! —le dijo Faysal.

El olor de la cebolla se mezcló con el del limón y Lola comenzó a sudar la gota gorda por el calor de los fogones. Entonces él apagó el fuego, la cogió de la mano y sin decirle nada más la llevó a la puerta.

—¿Te gusta más este? —le dijo mostrándole un flamante Aston Martin DB11 plateado de cuatro asientos que dejó a Lola con la boca abierta—. Es tuyo, y este sí tiene maletero —añadió abriendo el portón, en el que había una bolsa de viaje—. Despierta a los niños que nos vamos los cuatro ahora mismo a pasar el día y la noche a las montañas. He metido en la maleta todo lo que podáis necesitar, así que solo ponte corriendo esos pantalones tan cortitos que llevabas ayer y que me vuelven loco (así que sí se había fijado…), que nos vamos ya —le ordenó con una sonrisa de oreja a oreja visiblemente feliz—. He reservado dos chalets en el hotel Fort Hatta y no creo que te vaya a dejar salir de la cama, pero cuando termine contigo te dejaré descansar un rato, solo un ratito, para irme a hacer enduro con Diego y Alejandro; el chófer ya ha llevado allí en el 4×4 unas motos de campo que he comprado para ellos y que les van a encantar —continuó sin parar de hablar a toda velocidad muy emocionado—. Pero deja de mirarme con esa cara de tonta, que me pone a cien y no nos da tiempo de hacer ninguna parada técnica. ¡Tenemos que aprovechar el día! El sitio os va gustar muchísimo, vas a ver qué paisaje tan diferente tiene. ¡Ah, y no te olvides de coger los pasaportes de los tres, que vamos a cruzar la frontera con Omán y los vas a necesitar!

—Muchas gracias, mi amor —le dijo Lola arrastrando las palabras—, pero es que mi amiga Sonia, su marido y sus hijos iban a venir hoy a pasar el día a casa… —balbuceó mientras con cada palabra, que decía muy bajito, el espléndido arcoíris que brillara en los ojos negros de Faysal se iba tornando en la confusión y la oscuridad del principio de los tiempos.

—¿Quéeeee, hoy era mi día con vosotros y tú has invitado a gente a nuestra casa sin ni siquiera consultármelo a mí antes? —le preguntó Faysal, que no estaba enfadado, sino profundamente desilusionado, lo cual era aún peor.

—Lo siento, cariño, lo siento de verdad, ¿quieres que los llame y lo anule? —le sugirió Lola muy compungida.

—No será necesario. Que pases un día estupendo con tus amigos —le contestó con hastío—. Me voy a jugar al golf —añadió mientras se dirigía al coche con las llaves en la mano sin querer escuchar a Lola implorarle que no se fuera, que podía llamar a Sonia para decirle que había cambiado de planes.

Ya sentado en su asiento de cuero sin capota se puso sus Ray. Ban verdes de aviador y le dio el golpe de gracia:

—De todas formas, ni siquiera me apetecía ir contigo a Hatta. Todo esto lo estaba haciendo por Fhadila, porque me ha suplicado que ponga todo de mi parte para arreglar lo nuestro, así que sepas que lo he hecho por ella y por nadie más. Pero está claro que, haga lo que haga, tú siempre tienes que estropearlo todo. Esta noche llegaré tarde, así que no me esperes despierta, dormiré en la habitación de invitados.

«Jaque mate», pensó Lola, y se quedó allí petrificada cual estatua de sal mientras veía partir a toda velocidad en el flamante vehículo a su guapísimo marido con esa maleta de piel de cocodrilo llena de desengaño y frustración. A Lola le hubiera gustado llorar y desahogarse, pero ni en eso tuvo suerte, las lágrimas se negaron a acudir a socorrerla.

Como un día sin pan, así transcurrió la jornada con sus amigos. Los niños disfrutaron un montón jugando con los otros niños en su mismo idioma: piscina, carreras de coches, película en la sala de cine… Miguel se dio varias vueltas en el Ferrari y Sonia no cesaba de alabar la casa, los muebles, el servicio… Estaba realmente asombrada por todo lo que veía y no cesaba de mostrar su entusiasmo.

Pero llegó la sobremesa y con ella los *gin-tonics*. Y Sonia, que conocía bien a su amiga y había percibido desde el principio su desazón, decidió abordar la cuestión tras servirle una segunda copa burbujeante con unas gotas de limón.

—Bueno, Lola, ¿me vas a decir ya qué te pasa o vas a seguir echando balones fuera? —le preguntó directamente delante de su marido mientras los niños jugaban ahora al fútbol en el impecable césped (que tenía hasta porterías y las rayas del suelo pintadas en blanco).

—No me pasa nada, Sonia, de verdad —le contestó ella más falsa que Judas—. Ya ves el casoplón en el que vivo, los cochazos, la ayuda doméstica… Con todo lo que mi marido ha puesto a mi disposición, ¿cómo voy a tener derecho a quejarme?

—A mí no me engañas, Lola. Nunca te había visto tan preocupada y deprimida, está claro que algo va mal —le dijo muy cariñosa—; ya sabes que a nosotros sí nos puedes contar lo que te pasa, te queremos y puedes confiar en nosotros.

—Eso, guapa, no hemos venido hasta aquí solo para montar en tu Ferrari, aunque tampoco es moco de pavo… Ahora en serio, somos tus amigos y queremos apoyarte y echarte una mano en lo que necesites —añadió Miguel—, deja de decir que va todo como la seda porque llevas toda la mañana con una cara de funeral que de normal no tiene nada.

—¿Es por Faysal? —insistió la catalana dando en el clavo—. ¿Por qué no está hoy con nosotros, por qué no vino la otra noche al Rock Bottom, habéis tenido alguna bronca?

—No, no, ¡qué va!..., es que tenía un campeonato de golf justo hoy y al parecer era muy importante, pero me ha pedido que os salude, que lo disculpéis por no poder acompañarnos y que volváis otro fin de semana, que está deseando conoceros —les aseguró Lola dando después un largo trago a esa bebida deliciosamente amarga con un punto de acidez para no tener que dar más explicaciones.

Como estaba claro que Lola no quería salir de su trinchera pero, por otra parte, Sonia era demasiado cabezota como para dejarlo pasar, Miguel, con muy buen criterio, se hizo a un lado para que las dos amigas pudieran charlar con mayor intimidad.

—Bueno, voy a ver si les enseño a estos mantas lo que es jugar al fútbol, que con este nivel no hacemos carrera con ellos ni en el Al Ain; ¿os preparo otra copa antes, chicas?

—Sí, Miguel, muchas gracias, pero a la mía no le exprimas limón, por favor —contestó Lola.

Con el tercer vaso con forma de balón sonó la campana del siguiente *round*.

—Dime la verdad, Lola, ¿qué problema tienes con Faysal; es por tus hijos, no los quiere porque no son suyos? —Lola volvió a negar con los ojos y Sonia, que estaba empezando ya a estar un poco pasada de copas optó por cambiar la estrategia, se le estaba acabando la paciencia para tratar de ganar por puntos, así que intentó hacerle un KO y terminar cuanto antes—. ¿O es porque lo tienes que compartir con otra mujer?

Entonces Lola, cuyas defensas se habían derrumbado ya por los efectos de tantos tragos amargos, uno detrás de otro, se echó a llorar. Y siguió llorando, y Sonia la abrazó, y continuó llorando un rato más, porque los niños estaban demasiado lejos como para poder verla, porque ya no era capaz de seguir con esa farsa y porque el mundo de repente sí se había vuelto demasiado pesado como para seguir cargándolo ella sola sobre sus hombros.

—Es que duerme una noche con cada una, Sonia —le explicó entre hipidos—, y no sabes lo que me duele imaginármelo haciéndole el amor a ella mientras yo estoy sola en mi cama, porque es el mejor amante, y el más tierno, y no puedo soportar saber que las mismas caricias y los mismos besos que me da a mí en ese momento se los está dando a ella —no paraba de llorar, pero por fin estaba consiguiendo echar fuera todo ese ácido que estaba corroyendo sus vísceras—. Y encima su mujer es un cielo, tiene el corazón más grande del mundo, y está muy enferma, y se va a morir, y yo no puedo evitar estar celosa de una mujer a la que le quedan meses, quizá semanas, de vida, y me siento horrible por ello —en ese momento le dieron unas terribles arcadas y se fue corriendo al baño a vomitar los tres *gin-tonics* y todo ese jugo de limón hasta quedarse completamente vacía por dentro.

Cuando volvió, con la cara lavada y algo más tranquila, la catalana intentó abrazarla, pero Lola, que había cogido carrerilla y ya no podía parar, rechazó su abrazo y prefirió seguir desahogándose. Una vez abierta la caja de Pandora quería dejar salir todos los males para quedarse únicamente con la esperanza.

—Pero Faysal es un hombre maravilloso, Sonia, te lo juro, y adora a Alejandro y a Diego, y está poniendo todo de su parte para hacerme feliz —continuó—. Lo que pasa es que yo todo lo hago mal, meto la pata en cada paso que doy y sin querer estoy destruyendo una historia de amor que podría ser maravillosa, porque él me quiere, sé que me quiere. Yo soy la única culpable de que esto no funcione, y me odio a mí misma por ello. No puedo estar más enamorada de él y en lugar de quererlo y devolverle todo el cariño que él me da a mí lo único que hago es hacerle daño y hacérmelo a mí misma —y tras un largo suspiro añadió—: y yo ya de verdad que no puedo más…

—Pero, cariño, es normal que haya roces al principio —la tranquilizó Sonia—. Venís de dos mundos completamente diferentes, ni siquiera compartís la misma religión. No debe de ser nada fácil para ti encajar en sus costumbres y su estilo de vida, o tener que aceptar que tiene otra mujer —le decía, ahora sí, abrazándola y acariciándola, porque le inspiraba mucha compasión verla allí, tan pequeña y desamparada, en medio de la enormidad de aquella casa—. Pero si os queréis seguro que lo acabáis solucionando todo; sigue intentándolo, sigue luchando por él, por vosotros, no tires la toalla sin haberlo intentado con todas tus fuerzas. Después del vía crucis por el que has tenido que pasar nadie más que tú se merece ser feliz. Sé que lo puedes conseguir, estoy completamente segura de ello —y con estas últimas palabras consiguió por fin dibujar una sonrisa en la cara de Lola.

Con la caída del sol Lola terminó de perfilar el plan que venía fraguando en su cabeza toda la tarde tras la conversación con su amiga catalana. Cuando anunciaron que se tenían que ir ya, ella respiró aliviada y los despidió con un gran «gracias» que le salió directamente del corazón, no sin antes pedirles que volvieran pronto a visitarlos, «así conocéis a Faysal». En cuanto hubieron salido por la puerta les dijo a sus hijos que se tenía que ir al centro comercial a comprar una cosa y que fueran cenando y poniéndose el pijama. «Si a las nueve no he vuelto los metes en la cama y les apagas la luz, que mañana hay colegio», le indicó a Aida, otra de las cuidadoras filipinas. Se subió en el Lexus, porque estaba demasiado nerviosa como para poder conducir, le pidió al chófer que la llevara al Mall of the Emirates, que a esas horas estaba lleno de gente (los árabes se acuestan muy tarde y la mayoría de las tiendas cierran a las diez), y se fue directamente a la planta de tiendas de muebles y decoración. En cuanto vio el letrero de letras negras de Crate and Barrel cruzó su puerta de cristal y se fue directa a la sección de cocina.

Después de comprar lo que necesitaba, se pasó por el restaurante español Salero del hotel Kempinsky, que estaba dentro del centro comercial, se pidió un Red Bull para infundirse ánimos y, ante la atónita mirada de la camarera colombiana, se lo bebió de un trago y pidió otro mientras se fumaba un cigarro como si hubiera habido una plaga, el tabaco acabara de desaparecer de la faz de la Tierra y ella estuviera en posesión del último pitillo. Con las neuronas alteradas, a eso de las diez y media de la noche llegó al barrio de Almanara, el suyo, hecha un auténtico manojo de nervios. «*It is better to go too far than not far enough*», había dicho Stalin en una ocasión, lo cual significa algo así como «más vale pasarse que quedarse corto». Si era necesario, Lola estaba dispuesta a vestirse de cosaco y ponerse en manos de aquel hombre de acero. Tal y como le había aconsejado Sonia, no pensaba tirar la toalla tan pronto.

Ya en casa, comprobó que tanto su nuevo Aston Martin como el Porche Cayenne de Faysal estaban aparcados en la entrada, por lo que se quitó los zapatos, subió sigilosamente las escaleras y fue mirando una por una las rendijas de cada habitación de invitados hasta que vio luz en una de ellas. Entonces se fue de puntillas a su habitación, se duchó embadurnándose después todo el cuerpo con Eternity de Calvin Klein (la batalla de Stalingrado requería toda la artillería pesada que estuviera a su alcance) y acudió a la puerta del cuartel de su marido.

—¿Se puede? —preguntó después de llamar con los nudillos.

—Estaba ya durmiendo —mintió Faysal—, por favor, no me molestes. Esta noche estoy muy cansado y mañana me espera un día de mucho trabajo.

Pero Lola hizo caso omiso (¿o acaso había pedido permiso Hitler para invadir Polonia?). Abrió la puerta de par en par y allí estaba él, su imponente marido, sentado sobre la cama con un albornoz blanco y algunos mechones de su pelo negro brillante, que llevaba bastante largo, cayéndole sobre las gafas rectangulares de montura de concha (no sabía que Faysal necesitara gafas para leer), sin levantar la vista de su portátil, más irresistible que nunca con ese aire de intelectual capaz de derretir un helado en pleno invierno siberiano.

—Mírame, Faysal. Esta soy yo, tu mujer, la mujer que quieres y la mujer que te quiere; seré lo que tú quieras que sea, mi amor, solo enséñame el camino, y castígame si me salgo de él, pero, por favor, no me ignores más, quiéreme, quiéreme aunque tenga que ser la última vez.

Entonces él levantó su mirada por encima de sus cristales de Armani y vio a Lola en el umbral de la puerta vestida con la *abaya* que le había regalado su madre y sujetando con la mano una gigantesca cuchara de madera de Crate and Barrel con la que se podría cocinar el rancho de todo el ejército bolchevique.

La carcajada de Faysal fue apoteósica cuando vio a su esposa de esa guisa. Inmediatamente colocó el ordenador y las gafas sobre la mesilla de noche, le alargó su mano y con mucha guasa le dijo:

—Nunca te había visto tan guapa, mi amor, estás absolutamente preciosa. Por favor, acércate.

—Pero ¿voy con cuchara o sin cuchara? —le preguntó Lola.

Y el sonido de la siguiente carcajada cruzó el Golfo Pérsico y llegó hasta Teherán.

—Yo, Faysal, hago lo que tú me digas; he venido aquí dispuesta a todo...

Y fue entonces cuando Faysal, al que ya se le saltaban las lágrimas del ataque de risa que tenía y que era ya absolutamente incontrolable, se incorporó, colocó la cuchara sobre la cama, levantó a Lola en brazos y la lanzó sobre el colchón de pluma de alguna ave rara quitándose su albornoz y la *abaya* de ella (no tenía nada debajo) a toda velocidad.

—No, cariño, vamos a reservar la cuchara para otro día, que hoy se me están ocurriendo otros castigos mucho peores.

En menos de medio minuto Lola se encontró con las manos atadas con el cinturón del albornoz a los barrotes del cabecero de la cama y a su marido chupándole lentamente los dedos de la mano para luego recorrer con su lengua todo el brazo, llegar a su pecho y morderle el pezón, que a esas alturas era ya un volcán en plena erupción y quemaba incluso más.

—Así que te gusta bailar en el Rock Bottom delante de todos esos hombres, ¿verdad?

Y como Lola no contestaba, Faysal le dio otro mordisco aún más fuerte.

—¡Contéstame, Lola! ¿Te gusta que te miren, te gusta que otros hombres fantaseen con lo que hay dentro de tu minifalda?

—¡No, no, cariño, te prometo que no! —chilló Lola entre el placer y el dolor—. Yo solo quiero bailar para ti, mi amor, ¡a partir de ahora solo voy a bailar para ti!

Entonces Faysal, aparentemente satisfecho con su respuesta, pero solo aparentemente, descendió rápidamente hasta los dedos de su pie, que fue lamiendo con mucha calma deteniéndose un buen rato entre cada uno, para después mordisquear el empeine e ir ascendiendo con su lengua muy despacito hasta la rodilla y llegar finalmente al interior de sus muslos:

—¿Y por qué estuviste dando vueltas en la pista de baile durante horas con esa minifalda de vuelo tan provocativa? —le volvió a preguntar poniendo una cara de sádico que ni el famoso marqués habría podido igualar—. ¿Querías que se te levantara un poco en cada giro para enseñar la lencería que te habías puesto esa noche?

Pero como Lola estaba demasiado excitada, no sabía hasta dónde podía llegar Faysal y tenía muchísimo miedo a equivocarse en su respuesta, optó por cerrar los ojos y no decir nada. «Que sea lo que Dios quiera.»

—¡Abre los ojos ahora mismo! —le ordenó él con mucha autoridad. Y cuando Lola los abrió se encontró de frente con aquella descomunal cuchara de madera que pensaba que él ya había descartado. Pero no, ahí estaba otra vez, y solo cabía esperar lo peor...—. Te imaginabas la cantidad de cosas que podría hacerte con este regalito que me has comprado hoy, ¿a que sí, mi amor? Dime la verdad... —Y con aquel palo interminable fue acariciando lentamente todo su cuerpo, desde la frente, bajando después al cuello y rozando sus pechos hasta detenerse en el ombligo, sobre el que comenzó a hacer pequeños círculos—. ¿Me vas a contestar, cariño, o es que quieres empezar ya a disfrutar de tu juguete?

—¡No, Faysal, no, por favor, no lo hagas, por favor, seré tu esclava a partir de ahora, llevaré la *abaya* todos los días, no volveré a salir de casa. Haré lo que tú quieras, te lo juro, pero por favor, te lo suplico, ¡no lo hagas!

Y entonces Faysal vio que aquellos ojos grises que lo tenían hechizado desde el día en que la conoció estaban realmente aterrorizados, y sintió tanta ternura y tanta pasión por la que había convertido en su esposa, por el único y verdadero amor de su vida, que inmediatamente tiró la cuchara al suelo, desató sus muñecas con su propia boca con mucha suavidad, le dio un largo beso en esos labios que estaban temblando de miedo y la poseyó una vez más despacio, muy despacio, para gozar de todo su cuerpo aferrándose a él con desesperación, sintiéndola suya y sabiéndose uno solo cuando los dos gritaron de placer al mismo tiempo. Después estuvieron abrazados y muy quietos durante mucho, mucho tiempo, hasta que Faysal empezó a besarla de nuevo...

14

Con el paso de los días Lola fue poco a poco esforzándose por encontrar su casilla en aquel complicado crucigrama que constituía su nueva existencia en Dubái como segunda esposa de un musulmán emiratí. Los días y las noches que Faysal pasaba con Fhadila ella aprovechaba para visitar a sus amigos occidentales Peter y Alice, Miguel y Sonia o a las madres de los amigos de sus hijos en el colegio, sobre todo con la eslovaca Martina, con la que había congeniado extraordinariamente. Con ellos, y siempre en sus casas o en la de ella, nunca en lugares públicos, abría una botella de vino y se sentaba a charlar por el simple placer de pasar el rato mientras hacía de tripas corazón y trataba de no pensar en lo que su marido estaba haciendo en ese momento. No era fácil, pero había apostado demasiado como para tirar, en uno de sus habituales impulsos irracionales, todo por la borda tan rápido. Tenía que aguantar, aunque solo fuera un poco más, se decía a sí misma en los momentos de celos y flaqueza. Por otra parte, sabía que se trataba de una situación que no podría alargarse demasiado en el tiempo, convicción que la hacía sentirse mezquina a más no poder pero que era incapaz de quitarse de la cabeza. Era como si hubiera comprado un piso de renta antigua con un inquilino anciano que pronto la dejaría libre, y cuando eso ocurriera podría ocupar por fin su lugar y tener una vida normal, o al menos eso era lo que ella pensaba.

Fhadila, cada vez más enferma, trataba por todos los medios de suavizar la relación entre su suegra y Lola en la multitud (demasiados en opinión de la española de encuentros familiares) en los que los hombres y las mujeres se reunían siempre en habitaciones separadas. Aasiyah no mostraba el más mínimo interés por disimular la inquina que sentía hacia la segunda esposa de su hijo y no dejaba pasar oportunidad para dejarla patente, a pesar de que Lola había aprendido a morderse la lengua y bajar la cabeza en su presencia… Pero llegó un día en que, cansada ya de su constante desprecio, tomó la decisión de espaciar primero en el tiempo su asistencia a ese tipo de fiestas del clan Al Mubarak en su rama femenina, en las que se sentía completamente extraña (excepto Fhadila, todas hablaban en árabe para arrinconarla aún más), y finalmente optó por excusarse de manera sistemática.

Después de las fricciones iniciales, la relación entre Faysal y Lola se tranquilizó en gran medida. Él ponía todo de su parte para compensarle el poco tiempo que podía dedicarle, era comprensivo, atento, detallista, romántico, increíblemente cariñoso y estaba constantemente pendiente de Diego y Alejandro; y ella, por su parte, trataba de complacerle llevando una vida lo más discreta posible en la que, aparte de llevar a los niños al colegio, acercarse al centro comercial y pasar alguna tarde en las que su marido no estaba con sus amigos, apenas salía de casa. Sin embargo, ni ella ni él tenían la vida con la que habían soñado cuando ambos tomaron la decisión de unir sus vidas dejándose la sangre y la piel en el camino. A ninguno de los dos se le podía esconder la tristeza en la mirada del otro. Resultaba evidente que aunque pisaran suelo firme había grietas imposibles de pulir. Los rayos del sol inmisericorde de aquella ciudad en mitad del desierto cada vez encontraban más huecos para colarse entre las rendijas de la casa, así que a Lola no le quedó más remedio que comprarse unas buenas gafas de sol para convencerse de que el amor lo acabaría solucionando todo.

Faysal esperaba que Lola algún día, cuando Fhadila ya no estuviera con ellos, pudiera adoptar con naturalidad su papel de primera esposa del primogénito de la familia, pero su madre se había enrocado en su postura de no aceptarla y su mujer española no mostraba ningún interés por ejercer ese rol. Lola, por su parte, solo se sentía plena cuando una noche de cada dos Faysal se subía sobre ella y, mirándola a los ojos y entre encendidas palabras de pasión con acento árabe, aceleraba primero, ralentizaba después y finalmente acompasaba el movimiento de su cuerpo al de ella para hacerla gozar en un engranaje perfectamente engrasado. Solo en esa cama con dosel no se sentía segunda esposa de nadie, solo entre aquellas sábanas, aferrándose a la espalda de Faysal y clavándole las uñas de absoluto placer no tenía ninguna duda de que estaba exactamente donde tenía que estar.

Coincidiendo con las vacaciones escolares de otoño y la marcha de los niños a Madrid y, sobre todo y fundamentalmente, ante la insistencia de Fhadila, Lola y Faysal se subieron a un avión con destino a Lusaka, Zambia, para después, como una pareja más de enamorados, divisar desde el cielo el sobrecogedor paisaje de la sabana africana en un pequeño *jetstream* de la aerolínea Proflight con destino a Livingstone. Eligieron las cataratas Victoria porque no estaban lejos de Emiratos Árabes (el estado de salud de Fhadila hacía presagiar un desgraciado desenlace inminente) y porque era una de las maravillas naturales del mundo que a Lola le gustaba imaginarse para burlar durante un rato su depresión en las largas horas que vivió en la cárcel. «Si algún día salgo de aquí con vida lo primero que voy a hacer es ir a las cataratas, empaparme de esa agua torrencial y gritar que por fin soy libre», había pensado. Así que a ninguno de los dos le costó escoger el destino para disfrutar de su postergada luna de miel.

Lo que tenía que haber sido una semana al final se redujo a cinco días, pero fueron los cinco mejores días de la vida de Lola Goizueta, y, por qué no, también de Faysal Al Mubarak. Lo hicieron todo, y todo lo hicieron como lo hubiera hecho cualquiera, porque en ese remoto y paradisíaco rincón de África Faysal no era bígamo ni ella era su segunda esposa. Allí eran iguales a todas aquellas parejas que se cogían la mano en la terraza de mesas marrones y cojines de rayas blancas y beis a los pies del río Zambeze del incomparable hotel Royal Livingstone, evocador de tiempos pasados de exploradores con flema británica, mientras a lo lejos contemplaban la bruma de las cataratas elevarse hasta las nubes.

—Sabes cuánto te quiero, ¿verdad? —le preguntó Faysal.

—Sí, tesoro, lo sé, y espero que tú también sepas que has sido y siempre serás mi único amor, el amor de mi vida —lo de «único» lo dijo Lola con toda la intención, pero enseguida se arrepintió de sacar a colación ese tema.

—Pero, cielo —(le solía llamar *honey*), insistió Faysal después de apurar el último trago de la copa de champán que el camarero de uniforme blanco impoluto y piel negra también impoluta le rellenaba inmediatamente—, entonces, ¿por qué no eres feliz a mi lado?

Estaba claro que no lo era, al menos no completamente o de la idílica manera que ella habría anhelado, y que tampoco lo era Faysal, pero Lola no se había atrevido hasta ese momento a abordar aquella conversación, seguramente porque creía que si aquellas palabras no llegaban a flotar nunca en el aire su significado no sería real del todo.

—Lo soy, Faysal —mintió Lola, que no quería que nada estropeara aquella maravillosa luna de miel—, te quiero con locura, pero dame tiempo, aún estoy tratando de hacerme a esta nueva vida contigo, y no es fácil para mí, sobre todo viniendo de donde vengo y habiendo pasado por lo que he pasado. No estaba bien cuando viniste a buscarme a Madrid, nunca voy a poder recuperarme de mi estancia en prisión y no soy la misma mujer que conociste hace tres años, probablemente no lo vuelva a ser jamás… —le confesó ella.

Entonces su marido la abrazó, la besó y le sujetó la cara con las dos manos para obligarla a mirarlo directamente a los ojos.

—Lo sé, mi vida, y no dejo de culparme por lo que te pasó —sus grandes ojos negros brillaron aún más—, perdóname por ello, y también por no haber tenido la suficiente paciencia para entenderte cuando aterrizaste en Dubái. No debería haber sido tan duro contigo y no sabes lo que me arrepiento de ello, pero todos los ojos estaban puestos en ti y la presión de mi familia era tan brutal que no supe ponerme en tu lugar y comprender lo difícil que estaba siendo para ti amoldarte a una forma de vida tan diferente a la que habías llevado hasta el momento.

—Entonces, ¿a que no me merecía ninguno de esos horribles azotes que me diste la primera noche? —le preguntó Lola con una sonrisa traviesa, probablemente para desdramatizar un poco el tono tan profundo que estaba empezando a adquirir la charla…

—Bueno, tanto como ninguno… —le contestó él guiñándole un ojo.

Y después de cruzarse una mirada cómplice apuraron sus copas, pidieron una botella de vino y se fueron a la magnífica habitación de estilo colonial a jugar con sus cuerpos y su fantasía por el simple placer de transgredir las normas, de reinventarse a sí mismos y, en definitiva, de hacerse felices con lo único que solo dependía y les pertenecía a ellos: su piel.

Al día siguiente, envueltos en esas capas impermeables que alquilan a los turistas, cruzaron el rústico puente de madera y cuerda frente a las cataratas y, calados de la cabeza a los pies, mientras miraban romperse el río Zambeze en un estruendo ensordecedor, se gritaron «¡Te quiero!» sin poder escucharse, pero sabiendo perfectamente lo que querían decirse y que aquello era tan verdad, tan potente y tan magnífico como el impresionante espectáculo natural de los ciento ocho metros de caída libre de agua que se extendía más allá de donde alcanzaba la mirada.

En la plataforma del colosal puente de hierro de arco parabólico que une Zambia y Zimbaue había algunos turistas haciendo *puenting* a decenas de metros de altitud sobre el río Zambeze. La vista era impresionante y hasta daba vértigo mirar hacia abajo, con esos rápidos de agua sobre las rocas escarpadas.

—¿Nos tiramos juntos? —propuso Lola.

—¿Tú estás loca? ¡Ni hablar! —le contestó Faysal un poco asustado al comprobar la determinación en la mirada de su entusiasta mujer.

—Venga, por favor —le rogó con un mohín—, así te imaginas lo que sentí yo cuando acepté tu proposición de matrimonio, dejé mi vida en España y me fui a vivir a Dubái. Tomar esa decisión entonces te aseguro que fue más terrorífico que tirarme ahora por ese puente.

—¡Que no, que ni hablar! —chilló él.

Pero después de mirarlo con esos preciosos ojos grises suplicantes que le volvían loco, Faysal ya había tomado la decisión de tirarse con ella, la amaba tanto que no le podía negar nada, aunque lo cierto es que tardó media hora más en decirle que sí para que ella le siguiera haciendo arrumacos delante de todos (era muy agradable dejarse besar y abrazar en público, y eso en su país estaba totalmente prohibido).

Los ataron a un montón de arneses y les explicaron que tenían que dar un paso al frente al mismo tiempo, Lola con el pie izquierdo y

Faysal con el derecho, y mientras ensayaban la sincronización de sus movimientos una y otra vez sobre aquella plataforma mirando al río, que parecía estar a miles de kilómetros de distancia, ella empezó a arrepentirse de haber insistido tanto. Finalmente se precipitaron al vacío agarrados por la cintura y Faysal lanzó un fuerte grito mientras ella ni siquiera lo pudo hacer porque se le había cortado la respiración. Fueron cuatro, o a lo sumo cinco, segundos de caída libre y absoluto pánico en los que Lola creyó que su vida había terminado para siempre, pero cuando acabaron balanceándose sobre aquellas aguas turbulentas, Faysal estaba pletórico. «¡Ha sido increíble!», y Lola, tratando de volver a respirar con mucha dificultad y con el corazón bombeando a mil por hora, admiró la cara de absoluta felicidad de su guapísimo marido y se alegró enormemente de haber saltado, sobre todo porque lo habían hecho juntos. En ese momento nada ni nadie podría separarla de Faysal y, en cualquier caso, le daba más miedo volver a Dubái que hacer *puenting* sobre aquel río infestado de cocodrilos.

Aquella noche Lola se subió sobre él y besó todo su cuerpo para después atraparlo entre sus caderas y bailar haciendo círculos mientras lo hacía suyo y le pedía que le gritara cuánto la quería. «¡Más alto!», pedía Lola, con movimientos cada vez más rápidos contrayendo sus músculos para hacerlo gozar. Hasta que Faysal, que sintió que ya no podía aguantar ni un segundo más, le dio rápidamente la vuelta, se encaramó sobre ella y empujó todo su cuerpo con violencia chillando «¡Aquí mando yo!». Los gritos de placer de Lola lograron por un momento enmudecer el estruendo de las cataratas Victoria.

Tampoco faltó el paseo en elefante, ni el crucero por el Zambeze para ver la mágica puesta de sol, ni la típica cena ambientada con danzas africanas… Pero lo mejor eran los amaneceres, porque hasta ese momento Lola nunca había podido abrazar el cuerpo soñoliento de su marido, ni darle un beso en los labios con su pelo revuelto y sus ojos todavía semicerrados. En cada uno de esos cinco despertares lo quiso más que nunca, habría deseado encadenarse a aquella cama y morir de inanición si hubiera sido preciso con tal de seguir enroscada para siempre a ese hombre al que adoraba.

Fue el quinto día, justo después de haber llamado una vez más al servicio de habitaciones para pedir comida, cuando el móvil de Faysal se tiñó de negro y se le cayó de las manos rompiéndose en mil pedazos. Fhadila acababa de morir. Y mientras Lola se echaba a llorar desconsoladamente Faysal, sin ninguna expresión en el rostro y con la mirada completamente perdida, fue recogiendo una a una cada prenda de ropa de los dos; la doblaba cuidadosamente y la iba colocando en la maleta en perfecto orden absolutamente concentrado en la tarea, como si en la excelencia de cada doblez de cada camisa se estuviera jugando su vida entera…, hasta que terminó de guardar los neceseres de baño y le dijo a su ya única esposa:

—Tenemos que irnos; aún estamos a tiempo de tomar el vuelo a Lusaka de las 5:50 pm y el de Dubái de las 9:35 pm para llegar mañana a primera hora; hay que enterrar a Fhadila cuanto antes. —Era importante hacerlo, pues en la religión musulmana colocar el cuerpo del difunto bajo tierra pasadas las veinticuatro horas de su fallecimiento supone una grave falta de respeto.

Lola se secó las lágrimas y solo supo decir «Lo siento», a lo que Faysal le contestó:

—Por favor, echa un último vistazo a la habitación, por si se me ha olvidado algo.

Durante todo el viaje de vuelta a Dubái Faysal apenas pronunció una palabra. Miraba por la ventanilla del avión a través de las nubes, le puso una manta a Lola cuando ella echó una cabezada, le dio algún sorbo distraído al zumo de naranja que le ofreció la azafata, no probó bocado y su rostro no dejó escapar ninguna pista acerca de lo que bullía en su interior. Lola, que había tenido que pasar por la muerte de su madre primero y de su mejor amiga, Sara, años después, se hizo completamente invisible. Sabía que él necesitaba su tiempo y su espacio para tratar de asimilar lo que había pasado, que no por previsible resultaba menos doloroso.

Por expreso deseo de su suegra, al que Faysal no tuvo fuerzas para oponerse, a Lola se le prohibió asistir al entierro de Fhadila, así que, sola en casa (los niños seguían en Madrid con su padre), rota por el sufrimiento, que era directamente proporcional a la intensidad con la que en tantas ocasiones había deseado que la desgracia finalmente tuviera lugar, se subió al coche (no necesitaba al chófer como testigo de su luto) y condujo en dirección sur sorteando las caravanas de largos y anticuados camiones que normalmente transitaban por esa carretera hacia el distrito de Jebel Ali, donde, ya a las afueras, unos al lado de los otros, todos iguales por fuera y sobre un montículo de arena, se concentraban los templos de todas las religiones no musulmanas (excepto el judaísmo) que se practican en Emiratos Árabes Unidos. Afortunadamente no era viernes (el día en que los trabajadores filipinos, indios o de Sri Lanka libran), por lo que no tuvo que esperar demasiado para lograr aparcamiento y dirigirse al interior de aquella iglesia que por fuera no mostraba ninguna cruz o símbolo cristiano (de hecho se parecía a cualquier otro edificio árabe excepto por el letrero de «IGLESIA CATÓLICA DE SAN FRANCISCO DE ASÍS»), pero en cuyo interior se respiraba la paz que estaba buscando, la misma de cualquier otra de las iglesias de Madrid a las que acudía con sus padres cuando era niña, porque lo cierto es que con el paso del tiempo había dejado de asistir a misa, exceptuando bodas, bautizos y comuniones.

Se sentó en uno de los bancos de madera y, mirando la gran imagen del Cristo sobre el altar, pidió perdón a Dios por haber deseado tantas veces que Fhadila falleciera, por haber ansiado la muerte de una de las personas que, sin apenas conocerla, más la había querido en esta vida. Por haber codiciado la desaparición de un ser humano cuyo corazón era tan grande y generoso como el de su propio hijo, Jesús, que había entregado su vida para salvarnos a todos, igual que Fhadila, que hasta su último suspiro pensó en la felicidad de Lola y de Faysal antes que en la suya propia hasta el extremo de renunciar a morir en los brazos de su amado marido con tal de que ellos pudieran disfrutar de esa estúpida luna de miel que les había impedido despedirse de ella. Se odió a sí misma por ser tan frívola y egoísta, por no haber sabido agradecer a Fhadila, cuando tuvo oportunidad, su bondad, su entrega absoluta, su apoyo incondicional frente a la familia Al Mubarak, su viaje a Madrid para ofrecerle a Lola la única oportunidad que tenía ya para ser feliz. Y lloró, y rezó, y pasó horas allí deseando haber hecho las cosas, todo, de otra manera: haberse negado a hacer ese viaje que la había apartado de su marido en los últimos días de su vida, no haberla acompañado y consolado lo suficiente en su enfermedad, no haberle devuelto, aunque solo fuera en una mínima parte, todo el amor que ella le había brindado de manera desinteresada, sin quejarse nunca y sin pedir nada a cambio.

Cuando Lola salió de aquella pequeña iglesia estaba en paz consigo misma y se había reconciliado con su Dios, al que había tenido olvidado durante tanto tiempo (hasta en eso le había echado una mano Fhadila). Tenía los ojos enrojecidos e hinchados por el llanto, pero el alma ya más ligera y un único propósito en su cabeza: a partir de ese momento le devolvería a ella, a través de sus hijos, Abdul y Hassan, y su marido, Faysal, todo el cariño que Fhadila le había regalado. Formaría un hogar presidido por el amor, donde sus hijos crecerían alegres y se sentirían profundamente queridos y mimados. Lola estaba dispuesta a hacer lo que fuera, costase lo que costase, por hacer finalmente feliz a Faysal. Él se lo merecía, se lo merecía la bella y bondadosa Fhadila, y se lo merecían aquellos preciosos bebés huérfanos de madre a los que ya quería y a los que se juró a sí misma y frente a Dios cuidar y proteger siempre.

Mientras tanto, el pequeño cuerpo de Fhadila, erosionado por aquella enfermedad cruel, había sido lavado y purificado, se le había envuelto en la *chefn* (que es como llaman a la mortaja, siempre de color blanco) y el imán había rezado la *salat almayt* u oración para suplicar a Alá su rápida entrada en el paraíso. Después de untar su cuello y su *chefn* con aceite, llevaron su cuerpo a la mezquita, donde solo los hombres podían rezar por su alma, siempre de una manera muy contenida y tratando en todo momento de esconder su sufrimiento para no turbar su alma. A continuación, ya en una habitación aparte, el resto de familiares pudo darle el último beso de despedida para, finalmente, permitir que los hombres la llevaran al cementerio, donde Faysal sería el primero en usar la pala para cavar la tumba en la que se enterraría el cuerpo de Fhadila solo envuelto en su mortaja, ya que los musulmanes no entierran a sus muertos en ataúdes.

Cuando a última hora de la tarde Faysal llegó a casa llevando a un hijo en cada mano y seguido por todos los sirvientes de la casa de Fhadila, Lola abrazó a Abdul y Hassan, les llamó muñequitos y subió a bañarlos, darles la cena y arroparlos en la cuna y la camita de la habitación que había estado preparando para ellos tras llenar sus caritas desorientadas de besos y caricias.

Después, y solo después de haberse asegurado de que los niños estaban ya dormidos, abrazó a su marido, que estaba sentado en el sofá del porche del jardín fumando la shisha mirando al cielo negro sin estrellas, y le aseguró: «Todo va a ir bien a partir de ahora, cariño, te lo prometo».

Entonces, por fin, Faysal rompió a llorar, y cuando lo hizo todo su cuerpo se estremeció, el suelo tembló y hasta el cielo se quebró de pena dejando caer las primeras gotas de una lluvia que no cesaría de caer durante días, inundando calles y carreteras, y llenando toda la ciudad de barro y desolación.

15

Al principio no fue fácil para Lola, que había pasado de tener dos hijos a tener cuatro, un marido destrozado por la pena y una mansión llena de sirvientes a los que le costó Dios y ayuda organizar, porque no estaba acostumbrada a dar órdenes y le suponía un gran esfuerzo delegar funciones que consideraba que le correspondían a ella, especialmente cuando se trataba del cuidado de Abdul, Hassan, Diego y Alejandro. Durante semanas renunció a su propia vida, dejó de quedar con sus amigos occidentales y hasta de ir a la peluquería para entregarse en cuerpo y alma al cuidado de los niños, la buena marcha de la casa y a tratar de mitigar la profunda pena de Faysal por la ausencia de Fhadila. Pero lo hizo encantada, no solo porque era lo que se esperaba de ella, sino porque era lo que Lola esperaba de sí misma. Así que se puso manos a la obra sin importarle robar horas al sueño, tratando de estirar el tiempo para que Abdul y Hassan estuvieran cada día un poco más contentos y su marido un poco menos triste.

Diego y Alejandro acogieron a sus nuevos hermanos con mucho cariño, pero Abdul y Hassan, que bajo el sol emiratí jugaban y corrían por el jardín despreocupadamente ajenos a todo, por las noches echaban mucho de menos a su madre, y Faysal y ella se tenían que turnar para acudir a su habitación a cogerlos en brazos y secar sus lágrimas. Sin embargo, con el paso de los días las piezas del rompecabezas fueron poco a poco encajando, y Lola quiso pensar que había conseguido devolver a Fhadila algo de lo mucho que le había dado ella cuando sus hijos comenzaron a sonreír un poco más y a dormir bastante mejor. Samira, su madre y el resto de las hermanas de Fhadila resultaron de gran ayuda en las constantes visitas que hacían a la casa para ver a los más pequeños, pero Aasiyah, la abuela, se negaba a cruzar el umbral de la puerta a no ser que Faysal estuviera presente. Ordenaba que salieran los niños a la calle, la mayoría de las veces los cuatro (lo cual Lola agradecía muchísimo), junto a otras tantas sirvientas, y se los llevaba a Legoland, Wild Wadi, Sega Republic, Kidzania, Little Explorers, a bañarse con los delfines del hotel Atlantis o a cualquiera de las múltiples y variadas atracciones que la ciudad ofrece para los niños de todas las edades, de donde volvían al final del día agotados y felices.

Cuando Faysal estaba presente (lo cual ocurría en muy pocas ocasiones, porque trabajaba muchísimo y la mayoría de los días volvía ya de noche) era mucho peor. Su suegra entraba en la casa y a pesar de todos los esfuerzos que hacía Lola (le ofrecía una taza de té que ella siempre rechazaba con gesto tosco o bien trataba de entablar conversación, lo cual era lo mismo que hablar con una pared de hormigón armado), la tensión se masticaba en el ambiente y su marido dejaba escapar, cuando creía que nadie le veía, unos gestos de verdadero dolor que le salían directamente del corazón al comprobar que las dos mujeres vivas a las que más quería en el mundo se odiaban irremediablemente. Jamás le echó a Lola nada en cara, nunca le pidió que tratara de mejorar la actitud hacia su madre, ya que era consciente de que estaba haciendo todo cuanto estaba en su mano, pero ella no podía soportar verlo sufrir así… Así pues, una mañana en la que los tres mayores estaban ya en el colegio y el pequeño en la guardería, recordó aquella promesa que le había hecho a Dios en la iglesia católica de Jebel Ali: hacer lo que fuera necesario y costase lo que costase para hacer feliz a Faysal. De modo que decidió dar un paso al frente y tomar cartas en el asunto, se lo debía a Fhadila y por ella y por el amor de su vida estaba dispuesta a todo.

A las diez en punto, conduciendo su Aston Martin, llegó a la puerta del impresionante palacio donde vivían los padres de su marido en el exclusivo barrio de Al Barari. La doncella, de piel como el ébano y uniforme hasta con cofia, la hizo pasar a uno de los grandes salones para que esperara en un sillón muy incómodo, que seguramente habrían comprado en algún anticuario de París a precio de oro. Le ofreció un vaso de agua y le comunicó que la señora Al Mubarak (Lola había llamado previamente por teléfono para anunciar su visita) bajaría a reunirse con ella «próximamente».

Cuando después de casi dos horas en las que Lola hasta empezó a morderse las uñas, algo que nunca había hecho, y a arrancarse mechones de pelo compulsivamente por los nervios, la imponente madre de su marido, elegantemente vestida con un traje de chaqueta, y perfectamente maquillada se dignó aparecer. Ella se levantó inmediatamente bajando la mirada hacia la mullida alfombra para no dar la impresión de altivez mostrándole la *abaya* que ella le había regalado y que se había puesto como si fuera la bandera de la paz. Aasiyah, que fingió no percatarse de la nueva indumentaria de la adúltera española, tomó asiento, le hizo un gesto muy desabrido para que Lola la imitara y con un tono seco a más no poder y una mirada fría como el hielo le espetó:

—No tengo mucho tiempo esta mañana, así que te escucho. Sé breve, por favor.

Entonces Lola, de carrerilla y casi sin coger aire para respirar entre frase y frase, porque se había aprendido el discurso de memoria y no quería saltarse ni una coma, le explicó con toda la humildad de la que fue capaz que era plenamente consciente de que jamás podría llegarle a la altura del betún a Fhadila, que entendía perfectamente que después de la vergüenza que hizo pasar a su familia cuando mantuvo relaciones con Faysal hacía tres años estando ella casada no podría ser nunca bienvenida y mucho menos aceptada en una familia tan respetable como la suya, pero que quería a su hijo con toda su alma y que, una vez que él ya la había convertido en su esposa, lo único que quería era hacerlo feliz, pero que la felicidad de Faysal dependía en gran parte de que ellas dos trataran de mejorar su relación, al menos frente a él, y que para lograrlo ella estaba dispuesta a hacer cualquier sacrificio. Que se ponía completamente en sus manos para que le dijera qué tenía que hacer, que estaba a su entera disposición y que nada le gustaría más que ver la primera sonrisa dibujada en la cara de su marido cuando constatara que su madre y su mujer comenzaban por fin a llevarse bien.

Su suegra la escuchó hasta el final muy tiesa en su sillón, y cuando Lola terminó de humillarse pronunció, con un rictus muy desagradable, aquellas tres palabras que implicaban exigir a Lola que hiciera lo único que ella jamás podría hacer:

—Conviértete al Islam.

Y a esas tres palabras de Aasiyah, Lola unió a modo de respuesta otras tres que marcarían el principio del fin:

—No puedo hacerlo.

Después, y con lágrimas en los ojos, la española salió por la puerta de la mansión con la *abaya* aún puesta temiendo que a partir de esas seis palabras todo su mundo, todo aquello por lo que había luchado tanto, iba a comenzar a desmoronarse como un castillo de arena bajo una violenta ráfaga de viento.

Y así fue.

Exactamente así fue, aunque a Lola le costaría aún algún tiempo y muchas lágrimas de rabia e impotencia aceptar que aquella mañana en aquella impresionante mansión se había dictado y firmado su sentencia final.

16

Normalmente las desgracias no suelen suceder de un día para otro. Al principio solo son pequeños detalles, síntomas apenas perceptibles o a los que no queremos dar importancia de una enfermedad que no se deja ver, pero que poco a poco y lentamente va matándote por dentro. Cuando el mal se decide finalmente a mostrar abiertamente sus fauces es porque sabe que tiene la batalla ganada, que ya no hay nada que hacer.

Con la llegada del mes de diciembre los días fueron acortándose y las noches se hicieron más frescas. Después de tantos meses de calor húmedo y sofocante daba gusto necesitar un jersey para ir al colegio a primera hora de la mañana, o para fumar un cigarro en el jardín a la caída del sol. Pero los niños crecían rápidamente y la ropa de abrigo se les había quedado pequeña a los cuatro, así que Lola estaba en el centro comercial Dubai Mall, tan agradable con su acuario gigante, su pista de patinaje sobre hielo y todos esos restaurantes y tiendas tan elegantes, tratando de encontrar prendas de sus nuevas tallas cuando recibió la llamada de Faysal:

—Buenos días, cielo, ¿dónde estás? —le dijo con esa voz tan varonil que tenía el efecto de ponerle el vello de punta cada vez que la escuchaba.

—¡Hola, cariño! Estoy en el Dubai Mall.

—Estupendo, porque quiero que te vayas a tu tienda preferida y te compres el vestido más bonito que encuentres; esta noche tenemos una cita —le dijo muy contento.

—¿Una cita, con quién, dónde? —le preguntó ella.

—Una cita tú y yo solos, pero el sitio es una sorpresa, lo verás más tarde. Tú cómprate algo elegante que te guste mucho, vete al salón de belleza y relájate. Te recojo en casa a las ocho…

—Pero es que Hassan tenía muchos mocos esta mañana y tiene toda la pinta de que esta noche le va a subir la fiebre. ¿Te importa que salgamos otro día a cenar?

—Sí, me importa —respondió categórico, como era él—, quiero tener una cena romántica con mi mujer. Te recojo a las ocho, ponte muy guapa. Un beso.

Y colgó.

Así que a las ocho en punto Lola, enfundada en un impresionante vestido de Oscar de la Renta y subida a unos tacones plateados de Jimmy Choo, esperaba a su marido con el pelo perfecto, la manicura y pedicura recién hechas, los labios rojísimos y hasta pestañas postizas. Después de tantas semanas viviendo por y para los niños la idea de hacer algo excitante fuera de aquellas cuatro paredes no podía haber sido mejor.

Faysal llegó conduciendo su Porsche Cayenne con traje oscuro sin corbata y un ramo de rosas rojas. Nada más verla esperándole en la puerta exclamó:

—¡Pero ¿qué he hecho yo para merecer esto? Estás absolutamente espectacular! —Le dio un beso, le abrió la puerta, le dio la mano para ayudarla a subir al coche y añadió—: Vas a ser la mujer más guapa del Burj Al Arab esta noche, y eres mía y solo mía, soy el hombre más afortunado que pueda existir.

Y juntos y felices se fueron al famoso hotel de siete estrellas (aunque en realidad tiene seis) con forma de vela ubicado en una isla artificial unida por una calle a tierra firme. Estaba claro que Faysal era cliente habitual, porque nada más cruzar el altísimo e impresionante vestíbulo todos los empleados lo saludaron efusivamente: «Bienvenido otra vez, señor Al Mubarak». Se sentaron en una de las pequeñas mesas del restaurante submarino Al Mahara pegadas al vitral con forma de acuario y tomaron un delicioso menú a base de marisco y pescado preparado por el premiado chef Nathan Outlow, que Faysal regó con champán de la viuda de Clicquot y Lola con vino tinto (aunque no maridara con los productos de mar era lo que a ella le gustaba, y punto), mientras cientos de peces los observaban. Todo tan relajante, tan íntimo, tan especial…

—Quería aprovechar la ocasión para agradecerte formalmente todo lo que has hecho por mis hijos desde que su madre murió, Lola

—le dijo solemnemente logrando que a ella se le subieran los colores por la satisfacción, como si fuera una niña a la que el profesor le pone un diez en el examen que había estudiado muchísimo—. Estoy muy orgulloso de ti, sé que ha sido todo muy difícil pero has estado a la altura de las circunstancias. Abdul y Hassan te adoran, y junto a Alejandro y Diego hemos formado una verdadera familia, ¿no crees?

—Claro que sí, Faysal. A los niños se les ve cada día más contentos, poco a poco van superando la muerte de Fhadila y se llevan fenomenal con mis hijos —le aseguró ella—. Pero no tienes nada que agradecerme, quiero con locura a tus hijos y verlos felices es lo que más feliz me puede hacer a mí —añadió agradeciendo mucho que su marido valorara todo su esfuerzo, porque era cierto que no había sido nada fácil para ella tampoco.

—Eres un ser humano excepcional, Lola. Lo sabía desde la primera vez que te vi, pero con el tiempo me has ido demostrando no solo que no me había equivocado contigo, sino que eres incluso más valiente, más inteligente y más buena de lo que jamás habría podido imaginar. —Y le cogió la mano para besársela con esos labios tan apetecibles mientras Lola solo podía pensar en cómo serían las camas de cualquiera de las doscientas dos suites de aquel lujoso hotel—. Cada día me sorprendes con algo nuevo…

—¿Ah sí, y con qué te he sorprendido hoy, por ejemplo? —le retó Lola, que le encantaba jugar con su marido, el hombre más atractivo, cariñoso y detallista que se podía pedir.

—Con el color de tus ojos, por ejemplo, llevo toda la cena embobado mirando cómo han pasado del gris al verde y después al azul, porque se han mimetizado con el agua del acuario. Me tienes absolutamente embrujado, cariño, con esos ojos tan bonitos estoy totalmente desarmado, puedes hacer conmigo lo que quieras —le contestó guiñándole un ojo.

—Tú mejor no me tientes, que no sabes la cantidad de cochinadas que se me están ocurriendo y que te haría ahora mismo —le advirtió.

Entonces Faysal, con una gran sonrisa triunfal, le mostró su póquer de ases: la llave de la habitación de ciento setenta metros cuadrados que había reservado para esa noche.

—Pero antes de que me convierta en tu esclavo sexual, quería comentarte algo importante —se había puesto muy serio—. He estado pensando en nosotros, en los niños, y creo que ha llegado el momento de que tengamos un hijo propio, ¿qué opinas, has pensado en la posibilidad de darme un hijo, un bebé que fuera de los dos?

A Lola se le atragantó su sorbete de fresa y champán mientras *George*, el famoso pez Napoleón del restaurante, se le quedaba mirando expectante y la Filarmónica de Múnich tocaba *El ocaso de los dioses*.

—Pues…, la verdad es que hasta ahora no lo había pensado en serio… —tartamudeó Lola, que en absoluto se esperaba que Faysal le fuera a salir con eso justo en ese preciso momento tan romántico—. Yo ya tengo dos hijos y tú otros dos, porque ya sabes que yo a los tuyos los quiero exactamente igual que si fueran míos…

—Pero a mí me haría tanta ilusión tener un hijo que fuera tuyo y mío…, sería sencillamente perfecto, siento que nos falta ese bebé para que nuestra felicidad sea ya completamente redonda —intervino Faysal suplicante mirándola con unos irresistibles ojos de cordero degollado a los que resultaba imposible negarles algo.

—Pero es que yo ya tengo cuarenta años, mi vida, es una edad que empieza a resultar un poco peligrosa, y de todas formas no creo que lograra quedarme embarazada aunque lo intentara —*George* seguía mirándola fijamente a través del cristal y los acordes retumbaban cada vez más fuerte en sus oídos.

—Por eso me he permitido reservarte una cita con el mejor ginecólogo de Dubái. Tenemos que darnos prisa y lo mejor es empezar ya con el tratamiento de fertilización; esta es su tarjeta —le dijo ofreciéndole una tarjeta con el logotipo del prestigioso City Hospital—. Te va a hacer un hueco mañana a las once para un primer chequeo, análisis de sangre y compatibilidad; prométeme que irás, por favor… —Y aquello no era un ruego, sino una exigencia; acababa de producirse la capitulación de Checoslovaquia. A Lola también la habían dejado sola. Sola con Richard Wagner y aquel horrible pez gordo y con cara de viejo encerrado en un acuario.

Como Lola había perdido súbitamente el interés por conocer las habitaciones del Burj Al Arab y Hassan estaba un poco constipado le pidió a Faysal que se fueran a casa, «por si el niño tiene algunas décimas».

—¿En serio? —preguntó muy sorprendido.

—Sí, cielo, en serio —asintió — es que estoy preocupada por el niño y mañana tengo una cita muy importante a las once. Esta noche quiero descansar para que el médico me vea en plena forma y todos los análisis salgan niquelados.

Y él esperó a estar ya dentro del coche para darle un prolongado beso de agradecimiento.

—Me acabas de hacer el hombre más feliz del mundo. Vamos a tener un hijo que va a heredar esos ojos alucinantes que cambian de color con la luz, va a ser guapísimo.

—O una niña, que ya tenemos cuatro hijos —le dijo Lola con una media sonrisa.

—No, va a ser un varón, de eso no tengo ninguna duda.

17

No fueron unas buenas navidades para Lola Goizueta. Tampoco lo fueron sus primeras navidades en Dubái cuatro años atrás cuando aún estaba casada con Alfredo. La Navidad se había convertido desde entonces en una etapa nostálgica de tiempos mejores y bastante deprimente que odiaba con todas sus fuerzas y esperaba con verdadero pánico un año tras otro, a pesar de que realmente se esforzaba para que los niños la vivieran como lo que era: una fiesta, una ocasión para estar alegres. Por eso llamó a una empresa de esas que hacen chapuzas a domicilio (en inglés se les llama *handyman*), que envió a su casa un equipo de cinco chicos de Bangladesh con una escalera gigante para decorar el árbol más grande de su jardín con luces, bolas y guirnaldas, compró regalos para todos y supervisó con el cocinero de la mansión (además de freír filetes poco más sabía hacer ella) un menú al que no le faltase detalle.

Faysal era plenamente consciente de toda la ilusión y ganas que le estaba poniendo su mujer, pero aun así el día veinticuatro por la mañana excusó su asistencia y la de sus hijos a la cena de Nochebuena porque sus padres habían organizado esa misma noche (qué casualidad) una reunión de toda la familia Al Mubarak: el hermano de Faysal con su cuñada y sus cinco hijas, sus tres hermanas y multitud de primos directos y no tan directos (vamos, que a lo grande). Para ser sinceros a Lola no le importó en absoluto que su marido, Abdul y Hassan no pudieran compartir con ellos aquella noche tan especial; de hecho casi agradeció tener un rato para estar a solas con sus propios hijos, al fin y al cabo se trataba de una celebración religiosa y ellos eran musulmanes, así que no le dio la más mínima importancia al tema y a las nueve en punto de la noche se sentó en la mesa maravillosamente decorada y se mentalizó para pasar un buen rato y tratar de que los niños disfrutaran también.

—Lo primero que vamos a hacer, señorotes, es llamar al abuelito para desearle a él y a Luisa una muy feliz Navidad —les propuso; pero su padre no le cogía el teléfono a pesar de que marcó su número varias veces: la carne se estaba quedando fría—. Bueno, no pasa nada, luego lo volvemos a llamar, que seguro que está deseando hablar con nosotros; es que como hay tres horas de diferencia con España allí todavía no es Nochebuena. —La verdad es que Lola no tenía ninguna esperanza de que su padre volviera a hablar con ella nunca más (así se lo había dejado meridianamente claro él cuando le comunicó que se iba a vivir a Dubái con Faysal), pero tenía que intentarlo en una fecha tan señalada, aunque solo fuera por los niños...

Sus hijos estaban muy emocionados preguntando qué les iba a traer Papá Noel esa noche, y Lola, sin desvelar el secreto, aprovechó para incidir en el aspecto católico de la Navidad. No quería que por vivir en el extranjero Diego y Alejandro perdieran sus raíces, así que puso un CD de villancicos que había traído de Madrid en el equipo de música y les explicó que en la Navidad se celebraba el nacimiento de Jesús en un portal de un pueblecito llamado Belén, no muy lejos de Dubái, un niño que era el hijo de Dios y que treinta y tres años después entregaría su vida para salvarnos de todos nuestros pecados. Sus hijos obviamente eso lo sabían ya (o al menos eso era lo que ella pensaba), pero nunca estaba de más recordárselo y sintió que era su obligación como madre hacerlo.

—Entonces, ¿el papá de Jesús era Alá? —preguntó Diego un poco confundido.

—No, no, no. Alá es el nombre con que los musulmanes, como Faysal, Abdul y Hassan, llaman a Dios, pero nosotros somos católicos y para nosotros Jesús es el hijo de Dios, aunque su papá en la Tierra se llamaba José y su mamá María —les explicó Lola.

—Pero Alá es el único Dios y Mahoma es su profeta, así que si Alá no era el papá de Jesús entonces ese niño no era el hijo de Dios —insistió su hijo de ocho años ante la extrañeza de Lola.

—¿Y a ti quién te ha dicho eso? —le preguntó.

—La profesora de árabe, la que viene a casa por las tardes, también nos ha dicho que el Islam es la única religión que es de verdad;

y, además —el niño hablaba muy convencido de lo que estaba diciendo— la mamá de Faysal nos ha contado que, si no nos convertimos pronto, cuando muramos iremos directos al infierno por malos y por esa otra palabra que no me acuerdo cuál es…

—*Infieles*, esa es la palabra que dice la «abu» de Hassan y Abdul —intervino su hermano de siete añitos—. Yo no quiero ser infiel, mamá, yo no quiero ir al infierno.

A Lola el cordero, perfectamente guisado y especiado quizá con demasiada menta, se le hizo una bola en la garganta.

—Pues ni la profesora de árabe ni la abuelita de Abdul y Hassan tienen razón, pero lo que voy a hacer es apuntaros a catequesis en una iglesia católica que hay aquí en Dubái para que el sacerdote os lo explique todo mejor, y así además podréis hacer la Primera Comunión, que ya tenéis los dos edad para ello…

—¿Y si hacemos la Primera Comunión tendremos una superfiesta en casa y podremos invitar a todos los niños de la clase? —preguntó Alejandro con su pragmatismo habitual.

—Por supuesto que sí, muñeco, y te prometo que va a ser una celebración por todo lo alto —le contestó su madre acordándose de esos diez millones de dólares que tenía en una cuenta en Suiza. Si era necesario se los gastaría íntegramente en globos, serpentinas y medias noches, ¡faltaría más!

Lola, muy preocupada y algo asustada, apenas pegó ojo aquella Nochebuena, pero decidió jugar sus cartas con inteligencia y evitar otra guerra con su marido. Así que cuando al día siguiente Faysal se metió en la ducha, ella se desnudó, se metió bajo el agua con él y saboreó su cuerpo con aroma a champú de albaricoque y gel de baño con vitamina C hasta que su gemido de placer se mezcló con el potente chorro de la ducha, mientras a lo lejos sonaba la *Pequeña serenata nocturna* de Mozart. Como una flecha, el ejército alemán había traspasado la frontera con Austria y había irrumpido en Viena vitoreado por el pueblo austríaco. ¿O acaso no había dicho el chino Sun Tzu «Si no puedes con tu enemigo únete a él»?

—Me vuelves completamente loco, mi amor —le dijo él tras salir del inmenso cuarto de baño de mármol de Carrara con una toalla blanca atada a su atlética cintura.

—Y a mí me encanta comerte y chuparte como si fueras una tableta de chocolate que se deshace en mi lengua —le contestó Lola—. Por cierto, quería comentarte un tema que para mí es muy importante. He decidido que voy a apuntar a Alejandro y Diego a catequesis en la iglesia católica de Jebel Ali. —Y mientras le daba la noticia se inyectaba al lado del ombligo la dosis diaria de estimulación ovárica que le había prescrito el ginecólogo del City Hospital, dejando escapar un gesto de dolor (que exageró todo lo que pudo) cuando la enorme aguja traspasó su piel.

—Lo que tú consideres, preciosa —le contestó Faysal, que no pudo evitar pasarlo fatal al ver el sufrimiento de su mujer (fingido a tope, porque el pinchazo solo era un pelín molesto y nada más)—. ¿Cuándo te van a hacer la punción?, ¿cuándo sabremos cuántos folículos van a ser aptos para la inseminación? —Estaba claro que se había informado concienzudamente.

—Pasado mañana, tengo que ir al hospital para que me ingresen y me la hagan, pero solo estaré allí unas horas; me dará tiempo a ir a recoger a los niños al colegio —le contestó ella—. Últimamente se sentía muy hinchada por las hormonas que se estaba suministrando y en ocasiones no podía reprimir ciertos ataques de mal humor. Lo cierto es que se sentía culpable por haber accedido a someterse a un tratamiento del que no estaba del todo convencida, o al menos no en ese momento. Había sido todo demasiado precipitado y no se sentía aún preparada para quedarse embarazada de nuevo.

—De eso nada. Luego le digo a mi secretaria que me despeje la mañana para acompañarte al hospital y traerte después a casa, meterte en la cama e ir a buscar a los niños —le ordenó él muy protector—. Y a partir de ese día no quiero que salgas de la cama a no ser que sea absolutamente imprescindible; que se encargue el chófer de llevar y traer a los niños y que se lleve a una sirvienta para que lo ayude, lo único que tú vas a hacer es descansar el mayor tiempo posible y estar muy tranquila para que el embrión agarre y tengamos pronto a Mohammed con nosotros. —Al parecer hasta había elegido el nombre...

—Pero Faysal —protestó Lola—, si no hace ninguna falta que me quede en la cama; el médico me ha dicho que puedo hacer una vida completamente normal.

—Me da igual lo que diga el médico, no pienso correr ningún riesgo, así que deja que yo te mime, te cuide y te consienta hasta que sepamos algo, ¿de acuerdo? —la pregunta, evidentemente, era retórica.

—Vale, Faysal, lo que tú digas, pero quería también hablarte de otra cosa que me tiene un poco preocupada últimamente —tomó aire y carraspeó—. Resulta que no estoy nada contenta con la profesora particular de árabe que tienen Alejandro y Diego, y estoy pensando en prescindir de sus servicios. Es que, además, los niños tienen un montón de deberes del resto de asignaturas y llegan tan cansados del colegio que no quiero agobiarlos más de lo que ya están.

—Hablamos de eso esta noche, ¿vale, princesa? —le respondió acariciando su tripa con mucha delicadeza—, que tengo una reunión importante y ya voy retrasado, aunque la verdad es que no he podido tener una razón mejor para llegar tarde al trabajo hoy. —Y salió por la puerta con su *kandora*, su turbante y su maletín de piel lanzando un beso al aire.

Pero la profesora de árabe finalmente no fue despedida. «Como ahora los niños tienen vacaciones y tú necesitas reposar, así están distraídos…» Y después de la famosa punción Lola pasó trece terribles días metida en una magnífica cama con dosel y sábanas de hilo de la que solo salía cuando Faysal se iba a trabajar para aspirar ansiosamente un cigarro detrás de otro. Había llenado su mesilla de noche de caramelos de menta para que él no se percatara del olor de la nicotina, porque hasta eso le había prohibido hacer «por el bien de Mohammed». Y mientras sus hijos infieles pasaban el rato jugando en su propio jardín con Aasiyah, que muy probablemente les estaría recitando versículos del Corán después de lavarse las manos.

Fueron trece días de absoluta neurosis. Lola no tenía claro si quería que el embrión musulmán agarrara o no. Por una parte la halagaba profundamente que Faysal quisiera tener un hijo suyo y quería complacerlo, pero los acontecimientos se habían sucedido de una manera tan vertiginosa en los últimos meses que no se sentía con fuerzas en ese momento de llevar a un bebé en su vientre. Samira la visitaba casi cada día. «Seguro que consigues quedarte embarazada,

Lola, vas a ver cómo sí», y ella no encontraba palabras para contestarle sin odiarse a sí misma por mentirosa mientras trataba de adoptar una mirada más neutral que el país helvético. Sentía que se trataba de una decisión demasiado trascendental como para ser tomada de manera unilateral, pero en esta ocasión la habían obligado con un empujón a cruzar el Rubicón y ya no había vuelta atrás.

La analítica de sangre primero y el test de embarazo después dieron negativo en ambos casos y las lágrimas arrasaron los ojos negros de Faysal cuando recibió la noticia. Lola, por su parte, no supo qué cara poner, porque le parecía demasiado falso hacerse la actriz con un tema tan serio. El médico propuso continuar con la estimulación ovárica e intentar congelar la próxima vez un preembrión que podría transferirse en el siguiente ciclo después de preparar el endometrio con más pinchazos, pero Lola sintió que esta vez el destino se había puesto de su parte y ahora le tocaba a ella tomar las riendas, así que reservó mesa en el Trader Vic's del hotel Crown Plaza en la Sheikh Zayed Road, que era uno de sus restaurantes preferidos, y durante un buen rato, de la manera más dulce que fue capaz, trató de hacer entender a su querido marido por qué había decidido no seguir con el tratamiento, al menos por el momento, al menos hasta que se sintiera lo suficientemente fuerte física y psicológicamente para quedarse embarazada de nuevo.

—Ha sido todo demasiado rápido y dramático para mí. En solo unos meses me he cambiado de país, me he convertido en tu segunda esposa, ha muerto Fhadila, tus hijos han pasado a ser también mis hijos, y necesito algo de tranquilidad para asimilar el giro de ciento ochenta grados que ha dado mi vida. Entiéndelo, cariño, yo también quiero que tengamos un hijo en común, pero no ahora, no de esta manera tan impulsiva, déjame digerir los acontecimientos, vamos a esperar un poco más, por favor…

—No podemos esperar, mi amor, no hay tiempo… —le contestó Faysal apartando el plato de su brocheta de pollo con crema de cacahuete.

—Pero ¿por qué no, qué prisa hay? No va a cambiar nada por que esperemos unos meses, ¿no? —inquirió Lola, que no entendía nada.

Y después de un silencio espectral y un largo suspiro, él la miró directamente a los ojos y le dijo:

—Porque mis padres quieren un heredero varón para la empresa familiar y mi hermano parece condenado a tener solo niñas…

—Pero ¿y qué pasa con Abdul y Hassan? —preguntó ella atónita.

—Podrían heredar la enfermedad de Fhadila, o al menos eso es lo que mi padre piensa —le explicó mientras a lo lejos habían comenzado ya a retumbar los tambores de guerra—. Sí, ya sé que la ELA no es congénita, y créeme que se lo he explicado y repetido una y otra vez a mi padre, pero él y mi madre no se lo acaban de creer, y no están dispuestos a arriesgarse y dejar algo tan fundamental al azar o la suerte, quieren dejar todos los cabos atados y bien atados. —Entonces le cogió la mano a pesar de estar en un sitio público y le imploró muy angustiado—: Por favor, Lola, sigue intentándolo, hazlo por mí, por nosotros, por nuestros hijos. No me obligues a tener que volver a casarme, no quiero hacerte pasar por eso…

Polonia acababa de ser invadida. Había estallado definitivamente la guerra y mientras a Lola le cosían directamente en el corazón y en carne viva una gran estrella amarilla, Dubái se convertía en Cracovia y a lo lejos el Himno de los Partisanos intentaba sin éxito superponerse a los cañonazos de los tanques.

Rompió a llorar.

Ya nunca podría dejar de hacerlo, aunque a veces las lágrimas se negaran a acudir a sus preciosos ojos grises.

18

¿Cuántas vidas somos capaces de vivir desde que nacemos hasta que morimos? ¿Cuántas personalidades diferentes podemos desarrollar desde el momento del primer llanto hasta el del último suspiro? ¿Tenemos a lo largo de toda nuestra existencia la misma esencia como seres humanos o las circunstancias, acontecimientos externos o personas con las que nos topamos a lo largo del camino pueden lograr moldear nuestra alma hasta ponerla del revés de manera inconsciente e irreversible?

Después de aquella inefable cena en el Trider Vic's y de la promesa de Lola: «Tendremos un hijo juntos, mi amor, tienes mi palabra, confía en mí, por favor», pero al mismo tiempo su negativa rotunda a someterse inmediatamente a otro tratamiento de fertilidad: «Lo siento, pero ahora no puedo, y después de lo que me has dicho aún menos, necesito tiempo, eso es todo lo que te pido», el ambiente comenzó irremediablemente a enrarecerse en aquella lujosa mansión del exclusivo barrio de Al Manara de Dubái.

Faysal no se enfadó con Lola (ojalá hubiera sido así), pero andaba por las espaciosas habitaciones como alma en pena, completamente ausente, mientras ella se sentía cada vez más culpable. «A lo mejor debería volver al City Hospital, total, si se lo he prometido, qué más da ahora que dentro de seis meses», aunque al minuto siguiente lo repensara y cambiara de opinión: «No puedo tener un hijo fruto de un chantaje, tengo que desearlo con todo mi ser, tiene que ser una decisión mía y solo mía, no de mi marido, por muy enamorada que esté de él, y mucho menos de sus padres».

Faysal cada vez pasaba menos tiempo en casa. «Acabamos de iniciar un nuevo proyecto y estoy hasta arriba de trabajo en estos momentos», le aseguraba cuando ella se quejaba de la poca atención que le prestaba a ella o a sus propios hijos. El sexo entre ellos dejó de ser mágico e imaginativo para pasar a convertirse en algo mecánico y aburrido. Ambos conocían el cuerpo del otro de memoria y sabían exactamente qué teclas debían tocar para proporcionarse placer. Ciertamente lo hacían, pero solo cuando consideraban que no les quedaba más remedio; se trataba de pura rutina, algo que los dos sentían como una obligación, pero que cada vez se espaciaba más en el tiempo y, en lugar de unirlos, iba alejando poco a poco sus almas por caminos diametralmente divergentes.

Sin embargo, lo peor era la indiferencia de Faysal, que evitaba sistemáticamente mirar a Lola directamente a los ojos, y, cuando lo hacía, la traspasaba hasta llegar a la pared, como si se hubiera convertido de repente en un ser etéreo.

Lola lo intentó todo y de todas las maneras posibles. Comenzó a comprar compulsivamente conjuntos de lencería sexy en el Mall of the Emirates, a inyectarse ácido hialurónico en la cara, a dejar incluso de comer durante días enteros para perder esos michelines que únicamente ella podía percibir... Se inventó nuevos juegos eróticos a los que su marido se negaba con verdadero desinterés haciéndola sentir estúpida e insignificante, y, por qué no reconocerlo, profundamente humillada. Trató de ser más cariñosa, se apuntó a clases de árabe para informarlo cada noche de sus progresos y tener algo de lo que hablar, probó a sorprenderlo con cenas a la luz de las velas, con regalos carísimos... Pero nada daba resultado, nada sacaba a Faysal de su absoluta apatía y, con el paso de los días, las semanas y los meses Lola Goizueta se sumió en una brutal y aterradora depresión, volvió a encerrarse durante la mayor parte del día en su habitación con las luces apagadas e incluso un día apareció en el colegio en pijama para recoger a los niños, porque se le había olvidado que ya eran las tres de la tarde y tenía al menos que vestirse para salir a la calle.

A esas alturas sabía ya que una palabra suya bastaría para reconducir su matrimonio en un solo instante. De hecho, estuvo más de una vez a punto de pronunciarla, pero algo en su interior mantenía sus labios sellados. Necesitaba fervientemente que su marido la quisiera por sí misma, por lo que era ella en esencia, por lo mismo que le había enamorado años atrás. Lola quería seguir siendo para Faysal aquella persona por cuya libertad había luchado tanto, con todas esas cualidades que le pertenecían a ella y solo a ella y por las que había decidido hacerla su compañera en la vida. Se negaba, en definitiva, a que fueran únicamente las circunstancias las que inclinaran la balanza, aunque fuera a su favor.

Hasta que una mañana Faysal hizo una pequeña maleta, le dijo que se tenía que ir a Hong Kong un par de días por trabajo, «por el nuevo proyecto que te he comentado tantas veces», y cuando con lágrimas en los ojos le dijo:

—Te quiero, cariño, eres y siempre serás el único amor de mi vida, por favor no lo olvides, pase lo que pase no lo olvides nunca.

Lola lo supo. Lo supo perfectamente antes incluso de que, unas horas más tarde, apareciera Samira solidariamente en la puerta de su casa sin avisar, le diera ese abrazo tan fuerte y se echara a llorar desconsoladamente.

—No sabes cuánto lo siento, amiga mía, pero ten por seguro que él te quiere a ti y solo a ti —le repetía una y otra vez muy compungida—. A Faysal lo han obligado a hacerlo sus padres, él no quería volver a casarse, por favor, créeme, Lola.

—Lo sé, Samira. Te aseguro que lo sé perfectamente, y probablemente todo esto haya sido culpa mía —le aseguró poniendo todo de su parte para no derrumbarse por completo, para hacerse la fuerte y, paradójicamente, tratando de consolar ella a su amiga, que estaba hecha un mar de lágrimas a pesar de que Lola no había podido verter ni una sola todavía—. Perdóname, Samira, y muchas gracias por venir hoy a mi casa en un día tan difícil para mí, pero necesito estar sola ahora. Si no te importa, mañana te llamo o me paso por tu casa y hablamos más tranquilamente, ¿de acuerdo? —le pidió una vez que ella pareció haberse calmado un poco—. Y que sepas que te quiero, te quiero muchísimo, eres la mejor amiga que podría tener y no sabes cuánto te agradezco todo lo que has hecho siempre por mí.

Después de que su amiga emiratí hubo salido por la puerta, llamó a Alfredo, el padre de sus hijos, y a su amigo y abogado Silverio para informarlos de la situación, le escribió un mensaje a su padre (sabía que no iba a atender su llamada), y tiró a la basura todos esos globos de color azul celeste que había comprado y pensaba inflar en cuanto estuviera un poco más segura de que tenían que ser azules.

No sabía qué decir, se había quedado sin palabras propias, así que hizo lo único que se le ocurrió en aquel momento, apropiarse de una frase de otro, en este caso de Walt Withman, escribirla en un papel y dejarla sobre la mesilla de noche de Faysal a modo de despedida:

Estábamos juntos,
el después lo he olvidado.

Cogió un taxi, pasó por el banco para sacar lo justo en efectivo, recogió a los niños en el colegio y llamó a la casa para pedirle al chófer que fuera inmediatamente a por Abdul y Hassan, a los que no era capaz de decirles adiós, porque los adoraba, porque tenía el corazón roto, porque no podía mirar sus preciosas caritas inocentes y decirles que esa sería la última vez que volverían a verse. Ni ella ni mucho menos ellos se merecían aquel final tan triste.

—Muñequitos, nos volvemos a Madrid —les anunció a Alejandro y Diego.

—¡Qué guay! ¿Y esta vez nos vamos a duchar por encima de las nubes? —preguntó Alejandro, el más pequeño.

—No, mi amor, porque hoy vamos a volar en un avión diferente y las sillas no se pueden convertir en camas como la otra vez, pero lo bueno es que abuelito me ha prometido que estará en el aeropuerto de Madrid esperándonos y que os ha comprado a ti y a tu hermano un Scalextric —eso último era lo único que se había inventado, porque era verdad que su padre le había contestado con un escueto mensaje asegurándole que él y su mujer estarían esperándolos en Barajas.

—¿Y cuántos días de vacaciones vamos a pasar en España? —inquirió Diego—. ¿Vamos a ver a papá?

—Pues claro que sí, mi amor, por supuesto que vais a ver a vuestro papá.

—¡Bieeeeeeen! —chillaron los dos locos de alegría.

—Pero no son vacaciones, señorotes. Nos vamos a quedar a vivir ya para siempre en Madrid... —Y ahí sí que ya Lola no pudo reprimir la primera lágrima.

—¿Por qué, mamá, es que te has enfadado con Faysal? —Sus hijos la miraban muy extrañados, y ella se sintió de repente devastada por no haber pensado mejor las cosas antes de haberlos embarcado en esa aventura dubaití ocho meses atrás—. ¿Y a Hassan y Abdul, cuándo los vamos a volver a ver, van a venir a visitarnos a España?

—No, muñequitos, no me he enfadado con Faysal, lo que pasa es que a veces los adultos se quieren mucho, pero son tan diferentes que no pueden vivir juntos; eso es algo que entenderéis cuando seáis más mayores... —Se le estaba haciendo un nudo el corazón—. Y seguro que cuando Hassan y Abdul también se hagan mayores un día irán a veros a Madrid, no tengo ninguna duda de ello.

Los tres se sentaron en sus asientos de clase económica y los niños pusieron *Toy Story 3* y *Cars 2* en el sistema de entretenimiento de a bordo. Ella se sujetó la tripa en un gesto instintivo de protección que cualquier mujer embarazada suele hacer. Le había arrebatado su padre a su propio hijo, y por él hasta había perdido su dignidad, pero ese niño (intuía que sería un varón, tal y como Faysal siempre soñó), al que ya quería más que a nada en el mundo, tendría la mejor educación y todas las oportunidades.

En caliente había tomado la decisión de devolverlos, pero Silverio consiguió, con su habitual mano izquierda, hacerle cambiar de opinión: invertiría todos esos millones de Suiza en regalar a sus tres hijos una vida sin lujos ni despilfarro, pero en la que no les faltaría de nada. Diego, Alejandro y Mohammed (porque así se iba a llamar) irían al mejor colegio y a la universidad que ellos escogieran, les enseñaría a valorar el dinero, pero no les negaría ninguna oportunidad a la hora de formarse y crecer sin que les faltara absolutamente de nada. Y cuando los tres pudieran valerse por sí mismos reembolsaría a Faysal todo el dinero que hubiera sobrado. Entonces y solo entonces, Lola podría recuperar su dignidad.

Suspiró y, seguramente para no tener que pensar en otra cosa porque se sentía demasiado superada por los acontecimientos, echó un vistazo a la sección de *Film Club* de su pantalla de televisión y apretó el botón para comenzar una vez más a ver *Closer*, con Natalie Portman, Jude Law, Clive Owen y Julia Roberts, en el probablemente mejor cuarteto protagónico reunido en una película moderna.

Cuando sonó la profundamente triste *The blowers daughter* cantada por Damien Rice Lola Goizueta pulsó el botón de su asiento para reclinarse todo lo que pudo (que no fue mucho, la verdad) y se ajustó los cascos para escuchar la letra de su canción favorita:

And so it is,
The shorter story,
No love
No glory,
No hero in the sky

Que en español podría significar algo así como:

Y así ha sido,
la historia más corta,
sin amor,
sin gloria,
sin ningún héroe en el cielo.

TERCERA PARTE

(Doce años después)

FAYSAL

Era una cuestión de piel.

Muchas veces tratamos de encontrar vericuetos, explicaciones enrevesadas o justificaciones complicadas para cuestiones que son simples, mondas y lirondas. A Faysal le repelía el olor de la piel de su mujer, eso era todo, así de sencillo.

Se dio cuenta por primera vez en su noche de bodas (ella, como manda su religión, se había casado virgen) y a partir de ese día y con el paso de los años, doce ya, esa pestilencia se iba haciendo cada vez más intensa, o quizá era la misma y solo la estaba exagerando en su cabeza, pero lo cierto era que ya no la podía soportar más. Seguía visitando regularmente a Ranaa en su alcoba (hacía ya dos lustros que había tomado unilateralmente la decisión de dormir en habitaciones separadas) con la esperanza de concebir un varón, pero después de tres niñas y otros tantos abortos naturales Faysal había prácticamente desistido en su empeño, y cuando cumplía con sus obligaciones conyugales lo hacía con un asco que se cuidaba mucho en disimular. Ella no merecía sentirse humillada y él la respetaba como esposa, e incluso sentía lástima por ella. Ranaa, al igual que él, nunca tuvo opción; habían sido sus respectivos padres quienes habían concertado ese matrimonio, y tanto ella como él no tuvieron más remedio que aceptarlo y tratar de poner todo de su parte para hacerlo funcionar.

Pero no había funcionado. Faysal era plenamente consciente de que la mayor parte de la culpa de ese fracaso, por no decir toda, recaía en él, porque Ranaa se había esmerado siempre en ser una buena esposa y ejercer el mejor rol maternal que pudo para Abdul y Hassan, los hijos mayores de Faysal, huérfanos de madre y a los que su segunda esposa había abandonado de una manera cruel, de un día para otro, sin avisar y sin siquiera despedirse de ellos. Jamás podría perdonarle a Lola lo que hizo, no solo por el insulto que había supuesto para él y para toda su familia, sino sobre todo porque el mayor dolor se lo había infligido a esos niños que, con dos y tres años, no tenían la culpa de nada. Así que, después de que ella abandonara el país y él inmediatamente la repudiara, fue poco a poco alimentando un rencor hacia la española que se había tornado en un odio visceral que despedía el hedor de las aguas estancadas y podridas.

Afortunadamente y en contra del agorero pronóstico de los padres de Faysal (que en su día pensaron que podrían heredar la enfermedad de Fhadila), Abdul y Hassan habían crecido sanos y básicamente felices. De eso se había encargado él, que, sobre todo los primeros años, volcó todo su cariño en ellos y los colmó de caprichos para quizá así intentar compensar el hecho de que estaban siendo criados por una mujer que, no solo no era su madre, sino que, además, y por mucho que se esforzara ella, nunca supo desplegar la misma ternura con la que trataba a sus propias hijas. Los quería, sí, pero era un cariño forzado, y cuando los sentimientos no son naturales se nota y siempre hay alguien que sale herido. Ya tenían quince y catorce años, les había salido el primer vello, algunos granos en la cara y comenzaban a hablar de las chicas de su colegio ruborizándose. Faysal trataba de pasar el mayor tiempo posible en su compañía e infundirles su amor por el deporte (surf, golf, pádel, esquí) para evitar que el día de mañana adquirieran aficiones dañinas, pero desde la muerte de su padre, algunos años antes, el peso del imperio empresarial Al Mubarak había recaído íntegramente en sus espaldas y, si bien delegaba algunas tareas en su hermano, estaba agobiado de trabajo y sus ratos libres eran cada vez más escasos.

A veces necesitaba imperiosamente desconectar y zambullirse en la inconsciencia de la *house party* que compartía en la Down Town con algunos amigos suyos, emiratíes de alto poder adquisitivo, en la que entraba cogido del brazo de alguna señorita extranjera de pelo rubio y piel de porcelana y salía casi a cuatro patas al alba después de haberse bebido el apartamento entero; y lo que no era alcohol... Al día siguiente le estallaba la cabeza y se sentía como un miserable, pero sabía que siete u ocho días después, un par de semanas a lo sumo, volvería a salir a la caza de alguna otra mujer a ser posible de ojos grises (normalmente provenían de países del este de Europa), en cualquier hotel de Dubái y se la llevaría a aquel piso donde conseguiría olvidarse, al menos por unas horas, de cuán vacía y desgraciada era su existencia.

LOLA

Hacía frío aquella mañana de otoño, pero aun así Lola decidió sacar su ordenador a la mesa de mimbre del jardín, se sirvió el enésimo té y, con vaqueros y un jersey muy abrigado de cuello alto, siguió corrigiendo su novela. Le encantaba trabajar rodeada de encinas y buganvillas bajo un cielo gris y encapotado que aquel día parecía anunciar lluvia. Había elegido vivir en plena naturaleza en una urbanización de la carretera de Burgos a una treintena de kilómetros de Madrid, precisamente para poder admirar cada día ese paisaje verde y frondoso lejos del cemento de la ciudad. Hacía ya doce años que había comprado, e inscrito a nombre de sus tres hijos, un chalé de tamaño medio, mucho menos ostentoso que el de la mayoría de sus vecinos de Ciudad Santo Domingo, pero con un gran jardín que cuidaba con esmero y una pequeña piscina para los meses estivales. Llevaba una vida tranquila y bastante anónima en la que, aparte de colaborar con la asociación de padres del colegio, asistir a clases de yoga tres veces por semana y escribir esa inacabable novela, que era la historia de su pasión por Faysal al Mubarak para que algún día su hijo Mohammed encontrara las explicaciones que ya estaba empezando a reclamar, sus días transcurrían de una manera muy solitaria, pero con la paz que otorga el saber que no podía reprocharse nada, que en su día eligió el único camino que le habían dejado tomar, porque en el resto otros habían erigido barricadas insalvables para impedirle el paso.

Últimamente estaba experimentando el síndrome del nido vacío. Se sentía un poco nostálgica desde que Alejandro eligiera la Universidad de Cornell en Ithaca (Nueva York) para estudiar su licenciatura de arquitectura y Diego optara por hacerse piloto en la sede de la escuela aeronáutica de Embry Riddle de Prescott (Arizona). Es verdad que en sus periodos vacacionales venían a España y que ella también realizaba junto a su hijo pequeño, que pronto cumpliría doce años, frecuentes viajes a Estados Unidos para comprobar que ambos estaban bien, pero notaba que ya ninguno de los dos la necesitaba verdaderamente, e incluso intuía que para Alejandro, que tenía una novia americana con la que compartía piso, las visitas de su madre y su hermano a veces suponían un engorro que trataba de camuflar sin mucho éxito. De este modo, Lola había decidido recientemente dejarlos «volar» y resignarse a que, excepto en verano, Navidad y alguna que otra ocasión esporádica, sus dos hijos mayores habían dejado de pertenecerle, a no ser que necesitaran dinero...

Precisamente acababa de añadir la palabra «Fin» a su libro, aun sabiendo que todavía no se lo iba a enviar a Esther, su editora (que desde hacía años lo consideraba más que listo para ser publicado), y que seguiría tratando de mejorarlo en los próximos días, semanas, meses y hasta años (*La historia interminable* de Michael Ende era una broma al lado de la suya), cuando sonó su móvil.

—¡Hola, mamá! —era Alejandro—. ¿Qué tal todo por Madrid, cómo estáis Mohammed y tú?

—¡Hola, mi amor, qué sorpresa! —le contestó entusiasmada—, pero ¿no es muy pronto en Nueva York, qué hora es, ha pasado algo? —preguntó algo preocupada después de consultar su Casio.

—Aquí son las seis y media de la mañana y me voy ya para el campus, que ya sabes que las clases empiezan prontísimo; y, no, no ha pasado nada, mamá —la tranquilizó su hijo de veintiún años—. Te llamo por lo del viaje de ecuador de la carrera que ya te comenté. Con el dinero que tú me mandas y mi trabajo de camarero los fines de semana te juro que no me da ni para pipas. ¿Podrías hacerme una transferencia adicional solo por esta vez y sin que sirva de precedente, mamá preciosa, por favor? Es que hay que pagar ya a la agencia de viajes y me faltan dos mil dólares...

—Bueno, vale, te puedo mandar algo de dinero, pero solo mil quinientos, para el resto tendrás que hacer horas extra en el restaurante —le contestó Lola, a la que sus tres hijos consideraban «de la cofradía del puño cerrado»—. ¿Y cuándo os vais al final, habéis elegido ya destino?

—Nos vamos el mes que viene, y te va a hacer mucha gracia el sitio. ¡Nos vamos a Dubái!

FAYSAL

Después de haber ayudado a sus hijas con los deberes, las había dejado jugando un rato más arriba en sus habitaciones (era jueves y al día siguiente no había colegio), mientras Abdul y Hassan estaban en Dubai Marina para dar una vuelta o ver alguna película con sus amigos. La semana había sido durísima y aunque había cerrado dos contratos millonarios de los que su padre, si viviera, se sentiría muy orgulloso, estaba agotado y tenía un fuerte dolor de cabeza. Lo único que le apetecía era tomarse un Panadol, darse un baño caliente y meterse en la cama, pero Ranaa se había sentado a su lado en el sofá y le estaba comentando con una dulzura extrema que acababan de abrir un restaurante nuevo en el Dubai Mall «que me muero de ganas de conocer». Faysal miró a su esposa y admiró que siempre estuviera perfectamente arreglada y maquillada en su presencia, además de todas esas horas que pasaba en el gimnasio que había montado en el sótano (aunque lo cierto era que no le lucía nada o, al menos, él no había notado ningún cambio a mejor hasta el momento). Después de seis embarazos en doce años, su cuerpo, como era completamente lógico, se había deformado y, dejando aparte su olor corporal, no podía considerarse para nada una mujer deseable, sobre todo si la comparaba con las preciosidades nórdicas o rusas que Faysal se había aficionado a usar como si fueran Kleenex (carísimos, eso sí). En cuanto satisfacía su rabia o su deseo sexual primitivo, según cómo se mire, enseguida experimentaba una incomprensible y extraña aversión hacia cada una de ellas, por lo que casi nunca repetía encuentros con la misma mujer. Prefería buscar una nueva que no lo decepcionara cuando se despertara a su lado, lo cual ni había sucedido en más de una década ni tenía ninguna esperanza de que fuera a ocurrir jamás.

Habían pasado meses desde la última vez que había llevado a su esposa a cenar. Ya solo iban juntos casi todos los viernes a casa de su madre con los cinco niños después de acudir a la mezquita (suegra y nuera, afortunadamente, se llevaban a las mil maravillas), o de vez en cuando trataban de organizar algo divertido únicamente con sus hijas, porque como la falta de química entre Abdul, Hassan y Ranaa, era ya más que notoria, Faysal había optado finalmente por programar actividades a solas con sus dos hijos mayores sin pedirle a su mujer que les acompañara. Sabía que esa noche tenía que hacer un esfuerzo a pesar de su cansancio y su intensa migraña, sobre todo porque Ranaa casi nunca se atrevía a pedirle nada, y si a ella le hacía ilusión ir a conocer ese nuevo lugar, esta vez no tendría más remedio que ir. Se lo merecía, eso y hasta que le comprara alguna joya en Cartier de camino a la cena. Faysal se sentía culpable por el dolor (del que era plenamente consciente) que había infligido a su mujer con su desidia conyugal y trataba de compensarla con lo único que estaba a su alcance, el dinero. Lo de fingir sentimientos nunca había sido su fuerte y era mejor dar un paso atrás antes que arriesgarse a hacer un mal papel, fundamentalmente porque riesgo no había ninguno en absoluto.

Y en esas estaba, debatiéndose entre la pereza y el deber, cuando sonó el pitido de un mensaje en su móvil. Era una foto de Irina, la espectacular rusa (¿era rusa, húngara o checa?) de larga cabellera rubia y aún más larga destreza sensual, que había conocido la semana pasada tomándose una copa con un amigo a la salida de la oficina en la terraza del Bahri Bar, con sus relajantes vistas al lago del Souk Madinat, del exclusivo hotel Jumeirah Mina A'Salam. Le enviaba un beso con los labios marcados en un rojo chillón, tanto o más que los gritos de placer que le había arrancado a Faysal en la cama, y le decía que lo echaba de menos y que «necesitaba» volver a verlo. Se proyectó a sí mismo cenando con Ranaa algún plato (seguro que exquisito, pero él no tenía apetito), regado con agua o té, tratando de mostrar interés por una más que probable aburrida conversación en torno a cotilleos mojigatos de su círculo de amistades (si ella supiera lo que hacían los maridos de sus amigas cuando decían que estaban trabajando...), o problemas escolares de los niños, o cualquier otra nimiedad de índole doméstico, y no pudo evitar que se le escapara un bostezo.

—Estoy reventado hoy, cariño, ¿te importaría que dejáramos esa cena para mañana?

—Por supuesto, mi amor, cuando tú quieras, el restaurante seguirá allí, no hay ninguna prisa por conocerlo —le contestó ella—, y perdona que haya sido tan poco considerada. Sé que has tenido muchísimo trabajo esta semana y necesitas descansar.

—Gracias, cielo, me voy a la cama entonces —le contestó Faysal después de tomar aire y retenerlo unos segundos para poder darle un rápido beso en la mejilla.

Se imaginó a sí mismo en el apartamento del centro (seguro que al ser jueves irían muchos de sus compañeros de juergas, así que a buen seguro no faltaría de nada esa noche) con una botella de Macallan de veinticinco años inhalando el delicioso perfume de Irina, y lo que no era su perfume, mientras ella hacía acrobacias dignas del mejor circo magiar sobre su cuerpo (acababa de recordar que era de Budapest). De modo que no se lo pensó más, decidió darse un homenaje para celebrar así la multitud de ceros con que había incrementado la cuenta de resultados de la empresa esa misma semana, que había sido maratoniana. ¡Se lo merecía!

—¿Dónde estás? —le escribió escuetamente.

—En Sho Cho, ¡vente, por favor! —le respondió Irina pasados unos minutos en los que a él ya le había dado tiempo a ponerse unos pantalones crema de pinzas combinados con camisa blanca y salir por la puerta de atrás de su mansión de Al Manara (no había ninguna necesidad, pero tampoco de hacer daño gratuitamente).

—Te recojo en la entrada en treinta minutos; si no estás ahí a las diez en punto me voy —le advirtió Faysal con otro mensaje. Con ese tipo de chicas había que dejar las cosas muy claras para que luego no se hicieran ilusiones y se pusieran pesadas. «Segunda cita y última», se prometió a sí mismo, «que como esta hay cuarenta mil en Dubai».

Cuando llegó en su viejo Aston Martin (tenía ya doce años y debería haberlo cambiado hacía mucho por otro más moderno, pero cada vez que tomaba la decisión y elegía un nuevo modelo se echaba para atrás en el último minuto) al Dubai Marine Beach Resort, frente a la preciosa mezquita de Jumeirah, la puerta del local japonés estaba de bote en bote (se trataba del típico club de moda al que la gente acudía para ver y dejarse ver), pero Irina aún no había hecho acto de presencia y él no tenía ninguna intención de perder el tiempo entrando para buscarla y no tener más remedio, por tanto, que tomarse allí una copa con ella. Había ido únicamente para recogerla y llevársela al piso, así que se sentó sobre el capó, encendió un cigarrillo y echó un vistazo a su Patek Philippe de oro rosa. «Le doy diez minutos y si no aparece me voy a la cama», sentenció sin ningún asomo de duda de que eso era exactamente lo que iba a hacer.

Probablemente Irina se estaba haciendo de rogar, lo cual no venía a cuento teniendo en cuenta su condición. A Faysal no le importaba pagar cifras astronómicas si era preciso por pasar una noche con cualquier mujer que le apeteciera, especialmente si tenía ojos claros de los que se mimetizan con el entorno y la luz cambiando de color, pero no estaba dispuesto a perder el tiempo con jueguecitos pueriles que no iban a ninguna parte, así que empezó a notar cómo se le acentuaba el dolor de cabeza y decidió volverse a su casa después de aplastar en el suelo la tercera colilla con sus náuticos y una buena dosis de fastidio y mal humor.

Desde la tremenda bofetada a su orgullo masculino que supuso el abandono de Lola, era un cínico respecto al sexo contrario (exceptuando a las mujeres musulmanas, que sí sabían cuál era su lugar). Había convertido a esas prostitutas de lujo, porque así las consideraba él a todas (si bien la gran mayoría eran muchachas trabajadoras que solo trataban de abrirse de una manera honesta en Emiratos el camino que sus países de origen les habían negado), en un mero instrumento para proporcionarle placer, pero en el fondo las odiaba y a veces no podía evitar demostrárselo e incluso excederse más de lo normal en su desprecio, llegando en alguna ocasión hasta al maltrato físico literal, sobre todo si había consumido demasiado aquella noche. Pero para acallar bocas siempre llevaba encima un buen fajo de billetes. El dírham nunca le había fallado, solo se trataba de calcular cuál era la cantidad adecuada.

En absoluto se sentía orgulloso de ello. De hecho, en cuanto se le pasaba el subidón y recordaba su horrible comportamiento quería morirse y se juraba que aquella había sido la última vez. Pero nunca era la última. Y en medio de esa espiral de autodestrucción de la que no sabía cómo salir, Faysal de vez en cuando añoraba con todas sus fuerzas aquella otra vida en la que sí creyó en el amor, en el amor puro y desinteresado, a pesar de que en el fondo sabía que ese sentimiento nunca fue tan auténtico ni tan generoso, porque Lola se volvió a España con sus diez millones de dólares como retribución a una convivencia de ocho meses, algo que se recordaba a sí mismo una y otra vez cuando se acordaba de ella y sentía un pellizco en el corazón. Estaba claro que pagara lo que pagara a estas señoritas vikingas siempre le iban a salir mucho más baratas que la innombrable española, que lo había timado como se tima a un niño en una feria…

Se disponía ya a abrir la puerta de su deportivo cuando un joven alto, de piel blanca y bien parecido que estaba parloteando con un grupo de chicos y chicas de su edad, unos veinte años, se le acercó y le interpeló educadamente:

—Perdone que le moleste, señor —Faysal había notado que el muchacho llevaba un rato observando el Aston Martin mientras él se fumaba un cigarrillo tras otro esperando a la tal Irina (¿se llamaba así de verdad o era su «nombre artístico»?).

—No te preocupes, para nada me molestas, ¿qué, te gusta el coche? —le preguntó Faysal sonriendo, porque le encantaba fardar, sobre todo frente a occidentales como aquel que venían de turismo a su país o trabajaban unos años allí para hacer caja y después volver a Europa, Canadá o Estados Unidos y seguir siendo allí unos muertos de hambre el resto de sus vidas.

—Sí, claro, por supuesto que me gusta, es una auténtica belleza (*beauty*, dijo), de eso no hay duda, pero me he permitido molestarle no por el coche, sino para hacerle una pregunta que me está rondando en la cabeza, siempre, por supuesto, que a usted, caballero, no le importe el atrevimiento. —No podía negarse que el chico tenía modales—. Mire, es que llevo un rato mirándolo y su cara me resulta muy familiar, me recuerda mucho a la de una persona que conocí en Dubái la última vez que estuve aquí, hace ya doce años, ¿no será usted por casualidad el señor Faysal al Mubarak, verdad?

—Pues sí, efectivamente, ese soy yo —contestó el emiratí realmente sorprendido—. ¿Y con quién tengo el placer de hablar?

—Soy Alejandro —le contestó ofreciéndole su mano—, el hijo de Lola, Lola Goizueta, ¿se acuerda de mí? Tenía ocho años la última vez que nos vimos...

LOLA

El amor no puede con todo.

Esa había sido la principal enseñanza de Lola con respecto a la historia vivida con Faysal, y ese iba a ser probablemente el título de su novela. Había necesitado mucho tiempo y mucha paz de espíritu para reposar todos los acontecimientos y sensaciones vividas en Dubái doce años atrás, ponerlos en perspectiva y analizar qué era lo que había hecho mal... Finalmente había logrado un veredicto que, si bien no la eximía de toda culpa, sí había conseguido dejarla tranquila. Su pasión por ese hombre, y lo sola y deprimida que se encontraba tras su paso por la cárcel, la habían empujado a vivir una aventura que no había podido tener un final feliz porque, cada vez estaba más convencida de ello, seguramente estaba condenada al fracaso desde el principio. Por mucho que uno se empeñe, el aceite y el agua nunca se van a poder mezclar.

El hecho de haber embarcado a Diego y Alejandro en un viaje tan arriesgado, o el de haberse quedado con todo ese dinero de Faysal para poder darles, a ellos y a Mohammed, una buena educación, y, sobre todo, el haber privado a su hijo pequeño de conocer a su verdadero padre durante más de una década, eran los hechos de los que más se arrepentía Lola. Sin embargo, con el tiempo había logrado absolverse en parte de todos ellos convenciéndose de que siempre había actuado de buena fe. En su momento creyó firmemente que subiendo a sus hijos a ese avión les iba a regalar una buena vida llena de posibilidades. Es verdad que se había equivocado de plano, pero en su fuero interno y en aquel momento pensaba que estaba haciendo lo correcto. Por otra parte, se había prometido a sí misma, y lo iba a cumplir, que devolvería la mayor parte de esos diez millones de dólares en cuanto los tres niños pudieran valerse por sí mismos, dinero que había administrado hasta ahora con eficiencia mientras se dedicaba a escribir para forjarse un futuro para sí misma el día que todos esos ceros a la derecha de su cuenta corriente dejaran de pertenecerle. Por otra parte, aquella huida hacia delante con Mohammed en su vientre fue la única alternativa que le quedó después de que la hubieran maltratado físicamente (el castigo con la cuchara había sido una paliza en toda regla), tratado de robarle el alma, tanto a ella como a sus hijos (a los que también habían intentado, a sus espaldas, convertir al Islam), usado su cuerpo como un simple transmisor de un heredero para el imperio empresarial, y, finalmente, pisoteado su dignidad el día que Faysal volvió a contraer matrimonio.

Mohammed sabía que tenía un padre que no era Alfredo (a pesar de que este lo había acogido los fines de semana como a un hijo más), que vivía muy lejos y que algún día, cuando cumpliera dieciocho años, iba a conocer, porque Lola le había dado su palabra de que el encuentro tendría lugar entonces. Pero había crecido sintiéndose muy querido, tanto por sus hermanos como por ella y por su exmarido, en quien había encontrado lo más parecido hasta ahora a una figura paterna. Aún era muy pequeño para entender los cómos y porqués de su concepción y, excepto por su nombre propio («es que a mi mamá le encanta todo lo árabe») era un niño completamente normal cuya mayor preocupación eran las matemáticas, que le costaban muchísimo a pesar de la ayuda de su profesor particular. Con once años ese tenía que ser su único problema, el resto ya vendría cuando tuviera la edad y la madurez suficientes.

De la manera más objetiva que podía, Lola estaba escribiendo esa larguísima novela para que, entre otras cosas, Mohammed pudiera en su día comprender con exactitud en qué circunstancias se había desarrollado la historia de amor de sus padres. Sí, de amor, porque a pesar del tristísimo final no tenía duda de que ambos se habían querido profundamente, si bien era cierto que, sobre todo ella, habían tomado decisiones muy arriesgadas y demasiado impulsivas sin apenas conocerse y sin haber entendido o querido entender la magnitud de sus diferencias culturales. No cabía duda de que toda esa irreflexión les había pasado factura, una factura muy elevada, para ser sinceros, pero la recompensa de haber traído al mundo a un niño bueno y cariñoso al que Lola adoraba y del que estaba segura que Faysal se sentiría muy orgulloso dentro de poco más de seis años compensaba todo lo demás.

Nunca había vuelto a ver ni saber nada de su amor emiratí, y así tenía que seguir siendo por ahora si quería proteger a Mohammed, pero Faysal estaba siempre presente en su recuerdo y hacía ya mucho que había aprendido a perdonarle. No dudaba de que, a su manera, de la manera en que lo habían educado, la había amado sinceramente. La vida, la familia, la religión o las creencias y tradiciones de sus mundos respectivos, tan opuestos, era lo que los había separado irremediablemente y para siempre, pero Lola había dejado de culparlo por no haber luchado más por ellos dos, probablemente porque, y eso lo había aprendido con el paso de los años, a Faysal tampoco le dejaron nunca demasiada capacidad de decisión.

No había vuelto a enamorarse, o al menos no con la pasión con la que había estado enamorada del padre de Mohammed, pero una vez cerradas sus heridas se había negado a clausurar también las puertas de su corazón y hasta se había permitido vivir un par de aventuras sentimentales que no le habían dejado demasiada huella, pero que, al menos, en el caso de Nacho le había aportado una magnífica amistad a posteriori. Unos cuatro años después de llegar a Madrid había conocido a Germán, un padre recién divorciado de la clase de yoga. Todo empezó como un tímido tonteo y acabó siete meses después, en que, quizá porque él estaba aún demasiado herido por el largo y conflictivo divorcio y Lola aún muy tocada por su fracaso dubaití, ambos decidieron poner punto y final a una relación que de todas formas no tenía muchas posibilidades de salir bien. Terminaron de una manera civilizada prometiéndose no perder el contacto, pero poco tiempo después Germán se mudó a otra zona de la sierra de Madrid y poco a poco, y sin que ninguno de los dos hiciera realmente nada por evitarlo, fueron espaciando sus llamadas y sus cafés hasta que no volvió a tener noticias suyas.

Después, junto a Nacho, un padre viudo del colegio de sus hijos al que conoció poco después, Lola se quiso dar a sí misma otra oportunidad. Durante casi tres años disfrutó enormemente de su compañía, de su ternura y de despertarse abrazada a él cada mañana de domingo que los niños estaban con Alfredo. Llegó incluso a creer que ese sentimiento plácido y sin sobresaltos, para variar, podría durar siempre. Hasta que a él dejaron de bastarle los almuerzos durante el horario escolar o las escapadas los fines de semana alternos y le pidió dar un paso más, irse a vivir juntos. Lola era consciente de que su exigencia era completamente normal a esas alturas, pero no se sintió preparada para ello, así que, tras darle largas durante semanas en las que analizó los pros y los contras una y otra vez, optó por ser completamente sincera, que era exactamente lo que él se merecía. Le gustaba vivir sola con sus hijos, y hasta el día en que ninguno de los tres estuviera ya en casa no tenía intención de convivir con ningún hombre. Supo que su negativa a comprometerse seriamente le había roto el corazón, pero Lola había aprendido por fin a no dejar que nada ni nadie guiara sus pasos, así que después del dolor inicial de la ruptura, sintió que había hecho lo que tenía que hacer. Menos de un año después él se enamoró de otra mujer con la que a día de hoy se le veía muy feliz, y de vez en cuando Lola y él quedaban para comer o a tomar una caña, y ponerse al día con la complicidad y el afecto de dos viejos amigos que un día estuvieron o creyeron estar enamorados.

Desde entonces Lola no había salido con ningún otro hombre, o por lo menos no con nadie con quien plantearse iniciar una relación, tal vez porque había puesto el listón demasiado alto o quizá porque se había acostumbrado a vivir únicamente con el cariño que le brindaban sus hijos y las cuatro amigas de la urbanización. Pero es que, además, le daba auténtica pereza el esfuerzo y la energía que implicaba empezar de cero a conocer a otra persona, máxime cuando tenía cincuenta y dos años y una existencia tranquila y satisfactoria en la que no echaba nada de menos.

Sin embargo, su serenidad se había visto trastocada desde que su hijo mayor le había anunciado que iba a viajar con sus compañeros de la universidad a Dubái. La noticia la había desasosegado más de lo que hubiera esperado, y hasta había tenido serios problemas para conciliar el sueño en las últimas semanas. No había una explicación lógica para ello, porque la posibilidad de que Alejandro se encontrara allí con Faysal era de una entre un millón, e incluso aunque esta remota casualidad tuviera lugar, jamás podría reconocerlo, ya que la última vez que le había visto solo tenía ocho añitos. Pero aun así Lola no podía evitar sentirse nerviosa al revivir la intensidad de los sentimientos que hacía doce años le había profesado, e incluso no había podido reprimir el impulso de buscar la foto suya que guardaba en la caja fuerte y acariciar con las yemas de sus dedos aquellos profundos ojos negros, esa sonrisa irresistible, esa piel oscura en contraste con la *kandora* almidonada…

Precisamente en eso estaba, admirando una vez más las perfectas facciones del hombre con el que había compartido el romance más intenso y poderoso de su vida mientras se fumaba un cigarro en el jardín (nunca fumaba dentro de casa y también evitaba, siempre que podía, hacerlo delante de sus hijos), cuando encendió su móvil y recibió aquel mensaje que le heló la sangre. Era una foto que Alejandro le enviaba desde Dubái en la que aparecía cogido por los hombros con… Faysal.

Sí, era él, no cabía ninguna duda. Su pelo era ya casi completamente blanco, estaba mucho más delgado, con lo cual las arrugas se le pronunciaban más, y hasta había perdido en gran parte el brillo de la mirada. Pero era él, tan atractivo y varonil como siempre; a través de la pantalla de su teléfono móvil le estaba mirando directamente a los ojos con una amplia sonrisa desde lo que parecía ser un bar de copas bastante animado con las palmeras y la playa al fondo.

«¡Adivina a quién me he encontrado en Dubái, mama!»

Trató de volver a acompasar su respiración durante unos minutos con los ejercicios que había aprendido a hacer en clase de yoga, corrió a su ordenador, adjuntó el archivo de su novela al correo electrónico y pulsó la tecla de «ENVIAR». Después llamó a Esther a la editorial, y a su amigo y abogado Silverio al despacho de Sevilla («precisamente este lunes tengo que ir a un juicio a Madrid, estate tranquila, paso a buscarte luego para comer juntos»). En cuanto colgó el teléfono, muy alterada, se subió a su desvencijado coche de segunda mano y condujo todo lo rápido que pudo hasta el colegio de Mohammed.

La vida se las había arreglado para encontrar un atajo de seis años, pero bajo ningún concepto le iba a permitir que le tomara la delantera. Esta vez no.

FAYSAL

—¡Pero, Alejandro, hijo mío, qué mayor estás, y qué alegría volver a verte! —exclamó Faysal muy emocionado—. ¡Ven aquí, dame un abrazo!

Y los dos se fundieron en un fuerte abrazo, de esos que no necesitan palabras porque los cuerpos lo dicen todo.

—No me puedo creer tenerte aquí en Dubái, y además hecho ya todo un hombre, cuando os fuisteis pensé que nunca más volvería a veros ni a tu hermano ni a ti. Te juro que ese día se me partió el corazón —añadió con lágrimas en los ojos—. Pero ¿cómo has sido capaz de reconocerme después de tantos años?

—Porque mamá guarda una foto tuya en la caja fuerte, pero mis hermanos y yo hemos averiguado la contraseña, así que la miramos de vez en cuando —le explicó Alejandro—, y porque está casi igual que en esa foto, por usted no han pasado los años —añadió el hijo de Lola muy muy adulador.

—¿Hermanos? Creía que Diego era tu único hermano, ¿se ha vuelto a casar tu madre?

—No, qué va, nos encantaría que lo hiciera, o por lo menos que tuviera un novio, para que no esté tan sola, pero nunca nos ha presentado a ninguno. Sí, tengo otro hermano, se llama Mohammed y dentro de poco va a cumplir doce años —En ese instante Faysal se quedó lívido—. ¿Te importaría que nos hiciéramos una foto para mandársela a mi madre? Seguro que le va a hacer muchísima ilusión saber que nos hemos encontrado...

—Claro que sí. —Y se hicieron ese selfie que a la mañana siguiente recibiría Lola—. Y ahora vamos a tomarnos tú y yo una copa, que tenemos mucho de que hablar. Ni te imaginas lo feliz que me acaba de hacer volver a verte.

—No creo que pueda, señor, es que he venido con un grupo de amigos y como el garito está tan lleno no nos dejan entrar —contestó Alejandro.

—Por eso no te preocupes, ahora mismo hablo con alguien para que os consigan la mejor mesa para tu grupo y otra para nosotros dos, que necesito que me pongas al día de todo lo que te ha pasado en estos doce años. Estáis todos invitados a cenar, a tomaros una copa o a lo que queráis. ¡Tenemos que celebrar nuestro reencuentro, y me tienes que enseñar fotos de Lola y de tus hermanos!

Minutos después, la novia de Alejandro y su multitudinario grupo de compañeros de la Universidad de Cornell estaban sentados en una mesa que los camareros se apresuraron a preparar para ellos, después de levantar a varias personas que estaban en mitad de su cena. Mientras, Faysal y Alejandro se encontraban en otra mesa de la magnífica terraza del Sho Cho con vistas al mar, se bebían vasito a vasito una alargada botella de tequila con un cactus verde hueco dentro y un sol dibujado en el vidrio en el que las palabras Barrique de Ponciano Porfirio habían sido esculpidas en oro de 21 quilates.

—¡Vaya, este tequila es excelente!, muchas gracias por la invitación, pero mis amigos no van a aceptar que pague usted la cuenta, y yo insisto en pagar a medias esta botella que nos estamos tomando los dos.

—¡De eso ni hablar! Esta noche tú eres mi invitado y tus amigos también. Ya he hablado con el encargado, que es conocido mío, y no os van a dejar pagar; es lo que tiene tener contactos… —le aseguró guiñándole un ojo mientras en ese momento se daba cuenta de que la tal Irina lo había visto y se dirigía a su mesa—. Perdóname un momento, querido, vuelvo en cinco minutos, se excusó Faysal levantándose de la mesa.

Irina se le acercaba con una sonrisa de oreja a oreja enfundada en un vestido verde muy corto y ajustado, y subida a unos tacones de infarto que le hacían unas piernas kilométricas, pero al ver la cara de enfado de su guapísimo y millonario «novio» emiratí por el que bebía los vientos se le congeló la sonrisa.

—Habíamos quedado a las diez en punto y he estado más de veinte minutos esperándote en la puerta —le espetó con un desprecio para nada fingido y que no intentó disimular.

—Lo siento mucho, cariño, perdóname —se disculpó con mucha suavidad—, es que se me había acercado el típico pesado que quería invitarme a una copa y no sabía cómo quitármelo de encima... —añadió sin encontrar en Faysal la reacción de celos que estaba buscando.

—Toma, para que te vayas ahora mismo en un taxi al piso, ya sabes cuál es la dirección —le ordenó poniendo en su mano cinco billetes de 1.000 dírhams cada uno (el taxi no iba a costarle más de 200)—. Yo ahora estoy ocupado y no sé a qué hora llegaré, así que me esperas allí el tiempo que haga falta.

—Pero, mi amor, ¿no me vas a presentar a tu amigo, no me puedo sentar con vosotros a tomarnos una copa? —protestó la húngara mimosa haciendo un mohín.

—Ni soy tu amor ni te voy a presentar a mi amigo ni te vas a tomar ninguna copa con nosotros, ya sabes lo que tienes que hacer. Hasta luego —y lo dijo en un tono tan frío y tajante que a Irina le dio hasta miedo.

—Vale, Faysal, te espero en el piso entonces, no tardes, por favor —pero él ya se dirigía a la mesa donde lo esperaba Alejandro y ni siquiera se dignó a darse la vuelta.

Alejandro había contemplado la escena, sobre todo porque era imposible apartar la mirada de aquella mujer tan atractiva que parecía modelo, pero se cuidó mucho de preguntarle nada a Faysal. Desde pequeñitos Lola les había enseñado que hacer preguntas personales era de muy mala educación.

—Discúlpame, hijo, ¿otro chupito para brindar por tu madre? —le sugirió mientras volvía a llenar los dos vasos de aquel exquisito licor envejecido diez años en barricas de roble francés. A Alejandro, que no estaba acostumbrado a beber tanto, se le estaba empezando a subir a la cabeza.

—Mira, esta foto la tomamos el invierno pasado esquiando en Navacerrada —le explicó mostrándole una foto de su móvil en la que Faysal vio a una sonriente Lola más guapa que nunca con su mono de esquí abrazando a sus tres hijos, los dos mayores altos, blancos, de pelo castaño y ojos claros, y el pequeño de piel oscura y ojos y pelo negros.

—¿Y cuándo me decías que iba a cumplir doce años tu hermano? —inquirió Faysal, que tras examinar los rasgos de Mohammed en aquella instantánea ya había prácticamente despejado cualquier duda que le quedara.

—El 5 de diciembre es su cumpleaños —le contestó Alejandro sin siquiera poder imaginar la tempestad que estaba provocando, porque Faysal ya había hecho sus cálculos mentales. Si Lola se había marchado de Dubái a finales de junio de hacía doce años, ese niño había sido concebido a finales de febrero o principios de marzo, con lo cual se subió a ese avión sabiendo a ciencia cierta que estaba embarazada; estaría a esas alturas de casi cuatro meses.

—¡Qué guapo es Mohammed! —comentó Faysal—. Oye, ¿y por qué le han llamado Mohammed?

—Porque a mi madre le encantan los nombres árabes…

—Ah… —entonces Faysal volvió a llenar los dos vasos y propuso otro brindis por su hermano; a Alejandro le daba ya vueltas la cabeza—, ¿y quién es el padre de Mohammed?

—No lo sabemos. Mamá le ha dicho que nuestro padre, Alfredo, no es el suyo, aunque mi padre quiere muchísimo a mi hermano, y cuando los fines de semana que nos toca nos vamos a su casa Mohammed siempre se viene con nosotros, y también en vacaciones. —La ira bíblica de Jehová se había convertido de repente en un simple berrinche comparado con lo que sintió Faysal en ese momento—. Pero mamá le ha prometido que cuando tenga 18 años lo conocerá, porque al parecer no vive en España, sino muy lejos… ¿Te imaginas que fueras tú el padre de mi hermanito? —y se echó a reír por la curda que llevaba encima.

Dos horas después, Faysal llegaba a la *house party* completamente borracho y lleno de un intenso odio, casi animal, como nunca antes había experimentado, ni siquiera cuando Lola se fue. Aunque eran más de las dos de la madrugada, envió un mensaje a su abogado, Mahir al Gazali, y le exigió que acudiera a su despacho a las nueve en punto de la mañana, a pesar de que al día siguiente era viernes, y los viernes en Dubái nadie trabaja. «Que mueva el culo el chupatintas este de mierda y por una vez se gane los miles de dírhams que le pago todos los meses.»

El piso, al ser jueves, estaba muy animado. La mayoría de sus amigos estaban allí, en el inmenso salón, bebiendo, fumando y besando a sus amantes, todas ellas extranjeras muy jovencitas, mientras algunas bailaban sensualmente casi desnudas con la música a tope. Entre ellas estaba Irina, a la que Faysal se dirigió nada más verla, la cogió por el brazo clavándole las uñas y la llevó a una de las habitaciones.

—Se acabó la fiesta para ti esta noche, y de aquí no sales hasta que decida cuál es el castigo que te mereces por haberme hecho esperar antes —le espetó.

—Oh, mi amor —le replicó ella con un tono de voz muy pícaro pensando que se trataba de un juego sexual—, ¿me vas a dar unos azotitos por haber sido una niña un poco mala hoy?

Pero Faysal no le contestó, dio un portazo, se derrumbó en uno de los sofás y, tras servirse una copa hasta arriba de *whisky* escocés, le pidió a un amigo que le diera «lo más fuerte que tengas, que hoy lo necesito más que nunca». Media hora después, subió el volumen del equipo de música todo lo que pudo y entró en la habitación con el cinturón que se acababa de desabrochar ya en la mano y los ojos inyectados en sangre.

Aquella noche Irina acabó en el hospital y Faysal tuvo que gastarse centenares de miles de dírhams para que el asunto no trascendiera a las autoridades. Dos semanas después la húngara se subió en un avión con destino a Budapest para no volver jamás.

LOLA

Cuando Lola llegó a La Moraleja y aparcó frente al prestigioso colegio británico, seguía aún muy nerviosa y tuvo que volver a hacer sus ejercicios de respiración de yoga para tranquilizarse antes de pedir ver urgentemente al director del centro escolar. La recepcionista la acompañó amablemente a una sala de espera, «¿tomará café, té, un refresco…?», y le explicó que el *principal* se encontraba en ese momento reunido, pero que la atendería en cuanto finalizara su *conference call*.

Lola, entonces, para aprovechar la espera y salir de una vez de dudas, marcó el número de móvil de su hijo mayor.

—¡Hola, mamá! —contestó Alejandro carraspeando y con una voz algo gangosa.

—¡Hola, mi amor! Vaya voz de ultratumba tienes, ¿te encuentras bien? —le preguntó algo preocupada, porque Lola era una madre demasiado protectora que tendía a agobiarse en exceso cuando se trataba de la salud de cualquiera de sus tres niños, que eran su vida entera.

—Sí, sí, mamá, estoy bien. Es que anoche me bebí una botella de tequila con Faysal mano a mano aquí en Dubái y me he levantado con un resacón tremendo esta mañana. ¿Viste la foto que te envié? Está casi igual que hace doce años, ¿verdad? Me hizo mucha ilusión volver a verlo después de tanto tiempo…

—Pero, hijo, ¿cómo fuiste capaz de reconocerlo? Tenías solo ocho años cuando nos fuimos —era la pregunta del millón.

—Por esa foto suya que tienes en la caja fuerte. Te hemos pillado muchas veces mirándola cuando te crees que no te vemos, mamá —le aclaró Alejandro—. No sabes qué bien nos lo pasamos anoche, fue absolutamente genial, y encima nos invitó a mí y a todos mis amigos en un sitio supercaro; me cae tan bien Faysal... —estaba entusiasmado—. Ahora que me lo he encontrado y después de lo bien que se portó conmigo ayer me encantaría volver a verlo, escribirle, llamarlo de vez en cuando y también invitarlo a Madrid, pero cuando nos despedimos estaba tan borracho que la verdad es que se me olvidó pedirle su número de teléfono, ¿tú lo tienes?

—Alejandro, cariño, necesito hacerte una pregunta muy importante —Lola se había puesto muy seria de repente—, ¿le hablaste a Faysal en algún momento de Mohammed?

—Sí, claro, ¿no debía haberlo hecho? —le preguntó algo sorprendido—. En cuanto le dije que tenía un hermano pequeño se interesó muchísimo por él, le enseñé una foto suya, le hizo mucha gracia que le hubieras llamado Mohammed siendo español, y hasta quiso saber qué día era su cumpleaños y quién era su padre —a Lola entonces se le saltaron todas las alarmas y empezó a temblarle la mano con la que sujetaba su Nokia pasado de moda.

—¿Y tú qué le contestaste?

—Pues que hasta que Mohammed cumpliera dieciocho años no nos íbamos a enterar de quién era su padre, porque eso es lo que tú siempre nos has dicho... Pero yo sospecho que su padre es Faysal, mamá, porque no es normal que hayas elegido un nombre árabe para él y, además, fue justo cuando volvimos de Dubái cuando te empezó a crecer la tripa. Desde mi punto de vista está clarísimo, todo cuadra, aunque hasta ayer no cayera en ello, la verdad... —Quien se puso entonces serio fue Alejandro—. Por favor, mamá, dime la verdad, ¿el padre de Mohammed es Faysal?

—Sí, cielo, Faysal es su padre —le contestó ella después de pensárselo unos segundos—, y sé que os lo debería haber contado, por lo menos a ti y a Diego, que ya sois mayores, hace mucho, muchísimo tiempo —se lo confesó sinceramente, porque después de lo que acababa de pasar se arrepentía profundamente de haberles ocultado la verdad—. Perdóname, mi amor, no sabes cuánto lo siento —se le humedecieron sus ojos grises—, pero te prometo que muy pronto vas a tener las respuestas a todas esas preguntas que seguramente te estás haciendo en estos momentos. Te doy mi palabra de que antes de lo que te esperas voy a aclarar todas tus dudas y vas a poder entender cómo pasó todo y por qué no tuve más remedio que traeros a los tres de vuelta a Madrid… Pero no puede ser ahora, no por teléfono, que encima es una llamada internacional y me va a costar un riñón, lo hablamos en Navidad cuando vengas a Madrid y pueda mirarte a los ojos y sujetarte la mano mientras te cuento mi historia de amor con él —le garantizó—. ¡Ah! y, por favor, no vuelvas a beber de esa manera —le reprendió cariñosamente—, que a ti nunca te ha dado por eso y no quiero que el niño más bueno del mundo entero se me convierta de repente en un alcohólico, ¿me lo prometes, cariño?

Tras colgar con su hijo, y en vista de que el ocupadísimo director no se dignaba aparecer, Lola llamó a su editorial.

—Ya lo he consultado con la jefa y antes de Sant Jordi lo tienes en las librerías —le aseguró Esther—, nos quedamos finalmente con el segundo título que nos propusiste, *Cartas desde Dubái*, creemos que tiene más gancho comercial, ¿te parece bien?

—¿Pero no podría ser un poco antes, por favor? —le suplicó—. Te juro que después de lo que ha pasado me corre muchísima prisa. Qué mejor manera podría tener de explicarle a mis hijos cómo fueron las cosas…

—Antes, imposible, Lola, pero ¿por qué no imprimes y encuadernas unos ejemplares para que lo lean tus hijos? —«Hay veces que uno está tan obcecado en saltar por la ventana que se olvida de tratar antes de comprobar si la puerta está abierta», pensó Lola…—. Por cierto, lo del traductor de árabe me ha resultado imposible, pero ahora te paso por email el contacto del traductor inglés, que es excelente y no cobra nada caro. Lo he llamado hace un rato y está disponible en este momento, así que date prisa en ponerte en contacto con él para que no le entre ningún otro trabajo antes.

Minutos después, el estirado director del Queen Elizabeth apareció en la sala de espera con traje, corbata y hasta pañuelito a juego sobresaliendo estratégicamente del bolsillo de la chaqueta. Después de saludarla de manera muy correcta en castellano, le pidió que lo acompañara a su despacho en un engolado inglés que trataba de imitar sin ningún éxito el acento de Hampstead o Chelsea, pareciéndose más en cambio al del Brick Lane District londinense mezclado con un toque de gaélico ininteligible de las Highlands (las entradas de color rojizo no ayudaban nada y estaban pidiendo a gritos una visita a la peluquería).

Lola le expresó su preocupación sin entrar en demasiados detalles, porque el tipo en cuestión le había caído entre muy mal y de pena, pero se tranquilizó bastante después de escuchar pacientemente sus argumentos.

—Como usted se hará cargo y teniendo en cuenta que entre el alumnado de este colegio se encuentran cuatro hijos de *top models*, tres hijos de jugadores del Real Madrid, uno del Atlético, dos de actores muy famosos, uno de un cantante de fama internacional, dos de ministros del Gobierno actual, uno de un jefe de Estado latinoamericano y otro de un Premio Nobel —los enumeró exactamente por ese orden—, cuidamos de manera extraordinaria las medidas de seguridad. Quédese completamente tranquila, que su hijo, ¿Mohammed me ha dicho que se llama?, desde que entra por la puerta hasta que usted lo recoge cada día está permanentemente controlado y vigilado. Le aseguro que el riesgo de secuestro es igual a cero, señora... Perdón, ¿cuál decía que era el apellido del niño? —Aun así, Lola exigió una reunión con el gerente de la empresa de seguridad contratada por el centro para que le hiciera una descripción más detallada, a lo cual el director accedió encantado, aprovechando para animarla a que hiciera una donación a la fundación sin ánimo de lucro, de la que él personalmente se ocupaba, para niños desamparados de no sé qué país de África.

—Tendré que consultar en casa la cuantía, pero en principio cuente con ello —mintió—. Y ahora, y si usted me lo permite, voy a sacar por un día a mi hijo del colegio antes de que terminen las clases; tenemos una urgencia familiar y no me queda más remedio.

—Por supuesto, señora, la acompaño ahora mismo a su aula, por favor, después de usted —le dijo abriéndole la puerta mientras había comenzado ya a imaginarse un montón de petrodólares cayéndole de repente del cielo.

Poco después, sentados ambos en una mesa del Burger King, Lola le mostró a Mohammed la foto que el día anterior le había enviado Alejandro.

—Este hombre que está con tu hermano se llama Faysal, Faysal al Mubarak, vive en Dubái y es tu papá, mi amor.

—¿Ese señor es mi papá? —preguntó aquel maravilloso niño abriendo como nunca esos preciosos ojos negros que eran clavados a los de su padre.

—Sí, cariño, y es la persona más buena y cariñosa del mundo entero, y pronto va a viajar a España y lo vas a conocer por fin, te lo prometo. —El niño miró a su madre más feliz de lo que nunca lo había visto, ni siquiera cuando hace años, con el pelo revuelto y en pijama, contemplaba los regalos que los Reyes Magos habían dejado bajo el árbol para él—. Tu papá y tu mamá se quisieron muchísimo, pero no los dejaron estar juntos, tesoro...

Y siguió hablando y hablando con su hijo pequeño durante horas tratando de responder como pudo a todas sus preguntas. Hasta que se hizo de noche y los dos salieron de la mano de aquella sucia hamburguesería de carretera. Entonces Lola ya no pudo más y se echó a llorar mientras abrazaba fuerte, muy fuerte, a su «bebé» querido. Tenía tanto miedo de perderlo...

FAYSAL

Faysal llegó a su despacho al día siguiente en pésimas condiciones, oliendo a *whisky*, sucio, completamente alterado, con las pupilas dilatadas, sangrando por la nariz y con un sudor frío encharcándole la piel. Al verlo de esa guisa, su abogado, Mahir al Gazali, se levantó inmediatamente de la silla en la que lo estaba esperando desde las nueve de la mañana muy asustado. Nunca había visto a su jefe, un tipo muy tranquilo habitualmente, en ese estado de enajenación mental.

—Se llama Irina y es húngara —le dijo mostrándole una foto—. Está ahora mismo en la habitación 313 del American Hospital y necesito que vayas inmediatamente allí, hables con ella y le ofrezcas lo que haga falta para comprar su silencio. No me importa lo que cueste, tienes presupuesto ilimitado para ello, pero debe abandonar el país en cuanto se recupere sin pronunciar mi nombre jamás, ¿lo has entendido?

El abogado comenzó a notar la primera gota cayéndole por la frente, tenía un grave e intratable problema de sudoración corporal cada vez que se ponía nervioso; asintió con la cabeza y se quitó la chaqueta de su traje.

—¿Acaso te he dado yo permiso para que te desvistas en mi presencia? —le espetó Faysal muy irritado—, y no te levantes porque aún no he terminado contigo —Mahir se volvió a poner la chaqueta y se sentó en aquella silla de cuero que le hacía sudar aún más—. Una vez que el tema de la puta esté resuelto, necesito que dejes cualquier otro asunto legal del que te estés ocupando en estos momentos y te centres en mi hijo Mohammed, que tiene once años a punto de cumplir doce y vive en Madrid con su madre, Lola Goizueta. Contrata los

mejores bufetes españoles, paga detectives y haz lo que sea necesario, pero quiero a mi hijo aquí conmigo cuanto antes, así que no
escatimes en gastos y mantenme informado cada semana de las gestiones que vayas realizando —le ordenó—. Eso es todo, ya puedes
irte al hospital.

En cuanto su abogado salió por la puerta, Faysal llamó a Ranaa,
su esposa.

—Cariño, estoy en el aeropuerto camino de Riad. Ha surgido un
problema de último minuto con un proveedor y necesito ir personalmente a solucionarlo, pero mañana a primera hora estaré de vuelta en
Dubái, y por la noche iremos a cenar a ese restaurante que tienes
tantas ganas de conocer, te lo prometo.

—Claro que sí, mi amor, no sabes cuánto siento que tengas que
trabajar en fin de semana, pero quédate tranquilo, que después de la
mezquita me llevaré a los niños a casa de tu madre y le daré recuerdos
tuyos —le contestó comprensiva y sumisa, como tenía que ser—. Un
beso y buen viaje, te echaremos mucho de menos.

Colgó, se tomó un somnífero y se fue a dormir a un hotel de cinco
estrellas del centro. No quería que sus hijos lo vieran en esas condiciones tan deplorables. Tenía que dormir primero, recomponerse,
limpiar sus neuronas de química y su sangre de alcohol para poder
pensar con claridad. Se juró a sí mismo que a partir de ese momento
pondría fin a sus adicciones, a la ingesta de alcohol y otras sustancias,
dejaría de salir a la caza de prostitutas y no volvería a pisar la *house
party*. Necesitaba estar completamente sereno para poder recuperar a
su hijo Mohammed.

LOLA

Silverio y Lola estaban comiendo en un reservado del asador El Molino de Algete. Ella no había siquiera probado sus chuletitas de cordero, que tenían una pinta bárbara, y llevaba ya tres copas de Protos. Su amigo la estaba poniendo al día de los últimos acontecimientos y su nerviosismo crecía por momentos.

—La verdad es que Faysal se ha dado mucha prisa en mover ficha, no esperaba que fuera a ser tan rápido... La demanda de reclamación de paternidad ya está presentada en el juzgado y en las próximas semanas tu hijo se tendrá que someter a las pruebas biológicas de ADN. Su abogado ha exhibido multitud de pruebas de vuestra convivencia en común en Emiratos en la época en que el niño fue concebido, con lo cual los indicios de que Mohammed puede ser suyo se sitúan dentro de la duda razonable —le explicaba el abogado sevillano.

—Pero ¿se lo va a poder llevar a Dubái? Si un juez se lo permite sé que nunca lo volveré a ver... —Tenía lágrimas en los ojos y lo miraba completamente aterrorizada.

—No, querida, quédate tranquila en ese aspecto, que de eso ya me encargo yo —la tranquilizó sintiendo una profunda lástima por su amiga, a la que la vida parecía empecinada en no darle tregua—. Cuando la sentencia reconozca la paternidad de Faysal, le atribuirá la patria potestad compartida, pero la custodia seguirá siendo tuya. Lo que el juez determinará será la obligación de manutención por parte del padre y establecerá su derecho de visitas —le hablaba con mucha calma para que ella entendiera cuál era exactamente el alcance de todos esos términos legales. Se le notaba que era un gran pedagogo, por algo había conseguido la cátedra de Derecho Civil.

—Pero, Silverio, ¿y qué pasaría si en una de sus visitas se lleva a mi hijo al aeropuerto y lo monta en un avión?

—Insisto en que no debes preocuparte, Lola, que para eso ya estoy yo, para solicitar la retirada del pasaporte de Mohammed y que no haya posibilidad de que se lo lleve. —El abogado sabía lo angustiada que estaba Lola, pero la ley estaba de su parte y eso era lo que trataba inútilmente de hacerle entender. Por mucho dinero y poder que tuviera Faysal en su país nada de eso le iba a servir en un Estado de Derecho como el español.

—Tengo mucho miedo —le confesó—, ¿tú crees que debería contratar a un guardaespaldas para el niño?

—No, Lola, no lo va a secuestrar —le aseguró—. Si quisiera hacerlo ya lo habría hecho. Ha optado por la vía legal, así que está claro que va a luchar por su derecho a ser su padre, pero lo está haciendo por las buenas —le aclaró—. Y tú no puedes seguir así de preocupada, se trata de un proceso de meses, puede llevar hasta un año incluso, y tienes que tomártelo con calma si no quieres acabar como las maracas de Machín.

Tras el almuerzo, Silverio la abrazó y volvió a pedirle que confiara en él, que estaba en buenas manos y que bajo ningún concepto iba a permitir que perdiera a su hijo.

Aun así, en cuanto volvió a su casa, Lola se pasó toda la tarde contactando con diferentes empresas de seguridad personal. No estaba dispuesta a correr ningún riesgo, no tratándose de su hijito precioso. «Tiene gracia que vaya a ser el dinero del propio Faysal el que va a pagar los escoltas de Mohammed», pensó.

FAYSAL

Lo intentó. Lo intentó con todas sus fuerzas, pero no pudo hacerlo solo, que es como él hubiera deseado, así que al final no tuvo más remedio que buscar ayuda.

Faysal dejó la gestión del día a día de la empresa familiar de manera temporal en manos de su hermano e ingresó por voluntad propia en una clínica de rehabilitación en medio de la nieve de las montañas suizas. Se inventó un cáncer de próstata (así mataba dos pájaros de un tiro con su mujer) y una intervención quirúrgica de urgencia que iba a requerir un largo periodo de reposo en el que no deseaba recibir visitas. Ranaa, como siempre, lo comprendió y respetó sus deseos. Fueron semanas muy duras para Faysal en las que, lejos de la vorágine de Dubái, tuvo tiempo más que de sobra para reflexionar sobre el ser miserable en que se había transformado en los últimos doce años y el peligrosísimo parque de atracciones de alto riesgo en que había convertido su existencia, buscando sin éxito la adrenalina que le faltaba a su aburrida rutina conyugal y tratando de encontrar una vía de escape a su frustración. Había jugado a la ruleta rusa y casi había acabado muriendo, o matando, lo cual era aún peor, en el intento.

En su inmisericorde análisis de conciencia, llegó a la conclusión de que el daño que había hecho a tantas personas inocentes no tenía perdón de Alá. Empezando por Ranaa, a la que había apartado de su corazón desde la primera noche, desde la mismísima noche de bodas, pasando por todas esas chicas extranjeras que no se merecían el trato vejatorio que les había dado, y llegando hasta a sus propios hijos, porque, aunque se consideraba un padre atento y cariñoso, sus monstruosas resacas le habían sustraído muchas mañanas de fin de semana de llevarlos a jugar al fútbol, o de acompañar a las niñas de compras, o simplemente de reírse con ellos, de escuchar sus problemas escolares y de consolarlos cuando alguna amistad les daba la espalda... Estaba profundamente avergonzado de la brutal paliza que le había dado a Irina aquella fatídica noche, de haber accedido a casarse con Ranaa por la imposición de sus padres haciéndola a ella también una desgraciada, de haberse permitido convertirse en un adicto siendo padre de cinco hijos (acababa de enterarse de que en realidad eran seis)...

Y en esos casi dos meses de paredes blancas con olor a antiséptico, de mañanas gélidas y noches tempranas, estridentemente silenciosas y atemorizadamente oscuras, decidió tratar de enmendar, uno por uno, todos los errores cometidos.

Lo primero que hizo fue escribir una larga y sentida carta a Irina (al investigador privado que contrató para la ocasión no le resultó complicado en absoluto averiguar su dirección en Budapest) en la que le pedía perdón de todo corazón, deseándole la máxima felicidad el resto de sus días con un cheque lleno de ceros que introdujo en el sobre antes de enviarla por correo. El dinero no era suficiente, Faysal no era tan estúpido como para creerse esa falacia, pero ella lo necesitaba y a él le sobraba, así que quiso tener ese gesto con ella para demostrarle que, si bien ya había comprado su silencio meses atrás, lo que quería hacerle en ese momento era un regalo con el que insistir en su arrepentimiento por todos esos correazos que le infligió de manera tan injusta, porque ese castigo no iba dirigido a ella y de eso Faysal era plenamente consciente, sobre todo ahora que tenía la mente limpia de drogas. No era la piel de Irina la que tenía intención de magullar aquella noche.

También se prometió a sí mismo ser sincero con Ranaa. En cuanto se curara completamente y volviera a Emiratos se sentaría con ella y le explicaría que su conducta como madre y esposa había sido irreprochable, que se había comportado como una mujer sin tacha en todo momento y lugar, pero que él no podía seguir fingiendo más. No estaba enamorado de ella, nunca lo había estado, y continuar con esa farsa solo podría acarrear más dolor, sobre todo para ella, que no se lo merecía. Ranaa tenía solo treinta y cinco años y si ella quería el divorcio Faysal se lo concedería inmediatamente y con la mayor generosidad posible, poniéndole a su nombre la mitad de todos sus bienes y garantizándole que jamás le faltaría de nada. Pero teniendo en cuenta que para una mujer musulmana divorciada y con tres hijas iba a resultar casi imposible rehacer su vida, también se mostraría dispuesto a no tener que hacerle pasar por ese desprecio social, seguirían casados y viviendo juntos si eso era lo que ella quería, pero como dos amigos que se tienen cariño, sin las visitas forzadas a su alcoba, sin las cenas o viajes con pretensión de romanticismo y sin la humillación que supone el amor fraudulento para el que lo recibe. En caso de que la decisión de su esposa fuera la de seguir juntos, Faysal se juró a sí mismo que por lo menos la respetaría, y el respeto empezaba por poder mirarla directamente a los ojos cada mañana con la mirada limpia de la lealtad.

Y, como no podía ser de otra manera, en aquellos larguísimos paseos con botas, bufanda y guantes por el espectacular paisaje nevado de las montañas alpinas, Faysal también pensó mucho en Lola Goizueta…, en Lola y en su hijo Mohammed.

Podían haber sido felices, inmensamente felices. Pero no lo fueron, y en este caso Faysal sabía que la culpa había sido casi enteramente de la inefable española. Él lo había dado todo por ella, había luchado durante meses por sacarla de la cárcel cuando en realidad no tenía ninguna obligación moral de hacerlo, le había ofrecido matrimonio y todas las comodidades de una vida de ensueño en Dubái, había tratado de ejercer de padre lo mejor que pudo con Alejandro y Diego…, pero de la noche a la mañana despareció de su vida sin ni siquiera darle una explicación, abandonando a sus hijos, que ya habían aprendido a quererla, con sus diez millones de dólares y un hijo suyo gestándose en su vientre.

Supo por su amiga Samira que Lola hizo las maletas y se fue porque se había enterado de su boda con Ranaa. Pero eso no era excusa, o al menos no para Faysal. Para empezar, porque si ella hubiera accedido a seguir con el tratamiento de fertilidad, él nunca se habría plegado al deseo de sus padres de que contrajera matrimonio de nuevo, y en eso fue completamente honesto con ella en aquella cena del Burj al Arab. Pero es que, además, ella sabía cuánto la quería, tenía que saberlo porque él se lo había demostrado cada segundo de cada minuto de cada día que habían pasado juntos. Era verdad que al principio fue difícil para Lola amoldarse a su cultura y costumbres, y no era menos cierto que en algunos momentos iniciales él tuvo que ser muy duro con ella, pero tenía que comprender que no había tenido opción, porque fue la propia Lola la que nunca le dio otra alternativa. Aunque a él mismo le doliera, incluso más que a ella, tener que tratarla con esa severidad, era su obligación como marido mostrarle el camino correcto si quería que su historia de amor discurriera en el futuro por aguas tranquilas. Y podía haber llegado a buen puerto, de eso estaba completamente seguro, pero ella escogió el camino más fácil y cómodo, el de la huida, mostrándole así la inconsistencia de su compromiso con él y con Abdul y Hassan. Al menor problema Lola salió huyendo como lo hacen las ratas, que son siempre las primeras en abandonar el barco. Por mucho que lo intentara, que por otra parte no tenía ninguna intención de hacerlo, no se lo podría perdonar jamás.

Pero lo peor de todo, lo que era irreversible (porque su matrimonio con Ranaa no lo era), lo que constituía un hecho de todo punto injustificable, era que le hubiera robado a su propio hijo. Le había negado el honor y el privilegio de ser padre durante doce años, doce años de verlo crecer, de escuchar sus primeras palabras, de acompañarlo en sus primeros pasos, de enseñarle a nadar... Doce años de consolarlo cuando lloraba por las noches, de oler su piel de bebé, de besarlo, de abrazarlo. Lo que pudiera haber pasado entre ellos, que eran dos adultos, no podía hacérselo pagar a un niño inocente que tenía derecho a tener un padre, un buen padre como lo habría podido ser él si le hubieran dejado. Lola le había desgarrado el corazón de parte a parte y la odiaba como nunca había odiado a nadie.

Cuando, ya completamente limpio y curado, Faysal hizo las maletas para volver a Dubái ocho semanas después, tenía las ideas muy claras. Lola le debía doce años de la vida de su hijo, y de una manera u otra, aún no sabía cómo, se lo iba a cobrar, aunque eso fuera lo último que hiciera.

LOLA

El juez acababa de reconocer la paternidad de Faysal sobre Mohammed y, tal y como le había prometido Silverio a Lola, la patria potestad había pasado a ser compartida, aunque la custodia seguía siendo
de Lola, que hasta la mayoría de edad de su hijo estaría en posesión de
su pasaporte. El magistrado también había estipulado una pensión
alimenticia (de hecho Lola ya la había empezado a recibir en su cuenta bancaria), y a partir de entonces el padre podría visitar al niño,
siempre dentro del territorio español, tres días consecutivos cada
mes, dos periodos de diez días cada uno durante las vacaciones escolares y cuatro semanas seguidas durante el verano.

Habían pasado casi ocho meses desde que Faysal había interpuesto la demanda (la justicia en España es lenta pero segura), y habían pasado muchas cosas en esos ocho meses en la vida de Lola
Goizueta. Al día siguiente, viernes, volvería a ver después de casi trece años a Faysal al Mubarak cuando, a las seis en punto de la tarde en
el domicilio de la calle del Parque de la urbanización Ciudad Santo
Domingo de Algete, conocería a su hijo Mohammed, con el que
pasaría el fin de semana completo hasta el lunes a las nueve y media
de la mañana, en que lo dejaría directamente en el colegio británico de
La Moraleja. Eso era lo que había estipulado el juez y eso era exactamente lo que iba a hacerse, porque los dos progenitores, que habían
dejado todo el proceso legal en manos de sus respectivos abogados
sin querer tener ningún tipo de contacto personal hasta el momento,
habían respetado escrupulosamente la letra y el espíritu de la ley española sin que nunca hubiera sido necesaria la intervención de los
guardaespaldas que, durante todos esos meses, habían seguido cada
paso que daba el hijo de Lola y Faysal, y que lo seguirían haciendo a

partir de entonces, por expreso y no confesado deseo de Lola, ni siquiera a su representante legal, aunque evidentemente a partir de ese día de manera mucho más discreta.

Durante ese tiempo se había publicado, bajo seudónimo, la novela *Cartas desde Dubái*, que había gozado de un más que moderado éxito de ventas y había ayudado en gran medida a sus tres hijos a comprender el abandono de Lola al padre de Mohammed y la drástica huida a España. La editorial estaba a punto de cerrar un sustancioso acuerdo económico para todas las partes implicadas con una productora de cine y televisión que estaba interesada en adquirir los derechos de explotación audiovisual de aquella «exótica y original historia de amor a caballo entre Oriente y Occidente» (así la habían calificado en las páginas de crítica literaria de uno de los mayores diarios de tirada nacional) y Lola, contando con los inesperados ingresos que este contrato le iba a reportar, ya tenía preparado un concienzudo y detallado informe sobre el uso que había dado a los diez millones de dólares de Faysal para entregárselo y devolverle todo el dinero (la inmensa mayoría) que había sobrado y que ya no iba a necesitar. Así se lo había prometido a sí misma doce años atrás y eso es lo que iba a hacer al día siguiente a las seis en punto de la tarde cuando Faysal llamara a su puerta. Además, tenía preparada una traducción en inglés de su libro, que había impreso y encuadernado con mucho cariño con una foto de ambos en la portada, para ofrecérsela y poder explicarle así por qué no tuvo más remedio que renunciar a su amor, para que supiera el daño que su madre le había hecho a sus espaldas, para que entendiera por qué lo quiso tanto y tan profundamente pero no pudo seguir luchando…, para pedirle perdón, en definitiva, por haberle robado a su hijo.

Sin embargo, algunas veces por suerte y casi siempre por desgracia, los planes que uno se traza mentalmente no se hacen realidad. De nada sirve escribir una hoja de ruta o un plan de vuelo cuando de nuestra propia biografía se trata, porque la vida es caprichosa e impredecible, y tiende a trastocar cualquier boceto por muy bien dibujado que esté y cualquier anhelo por muy bienintencionado que sea. La vida es como un tsunami que lo arrasa todo cuando le viene en gana, aunque haya escasísimas ocasiones en las que Dios escribe derecho con renglones torcidos.

Las visitas a Pilar, la encantadora doctora de cabecera del ambulatorio de la Seguridad Social de la urbanización, y a Esther, la guapísima farmacéutica, se habían acortado en el tiempo en las últimas semanas. Lola sabía que el momento de ver a Faysal estaba cada vez más cerca, y ya solo podía atajar su ansiedad con orfidales y cervezas. Quien tiene una adicción (nunca suele ser solo una), debe aprender a controlarla y a vivir con ella de la mejor manera posible, pero también debe resignarse a asumir que siempre estará ahí, como un virus que asoma la cabeza cuando uno se encuentra más débil. Aquella noche, después de acostar a su hijo pequeño, que estaba absolutamente emocionado y feliz por conocer por fin a su querido padre, se bebió una botella entera de Vega Sicilia Único (era el primer y único despilfarro que en doce años iba a hacer con los millones de Faysal), un Lexatin y un Orfidal y medio para tratar de conciliar el sueño. Se despertó al día siguiente con dolor de cabeza y la conciencia algo nublada por las tinieblas y los esperpénticos sueños que no era capaz de recordar (para eso servían, entre otras cosas, los hipnóticos) pero que estaban ahí, en algún rincón escondido de su memoria. No obstante, hizo lo que tenía que hacer. Se tomó un té negro bien cargado y dos Enantyum y, como cada mañana, llevó a su hijo al colegio dándole el beso más cariñoso que nunca le había dado hasta entonces, mientras le revolvía el pelo negro lleno de rizos que le había costado tanto trabajo enderezar con agua de colonia hacía tan solo unos minutos. También acudió puntual a su cita en la peluquería, donde se dejó llevar por las manos profesionales de las chicas, que le hicieron un tratamiento facial con vitamina C (fundamental para borrar la opacidad de la piel y darle brillo, le habían asegurado), manicura, pedicura, mechas, corte, mascarilla capilar y hasta maquillaje. Necesitaba no tener tiempo para pensar en nada hasta las seis de la tarde, y esa fue la única forma que se le ocurrió.

Cuando Lola, con un discreto pero elegantísimo vestido negro (no era el momento de acordarse de qué marca era) y Mohammed, que se había empeñado en ponerse traje y corbata para estar a la altura del solemne momento, esperaban abrazados en la cocina y oyeron el motor del coche aparcar tras la valla de piedra (habían dejado la ventana abierta aposta), los dos apretaron sus manos y se desearon mucha suerte con lágrimas en los ojos, mientras esperaban unos segundos (no más de dos o tres) antes de salir a abrir la puerta después de que sonara el timbre de la entrada.

—¿Papá?... —preguntó Mohammed muy confundido cuando tras el umbral contempló a aquel hombre calvo, gordo, grasiento, con tupido y poco cuidado bigote y pésimamente vestido. Por primera vez en su vida los Reyes Magos le habían traído solo carbón...

—No, mi vida, este señor no es tu padre —lo tranquilizó Lola al contemplar esa profunda decepción pintada en los ojos negros más bonitos del mundo que el pobre niño trataba de disimular como podía, que para algo había sido perfectamente educado por su mamá—. Buenas tardes, Roberto, se acuerda usted de mí, ¿verdad? —la pregunta era obviamente retórica después de que ese detective de tres al cuarto la hubiera espiado durante tres años—. Si es tan amable, me encantaría que me explicara por qué el señor Al Mubarak no ha venido a recoger a su hijo y, sobre todo, quién le autoriza a llevarse a Mohammed, que es menor de edad y a quien bajo ningún concepto le voy a permitir que se vaya con usted ni hoy ni nunca, no le quepa la menor duda de ello.

Entonces el plagio cutre de José Luis López Vázquez, con una sonrisa de prepotencia que solo puede ser fruto de un complejo social cocinado desde la infancia, exhibió ese apoderamiento especial rubricado por su señoría.

—El señor Faysal al Mubarak no desea tener ningún contacto personal con la madre de su hijo, ni hoy ni nunca, y yo estoy autorizado legalmente para recogerlo en cada visita estipulada por el juez para conducirlo a ver a su padre, que lo está esperando en el hotel Ritz.

Lola quiso morirse en el instante en que comprobó que el apoderamiento en cuestión tenía todos los sellos y firmas reglamentarias. «Con la Iglesia hemos topado», tuvo que admitir, más que nada porque no le quedaba otra.

FAYSAL

Le habían hablado muchas veces de las magníficas vistas de la terraza de ese lujoso hotel situado en pleno casco histórico madrileño, y la verdad es que eran de una belleza de las que quitan el sentido, igual que la de Lola Goizueta, la mujer de los ojos grises que cambian de color a la que durante casi trece años no había dejado de recordar ni un solo día.

A esas horas tan tempranas no había nadie, de hecho ni siquiera estaba abierta la barra del bar, así que Faysal, que había acudido a la cita casi media hora antes de lo previsto, se sentó en uno de los comodísimos sillones blancos, sacó la carta que habían dejado a su nombre en la recepción del hotel Ritz el día anterior mientras trataba de apurar las últimas horas del primer fin de semana que había pasado con su hijo, y la volvió a leer una vez más. Se parecía mucho a aquella que él mismo había escrito a Lola el día que cumplió cuarenta años, e incluso la española había repetido algunas frases como la de «te suplico que aunque me odies, me permitas verte una sola vez más, solo una», o «no te pido que me perdones porque sé que eso es imposible pero, por favor, déjame decirte cuánto lo siento». De hecho, la misiva terminaba, excepto en los detalles espaciales o temporales, prácticamente del mismo modo:

«Estaré el lunes a las once de la mañana en la terraza del hotel Meliá Reina Victoria, pero volveré el siguiente mes; volveré todos los lunes después de que hayas disfrutado de tu fin de semana con nuestro querido hijo, y lo haré el resto de mi vida hasta que un día te apiades de mí y escuches de mis propios labios esa palabra que tanto necesito decirte: Perdón.

Siempre tuya,

Lola»

Cuando la vio llegar, más guapa que nunca a pesar de los años, llevando el maletín de cuero que él mismo le había regalado en aquel lejano cumpleaños, y se acercó a él con una tímida sonrisa y los ojos acuosos de un verde brillante, Faysal supo que si la dejaba pronunciar una palabra, aunque solo fuera una, estaría perdido, así que le sujetó la cara para darle un último beso en esos labios que siempre lo habían vuelto loco e hizo lo que tenía que hacer. La levantó en brazos y la tiró desde la azotea hasta que contempló desde arriba su cuerpo aplastado sobre el asfalto.

Después salió de allí con paso muy tranquilo abandonando la bolsa de Loewe, que contenía la traducción de la novela y el informe de gastos, pero que nunca llegó a abrir. Se fue directamente al aeropuerto y jamás volvió a pisar Madrid, cuando Mohammed se fue a vivir a Dubái (tras el «suicidio» de Lola el juez le otorgó inmediatamente a él la custodia), el niño tuvo que hacer ese viaje solo.

FIN

Dubái, septiembre de 2015/diciembre de 2016

Nota de la autora

Esta historia y todos sus personajes y situaciones son pura invención. Cualquier parecido con la realidad es mera coincidencia.

Agradecimientos

A todos mis amigos que a lo largo de este año me han animado en este apasionante proyecto leyendo mis páginas una y otra vez para darme su opinión; sin su crítica constructiva probablemente no la habría terminado jamás. Se me van a olvidar muchos, seguro, pero me gustaría agradecérselo especialmente a Esther Jaén (que me hizo la foto que aparece en la solapa), Anna Grau (no os perdáis el vídeo que hicimos en Dubai sobre esta historia en su canal de YouTube «Libros por un tubo»), José Luis Roig, Marga Ansón, Bea Morales, Luis Jaramillo, Mónica Lledó, Lucía del Río, Diego Ortiz, Mar Elosúa, Pepe Macca, Reyes y Patricia O'Connor, Paco Quiroga, Yvonne Tirapu, Alejandra Goizueta, Marino López, Manolo Olleros, Silvia García Arias-Salgado, Luisa Guillén, Luis Bárcenas, Marta Gómez Montero, Ana y Charo Cervera, Héctor Ara Zamora, Sonia Turmix, Maria José Sáez, José Luis Cendrero, Francine Gálvez, Alberto Maeso, Mercedes Rodilla, Germán Álvarez-Blanco, Patricia Irago, Marta García Sánchez, Geraldine Diaz Fortunat, Tania Martínez-Arroyo, Miguel Sánchez Guerrero, Pedro Hortas, Cruz Santos, Felisa Ramos, Ignacio González Galán, Belén Martínez Vilanova, y tantos otros... ¡esto va por vosotros!

A Delphine Tanghe, Sonja Will, Martina Pimble, Zara Varma, y Mary y Fred Marshall que a pesar de no poder leer en español, porque la primera es belga, la segunda austríaca, la tercera eslovaca, la cuarta india, la quinta estadounidense y el sexto sudafricano, me ha dado tantos y tan buenos consejos cuando les contaba cómo iba avanzando la historia.

A Íñigo Domínguez y Javier Salinas, que me abrieron las puertas del mundo editorial, un absoluto desconocido para mí (gracias, chicos, os quiero), y a mi editora, Esther Sanz, y todos los profesionales que trabajan en el Grupo Urano, por haber apostado por mí sin conocerme de nada.

Y, por supuesto, a mis tíos, Coti y Fernando, que me regalaron el teclado en español con sus eñes y sus signos de interrogación y exclamación que no podía comprar en Dubái. Pero sobre todo por su cariño, ahora y siempre.

ECOSISTEMA DIGITAL

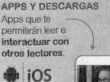